ALIANÇA CELESTIAL

SAARA EL-ARIFI

ALIANÇA CELESTIAL

tradução
Karine Ribeiro

HARLEQUIN
Rio de Janeiro, 2025

Copyright © 2024 by Saara El-Arifi Todos os direitos reservados.
Copyright da tradução © 2024 by Karine Ribeiro por Editora HR LTDA.
Todos os direitos reservados.

Título original: *Faebound*

Todos os direitos desta publicação são reservados à Casa dos Livros Editora LTDA. Nenhuma parte desta obra pode ser apropriada e estocada em sistema de banco de dados ou processo similar, em qualquer forma ou meio, seja eletrônico, de fotocópia, gravação etc., sem a permissão dos detentores do copyright.

ILUSTRAÇÃO DE CAPA	Joe Wilson/Début Art
ILUSTRAÇÕES DE MIOLO E MAPA	Nicolette Caven
COPIDESQUE	João Rodrigues
REVISÃO	Isadora Prospero e Mariana Gomes
ADAPTAÇÃO DE CAPA	Julio Moreira | Equatorium
DIAGRAMAÇÃO	Abreu's System

Dados Internacionais de Catalogação na Publicação (CIP)
(Sindicato Nacional dos Editores de Livros, RJ)

El-Arifi, Saara
   Aliança celestial / Saara El-Arifi ; tradução Karine Ribeiro. – 1. ed. – Rio de Janeiro : Harlequin, 2025.

   Título original: Faebound.
   ISBN 978-65-5970-406-4

   1. Ficção emiradense. I. Ribeiro, Karine. II. Título.

24-91572   CDD: 892.708095357

Índice para catálogo sistemático:
1. Ficção emiradense   892

Bibliotecária responsável: Gabriela Faray Ferreira Lopes – Bibliotecária – CRB-7/6643

Harlequin é uma marca licenciada à Editora HR Ltda. Todos os direitos reservados à Editora HR LTDA.

Rua da Quitanda, 86, sala 601A - Centro,
Rio de Janeiro/RJ - CEP 20091-005
Tel.: (21) 3175-1030
www.harpercollins.com.br

Para minha irmã, Sally

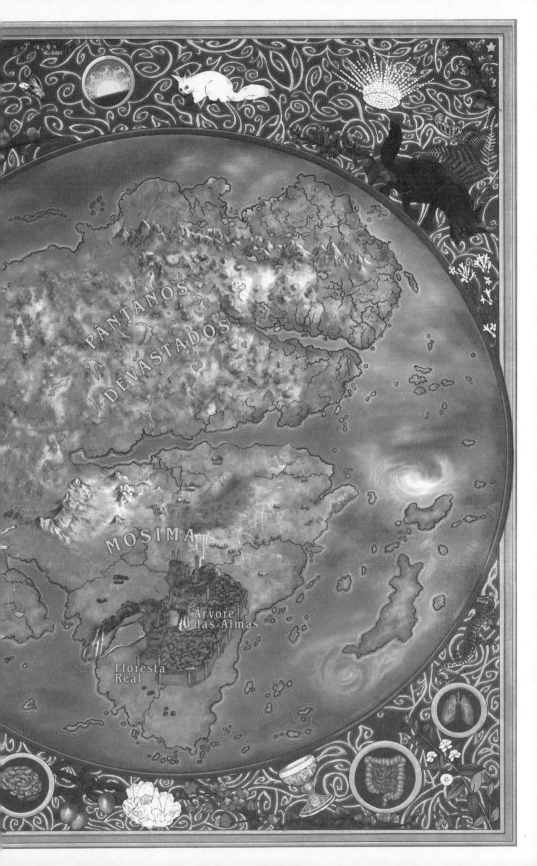

PARTE UM

*A História do Trigo,
do Morcego e da Água*

No começo, havia três deuses.

A divindade Asase veio a existir como um grão de trigo. Uma única partícula que floresceu para a vida. Enquanto Asase crescia, suas raízes se tornaram encostas de montanhas e suas folhas floriram em florestas. Vales se formaram nos espaços entre os galhos de Asase e os nós de sua casca se tornaram cânions.

E, assim, a terra nasceu.

Ewia voou nas asas da escuridão para trazer ao mundo o dia e a noite. Como um morcego de duas cabeças, o ser divino encontrou seu lugar no céu acima do primeiro. Quando um rosto olhava para a terra, havia luz; quando o outro se voltava para baixo, havia escuridão.

E, assim, o sol nasceu.

A última divindade a aparecer no universo foi Bosome, que se moveu pelas raízes de Asase e criou rios e mares antes de residir ao lado de Ewia, uma gota prateada de água no céu que se afastava e fluía com a mudança das marés.

E, assim, a lua nasceu.

Então houve felicidade por muitos anos, até que um dia Asase disse:

— Desejo uma criança. Criarei uma.

Das sementes da terra, Asase fez os humanos. Ramos se tornaram ossos e flores germinaram sorrisos.

Ewia, vendo sua alegria com aquela criação, disse:

— Também desejo uma criança. Criarei uma.

E assim, da pele de suas asas, Ewia fez feéricos, com dentes pontudos e orelhas como as de morcegos.

Séculos se passaram e Bosome viu as outras divindades felizes, mas percebeu as falhas dos novos seres. Os humanos eram frágeis demais para sobreviver por muito tempo, os feéricos eram arrogantes demais para se importarem com seus pais. Então, das águas do mundo, Bosome fez os elfos, com as orelhas pontudas dos feéricos, mas com a natureza humilde dos humanos.

E, por um tempo, tudo ficou bem. Mas, por mais que as divindades desejassem paz, haviam dado aos filhos uma coisa que jamais permitiria isso.

Livre-arbítrio.

CAPÍTULO UM

Yeeran

Yeeran nasceu no campo de batalha, vivia no campo de batalha e um dia, ela sabia, morreria no campo de batalha.

Suas primeiras respirações foram tingidas com a fumaça e as cinzas dos inimigos moribundos de sua mãe. E, quando Yeeran berrou, foi junto ao grito da aldeia enquanto cavalgavam para a batalha. Combatentes dando à luz na linha de frente não era algo incomum. Se podiam segurar um tambor, podiam lutar.

E mesmo assim não temos tropas suficientes.

Yeeran suspirou alto enquanto observava o mapa de guerra diante de si. Cada vale e colina tinha sido entalhado em uma tábua de carvalho por cartógrafos habilidosos. Uma peça de arte cara para se ter em aposentos privados, mas a amante de Yeeran não era conhecida por ser frugal.

O luar lançava um caco de prata sobre o centro da mesa, onde os quatro distritos das Terras Élficas convergiam no Campo Sangrento, a linha de frente da batalha. Ela observou os quatro quadrantes do mapa: Nova, Crescente, Eclipse e, por fim, sua própria aldeia élfica, Minguante.

Yeeran apertou a quina da mesa, as unhas deixavam marcas finas na madeira enquanto ela analisava as formações do campo de batalha. Marcadores brancos acompanhavam a posição das tropas sob a direção do exército dela.

Seu olhar pairou sobre um regimento à espera perto da torre de guarnição ao leste. O dela.

— Yeery — o apelido foi soprado no silêncio.

Os passos tranquilos de Salawa a levaram até o lado de Yeeran.

— Venha para a cama. — O hálito dela era quente enquanto roçava os lábios na lateral raspada da cabeça de Yeeran, em direção às orelhas pontudas.

A mão de Yeeran deslizou pelas costas de Salawa e enrolou os dedos na ponta das tranças da mulher. Adornadas com contas e pedras preciosas pesadas, elas roçaram na pele nua.

— Não consigo dormir.

Por um momento, Salawa não respondeu. Yeeran gostava desse traço de sua amante, de como cada segundo era levado em consideração, os pensamentos costurados um ao outro, antes que ela falasse.

— Você esperou vinte anos para ser promovida a coronel. Poucos pensaram que conseguiria antes de seu aniversário de 35 anos, mas aqui está você, a coronel mais jovem que o Exército Minguante já teve...

— Não até amanhã.

Salawa inspirou fundo. Não gostava de ser interrompida. Yeeran subiu a mão da clavícula de Salawa até repousá-la sobre a bochecha dela. Foi só então que Salawa suavizou o suficiente para continuar.

— Dormir não tirará esse momento de você. Seu novo regimento estará lá de manhã.

Salawa olhou pela janela, onde a cidade de Gural pulsava como o coração do distrito Minguante. Yeeran seguiu seu olhar.

Chaminés despontavam dos telhados abobadados e lançavam fumaça no céu pontilhado de estrelas. Yeeran sabia que as tavernas estariam fervendo com combatentes alegres, cortesia do rum com especiarias. Para as padarias, não era tarde da noite e, sim, cedinho, e o aroma de suas fornalhas temperava o vento leve.

Yeeran observou a suavidade no rosto de Salawa endurecer enquanto ela olhava além, em direção ao Campo Sangrento. O fogo da batalha iluminou as íris verdes dela com um tom castanho, e Yeeran se sentiu queimar com a chama refletida ali.

— Eu trouxe algo para você, para celebrar seu novo título — disse Salawa, baixinho.

Yeeran tirou a mão da bochecha de Salawa. Os presentes de sua amante eram sempre ostentosos e espalhafatosos. Yeeran não usava joias nem se importava com vestidos finos. Nada disso ajudava no combate.

A única coisa que ela mantinha consigo era um pequeno anel de ouro preso na costura de seu uniforme. Não tinha valor sentimental, mas ela sabia que caso fosse derrotada na batalha, o anel seria legitimamente reivindicado pelas crianças que ganhavam a vida vasculhando os corpos do exército. Com aquele anel, as crianças conseguiriam se alimentar por um ano. Yeeran havia passado muitos anos da infância tentando encontrar tal bênção.

— Acho que você vai gostar muito do presente — disse Salawa enquanto se afastava para pegar algo debaixo de sua cama de dossel.

Yeeran lançou a ela um sorriso hesitante, e Salawa riu com ar conhecedor enquanto pegava um grande objeto circular enrolado em couro.

Yeeran precisou de menos de três passos para cruzar o cômodo. Ela pegou o presente das mãos estendidas de Salawa e desembalou o couro.

O tambor era feito com perfeição. A estrutura exterior era talhada em mogno, fazendo o casco brilhar um carmesim profundo, como sangue fresco. O revestimento e o aro eram dourados e cravejados com safiras. Contas desciam pela cavidade do tambor, mais para decoração do que para som. Mas a coisa mais bonita, de longe, era a pele preta.

— De um obeah ancião? — murmurou Yeeran, alisando a pele esticada.

Obeahs eram as únicas criaturas imbuídas de magia no reino. Esses animais um dia haviam sido comuns como cervos, vagando em grupos pelas Terras Élficas. A visão de Yeeran voltou-se para dentro enquanto ela imaginava as criaturas correndo pela floresta, seus chifres brancos cortando a folhagem, suas formas felinas passando pelas árvores com a facilidade da tinta no papel.

Mas, naquele momento, a tinta havia secado, pois eles haviam sido caçados até quase serem extintos, graças à magia que tinham.

Magia para armas como esta. Os dedos de Yeeran formigaram onde se apoiavam na pele do tambor.

Salawa sorriu e apoiou o queixo nas mãos.

— Sim, foi feito de um dos mais velhos obeahs que nossos caçadores já capturaram.

Conforme um obeah envelhecia, a cor de sua pele ficava mais escura, tornando a magia da criatura mais potente, e a pele ainda mais cobiçada para fazer objetos poderosos. Infelizmente, os obeahs de mais idade também eram mais inteligentes, então caçá-los era quase impossível. O presente de Salawa era algo raro e precioso.

Yeeran podia sentir a magia emanando da pele. Ela tamborilou os dedos ali e direcionou as vibrações do rufo com propósito, costurando-as juntas na mente para formar um pequeno projétil. Era um som bélico. A força invisível atingiu um marcador branco no centro do mapa a três metros de distância.

Ela sempre foi boa no tamborilar disparado. Ter uma intenção clara era a chave, mas a nitidez da nota e a força da magia na pele do obeah ancião tornava suas habilidades incomparáveis. Se seus inimigos achavam que ela era perigosa antes, logo veriam o quanto podia ser mortal.

Salawa bateu palmas.

— Agora a maior coronel do Exército Minguante tem a melhor das armas.

Com cuidado, Yeeran tornou a colocar o tambor dentro da capa e foi até Salawa, abraçando-a e apoiando o queixo em seu cabelo.

— Obrigada, guardarei esse presente pelo resto da minha vida.

— Agora podemos dormir? Logo o amanhã virá — murmurou Salawa.

Yeeran suspirou, concordando, e se permitiu ser conduzida de volta à cama de Salawa. Ela entrou debaixo dos lençóis de seda, e Salawa se moldou aos contornos do corpo de Yeeran, pousando a cabeça na pele macia entre o ombro e o seio, e soltou um suspiro de satisfação.

A respiração de Salawa ficou mais longa conforme ela caía em um sono profundo. Yeeran observou as contas de fraedia no cabelo dela brilharem suavemente com o amanhecer que se aproximava. O cristal tinha as mesmas propriedades que o sol e podia ser usado para fazer crescer plantações ou aquecer casas no inverno.

Ela estendeu a mão e, com cuidado, moveu uma das contas para longe do rosto de Salawa, para que o brilho não a despertasse. Ela segurou a gema por um momento, admirada com o calor. Esse pequeno depósito podia ajudar uma planta a crescer durante todo o ciclo da vida. Podia ajudar a alimentar uma família.

Ela deixou a conta cair.

Se tivéssemos mais delas...

Pois fraedia era a moeda da guerra.

Sob o solo ensanguentado do Campo Sangrento havia intocadas minas do valioso cristal. E onde há algo de valor, há poder, e onde há poder, a violência sempre surge.

Foi assim que a Guerra Eterna começou.

Yeeran se pegou pensando em quantos combatentes haviam morrido por aquela pequena conta de fraedia no cabelo de Salawa. Ela lançava um brilho quente cor de açafrão na pele negra de Salawa, que era mais retinta que o marrom suave da pele de Yeeran.

Embora os elfos fossem diferentes, a única diferença que importava era a qual aldeia eles eram leais. E Yeeran era Minguante, e Minguante era Yeeran. Não havia separação entre ela e a aldeia. Liderar e existir eram a mesma coisa.

Salawa havia lhe mostrado isso.

Pelo sol pecador, ela é linda. Linda em sonhos e poderosa desperta.

O sono não veio para Yeeran, nem ela o buscou. Em vez disso, ficou deitada ali, observando o alvorecer contra a pele de sua amante, a mente acesa com glória, poder e morte.

⚘

Na manhã seguinte, Yeeran saiu dos aposentos de Salawa enquanto a amante ainda dormia e atravessou a cidade. O som da guerra ficava cada vez mais alto à medida que se aproximava do Campo Sangrento, o eco do tamborilar tão calmante quanto estimulante.

Hoje, ela era uma *coronel*.

Ao se aproximar dos campos de treinamento, ouviu a cadência familiar de uma cantiga de ninar.

Um, dois, três, quatro: as aldeias élficas,
Minguante, Nova, Eclipse, Crescente,
Feitas pela lua, feitas para o permanente.

À distância, era fácil confundir as jovens vozes com um grupo de crianças em um parquinho. Mas Yeeran sabia que não encontraria crianças quando virasse a esquina.

Três deuses, três povos, havia antes,
Agora, apenas elfos: um, dois, três, quatro.

Não, havia tempos que aqueles que combatiam tinham deixado de ser crianças. Eles marchavam com rigidez no ritmo de seu canto, as expressões sombrias. Yeeran observou o garoto mais perto dela dar meia-volta, a cabecinha batendo contra o grande capacete como uma avelã em um barril.

Ele não deve ter mais que 9 anos.

— Coronel Yeeran Teila. — O tenente que coordenava o treino a havia visto.

Yeeran se encolheu; estivera com esperanças de passar sem ser avistada.

— Tenente Fadel — cumprimentou-o.

— Veio escolher o próximo portador do tambor?

O papel era dado aos mais jovens recrutas do exército. Yeeran sempre achara o título estranho, pois nunca deixava a manutenção de seu tambor para outra pessoa. Toda noite, ela passava uma hora limpando o sangue inimigo do casco e untando com cuidado a pele do tambor.

Não que este tambor precise de muita manutenção.

Estava pendurado no ombro dela naquele momento, um lembrete do amor de Salawa apoiado em seu quadril. Pesado e sempre presente.

— Não, não preciso de um portador do tambor — disse Yeeran, balançando a cabeça enfaticamente.

Fadel franziu a testa, mas então suavizou a expressão até se tornar sério.

— Que tal a oficial Hana? Ela é a melhor que temos. — Ele fez um sinal e uma garota, um pouco mais alta que os colegas, deu um passo à frente.

O uniforme dela se pendurava em seu corpo como uma bandeira no mastro. A barriga, porém, estava inchada pela má nutrição, e Yeeran sentiu a própria barriga pinicar com a lembrança.

Os dedos sujos da criança se fecharam em punho enquanto ela batia em seu peito frágil em saudação. Quanto mais intensa a batida do tambor, mais respeito a saudação oferecia, e a garota bateu em seu peito com tanta força que estava prestes a arrancar as próprias costelas.

Yeeran se abaixou até ficar da altura da garota, deixando de lado toda a falsa aparência de formalidade. Hana lançou ao tenente um olhar preocupado, mas Yeeran atraiu o olhar dela de volta com um sorriso.

— Está tudo bem. — Yeeran pôs a mão no bolso e pegou uma única moeda de ouro. — Pegue uma refeição decente esta noite, não aquela gororoba que dão a você nos quartéis. Está bem?

A criança ficou parada, embasbacada pela moeda de ouro em sua mão. Então disse a coisa mais inesperada:

— Fui vendida por menos que isso.

Yeeran sentiu um arfar deixar seus lábios por reflexo.

Alguns anos antes, a chefe havia introduzido um novo programa: crianças podiam ser vendidas diretamente ao Exército Minguante por meia moeda de prata. A criança, então, se tornaria tutelada do distrito, tendo como única família aqueles que combatiam ao seu lado.

Isso tornava a procriação um negócio lucrativo.

"A guerra não tem regras. Há apenas soldados e fracassos", dissera a cabeça da aldeia ao anunciar o programa.

Olhando para Hana, Yeeran não tinha certeza se concordava.

Ela se endireitou antes de se afastar da garota e da boca aberta do tenente Fadel.

Yeeran disse a si mesma que seus passos apressados eram conduzidos pela antecipação de conhecer seu novo regimento. Mas, na verdade, ela corria da visão das crianças soldados e de suas próprias recordações de uma fome dolorosa que nunca desaparecera para valer.

CAPÍTULO DOIS

Yeeran

Yeeran conduziu seu camelo a meio galope enquanto observava a linha de frente de seu novo regimento. Quinhentos na infantaria, trezentos na cavalaria e cem com arcos. Um mar de combatentes ao seu comando.

A sensação era ótima.

Apesar do clima ameno, o suor descia pelas costas dela. O sol queimara a umidade da manhã, deixando o céu claro e o vento rápido, movendo-se em uma direção nordeste.

Clima perfeito para guiar as flechas dos meus arqueiros.

— Coronel. — Uma das capitãs se aproximou e Yeeran a saudou de sua sela. — Avistaram General Motogo no fronte oeste. Está vindo para cá.

Yeeran olhou para o sol. Estava quase no zênite. Ela logo marcharia para a batalha.

— Esperarei na minha tenda de comando. Não quero ser perturbada. O regimento estará sob sua liderança até meu retorno.

A capitã assentiu e partiu, rosnando suas próprias ordens aos subordinados.

Yeeran desceu do camelo e caminhou pela fileira de tropas até a tenda de comando. Embora fosse chamada de "tenda", os acampamentos militares haviam se tornado um ponto fixo do Campo Sangrento havia tanto tempo que as aldeias tinham construído estruturas permanentes. A porta de bronze era cercada pelas flores buganvile de um rosa intenso que cresciam em abundância pelo distrito Minguante.

"Para ajudar a disfarçar o cheiro do campo de batalha", dissera a cabeça quando as flores foram plantadas.

Mas é impossível disfarçar o aroma de uma guerra de mil anos. Ele vivia no ar, na pele, nos próprios ossos da terra.

Yeeran entrou na sala circular e pisou na poça de luz solar que brilhava através das amplas janelas. O Campo Sangrento seguia até onde a vista alcançava.

No centro da sala, ela encontrou o capitão Rayan franzindo a testa ao ler uma carta. Ele ergueu o olhar e sorriu enquanto ela entrava.

— Bom dia, *coronel*.

Ele disse o título com reverência demais e aquilo a fez rir, o que era exatamente sua intenção.

Havia tempos que os dois se conheciam. Ela um dia fora tenente dele, mas havia crescido além de sua patente bem antes que Rayan o fizesse com a dele. O sucesso dela nunca o incomodara; tinha, na verdade, aprofundado a lealdade dele a ela, fundando uma amizade verdadeira.

— Como está indo? — perguntou Yeeran, espiando por cima da carta que ele lia. Estava esfarrapada e engordurada por ter sido dobrada e aberta vezes demais.

Rayan passou uma mão cansada pela cabeça raspada.

— Esta é a última mensagem que recebi dos meus batedores. Faz quatro dias. Eles deviam ter voltado ao acampamento ontem.

Yeeran franziu a testa.

— Ontem?

— Sim.

Não era incomum que batedores fossem emboscados pelo movimento inesperado dos inimigos.

— Talvez eles tenham sido obrigados a mudar de rota — disse ela.

— Talvez. — Rayan não soava convencido.

— O protocolo exige que estejam desaparecidos por cinco dias antes de enviarmos as tropas. Daremos a eles até amanhã antes que eu reporte.

Rayan assentiu, mas seus lábios estavam franzidos de preocupação.

— Coronel Yeeran. — A voz estrondosa de General Motogo entrou na sala primeiro; seu corpo veio depois.

Como muitos elfos, seu gênero era tão flexível quanto o clima, aceito como a queda da chuva, e a mudança bem-vinda como a virada das estações.

Yeeran sinalizou para que Rayan partisse; ele o fez com um olhar de gratidão. Motogo tinha fama de enredar pessoas em longas conversas.

— General Motogo, como está o campo de batalha sob seus pés? — disse Yeeran, usando o cumprimento formal reservado para anciões respeitados.

— Bem alimentado com o sangue de meus inimigos — respondeu Motogo, como de costume.

O cabelo grisalho em nós curtos deixava claro que elu raramente usava capacete. Yeeran não conseguia imaginar querer parar de combater um dia.

— Agora, vamos ao que interessa. Vim confirmar suas ordens... Ah, vejo que você tem uma nova arma... — Motogo avistou a pele preta do tambor dela no suporte. — Parece um belo espécime, um que causa inveja, tenho certeza — continuou, as narinas inflando com a cobiça. — Não que eu ainda me arrisque com o tamborilar disparado, deixo isso para os mais jovens.

O tamborilar não causava exaustão física, mas a intenção necessária para focar cobrava seu preço mentalmente. E Motogo tinha no mínimo uma centena de anos, embora Yeeran tivesse conhecido elfos no campo de batalha que chegaram a cento e vinte, o fim da expectativa de vida de um elfo. Ela esperava ser um deles.

— Sim, o tambor foi um presente.

— Muito bom. Muito bom. — Seus olhos ainda permaneciam na riqueza da pele do obeah.

— Havia algo que você queria mencionar sobre minhas ordens de hoje?

— Ah, sim. Considerando que é seu primeiro dia comandando uma tropa tão grande, eu gostaria de confirmar sua posição para hoje. Você deve patrulhar o banco oeste, subindo até a Colina Moribunda no segundo quadrante. Nossos batedores reportaram um ou dois pelotões de batedores enviados da Crescente. Elimine os inimigos que encontrar lá e volte para o campo. Deve ser uma varredura de rotina. Nada de ofensiva contra a fileira principal. Está ouvindo?

— Sim, general — respondeu Yeeran, um pouco irritada.

Ela sabia como seguir ordens. Não era possível chegar longe no Exército Minguante sem saber.

Motogo assentiu antes de colocar a mão na bolsa e pegar um uniforme recém-passado.

— Chegou a hora dar uma melhorada no seu uniforme de capitã, coronel.

Grata, Yeeran estendeu a mão para a roupa. Era de um azul mais escuro que seu uniforme atual, como um céu enegrecido pela tempestade.

— Boa sorte lá fora hoje — continuou Motogo. — Que as três divindades a protejam.

Motogo invocava as divindades sem qualquer significado. Ninguém acreditava mais nelas, exceto adivinhos como a irmã de Yeeran. Mesmo assim, ela reconhecia o sentimento, por mais vazio que fosse.

— E a você, general.

Yeeran observou Motogo partir antes de suspirar profundamente.

As ordens que recebera não eram o que ela tivera em mente para o primeiro dia como coronel. Varreduras eram comuns e ela teria sorte se eles encontrassem qualquer aldeia Crescente. Ela correu o dedo pelo aro de seu tambor. Estava ansiosa para arrancar sangue com ele pela primeira vez.

Houve um som na janela e o vulto de uma sombra. Yeeran balançou o tambor para fora de sua alça com uma eficiência praticada. Talvez, no fim das contas, ela tivesse a chance de usar a nova arma.

Dedos deslizaram sob a janela aberta e se fecharam na moldura. O intruso respirava com dificuldade enquanto se lançava pela abertura.

— Em nome da lua — resmungou o intruso antes de terminar de escalar e cair no chão com um baque.

Yeeran tornou a pendurar o tambor nas costas e esfregou a testa franzida.

— Lettle, o que você está fazendo?

Os olhos da irmã brilharam de irritação.

— Vim ver você, é claro.

Ela se endireitou e ficou de pé com a postura real de uma cabeça de aldeia. O vestido lilás que usava havia se enrolado nas pernas, mas nem uma grama de dignidade foi perdida enquanto ela o ajeitava.

— Você não podia usar a porta? — disse Yeeran.

Firme, Lettle a encarou. A pele ao redor de sua testa estava puxada e retesada por várias tranças rentes ao couro cabeludo que continuavam até sua cintura.

— Ora, claro, Yeeran, eu gostaria de ter usado a porta. Mas algum idiota no fronte disse que você não deveria ser incomodada e não quis me deixar passar.

Yeeran se orgulhava de seus capitães serem tão leais assim.

— E aí você escalou a janela?

— Escalei.

Lettle cruzou os braços sobre o peito e esperou que Yeeran a desafiasse.

Yeeran observou a irmã mais nova por um momento antes de soltar uma risada.

— Você sabe como conseguir o que quer.

Um sorriso inesperado apareceu no rosto de Lettle, como o sol passando por entre nuvens chuvosas.

— Eu sei.

Yeeran voltou-se para o decantador de suco na mesa e ofereceu um copo a Lettle, mas a irmã balançou a cabeça em negativa.

Então Yeeran aguardou. Lettle nunca a visitava sem motivo.

— Fui até o matadouro esta manhã.

Yeeran tentou disfarçar o gemido. Havia anos que Lettle treinava para ser adivinha. A prática exigia as entranhas de um obeah a fim de ler a magia que se acumulava ali. Uma viagem ao matadouro em geral significava que Lettle estava sem dinheiro. De novo.

— Mandarei um mensageiro lhe entregar algumas moedas mais tarde, Lettle.

Os olhos de Lettle brilharam como carvões brancos.

— Não preciso de dinheiro — falou ela, entredentes.

Yeeran sabia como Lettle ficava irritada por ter que contar com ela.

Lettle não trabalhava mais. Depois da morte do pai delas, quando chegara em Gural, ela fizera sua conscrição de dois anos. Mas, diferentemente de Yeeran, ela não havia ficado e subido nas patentes militares. Em vez disso, sua paixão residia na adivinhação. Uma habilidade irrisória de profecia dificilmente usada por elfos. Dificilmente usada significava raras vezes remunerada.

— O que foi, então?

A raiva de Lettle desapareceu tão rápido quanto surgiu.

— A profecia de hoje foi sobre você.

Yeeran olhou para o relógio na parede. Ela tinha apenas alguns minutos antes de ter que ir marchar com o regimento e estava prestes a dizer isso para Lettle, mas a sinceridade do olhar da irmã a fez segurar a língua. Aquilo significava algo para Lettle.

Yeeran voltou-se para o novo uniforme que Motogo lhe entregara.

— Conte-me sobre a leitura enquanto eu me troco.

Lettle lhe lançou um breve sorriso antes de começar a história.

— Como eu disse, fui até o matadouro esta manhã, antes que eles tirassem a pele das feras. Havia outros adivinhos dando lance nas entranhas, mas eu sabia que hoje era seu primeiro dia comandando este regimento. Então dei o lance mais alto. Mesmo assim, só me deram cinco minutos com a criatura. E, Yeera — ela sempre cortava o "n" no nome da irmã, como se a letra fosse uma inconveniência —, você devia ver o péssimo estado do local. A gente devia enviar algum dinheiro para os trabalhadores lá…

Yeeran assentiu, distraída.

— Tentarei fazer isso. Me ajude com o fecho, por favor.

Diferentemente do uniforme de capitã, o casaco de coronel era coberto por um grosso pelo de obeah. Embora a pele fosse a parte mais potente de um obeah, a juba preta ao redor do pescoço da criatura também emanava pulsos de magia que Yeeran podia aproveitar, se fosse preciso.

O casaco era duramente engomado, com um colarinho largo e dragonas na forma da lua minguante, o símbolo da aldeia dela. Nas costas, havia mais um lembrete de onde ela viera: três luas minguantes costuradas no centro do casaco.

Yeeran não se importava. Ela tinha orgulho de usar o selo da aldeia repetidas vezes.

Lettle deixou escapar um barulhinho de irritação e murmurou:

— Cliente nenhum pediria a uma adivinha que o ajudasse a se vestir no meio de uma leitura.

Yeeran queria contestar dizendo que seria difícil qualquer cliente dela pedir, pois eles não existiam. Mas a mágoa que as palavras causariam a Lettle seria maior que a satisfação que dariam a Yeeran. Além disso, a irmã *estava* ajudando enquanto falava.

— Prontinho. E não é que ficou bom? — disse Lettle.

Yeeran espiou o espelho dourado pendurado na parede. De ombros largos e com mais de um metro e oitenta de altura, o corpo dela era todo anguloso, enquanto seu rosto era suave. Um nariz largo e cheio, e lábios pintados de roxo abaixo de um par de olhos intensos. Suas íris violeta estavam apagadas pelo cansaço; a cor, rara para um elfo, a tornava reconhecível logo de cara.

Coronel Yeeran Teila do Exército Minguante, pensou ela, e um sorrisinho se espalhou por seu rosto.

Lettle pressionou os lábios.

— Agora, vamos à sua leitura. Os Destinos foram claros, Yeeran: *sua glória está no leste.*

Yeeran sentiu os cantinhos dos lábios se movimentarem com o começo de uma risada, mas a engoliu em seco ao ver a sinceridade no rosto de Lettle. A adivinhação nunca era uma arte precisa, mas Yeeran sabia que Lettle estava sendo treinada para um dia suceder a líder de sua seita. Ela deveria dar mais crédito aos talentos da irmã.

— Obrigada pela leitura, Lettle — disse ela, com o máximo de carinho que conseguiu. — Vou atentar para manter minha sagacidade no campo de batalha hoje. A aldeia Crescente moveu metade da infantaria de volta ao leito oeste, então estaremos apenas perseguindo os retardatários, é uma operação simples.

Lettle venceu a distância entre elas e agarrou os pulsos de Yeeran, com as unhas primeiro.

— Lembre-se: *busque sua glória no leste.*

Lettle era pelo menos trinta centímetros mais baixa que Yeeran. Seu braço esquerdo era mais curto, o músculo externo atrofiado pela varíola debilitante. A doença havia arrasado a vila delas, que eram pobres demais para conseguir pagar pelo remédio para tratar Lettle. Quando ficava assim tão perto da irmã, Yeeran ainda se sentia culpada.

Quando enfim conseguiram dinheiro suficiente para pagar uma consulta médica, confirmaram que a pequena estatura e o braço ferido de Lettle deviam-se aos efeitos prolongados da varíola. Yeeran devia ter se esforçado mais para juntar o dinheiro do remédio.

Ela pousou a mão sobre a de Lettle.

— Nosso pai ficaria orgulhoso da dedicação que você tem colocado na adivinhação — disse ela.

O toque de Lettle ficou frouxo e ela deu as costas à irmã.

As duas raramente falavam do pai. Embora ele não fosse o pai biológico de Yeeran — que morrera no campo de batalha quando ela era bebê —, era o único pai que ela conhecera. Seis meses depois de a mãe dela e ele se casarem, Lettle nasceu.

Então, uma flecha no coração também levara embora a mãe delas, jovem demais para deixar as filhas com muitas lembranças.

Com o pai, as memórias eram tudo o que tinham. Embora quase não falassem dele, ficava claro em cada meio-sorriso que davam uma à outra, em cada elogio dito baixinho, que ele morava em suas mentes como o herói de um amado conto feérico.

Mas esses heróis nunca eram ladrões.

Depois de perder a esposa no derramamento de sangue do campo de batalha, o pai havia deixado o exército e se tornara um caçador de obeah. Porém, quanto mais velho ficava, mais difícil era manter as demandas físicas da caçada. Em especial à medida que os obeahs se tornaram cada vez mais raros. Logo, a família teve que recorrer a furtos e a catar comida e objetos no lixo para sobreviver.

— Ele também teria orgulho de você, Yeeran.

Lettle não olhou para Yeeran enquanto falava, pois teria entregado a mentira.

As duas sabiam que o pai não teria orgulho das conquistas de Yeeran. O luto dele corrompera sua visão sobre a guerra, e ele condenava qualquer participação nela. Quando Yeeran contou a ele que decidira viajar para Gural e se juntar ao Exército Minguante, eles se despediram com raiva. Foi a última vez que conversaram. O pai morreu pouco depois.

— Preciso ir — disse Yeeran.

Lettle pegou a mão dela e a apertou.

— Boa sorte lá fora.

Yeeran fechou os olhos, reconfortando-se com o apoio da irmã. Não importavam suas diferenças, as duas sempre encararam o mundo juntas. Naquele dia, não seria diferente. Embora Yeeran fosse para o campo de batalha, e Lettle, para seus livros, ela sempre levaria a irmã consigo. Sempre.

As cicatrizes da vida as tinham amalgamado.

Lettle assentiu como se soubesse o que Yeeran estava pensando. Seus olhos violeta eram de um tom similar aos de Yeeran, mas a profundidade deles era incomensurável, como se Lettle enxergasse o mundo em sua totalidade, e Yeeran, apenas parte.

Ela sorriu para Yeeran.

— Seu regimento à espera. Lembre-se do que eu falei.

CAPÍTULO TRÊS

Yeeran

A infantaria marchava no centro da formação com a cavalaria flanqueando as laterais e os arqueiros seguindo na retaguarda. Yeeran e seus quatro capitães cavalgavam na frente. Os oficiais de patente e a cavalaria eram os únicos combatentes equipados com o tamborilar disparado; tambores de obeah eram uma comodidade escassa.

Os caçadores de obeah eram bem pagos nas Terras Élficas. Se o pai de Yeeran não tivesse desistido da profissão, eles poderiam ter evitado conhecer a voracidade corrosiva da verdadeira fome.

Ela incentivou o camelo a galopar. O terreno estava sulcado pelas marcas de cascos e combate. Poças vermelhas de sangue da campanha anterior haviam encharcado o solo, deixando partes empapadas e escuras.

Eles subiram a Colina Moribunda, nomeada em homenagem ao massacre de centenas de civis nas mãos do Tirano de Duas Lâminas, um apelido que ele ganhara no episódio. Antes disso, ele tivera outro nome: Cabeça Akomido da aldeia Crescente.

Enquanto os cascos do camelo pisavam na terra molhada, Yeeran se lembrou das riquezas sob os pés deles: uma mina de fraedia grande o suficiente para erradicar a pobreza de vez. Um cristal seria suficiente para uma família cultivar a própria comida e aquecer a casa por um ano, talvez mais.

Se eles conseguissem garantir a mina, as crianças não passariam mais fome.

Yeeran pensou na portadora do tambor, Hana, e percebeu por que vê-la causara tanta dor.

Ela me lembrou de Lettle quando era criança. A barriga distendida, os braços dolorosamente finos, a desesperança assombrosa que se agarrava à expressão dela. Yeeran engoliu a lembrança, estremecendo.

— Eles partiram. Não há um Crescente sequer à vista — murmurou Rayan ao se aproximar dela, puxando-a para fora dos pensamentos. Os olhos castanhos dele brilhavam com algo mais quente que raiva, a insatisfação de uma batalha não cumprida.

Ele tinha razão. Dali, Yeeran conseguia ver a expansão do primeiro quadrante e não havia nenhum sinal da tropa dos Crescentes.

Ela sentiu a amargura da decepção bem no fundo da garganta.

— Coronel? Devemos prosseguir? — perguntou Rayan.

— Prosseguir para onde? A essa altura, a tropa terá voltado para a linha inimiga, e não devemos nos meter com a força completa da aldeia Crescente. Somos apenas um regimento.

Que ótimo primeiro dia, pensou Yeeran, amarga.

— Nós podemos fazer uma varredura no leste no caminho de volta, para ver se eles saíram da rota? — sugeriu Rayan.

Yeeran balançou a cabeça em negativa.

— Isso seria ir contra as ordens.

Rayan deu de ombros.

— Mas há chance de o inimigo não ter voltado à linha de frente e, nesse caso, não devemos aproveitar a oportunidade para emboscá-los?

Ele estava tão pronto para uma briga quanto ela.

— Não podemos, capitão.

Rayan cerrou a mandíbula, mas não pressionou mais. No entanto, a expressão em seu rosto dizia o suficiente. Ele nunca era insubordinado, mas estava sempre pronto para dar uma opinião caso Yeeran pedisse. Era o que ela mais gostava nele.

Yeeran estava prestes a colocar o camelo no caminho de volta para o acampamento, quando se deu conta: *busque sua glória no leste.*

Lettle lera aquelas palavras nas entranhas do obeah.

Ela hesitou. Era verdade que às vezes as predições de Lettle acertavam. Uma vez, ela previra que o telhado de Yeeran iria ceder devido à chuva torrencial. Embora tivesse levado um ano para a profecia se cumprir, quando o telhado enfim cedeu, Yeeran já havia comprado os materiais para consertá-lo.

E talvez Yeeran quisesse que aquela previsão se concretizasse, então lhe deu mais crédito do que normalmente teria dado.

Ela assentiu devagar.

— Tudo bem, acho que talvez encontremos alguns inimigos no leste.

— Então Yeeran ergueu a voz para que os outros capitães ouvissem: — Avisem seus esquadrões. Iremos para o banco leste em cinco minutos.

Yeeran nunca havia desobedecido a uma ordem. Mas isso não era exatamente desobediência, era mais uma esticada da ordem. Yeeran havia recebido informação de que havia inimigos no leste. A informação não era menos válida só por ser baseada em adivinhação.

Certo?

Tarde demais agora. Ela fez uma careta.

Eles seguiram pelo Campo Sangrento, com o sol quente em suas costas. O casaco novo de Yeeran logo ficou encharcado de suor, mas ela não percebeu. Seu sangue corria em antecipação à batalha.

Eles estavam quase no segundo quadrante, ao leste do campo de batalha atribuído a ela, quando Rayan chamou:

— Coronel, corpos adiante.

Ela não precisava que Rayan lhe dissesse, dava para sentir o *cheiro* deles. Havia doze no total, pútridos e inchados por conta do sol da tarde.

— O grupo de batedores.

A voz de Rayan estava tensa dentro de seu capacete.

Yeeran enviou um sinal para a infantaria que avançava.

Eles trotaram até parar.

Devagar demais, terei que os treinar nisso.

Rayan desceu do camelo e se aproximou dos corpos. Eles usavam a marca da aldeia Minguante nas costas do uniforme.

— Com certeza são nossos batedores — confirmou Rayan, a expressão tensa.

Yeeran passou a perna por cima da sela e desceu. O camelo resmungou e ela deu um tapinha brusco no animal. Nem conseguia se lembrar do nome da criatura… Baul? Boro? Brado?

Ela achava mais fácil não ficar muito apegada às montarias, pois dificilmente sobreviviam por muito tempo.

Yeeran se aproximou dos corpos prostrados. Os capitães a seguiram, alguns hesitando por conta do cheiro.

Eles não estavam acostumados com o odor da morte estagnada. Só conheciam o tipo rápido, que tinha cheiro de sangue, suor e urina; ferro, sal, amônia. Eles não sabiam nada a respeito de um corpo deixado para apodrecer, do cheiro nauseante dos órgãos se liquefazendo.

Mas Yeeran conhecia a morte intimamente. Ela sabia como era revirar o casaco de um corpo inchado enquanto o gás vazava através das costuras da carne. Ela havia se esfregado em fezes de outras pessoas enquanto remexia bolsos traseiros ou pegava brincos de orelhas arrancadas por tiros dados a um metro e meio de distância. Quando criança, ela fizera o que precisava para sobreviver. Aquilo não era diferente.

Yeeran se ajoelhou ao lado de Rayan.

— Eles devem ter sido mortos pelo pelotão da Crescente — comentou ele.

— Sim, aqueles retardatários que estivemos perseguindo.

— O que é aquilo?

Rayan seguiu o olhar de Yeeran.

Ali, na terra, havia um pedaço tosquiado do colar de pelo de obeah de um batedor. Encontrar um colar partido não era exatamente incomum — coisas piores tinham sido rasgadas em combate —, mas aquele parecia que tinha sido arrastado pela terra na direção oposta a do batedor.

Yeeran analisou o corpo outra vez. A tropa dos Crescentes havia deixado feridas abertas nos corpos, onde suas lâminas perfuraram a carne. Mas, julgando pela descoloração do chão, parecia que o batedor tinha morrido de perda de sangue algum tempo depois. A cabeça do cadáver estava inclinada para trás, os olhos cegos fixados no pelo com concentração.

Não concentração, *intenção*. O batedor havia usado o que restara da magia obeah no pelo para empurrar o colar para a frente. A força da mente para manipular algo tão fraco em magia era impressionante, quase impossível.

O batedor devia estar mesmo determinado.

Yeeran inclinou a cabeça. *Mas por quê?*

Ela seguiu a direção da linha que o colar fizera.

Um bosque de árvores balançou com a brisa a meia légua de distância. Um dos galhos se mexeu.

— Você acha que parece uma flecha? Como se o pelo apontasse para algo? — indagou Rayan atrás dela.

Mas Yeeran não estava ouvindo. *Porque aquilo não era um galho.*

— Emboscada! — gritou Yeeran. — Formação três, formação três.

O colar estava apontando para a tropa dos Crescentes escondida. Um aviso que Yeeran viu tarde demais.

O Campo Sangrento ribombou com o som de pés correndo enquanto a aldeia rival avançava na direção deles.

Yeeran pulou em sua sela. O camelo se levantou de uma vez, os músculos se retesando ao sentir o perigo iminente, mas não empacou.

O inimigo se aproximava a cada segundo. Havia mais de duzentos mil deles, mais que o dobro do regimento de Yeeran.

— Precisamos recuar, encontrar um ponto de vantagem — gritou Rayan.

— Não.

Yeeran não recuaria no primeiro dia como coronel. Ela não seria um fracasso. Passou o dedão sobre o tampo de seu tambor e observou o campo de batalha.

Então soltou um suspiro aliviado. O inimigo não tinha arqueiros, mas seu pelotão, sim. Com as flechas, o regimento dela podia derrubar pelo menos um terço do ataque iminente.

O comando dela foi acompanhado por um sinal de mão.

— Arqueiros, disparar.

Alguns segundos depois, choveram flechas.

Yeeran sorriu, aproveitando a visão. Aquela era a droga pela qual ela vivia. A certeza, bem lá no fundo, de que ia sobreviver a isso. E talvez a certeza de que um dia não sobrevivesse.

As flechas caíram do céu sobre a linha de frente inimiga e Yeeran prendeu a respiração enquanto esperava que os combatentes também caíssem.

Mas eles não caíram.

— O quê? Isso não faz sentido... — gaguejou Rayan até parar de falar.

Assim como ela, o capitão não conseguia entender o que acontecera.

Nem um único combatente da Crescente havia caído. Era como se as flechas tivessem atingido uma barreira invisível ao redor dos elfos. Tratava-se de uma magia que Yeeran jamais vira. A intenção movia apenas forças físicas, e a adivinhação era uma arte baseada em ler Destinos. Nenhum dos dois tipos de magia podia fazer algo assim, não *naquela* escala.

— Coronel, o que faremos? — perguntou Rayan. — Contato em cento e cinco metros... cento e três...

Yeeran sabia a resposta. O escudo mágico tornava a luta impossível.

Ela pigarreou, para que suas palavras não ficassem presas na garganta.

— Recuar, vamos recuar!

Mas era tarde demais para recuar com sucesso. A infantaria do inimigo estava próxima demais, o bastante para Yeeran ver a sede de sangue em seus olhos.

Sua tropa começou a sair de posição, o medo tomando conta dela mesmo enquanto o sinal para recuar soava.

Eles precisavam de mais tempo para chegar à segurança.

Yeeran puxou a alça do tambor, girando a arma entre as coxas.

— Coronel, o que está fazendo? Precisamos ir, *agora*. Yeeran!

Então, Yeeran começou a tocar.

O caos ao redor dela se desintegrou enquanto seus dedos roçavam na pele preta. A magia retumbou por seus ossos em direção aos cotovelos, uma sensação mais semelhante à dor que ao prazer. Ela começou com um vagaroso tom grave criado por uma palma plana no centro do tambor. Era um tipo mais fácil de batida para aprimorar a intenção dela. Embora a nota fosse menos precisa, e as vibrações da magia mais amplas que um tom aberto, os fios de magia eram mais suaves para moldar.

E ela os moldou. Cada força de magia se tornava uma bala mortal enquanto ela batia cada vez mais rápido no tambor. Yeeran não olhou para trás para ver se seu regimento estava recuando. Concentrou-se no momento, usando o tamborilar disparado para atrasar o ataque iminente o máximo que podia.

Dum-bara-dum-bara-dum

Assim como as flechas, o tamborilar não penetrou o escudo mágico que protegia os elfos Crescentes. Então, em vez disso, ela disparou os projéteis mágicos no chão aos pés deles, levantando poeira e fazendo com que algumas fileiras tropeçassem.

Mesmo assim, o inimigo continuava a se aproximar.

— Sessenta metros, cinquenta e nove metros — gritou Rayan ao lado dela. — Yeeran, venha, precisamos partir *agora*.

Mas Yeeran ainda não havia terminado. Ela precisava dar mais tempo a seu pelotão.

Ela foi puxada para trás na sela quando braços grandes enlaçaram sua cintura. Rayan havia se juntado a ela no camelo e tentava agarrar as rédeas.

Dum-bara-dum-bara-dum-

Então ela foi empurrada para a esquerda, seu tamborilar disparado dispersando enquanto sua intenção vacilava. Ela não havia atrasado o ataque inimigo por mais que um minuto ou dois. Não era suficiente.

Rayan esporou o camelo até que galopasse, levando-os para cada vez mais longe do campo de batalha. E para mais longe da infantaria dela, que ainda corria para salvar a própria vida.

CAPÍTULO QUATRO

Yeeran

Trezentas e setenta e seis mortes.

O número foi anunciado como uma sentença de morte e, para Yeeran, foi como uma corda em seu pescoço. Ela não conseguia encarar a cabeça da aldeia. Em vez disso, endireitou a postura e fixou o olhar na tapeçaria pendurada ao lado do trono.

As extremidades estavam desgastadas, as cores desbotando em um cinza fosco, mas a cena era clara. Mostrava os três seres: humano, feérico e elfo. O feérico, reconhecível por seus caninos afiados, prendia o pescoço do humano com a mandíbula. O humano, com suas orelhas arredondadas, a boca aberta em um grito silencioso, estendia a mão para o elfo no canto mais distante da tapeçaria. O elfo empunhava uma espada ensanguentada, embora não estivesse claro de quem era o sangue que corria até a ponta, feérico ou humano.

A tapeçaria imortalizava os horrores dos feéricos que, junto de humanos, àquela altura viviam apenas na história. Mesmo aquela história havia se tornado apenas mitos e lendas. Afinal de contas, fazia mais de um milênio desde que feéricos e humanos caminharam sobre a terra. Algumas lendas alegavam que os feéricos mataram todos os humanos e foram, então, amaldiçoados pelas divindades. Mas era mais provável que ambas as espécies tivessem sido apenas assoladas por uma doença que simplesmente as acometeu e as extinguiu. De qualquer forma, Yeeran nunca havia se importado com as histórias dos monstruosos feéricos.

Naquele momento, ela se perguntava se o motivo era a própria monstruosidade.

Yeeran olhou de volta para o trono. A líder sentava-se sobre as pernas dobradas e escorava um braço sobre o apoio. O trono era de chifre branco e polido de obeah, vibrando com energia mágica o suficiente para acabar com Yeeran, caso a cabeça assim quisesse.

A líder sentiu o olhar de Yeeran e se endireitou, as contas de fraedia tilintavam em seu cabelo.

— Coronel Yeeran, você desobedeceu às ordens. Suspeito que saiba a punição para insubordinação?

— Dispensa do exército.

Yeeran ficou satisfeita por sua voz não estremecer.

— De fato. Mas insubordinação é apenas um dos seus crimes. Temos o assassinato de trezentos e setenta e seis combatentes que, de acordo com sua própria confissão, você causou. Embora nós também tenhamos recebido uma declaração de um tal capitão Rayan que alegou responsabilidade parcial…

— Foi minha decisão, minha escolha, e de mais ninguém — interrompeu Yeeran.

Houve um arfar brusco. Ninguém interrompia a cabeça.

— Vejo um padrão de insubordinação. — Seu tom era seco.

Yeeran ouviu Motogo zombar atrás dela, mas não virou a cabeça. O desagrado delu já era palpável sem que ela precisasse ver sua expressão.

Provavelmente era bem parecida com a da líder na sua frente.

— Podem nos dar licença? Eu gostaria de falar a sós com a coronel.

Houve um farfalhar enquanto todos os oficiais de alta patente presentes para o julgamento dela deixavam a sala do trono. Yeeran manteve a cabeça baixa enquanto a cabeça se aproximava. A mulher parou a um passo de distância de Yeeran e ergueu seu queixo com dedos gentis.

Yeeran olhou nos olhos tristes de sua amante.

— Salawa. — O nome era um som torturante em seus lábios.

— Ah, Yeery.

Então Yeeran estava nos braços dela. Nenhuma das duas chorou, apenas se abraçaram com força.

— Você precisa assinar minha ordem de execução — afirmou Yeeran, os lábios pressionados no cabelo de Salawa, a voz abafada.

— Não.

— Você deve. É o que faria se fosse qualquer outra pessoa. Não pode confiar em mim.

Salawa deu um passo para trás e a olhou com cautela.

— Não posso?

— Você não pode ser *vista* confiando em mim. "Sem favores, sem tratamento especial", foi o que nós dissemos tantos anos atrás.

Fazia quase quinze anos desde que elas se conheceram. Os cílios de Yeeran tremeram, e ela viu a lembrança ali, logo abaixo da membrana de suas pálpebras.

Yeeran estivera ao lado das fontes na praça de Gural. As mãos enfiadas nos bolsos; de um lado ela girava um canivete, do outro segurava uma carta.

A voz de Salawa sempre fora cheia de autoridade, mesmo naquela época.

— Você está bem?

Yeeran ergueu os olhos marejados para a recém-chegada. Ela usava as roupas de um civil, segurando um punhado de folhetos.

— E-eu… meu pai morreu. — Yeeran acabara de receber uma mensagem de Lettle, que estava a caminho de Gural.

A notícia destruiu o espírito de Yeeran. Ela se sentia arrasada, desprendida da vida. O pai nem sempre fazia as escolhas certas, mas sempre tentara prover a elas, ainda que precisasse roubar. Em troca, ela também arregaçara as mangas para lutar pelo Exército Minguante, para enviar dinheiro para casa. Com Lettle a caminho da cidade para trabalhar, ela sentia que não tinha mais propósito.

Salawa emitiu um som empático e gutural. Ela não hesitou em confortar Yeeran, ainda uma estranha, enquanto a abraçava com braços fortes, forçando-a a largar o canivete no bolso — e os pensamentos terríveis que tinham se enraizado na mente dela.

Os panfletos que Salawa tinha em mãos caíram no chão, e Yeeran conseguiu deduzir apenas algumas palavras do manifesto político.

Um fim à pobreza. Um fim à guerra. Lutamos por comida e paz.

O slogan era um pouco rudimentar, e durante os anos Salawa refinou sua campanha. Mas, naquele momento, foi exatamente o que Yeeran precisava.

Ali estava algo pelo que lutar.

Salawa conseguiu a lealdade de Yeeran ali. O amor veio depois.

Nem Lettle sabia o quanto ela esteve perto de deixar o luto consumi--la naquele dia. E agora, quando Yeeran olhou para Salawa, viu todas as formas pelas quais a líder a salvara.

Mas ela não podia salvá-la naquele dia.

— Não. Não farei isso — disse Salawa.

Ela encheu as mãos com seu vestido de veludo. O tecido caiu no chão a seus pés como uma piscina azul. A bainha era bordada com luas minguantes prateadas. Yeeran viu as luas brilharem enquanto Salawa tremia.

— Que outra opção há? Eu matei mais de trezentas pessoas do meu regimento.

— Você cometeu um erro.

— Um erro enorme.

Salawa encarou Yeeran e assentiu, triste.

— Você não pode deixar seus sentimentos por mim nublarem o que é certo. A lei é a lei — disse Yeeran, os lábios franzidos. Lábios estes que ela queria pressionar nos de Salawa e implorar pela própria vida.

Mas na morte, seu orgulho seria mais valioso do que o amor. Seu orgulho era seu legado.

— A lei é a lei — sussurrou Salawa.

Algo brilhou por trás da expressão dela. Algo duro e imóvel. Ela se afastou e tornou a se empoleirar no trono. Dali, podia encarar Yeeran de cima.

Havia duas pessoas dentro de Salawa, a líder e a amante. Uma dura, outra gentil. Foi naquele momento que Yeeran viu sua amante desaparecer.

— Ouvi dizer que você se recusou a aceitar a portadora do tambor — disse Salawa.

Yeeran suspirou.

— Sim.

A expressão de Salawa ficou cuidadosamente nula.

— Por quê?

Por um momento, ela não respondeu. A chefe sabia que Yeeran não concordava com a política de crianças soldadas, tinha sido uma discussão intensa que durara semanas.

Ela se perguntou se Salawa abriu a ferida entre as duas para fortalecer sua decisão de fazer o que tinha que ser feito.

Não, Yeeran não permitiria que elas se despedissem com amargura.

— Salawa, você leu minha declaração a respeito da aldeia Crescente? A respeito da nova magia que eles parecem estar usando?

A pergunta era para afastar Salawa do assunto, mas Yeeran podia ver que ela havia arrancado a casquinha de uma velha ferida e estava deixando a raiva fluir adiante.

— Vamos investigar. — Distraidamente, a mão de Salawa correu pela franja de tranças caída em sua testa. — A portadora do tambor... ela deixou o exército e fugiu com a moeda de ouro que você deu.

Yeeran sempre soubera que Salawa tinha espiões em seus escalões, embora jamais tivesse admitido.

Ela cerrou os punhos para se impedir de tremer.

— A garota estava desnutrida. Vocês não estão alimentando as crianças direito.

Yeeran se arrependeu das palavras assim que as disse. Salawa estivera lutando por crianças como Hana — como Lettle — desde o dia em que se sentara no trono.

Mas é suficiente? Ela afastou o pensamento intrusivo, mas era tarde demais. Salawa havia visto o pensamento escrito no rosto dela. Algo semelhante a desdém se instalou em sua expressão.

— É *exatamente* por isso que nós precisamos ganhar mais terra no Campo Sangrento. Precisamos daquelas minas de fraedia para alimentar as tropas.

Salawa sempre disse que seu propósito na guerra era duplo: libertar os oprimidos por governantes como o Tirano de Duas Lâminas, da aldeia Crescente, e acabar com a pobreza.

Aquele era o motivo de ela ter a total lealdade de Yeeran.

— Mas agora estou com uma combatente a menos — prosseguiu Salawa.

Yeeran não disse o que queria, que a garota não teria feito diferença na batalha, exceto ser mais um corpo para alimentar os urubus.

Em vez disso, disse:

— Sinto muito.

Embora não sentisse nem um pouco.

Salawa emitiu um som gutural que não era exatamente uma risada.

— A guerra não tem regras. Há apenas soldados e fracassos — disse ela.

O silêncio que se seguiu dizia o que não foi verbalizado: *Hoje você provou ser um fracasso.*

Yeeran abaixou a cabeça com o peso da culpa.

Salawa suspirou longamente.

— Parece que você ajudou muitas pessoas ao longo dos anos. Há multidões nos portões da minha residência clamando seu nome, implorando que eu poupe sua vida. Até mesmo um grupo de adivinhos se acorrentou uns aos outros em uma tentativa de implorar por sua liberdade.

Lettle. Yeeran conteve um soluço.

— Meu crime justifica execução — sussurrou Yeeran.

Ela havia aceitado o destino e agora só esperava que a deixassem ver Lettle mais uma vez antes de ser morta.

Salawa tamborilou as unhas envernizadas no trono de marfim.

— No entanto, eu não posso permitir uma revolta. Você é mais popular com os civis do que eu imaginava… Fico pensando, quantas moedas de ouro você distribuiu ao longo dos anos?

Centenas. Milhares. Cada centavo que não ia para Lettle ia para os famintos ou para os sem-teto.

As pálpebras de Salawa tremeram e a dureza da chefe desapareceu, dando lugar mais uma vez à suavidade da amante de Yeeran.

— Venha aqui.

Yeeran foi até ela, ajoelhando-se a seus pés diante do trono. A magia do chifre de obeah arrepiava sua pele, uma magia similar à sensação de estar na presença da cabeça da aldeia. Seu amor por Salawa era potente e abrangente.

Salawa deslizou para fora do trono e se ajoelhou ao lado de Yeeran para que suas testas se tocassem. Yeeran inspirou o cheiro dela, lavanda e uma nota pesada de metal, gravando-o na memória antes que fosse tirada deste mundo.

— Saiba disto — disse Salawa. — Você é o fogo do meu coração e a batida do meu tambor. Sou sua sob o luar. Até que o ritmo não cante mais.

Então ela beijou Yeeran, longa e profundamente. Yeeran as fez ficar de pé para que suas mãos pudessem passear pela forma do corpo de Salawa enquanto o beijo se aprofundava.

Salawa se afastou antes que Yeeran se satisfizesse. Mas Yeeran jamais se satisfazia de Salawa.

A líder virou-se e tocou um sininho ao lado da almofada próxima a seus pés descalços.

— Salawa...

Mas a amante se foi outra vez. O olhar que ela lançou a Yeeran era todo da cabeça da aldeia. A coronel soube, então, que jamais veria o rosto da amante outra vez.

Os conselheiros da cabeça voltaram. General Motogo conduzia a fila de sorriso convencidos. Fazia tempos que Yeeran era invejada por aqueles de patentes mais altas por seu relacionamento com Salawa.

— Tomei uma decisão. — A chefe não olhou para Yeeran enquanto falava. Isso encheu o estômago dela com a sensação de terror. — Yeeran Teila está dispensada do exército por insubordinação. Além disso, ela deve expiar as almas que perdeu no campo de batalha, sendo assim, está sentenciada ao exílio. Jamais deverá pisar outra vez nas Terras Élficas. Um pergaminho será enviado a todas as aldeias.

Os joelhos de Yeeran estalaram contra o chão de mármore. *Exílio.*

Quem era ela sem um exército, sem uma aldeia?

Era uma sentença pior que a morte.

CAPÍTULO CINCO

Lettle

Irmã, amiga, aliada, vizinha. Libertem a coronel Yeeran Teila. Irmã, amiga, aliada, vizinha. Libertem a coronel Yeeran Teila! — Lettle emprestava sua voz à multidão.

O protesto contra a prisão de Yeeran começara antes de Lettle chegar. A irmã dela era querida na comunidade. Ao longo dos anos, ela fora generosa com sua fortuna e influência, dando apoio àqueles que precisavam.

Mas, à medida que a multidão aumentava, o mesmo acontecia com os combatentes. Enquanto eles tentavam dispersar os manifestantes, Lettle sabia que precisava fazer mais para atrair a atenção da cabeça da aldeia. Então, ela se acorrentou aos muros do palácio.

E não vou arredar o pé daqui até que libertem minha irmã.

Lettle não esperava que o restante dos adivinhos em Gural fizesse o mesmo. Havia vinte deles. A xamã Namana fora a primeira a se juntar a ela, prendendo suas algemas às correntes de Lettle sem hesitar. Lettle ficou feliz. Como xamã, Namana era a líder dos adivinhos de Gural e estava treinando Lettle para substituí-la um dia. A força silenciosa dela ajudara Lettle a se manter firme diante do inimaginável — a execução de Yeeran.

Lettle bateu as correntes contra os portões para adicionar mais som à cacofonia. As algemas esfolaram a camada superior de sua pele, mas ela não percebeu as mãos ficando pegajosas de sangue.

Afinal de contas, Lettle estava acostumada com a dor constante. Seu braço esquerdo era cheio de dores onde a varíola debilitante havia atrofiado parte dos músculos. Embora a mobilidade de seu ombro fosse reduzida, ela bateu as algemas contra as grades o máximo que pôde.

Não deixarei que eles a levem.

A tropa começou a ludibriar os manifestantes nas extremidades do grupo, seus tambores pendurados diante do peito prontos para liberar o fogo caso o protesto ficasse violento.

O grito de Lettle se espalhou pela multidão, ganhando volume enquanto mais pessoas lutavam pela liberdade de Yeeran.

— Irmã, amiga, aliada, vizinha. Libertem a coronel Yeeran Teila. Irmã, amiga, aliada, vizinha. Libertem a coronel Yeeran Teila!

À direita de Lettle, um homem começou a gritar a plenos pulmões com a mesma garra que ela. Ela o teria ignorado se não tivesse reparado em seu uniforme de capitão. O azul se destacava como uma velha ferida.

— Quem é você? — perguntou ela, semicerrando os olhos.

O homem se voltou para ela, os lábios suaves entreabertos no meio da frase. Ele era pelo menos trinta centímetros mais alto e tinha uma mandíbula angulosa finamente tomada por uma barba por fazer. O nariz era um tanto torto devido a combates passados, e ele a olhou com olhos vítreos de emoção.

— Ela é a minha coronel.

Se ele achou que isso era resposta suficiente, não era.

— Então sua lealdade é para sua coronel, e não sua cabeça de aldeia?

— Eu estava com ela... quando recuamos... não foi culpa dela. Eu a pressionei para explorar o leito leste. Mas general Motogo não me ouve.

Lettle reconheceu o som da culpa na voz dele. Se o que dizia era verdade, então ele era tão culpado pela situação de Yeeran quanto ela.

Busque sua glória no leste.

Ela afastou a profecia da mente com um som desgostoso e deu as costas ao capitão.

— Puxem os portões, talvez a gente consiga entrar no pátio — gritou Lettle para o grupo de adivinhos. — Puxem mais!

A voz de Lettle começou a ficar rouca.

No entanto, o portão não se mexia. Tinha sido construído para manter pessoas como ela do lado de fora.

O palácio ficava ao longe, então mesmo semicerrando os olhos Lettle não conseguia enxergar a sombra das pessoas além das janelas. O prédio era azulejado com hexágonos azul-claros, criando a ilusão de uma miragem brilhante. Palmeiras cresciam em abundância dos dois lados da entrada e uma fonte explodia no ar, espalhando gotas de água no rosto dos manifestantes. Mas nem a névoa poderia esfriar o ódio no coração de Lettle. O palácio era um tumor de opulência crescendo no centro de Gural, e Lettle ficava enojada só de olhar para ele.

A guerra era um negócio rentável.

— Lettle, olha. — Namana tentou apontar para os estábulos na extremidade do palácio, mas suas mãos estavam bem presas nas algemas ao lado das de Lettle. Em vez disso, ela lançou os dreadlocks grisalhos por sobre um dos ombros, na direção da carruagem que se aproximava.

A carruagem era do tipo usada para transportar prisioneiros. Dois camelos a puxavam, sua marcha pesada revelando o peso da carga. A carruagem era toda de metal, selada com barras de ferro que escondiam o prisioneiro lá dentro.

Mas Lettle sabia quem era.

Os adivinhos foram empurrados à frente enquanto o portão se abria para deixar a carruagem passar. Lettle desprendeu a pequena chave que guardara na bochecha e, com a língua, a empurrou em direção aos dentes. Se fosse ameaçada, planejava engolir a chave. Ela a inseriu na fechadura das algemas, soltando as mãos.

Tudo aconteceu em poucos segundos, mas o homem ao lado dela, o capitão, começou a empurrar a abertura à frente. Lettle tentou tirá-lo do caminho a cotoveladas, mas ele a empurrou com força para trás e ela tropeçou e caiu com tudo sobre o quadril. Enquanto se levantava, grunhindo, ela o viu alcançar a carruagem antes que a tropa pudesse impedi-lo.

Lettle viu de relance um cabelo cacheado e uma mão estendida à frente.

Viu a boca do capitão se mexer enquanto falava com Yeeran.

Lettle começou a correr em disparada. Os combatentes correram atrás dela, mas Lettle já estava perto, quase podia ouvir a resposta ofegante de Yeeran.

Então houve o inconfundível movimento súbito do tamborilar disparado no ar. Lettle voltou-se na direção dele, e lá estava a cabeça da aldeia, seu tambor dourado pendurado em um dos ombros, de pé diante da igualmente ostentosa porta de seu lar.

Era impossível ver o tamborilar disparado, mas o que Lettle viu foi o capitão cair no chão.

Como Lettle *odiava* Salawa. Ela era a chefe da estrutura de poder que colocava combatentes condecorados acima do elfo comum. Em Salawa, Lettle encontrava tudo o que abominava: as classes superiores, autoridade e violência. Mas o relacionamento dela com Yeeran fizera Lettle conter a língua ao longo dos anos.

O olhar de Salawa encontrou o de Lettle, e ela deu um sorriso pequeno e triste. Lettle ficou satisfeita em ver que as bochechas da líder estavam molhadas de lágrimas.

Salawa moveu a mão e tocou outra batida leve em seu tambor.

Lettle não teve tempo de fazer uma careta para ela antes que o segundo disparo do tamborilar percorresse o ar.

Então restou apenas a escuridão.

🐝 🐝

A primeira coisa da qual Lettle tomou consciência foi um aroma tão pungente que a despertou de seu sono.

— Por que aqui tem cheiro de armário de temperos? — murmurou ela, com lábios secos. Então abriu um olho para a luz forte de um lampião pendurado acima dela.

Lettle estava na enfermaria. O cheiro que a acordara vinha dos potes de remédios feitos de ervas enfileirados nas paredes de madeira. O murmurar baixinho dos outros pacientes na ala foi quebrado pela cadência de uma canção.

— Efriam Duke tinha moedas para dar e vender, cobre, prata, ouro, ele tinha muitas. Ninguém podia dizer a ele como gastar sua fortuna, até que um dia ele adoeceu. — O som vinha da esquerda de Lettle. — Tudo o que ele tinha era seu dinheiro e orgulho, nenhum remédio ou curandeiro, então ele morreu.

Lettle virou-se na cama e viu quem cantava.

— Oi, Imna.

O homem sorriu em resposta, virando a cabeça para o lado.

Imna era um dos mais velhos adivinhos de Gural. Fora ele quem introduzira Lettle à arte de ler Destinos. Mas isso foi antes que a doença roubasse as habilidades dele. Ultimamente, suas lembranças estavam perdidas nos corredores da mente. Enquanto ele olhava para Lettle, ficou claro que perambulava por esses corredores, apenas meio presente.

— Eu te conheci um dia, não é?

Lettle tentou dar a ele um sorriso gentil.

— Sim, Imna, você me conheceu.

Ele assentiu e se voltou para o caderno aberto em seu colo. Cada adivinho mantinha um registro de todas as suas profecias, mas havia muito tempo desde que o caderno de Imna tinha visto tinta fresca. As páginas estavam tão sarapintadas e enrugadas quanto a pele dele.

Três anos antes, ele falou uma profecia e previu a segunda vinda dos feéricos. Foi então que os adivinhos souberam que sua doença estava progredindo — àquela altura, essa espécie vivia apenas nos contos de feéricos.

O olhar de Imna mudou para um ponto atrás de Lettle, como se estivesse vendo outra camada do mundo. Com as mãos, ele amassou uma página do diário e seu olhar parou de repente, preso no dela.

— Qual é o seu nome? Eu te encontrarei nas palavras.

— Lettle Teila.

Por um segundo, houve um vislumbre de reconhecimento na expressão dele, antes que tornasse a desaparecer. Lettle sentiu os olhos queimarem e engoliu em seco. Havia muito tempo desde que ela o visitara, e se arrependia disso.

E o que ela estava fazendo na enfermaria, afinal de contas?

A última coisa da qual se lembrava era...

Yeeran.

Lettle se impulsionou à frente. A lembrança a atingiu com a mesma força que a bala da cabeça de aldeia.

— O que aconteceu com Yeeran? — Por instinto, ela pousou a mão no colar.

Quando o pai delas havia parado de caçar e se voltara para os roubos, presentes de dia do nome se tornaram coisa do passado. Ao ver o rosto decepcionado de Lettle em seu dia do nome seguinte, Yeeran começara uma nova tradição. Todo ano, elas iam até a floresta perto de casa e selecionavam uma cápsula de semente do chão como presente. Um dia, Yeeran deu a Lettle uma corrente que ela encontrara. E, juntas, elas limparam as gotinhas de sangue e prenderam pequenas contas no objeto.

Ao longo dos anos, os dedos de Lettle tinham tornado a corrente lisa.

— Yeeran? Quem é ela? — perguntou Imna, curioso.

Lettle fez um som frustrado enquanto afastava as cobertas de seu leito. Ela desceu os pés para o chão frio azulejado.

— Yeeran partiu. Ela foi exilada.

Lettle localizou quem falou aquilo na cama do outro lado do quarto.

Ela inclinou a cabeça tentando entender o rosto dele. Ele era totalmente comum, exceto por um nariz um tanto torto. A pele acima da barba curta era um tom mais escuro que a dela e brilhava por causa da umidade da sala. Os olhos suaves dele não combinavam com os fortes ângulos de seu grande corpo, que preenchia a largura da cabeceira da pequena cama.

— *Você* — disse ela, apontando um dedo como se fosse uma arma.

— Você me atrapalhou, ficou no meu caminho.

Ele se encolheu com o ataque violento da raiva dela, mas Lettle ainda não tinha terminado.

— Não pude me despedir dela por sua culpa. — A voz dela falhou no fim, mas em nome da lua ela *não choraria diante dele*.

— Sinto muito — falou ele com tanta sinceridade e de modo tão simples que fez Lettle odiá-lo mais.

Ela deu as costas a ele, seu vestido de seda ondulando ao seu redor.

— Cadê meus sapatos?

Um curandeiro apareceu no canto mais distante da sala e estendeu um extrato para Lettle.

Ela sentiu o cheiro de flor malva-da-neve esmagada na mistura. Era o cheiro dos pesadelos dela.

Pele fria, pegajosa na morte, olhos abertos sem vida.

Lettle fechou os olhos com força diante da lembrança do corpo de seu pai.

— Estou bem, não preciso disso — disse ela, se encolhendo diante do cheiro.

O curandeiro grunhiu antes de partir. Sempre havia pessoas que precisavam de cura em um país dividido pela guerra.

Lettle viu seus sapatos sob a cama e disparou até eles.

Do outro lado da sala, o capitão se ergueu da cama com a leveza de alguém com mais músculos que ossos. Enquanto se aproximava dela, seu torso preencheu a linha de visão de Lettle.

— Aonde você vai? — perguntou o capitão.

Ela não respondeu.

— Lettle, aonde você vai? — pressionou ele.

Ela terminou de abotoar o couro de suas botas — botões eram mais fáceis para ela que cadarços, pois sua mão esquerda tinha menos destreza — e se voltou para o homem.

— Eu estou presa? Isto é um interrogatório?

Ele negou com a cabeça, mas não saiu da frente quando ela tentou passar.

Lettle fez uma careta.

— Não está acostumado a ser ignorado, não é? Bem, não sou parte da sua tropa para você mandar em mim.

Ele saiu da frente, cabisbaixo.

— Vou atrás de Yeeran, e você terá que usar o tamborilar disparado, como a cabeça da aldeia, se quiser me impedir.

Ele franziu a testa, boquiaberto e confuso.

— A cabeça — disse Lettle. — Foi ela que nos atingiu. Ela não queria que a gente falasse com Yeeran.

O entendimento suavizou a expressão dele. Entendimento, seguido por uma fúria crescente — carvões frios reacesos. Ele fechou os punhos ao lado do corpo, e Lettle ouviu os nós de seus dedos estalarem.

— Vou com você.

Lettle riu.

— Não vai, não. — Com o ombro, ela empurrou a forma intimidante dele e marchou pela enfermaria.

O som de passos sobre os azulejos a seguiu, e ela se virou para encará-lo, mas não era o capitão, era Imna caminhando com dificuldade. Ele estendeu a mão para a de Lettle e pressionou um papel amassado ali.

— Encontrei suas palavras. Encontrei você — disse Imna.

Lettle desamassou o papel rasgado em sua mão. Era do diário profético de Imna, e no topo havia o nome de Lettle, datado de alguns anos antes. Enquanto ela lia, Imna falou as palavras nos tons sussurrados do clandestino.

— *Aquela nascida da névoa de uma tempestade será sua pessoa amada. Mas, quando a lua minguante mudar, você concederá a morte a ela.*

Os olhos de Imna estavam claros, presentes e tomados de preocupação. Apesar disso, Lettle sentiu os cantinhos de seus lábios se erguerem em um sorriso.

Amor? Quem tinha tempo para o amor? Decerto não ela.

— Não seria a primeira pessoa que mato. — Ela queria soar sarcástica, talvez um pouco seca, mas as palavras soaram ocas: uma porta escondendo a profundidade do luto além.

Imna inclinou a cabeça e observou Lettle.

— Lettle, uma profecia negada é uma profecia deixada para apodrecer. Ela se realizará de qualquer forma, mas ao se recusar a reconhecê-la, você permite que as raízes apodrecidas da dúvida cresçam.

A clareza das palavras de Imna a fez se arrepiar, tornando a pele de Lettle da textura irregular do couro de crocodilo. Mas o feitiço da lucidez dele durou pouco, pois sua expressão ficou distante, os lábios se esticando em sorriso antes que ele se afastasse, cantando.

— Efriam Duke tinha moedas para dar e vender, cobre, prata, ouro, ele tinha muitas...

— Te vejo em breve, Imna.

A canção dele ecoou na mente de Lettle por um longo tempo, mas ela a afogou com um único pensamento:

Estou indo, Yeeran.

CAPÍTULO SEIS

Yeeran

Yeeran foi jogada da carruagem direto para a lama.
— Boa sorte.
As palavras foram ditas com um rosnado e uma cusparada por alguém que havia perdido um amigo no recuo ao leste, então estava menos que contente em ver Yeeran se safar com pouca punição. E, antes de fecharem a porta da carruagem, um pesado embrulho foi jogado nela.
— Acredite, esta é a pior punição que Salawa poderia ter me dado — murmurou ela para a carruagem que se afastava.
Eles não a deixaram ver Lettle. Em vez disso, a levaram direto para os administradores, que tiraram seu título e fizeram um corte em suas orelhas, marcando-a com a cicatriz da dispensa.
Ela tocou as orelhas com cuidado, cada uma agora com duas pontas. A vergonha doía mais que a ferida.
Depois da mutilação, ela foi levada para uma carruagem com barras e conduzida pelas ruas de Gural até o exílio. Yeeran havia ouvido o canto dos manifestantes enquanto o condutor alcançava os portões do palácio da chefe. Ela buscara Lettle na multidão, mas não conseguiu vê-la no caos que se seguiu. No entanto, um rosto chamou sua atenção.
— Coronel, aonde estão te levando? — O capitão Rayan abrira caminho na multidão. Suas mãos, calejadas pelo exército, agarraram as barras da prisão dela. — Não — sussurrou ao ver as orelhas cortadas de Yeeran.
— Fui sentenciada ao exílio — confirmou Yeeran, sombria.
— Eles não podem...

Uma guarda agarrou Rayan pelo braço e começou a puxá-lo para trás.

— Afaste-se — gritou Rayan, indicando suas dragonas de capitão.

A guarda abaixou a cabeça em submissão e soltou Rayan. Mesmo assim, Yeeran sabia que o tempo deles era limitado.

— Rayan — disse ela, com pressa. — Cuide de Lettle, prometa-me que vai cuidar dela.

Rayan espalmou o peito com a saudação reservada a um general do exército. Isso disse a Yeeran tudo o que precisava saber.

Foi então que ela sentiu uma pontada de magia no ar. Tão sutil que apenas aqueles afinados às suaves vibrações do tamborilar disparado ouviriam. O impacto atingiu a lateral da cabeça de Rayan. A batida foi suave o suficiente para fazê-lo desmaiar sem penetrar a pele.

Yeeran olhou na direção da qual o tamborilar viera, mas o atacante estava fora de vista.

Então a carruagem tornou a se mover, a multidão dispersando com o uso de armas. Logo, a cidade de Gural ficou escondida na nuvem de poeira atrás da carruagem.

Naquele momento, ela estava a quilômetros de casa, mas se confortava sabendo que Lettle ficaria segura com Rayan cuidando dela.

Yeeran se abaixou para pegar o embrulho que os combatentes lhe deixaram. Começou a revirá-lo. Haviam dado a ela um cantil de água e um pouco de carne-seca. O suficiente para um dia ou dois. Havia uma muda de roupas, e abaixo de tudo isso encontrava-se algo grande e oco.

Ela sorriu triste e pegou o tambor de mogno, o presente de despedida de Salawa.

— Você é o fogo do meu coração e a batida do meu tambor — sussurrou ela para a floresta. — Sou sua, líder Salawa, sob o luar. Até que o ritmo não cante mais.

Yeeran olhou ao redor. A carruagem viajara por mais de quatro horas, parando apenas para passar pelo distrito Crescente até as extremidades das Terras Élficas. Naquele momento, ela estava sob a copa de uma mata fechada, menos úmida que as florestas tropicais das extremidades do Campo Sangrento com as quais estava acostumada. Embora o chão também não estivesse seco. Samambaias brotavam das raízes nodosas dos eucaliptos, cujos galhos balançantes perfumavam o ar.

Ela se ajoelhou e pegou a fruta roxa de um arbusto de tufo de semente. Estes cresciam às margens do caminho de terra que serpenteava pelo centro da floresta.

Enquanto mastigava a fruta amarga, ouvia os sons dos animais. De repente, se sentiu desconfortável. Algo parecia errado. Diferente. *Não havia som nenhum de tamborilar disparado.*

Pela primeira vez na vida, Yeeran não conseguia ouvir os ecos da Guerra Eterna. O ritmo constante que lhe dera propósito havia sido arrancado dela.

Yeeran olhou para o céu.

Leste.

Ela começou a rir. A risada começou pequena e então cresceu para uma gargalhada, assustando os pássaros nas árvores. Não sabia dizer quando sua risada se tornou pranto. Só quando percebeu o tamanho das sombras foi que se deu conta de que o dia se tornara noite.

Yeeran secou as lágrimas e se levantou.

— Vou sobreviver a isso. Encontrarei meu exército outra vez.

Ela tentou dizer as palavras com convicção, mas elas pareciam ocas na floresta vazia.

Houve um som ao lado dela.

Não tão vazia assim.

Era hora de fazer fogo.

Com os galhos mais molhados, Yeeran construiu um abrigo improvisado, com os mais secos, fez fogo. Várias vezes, quando era jovem, ela havia acompanhado o pai nas expedições de caça, pelo menos até a vez em que Lettle deu um grito no meio de uma clareira, espantando o obeah que eles estiveram caçando por quase quinze dias. Depois disso, ele passou a deixar as garotas na vila quando saía para caçar, mas ainda fez questão de ensinar às filhas o básico da sobrevivência.

Yeeran estava grata por isso, pois as lições de seu pai eram a única maneira de sobreviver ali.

Mas para onde deveria ir?

Se continuasse viajando para leste, a terra logo se tornaria hostil. Os Pântanos Devastados eram um território perigoso onde tanto plantas como criaturas eram venenosas. Aqueles que se aventuravam lá raramente voltavam.

Mas Yeeran também não podia ir para casa.

O exílio era irrefutável. Uma vez condenado, um elfo não tinha permissão para pôr os pés nas Terras Élficas novamente, sujeito a pena de morte.

Yeeran só sabia de um caso de exílio revogado, mas tratava-se de uma história que fora aumentada com exageros ao longo do tempo. Dizia-se que o elfo havia presenteado o chefe com um cristal de fraedia tão grande que o obrigou a restaurar sua cidadania.

Que ótimo, agora só preciso encontrar uma carroça cheia de fraedia.

A desesperança embargou sua garganta e, embora ela tenha tentado engolir o soluço, seus ombros tremeram até que ela liberasse um lamento angustiado. Lágrimas quentes desceram por seu rosto mais uma vez.

Ela pressionou a palma das mãos nos olhos.

— Eu vou superar isso.

Com um suspiro irregular, deixou as mãos caírem ao lado do corpo.

Houve uma mudança nas sombras ao redor da fogueira e dois orbes de luz surgiram.

Olhos.

Grandes olhos azuis.

Yeeran parou de respirar.

Ali, diante dela, estava o maior obeah ancião que já vira. Tinha pelo menos dois metros e meio do chifre à cauda, seu pelo preto brilhante como se fosse coberto pelo céu noturno. A cabeça, tão similar à de um leopardo, embora infinitamente mais etérea, inclinou-se para a esquerda. Os dois chifres acima da cabeça brilhavam brancos, com pequenos galhos se desdobrando como uma coroa ornamentada. Sua juba era grossa como a de um leão, orgulhosamente adornando seu peito como um colar extravagante. A cauda do obeah balançava da esquerda à direita, cheia como a de um lobo, mas da mesma cor de obsidiana de seu pelo.

E aqueles olhos, fixos, inteligentes. Foi naqueles olhos que Yeeran viu seu futuro e o caminho para a liberdade.

Aquele era um prêmio digno de uma cabeça de aldeia.

CAPÍTULO SETE

Lettle

Os rastros da carruagem de Yeeran conduziram Lettle na direção das florestas na fronteira de Gural. Ela já estava caminhando por horas quando se deu conta de que alguém a seguia. A floresta quase não tinha vida selvagem, graças às caçadas em excesso. Evônimos cresciam das rachaduras das calçadas de paralelepípedos da estrada. Eram altos e finos com galhos verdes que tremiam sob a brisa. Ao lado de suas raízes, cresciam arbustos de cacto doce, atrás dos quais Lettle se escondeu, com cuidado para não se ferir com os espinhos.

Agora, eu espero.

Fosse quem fosse que a seguia, não estava acostumado a perseguir os rastros de um alvo em uma floresta. Lettle tinha que agradecer ao pai por suas habilidades — embora Yeeran sempre tivesse sido uma caçadora melhor, exceto por aquela única vez que a irmã assustara um obeah que o pai delas estava caçando, ao fazer Lettle rir. Mesmo assim, os talentos de Lettle eram bons o suficiente para capturar um obeah vez ou outra. Embora fosse improvável que ela encontrasse algum tão perto assim da cidade.

Alguns poucos elfos haviam tentado criar obeahs em cativeiro ao longo dos séculos, mas, independentemente das condições, as criaturas morriam com rapidez. As feras mágicas precisavam viver livres na floresta.

Tump, tump, tump. Os passos do perseguidor despertaram os pássaros de seu sono.

O luar emoldurou o homem no caminho diante dela. Ele caminhava com um passo tenso e regimentado. Quando chegou aonde Lettle se escondera nos arbustos, ele parou.

Era o capitão que ela deixara na enfermaria.

— Pelo amor da lua, por que esse cara não me deixa em paz? — murmurou ela, baixinho.

Ele franziu a testa e então girou-se em círculo, devagar. Suas sobrancelhas estavam juntas enquanto ele buscava a direção por onde ela seguira.

Lettle tirou o arco do ombro e encaixou uma flecha.

Yeeran havia alterado a arma para Lettle de modo que ela pudesse puxar o encaixe do arco com os dentes, o que lhe permitia usá-lo com uma mão só. Embora seu braço esquerdo tivesse certa força, não era firme o suficiente para mirar de verdade usando um arco padrão.

Com o encaixe preso com firmeza entre os dentes incisivos, ela puxou o arco para longe de si até que a corda estivesse retesada e vibrando sob o ponto em que ela mordia. Então mirou e soltou.

— Ai! — Ele deu um pulo enquanto a flecha o errava por um milímetro.

— O próximo vai bem no seu olho! — gritou Lettle.

O capitão virou-se de olhos arregalados na direção da voz de Lettle. Ela saiu detrás do arbusto de cactos.

— Volte agora.

— Eu vou com você — disse o capitão.

— Não vai, não.

— Eu posso te ajudar a encontrar Yeeran.

— Ficarei bem sem sua ajuda — disse ela.

— Vou continuar te seguindo.

Lettle pegou uma flecha da aljava.

— E eu vou continuar atirando em você.

Então o capitão fez algo inesperado. Ele deu de ombros.

— Atire, então. Não tenho nada nem ninguém para quem voltar.

— Você é um tolo. Será repreendido, talvez até exilado se tentar voltar. Ainda mais se voltar com ela.

Ele assentiu devagar, como se só naquele instante estivesse se dando conta do peso da decisão.

— Mas… foi minha culpa ela ter sido exilada.

Os ombros dele caíram quase imperceptivelmente. A culpa era um grande peso.

Eu bem sei, pensou ela, amarga.

— Não podemos deixar ela lá. Exilada e sozinha — continuou ele, um pouco mais baixo.

Lettle o examinou com mais cuidado. Seu tambor estava pendurado sobre um ombro, útil para a caçada, e a bolsa de viagem no outro. Cheia do que ela esperava ser comida. Lettle partira com tanta pressa que trouxera apenas seu diário de profecias, algumas roupas, um saco de dormir e, por fim, seu arco de caça.

A despensa dela estava vazia, e ela não tivera tempo de comprar comida. Planejava pegar da floresta o que precisasse.

Então, quando viu o fogão portátil do capitão, tomou uma decisão.

— Você sabe cozinhar? — perguntou.

Ele assentiu.

— Trouxe ervas e temperos também — informou ele.

Lettle abaixou o arco.

— Você pode ficar. Mas vai cozinhar todas as refeições.

Acima de qualquer coisa, ela odiava cozinhar.

↊◆∙◆

Lettle e o capitão não falaram de novo até que os raios rosados do amanhecer iluminaram o céu. Foi só então que ela se deu conta de que nem sequer sabia o nome dele. Mas também não podia se dar ao trabalho de perguntar. Yeeran sabia do desdém de Lettle pela guerra e, portanto, raramente a apresentava a seus camaradas. Para ser franca, Lettle era grata por isso; combatentes eram o pior tipo de gente. Eram nacionalistas egoístas, com fome de poder e violência. Exceto Yeeran, é claro. A irmã dela estava apenas desiludida com o que a guerra poderia alcançar.

O capitão trotava a algumas pernadas atrás dela, a cadência de seus passos se arrastava um pouco mais do que uma hora antes. Ela olhou para ele. Estava com olheiras e o cansaço havia roubado o brilho de sua pele. Seu queixo anguloso estava mergulhado no peito, os olhos castanhos pálidos de exaustão. Lettle se perguntou se o tamborilar disparado havia dado a ele uma concussão e, então, se repreendeu por se importar. Era ele que queria ir com ela. Não permitiria que ele a atrasasse.

Mas, de todo modo, eles precisavam de comida e descanso. Ainda estavam a meio dia de caminhada do distrito Crescente, pelo qual teriam que passar para sair das Terras Élficas. Lettle esperava que não tivessem problemas lá. As leis residuais deixadas pelo governo do cabeça Akomido na Crescente eram mais opressoras que em qualquer outra aldeia. A história nomeava Akomido como o Tirano de Duas Lâminas, infame por executar uma centena de cidadãos que meramente estavam tentando firmar um acordo de paz com ele.

Depois disso, não havia como ter paz.

Embora fizesse dez anos desde que ele desaparecera, o distrito havia sofrido as penalidades impostas pelas outras três aldeias. Sanções brutais e a queda do comércio deixaram o país desestabilizado. Havia anos que Lettle não ia até lá, não desde que o pai as tinha levado para caçar na floresta do outro lado da fronteira Crescente.

É onde eles devem ter deixado Yeeran.

Isso estava a pelo menos dois dias de caminhada, mas tinha sido uma curta viagem de carruagem para Yeeran. Ao se dar conta disso, Lettle sentiu os ossos pesarem.

Todos os camelos eram reservados para uso do exército. Lettle havia considerado roubar um, mas mudara de ideia. Embora fosse improvável que acabasse pega — ela era uma ladra muito capaz —, ainda não valia o risco.

— Nós deveríamos parar e descansar um pouco — disse ela.

O capitão assentiu e Lettle viu o alívio nos olhos cansados dele.

Definitivamente é concussão, pensou ela.

— Chegaremos à fronteira da Crescente ao pôr do sol e podemos passar a noite lá — comentou Lettle.

O capitão fungou ao lado dela.

— Isso é uma boa ideia? Ficar na Crescente?

Por um momento, Lettle não respondeu. Estava acostumada a ver o ódio de um combatente passar do campo de batalha para a vida diária e isso a irritava. A Guerra Eterna era uma luta por poder para aqueles *com* poder. Os cidadãos tinham pouca influência na política.

— Que diferença você acha que há entre nós e eles? — perguntou Lettle.

— Eles seguiram um tirano e mataram inúmeros em seu nome.

Lettle franziu os lábios antes de continuar:

— E vocês não mataram inúmeros?

O capitão arrastou os pés na terra e deu de ombros.

— Isso é diferente. Eles eram combatentes que escolheram essa vida. Escolha. Uma dádiva que poucos tinham na guerra.

Mas ela não discutiu com ele. Como Yeeran, parecia que lutar era o único propósito dele. Não era o de Lettle. Embora as esperanças dela de um dia se tornar a xamã dos adivinhos tivessem sido praticamente frustradas. Ela não podia voltar para Gural sem Yeeran. E a irmã estava exilada.

Não havia volta.

Eu a levarei para casa escondida se for preciso, pensou, feroz, se recusando a desistir do sonho que nutrira por tanto tempo.

O capitão parou perto de uma árvore tombada, mas Lettle gesticulou para ele.

— Será mais seguro descansar na floresta.

— Acho que a estrada terá menos feras selvagens.

Lettle riu. Ele soava como alguém que nunca tinha pisado fora do Campo Sangrento. E talvez não tivesse.

— Lobos e obeahs não vão te machucar a não ser que sejam ameaçados e, mesmo assim, sua morte será rápida. Você devia se preocupar com os caçadores de pele.

— Caçadores de pele? Pensei que eram apenas uma história para assustar crianças.

O riso de Lettle era alto.

— Caçadores de pele com certeza assustam crianças. Eu tinha 8 anos quando vi um grupo deles arrancar a pele de um elfo.

Yeeran a encontrara chorando sob um arbusto de hamamélis depois dos horrores que tinha visto. Ela sofrera com pesadelos por anos, mas novamente fora Yeeran quem a acalmara até que adormecesse todas as vezes.

O capitão inspirou fundo enquanto Lettle se aproximava dele. Ela o olhou de cima a baixo, devagar.

— Eles gostam principalmente de pele como a sua… escura o bastante para parecer com a de um obeah ancião. Há pessoas que a comprarão sem perceber que não é couro de obeah.

Ele estremeceu antes de assentir.

— Mostre o caminho.

Lettle os conduziu por uma pequena clareira fora da vista da estrada. Ela deixou a bolsa cair no centro.

O capitão afundou no chão ao lado da bolsa. A palidez de sua pele havia se transformado em um leve ocre.

— Estou enjoado — murmurou.

Lettle se ajoelhou no chão ao lado dele e pressionou a mão em sua testa suada. A temperatura não estava alta, mas ele tinha começado a tremer.

— Acho que você teve uma concussão. Sua cabeça dói? — Ele assentiu, o rosto retesado de dor. — Fique aqui e não se mexa. Vou pegar algo para ajudar.

Ela não precisou ir longe. Malva-da-neve era uma erva daninha que crescia em abundância pelas Terras Élficas. Suas flores eram paliativas, e o caule podia ser usado para fazer um analgésico ainda mais forte. Lettle hesitou antes de arrancar as pétalas.

Ela engoliu em seco, tentando dispersar o ácido que queimava em sua garganta.

Estômago inchado com gás, olhos vermelhos pelos vasos sanguíneos estourados…

— Não! — gritou ela para as lembranças de seu pai, fazendo um bando de pássaros alçar voo.

Ela acalmou os nervos e pegou, às pressas, as florezinhas. O perfume doce e enjoativo delas encheu suas narinas. Tinham cheiro de morte.

— Aqui, coloque esta pétala debaixo da língua — disse ela ao voltar ao capitão. As mãos tremiam enquanto entregava a flor. — Trouxe mais, caso você precise delas depois, mas não use muitas. Pode ser letal.

Ele assentiu e estendeu a outra mão para ela.

— Como você sabe tudo isso?

— Meu pai esteve doente por um tempo. Aprendi o que pude sobre cura… para ajudá-lo.

Ele apertou o braço dela e a olhou nos olhos.

— Obrigado, Lettle.

A mão cálida dele permaneceu em seu braço por um momento mais que o necessário. Ela estava prestes a fazer um comentário quando ele ergueu a mão para apontar algo na distância.

— Um círculo feérico.

— O quê?

— Olha.

Ele gesticulou ao redor com um sorrisinho. Um círculo de cogumelos azuis e brancos emolduravam a clareira.

— Dizem que você encontra um círculo feérico onde um feérico morreu — prosseguiu o capitão, a voz um pouco mais firme conforme a droga começava a fazer efeito e aplacar sua dor. — Minha mãe e eu costumávamos nos sentar neles e contar contos de feéricos à luz do luar. — Ainda havia um leve sorriso nos lábios dele ao pensar nas lembranças de infância. — Minha favorita era a história do Humano Errante. Você conhece?

Lettle assentiu, sem lhe dizer que também era seu conto de feéricos favorito. Era a história do último humano deixado vivo pela misericórdia dos feéricos, para vagar sozinho pelo mundo. Até sua morte.

— Eu amava ler, mas não tenho espaço para livros nos quartéis — disse Lettle.

Ela sorriu, lembrando como Yeeran ficava irritada quando ela levava mais livros para casa.

Naquele instante, tudo o que queria era ver Yeeran franzir o cenho mais uma vez.

— O que é isto? — perguntou o capitão.

— Hã?

Ele apontou para o colar dela. Lettle não tinha percebido que o segurava.

— A gente não tinha muito dinheiro na infância. No meu dia do nome, Yeeran e eu íamos até a floresta e selecionávamos uma cápsula de semente e a trançávamos aqui.

Ela correu o dedo por uma das maiores contas; a casca seca de uma castanha.

— Não há muitas contas aí. Você deve ser mais jovem do que pensei.

Ele estava tentando ser engraçado, mas a piada apenas a fez lembrar do fato de que Yeeran partira para a guerra quando Lettle tinha 9 anos.

A lembrança fez o estômago dela revirar.

— Vou ver se acho alguma caça — disse, irritada.

Um vislumbre de confusão cruzou o olhar do capitão pela súbita mudança de humor de Lettle, mas ele assentiu.

— Tome cuidado — disse ele.

Ela revirou os olhos e partiu.

෨ ෴

Lettle não foi longe. Apenas o bastante para que o ronco do capitão não pudesse ser ouvido. A flor malva-da-neve tinha propriedades sedativas e ela não podia culpá-lo por sucumbir a seus efeitos.

Mesmo assim, Lettle mal podia esperar para encontrar Yeeran, para que a irmã pudesse mandá-lo de volta a Gural.

Houve um farfalhar à frente e ela se abaixou. Pegou o arco com cuidado, retesando o maxilar enquanto segurava o encaixe entre os dentes.

Ela viu o brilho do pelo preto sob a luz fraca do amanhecer. Parecia uma lebre, mas não tinha como ter certeza.

Bacurau, bacurau.

Lettle ouviu o chamado de caça do pássaro ao mesmo tempo que a presa. Ela tinha que atirar imediatamente ou arriscava perder o café da manhã.

Swooosh.

A flecha foi disparada pelo ar e se enterrou na carne. Houve um suspiro baixo enquanto a vida deixava o corpo da criatura.

Lettle se pôs de pé em um pulo e correu em direção à presa. Quanto mais cedo comessem uma boa refeição, melhor ficariam. Ela se perguntou se Yeeran tinha recebido uma arma com a qual caçar.

Yeeran ficará bem, pensou ela. *Ela precisa ficar.*

Lettle abriu o arbusto no qual a presa estivera se escondendo e arfou.

Não era uma lebre. Era um filhote de obeah.

Ela tirou a forma sem vida do arbusto e a pousou diante de si.

Era pequena, talvez tivesse só um ou dois anos. Seu pelo era castanho-claro, antes da escuridão que vinha com a idade. Os chifres eram pequenos nós na amplitude da testa, do tamanho da unha do dedo dela. Suas feições eram como as de um gatinho, mas a cauda tinha a largura da de uma raposa.

Lettle não lamentou pela fera, apenas pela magia que poderia ter abrigado quando fosse adulta. Obeahs eram criaturas nascidas para serem colhidas. Como a fonte de toda a magia, eram apanhadas como milho para sustentar a civilização.

Ela pegou a pequena adaga que sempre levava na bota. Era amorosamente afiada para uso frequente.

A adivinhação era mais bem praticada sob a luz do luar, quando os Destinos ficavam mais brilhantes. Mas Lettle não podia dispensar a oportunidade de ler um fresco assim.

— Brilhante é aquele que me concede luz. Brilhante é aquele que guia a noite — murmurou Lettle enquanto fazia uma incisão pequena e cuidadosa no baixo ventre do filhote de obeah, em direção ao esterno.

A flecha perfurara os pulmões da fera e rompera o coração. Foi uma morte rápida, empapando a terra de sangue.

Lettle cortou o diafragma com dedos dormentes, soltando a cavidade superior dos órgãos do filhote. Em seguida, cortou a traqueia e deixou a adaga de lado.

— Ó, Bosome, dê-me sabedoria com este sacrifício. Ó, Divindade nas alturas. Conceda seu conhecimento com esta oferenda. — Lettle enfiou a mão na carne quente e puxou os intestinos. Então inclinou a cabeça para trás, as tranças se acumulando ao redor do corpo agachado enquanto olhava para a lasca opaca da lua. — Diga-me o destino de minha irmã.

Embora Lettle rezasse por notícias da irmã, ela sabia que a divindade da lua talvez não ouvisse. Tinha fama pela instabilidade com o futuro e compartilhava apenas o que gostaria que fosse sabido.

Lettle inspirou fundo e se preparou para a leitura.

Diferentemente do tamborilar disparado, que requeria intenção para usar a magia, a adivinhação requeria o exato oposto. Em vez de focar a mente, a magia de adivinhação era obtida ao se soltar da mente — ao ficar desatento.

Tornar-se desatenta era fácil para Lettle àquela altura. Nos primeiros meses do treinamento, ela sentira apenas vislumbres do que significava estar de fato isolada do mundo e da mente.

Quando se encontrava naquele estado, Lettle era capaz de ver os brilhos de magia nas entranhas do obeah. Como pérolas de luar, eles brilhavam em padrões sobre os intestinos, reluzindo em uma linguagem que apenas os adivinhos conseguiam ler.

No entanto, a adivinhação não era uma linguagem, não de verdade. Era mais um sentimento, um saber vindo de dentro dos ossos. Era uma forma de arte.

O intestino delgado floriu com três pérolas de magia cujos rastros brilhavam como estrelas cadentes sobre os órgãos inchados. A direção era leste, mas, como a forma do intestino era torcida — escondendo seu volume —, Lettle sabia que a magia não estava descrevendo orientação, e, sim, tempo. A profecia aconteceria sob a lua crescente.

O estômago de dupla cavidade estava inchado, com uma corrente quebrada de magia girando no centro. Isso indicava uma amarra, ou uma parceria, que logo seria destruída. Ela olhou para o fígado e então para o coração, sistematicamente tirando dele uma sensação do que a magia dizia do futuro.

Em seguida, os pulmões. Embora tivessem sido perfurados pela flecha, a magia borbulhava e estourava ao redor da ferida, tornando a leitura fácil. As duas pessoas que eram o assunto dessa profecia morreriam envenenadas.

Lettle continuou a leitura, interpretando cada coágulo e órgão ingurgitado. Quando ficou satisfeita ao aprender tudo o que podia de seu estado distraído, ela voltou para o momento. Levou um minuto para que seu corpo voltasse à pele. O brilho do sol da manhã era intenso contra seus olhos.

Assim que retomou seus pensamentos, ela pegou o diário de profecias. Ali, anotou as palavras dos Destinos, a ação dando significado à profecia.

Sob a lua crescente que ninguém pode ver, quando o sol brilhar e o crepúsculo reinar. Uma parceria conturbada morrerá quando o veneno passar por seus lábios. Um ouro, outro pérola.

— Ah. — Ela deixou escapar um som de decepção.

Embora fosse uma mensagem poderosa — era raro prever a morte de alguém, ainda mais de duas pessoas —, não lhe dava qualquer indicação de quem seriam os dois assassinados, então ela achou difícil se importar se a vida da pessoa seria logo interrompida. Mas aquela era a natureza da adivinhação.

A decepção deixou seu estômago amargo e seu olhar deslizou para a página de Imna, que ela colocara no diário:

Aquela nascida da névoa de uma tempestade será sua pessoa amada. Mas, quando a lua minguante mudar, você concederá a morte a ela.

Nenhuma das profecias era útil. Nenhuma contava sobre o destino de Yeeran.

Sem olhar para trás, ela deixou o filhote de obeah para alimentar a floresta. Quando estava a dez passos de distância, ouviu o chamado do pássaro acima, clamando a caça como sua.

Bacurau, bacurau.

Ela marchou de volta ao acampamento e encontrou o capitão cantando enquanto mexia no fogão.

A voz dele era um barítono profundo com um tom quase cristalino, tão macio e doce quanto mel. Ele mantinha a cadência sincronizada ao mexer na panela.

— Você está melhor — observou ela.

Ele deu um sobressalto ao som de sua voz, mas então seu olhar encontrou o dela e suavizou com um amplo sorriso.

— Bem, você ficou fora por mais de uma hora.

Lettle olhou para o céu. Ele estava certo; o sol nascera enquanto ela lia as entranhas do obeah. Todo aquele esforço para uma profecia inútil.

Por sorte, ele não comentou o fato de ela não ter trazido nenhuma caça para a refeição.

— A comida está pronta — informou ele.

— Obrigada, *capitão* — disse ela, infundindo o máximo de zombaria possível ao título. A irritação dela tinha sido despertada pelo bom humor dele.

Lettle se sentou ao lado do fogão e serviu-se de batatas.

Foi preciso engolir um arquejo ao provar a comida. De alguma forma, ele transformara o vegetal em um purê cremoso e amanteigado. Saboreando alegremente, ela não ouviu o que ele disse.

— O quê? — perguntou ela, de boca cheia.

— Eu disse que me chamo Rayan.

Rayan... Ela revirou a palavra na língua. A forma como o "y" era pronunciado dava ao nome uma sensação de melodia. Combinava com ele.

Então a voz dele ficou mais baixa que um sussurro quando acrescentou:

— E eu não sou capitão. Não mais.

Ela sentiu uma pontada de empatia. Rayan estava sacrificando tudo para estar ali.

Pela primeira vez, Lettle se perguntou se poderia ser algo além de culpa conduzindo as ações dele. Talvez fosse amor.

Ao pensar isso, sentiu um pouco de inveja. Apesar da beleza de Lettle, Yeeran atraía aliados fiéis e amantes tal qual a isca atraía peixes. Lettle sempre fora mais difícil de ser amada que a irmã.

Ela balançou a cabeça de um lado para outro, irritada.

Que ele sofra por Yeeran. Se me ajudar a encontrá-la, é só o que importa.

Ele começou a cantarolar, uma melodia assustadora que lhe mandou um arrepio coluna abaixo. O pé dele acompanhava a batida, o ritmo soando como o tamborilar no Campo Sangrento.

Mas não havia nenhum campo de batalha das aldeias ali. Em vez disso, o inimigo deles era o tempo. E, em algum ponto à frente deles, Yeeran se afastava cada vez mais da trilha.

Aquele lembrete transformou a comida em cinzas, e ela se levantou.

— É hora de irmos.

CAPÍTULO OITO

Yeeran

Yeeran estava caçando o obeah havia dois dias. O vento soprava do leste, atingindo as folhas dos eucaliptos e levando o cheiro dela na direção da criatura. Ela tentou se mascarar ao cobrir a pele com sumo de amora silvestre, mas por duas vezes o obeah a vira e disparara na outra direção. Yeeran tinha certeza de que a criatura sorria enquanto fugia.

Naquele momento, ela estava coberta pelo xarope avermelhado e pegajoso que atraía moscas e seu cantil estava vazio, então nem podia se lavar.

Mas o obeah ainda estava por perto, e as chuvas da noite logo encheriam seu cantil.

Há três habilidades que todo caçador deve dominar. A voz vibrato de seu pai soou das lembranças do passado. *Um: conheça o terreno. Identificar os caminhos nas florestas das Terras Élficas é fundamental. Saber onde há bebedouros e os melhores pontos de alimentação melhorará sua taxa de sucesso.*

Então Yeeran decidira aprender as regras dessa nova terra enquanto a percorria. Tinha descoberto que, por vezes, chovia logo antes do pôr do sol, apagando quaisquer sinais do rastro do obeah, mas também que a lama que as chuvas traziam era perfeita para preservar as grandes pegadas do animal.

Dois: um caçador deve saber ler os sinais da floresta. Como ler marcas de pegadas no chão quando um obeah está fugindo e quando está pastando. Sem isso, um caçador não tem esperança de encontrar a presa.

Depois de anos aprendendo com o pai, as habilidades de Yeeran para ler a floresta eram quase tão boas quanto suas habilidades no campo de batalha. Ela se agachou e viu um arranhado no musgo de um tronco caído. A marca era sutil, mas Yeeran sabia que fora deixada por um obeah em fuga. Encontrava-se junto ao tufo de pelos deixado no espinheiro, mostrando a ela em que direção precisava ir.

Ela percebeu fezes no chão e se inclinou para examiná-las.

Os obeahs eram conhecidos por serem herbívoros, suas fezes predominantemente compostas de fibras e muco. Com um graveto, ela as cutucou. Eram macias e longas, sugerindo que a criatura comera frutas como ameixas ou pêssegos. Ela se levantou e olhou ao redor, tentando localizar as árvores frutíferas das quais ele podia estar se alimentando.

Então o viu. A menos de quinze metros de distância, o obeah estava sob a luz salpicada da copa da floresta. Aquela não era a primeira vez que ela ficava cara a cara com a fera naquele dia. A visão ainda lhe arrancava o fôlego.

O obeah ergueu a cabeça, a curva de seu pescoço adornada com o grosso pelo preto salpicado de cinza pela idade. Seus chifres roçavam as folhas da árvore acima, mandando uma chuva de folhas de outono pela floresta. Ele raspava o chão com as patas gigantes, cada uma terminando em garras do tamanho dos dedos de Yeeran.

Ela imaginou as garras amarradas em um colar, adornando o pescoço de Salawa enquanto Yeeran beijava sua clavícula. E imaginou a sensação da magia percorrendo suas palmas enquanto batia no tambor feito de pele de obeah.

Ela imaginou o último suspiro da criatura como a canção de sua liberdade.

Três: a maior habilidade que um caçador pode ter é a boa pontaria. Saber quando e onde atacar é parte instinto, parte talento. A gente sempre mira na jugular ou no coração. Máxima chance de fatalidade sem danificar o produto principal: a pele do obeah.

Yeeran inspirou fundo e levou a mão ao tambor. Ela focou na pele do tambor enquanto mirava no obeah. A fera se afastava, seus olhos arregalados fixos na distância à frente. Devido à posição do obeah, ela teria que atacar por trás do ombro esquerdo do animal, a um terço de distância de sua barriga. Aquela seria a melhor forma de perfurar o coração, os pulmões ou uma artéria importante, penetrando a pele em dois pontos diagonalmente separados.

A fera é grande o bastante para fazer dois tambores, se não três, pensou ela enquanto semicerrava os olhos para a presa.

Com um chacoalhar rápido dos dedos, ela reuniu a magia do ritmo do tambor, disparando, com intenção, a força em direção ao coração do obeah.

O baixo som que ela fez com o tambor não era suficiente para alertar a criatura de sua presença, mas mesmo assim o animal sentiu o tiro pouco antes que disparasse. Nos milissegundos antes do impacto, o obeah virou-se e encarou Yeeran. O azul profundo de seu olhar tinha mais inteligência que qualquer outro animal que ela já vira, e naquele momento ele não parecia surpreso.

O obeah sabia que ela estava ali.

Com um rosnado, ele disparou para o arbusto.

— Merda — praguejou ela, jogando o tambor por sobre o ombro para persegui-lo.

O obeah vira Yeeran, então ela não conteve os passos. O silêncio não a ajudaria ali. Tudo o que ela precisava era manter a fera dentro de vista.

Mas, depois de duas horas perseguindo a criatura, a fadiga pesava seus ossos. O cantil pendurado em sua cintura ainda estava vazio. O mundo tinha ficado turvo nas extremidades, seu coração estava disparado, e ela não se lembrava da última vez que tivera que urinar.

Yeeran estava prestes a desistir. O pensamento coincidiu com uma tontura, e ela cambaleou.

Então usou a mão para se apoiar no tronco de uma bétula. A respiração estava dificultosa, os lábios inchados e rachados. Ela apoiou o queixo no peito.

Embora a geografia, os sinais da floresta e a pontaria sejam as três habilidades dominadas por caçadores bem-sucedidos, acredito que há uma quarta habilidade que torna a maioria dos caçadores de elite muito superiores: perseverança mental. Mais uma vez, o pai de Yeeran falava nas lembranças dela. Mas, dessa vez, o eu dela de 10 anos respondeu.

O que isso quer dizer, pai?

Quer dizer que o melhor, mais esperto e mais preciso caçador ainda pode ser engando pelos truques sábios de um animal. É necessário energia da mente acima da energia do corpo.

Ela assentiu, trazendo-se de volta ao presente.

— Energia da mente — disse para a bétula.

Com um grunhido, tornou a ficar ereta e seguiu o rastro do obeah. O atraso dera à criatura a chance de aumentar a distância entre elas. E, se Yeeran perdesse o obeah de vista, perderia também sua liberdade.

Ela começou a trotar, usando técnicas de respiração que aprendeu no exército para manter um ritmo constante. Depois de vinte passos, no entanto, tornou a tropeçar, a visão escurecendo.

Ela precisava de água.

Com dedos trêmulos, pegou o tambor e disparou três vezes na bétula ao seu lado. Sua mira estava um pouco prejudicada, mas ela conseguiu penetrar a casca até a substância mais verde dentro. Com um disparo final do tamborilar, o buraco ficou profundo o bastante para que a seiva fosse coletada.

Ela pressionou os lábios rachados contra a casca e sugou.

A princípio, a boca se encheu apenas de detritos, mas cerca de um segundo depois ela sentiu o gosto adocicado da seiva.

Mas não era suficiente.

Yeeran caiu de joelhos e fechou os olhos.

Um leve zumbido invadiu seus pensamentos anuviados. Foi só quando o enxame de mosquitos assomou sobre ela que Yeeran se deu conta de que o som não estava apenas em sua mente.

Ela os afastou com mãos débeis.

Por que há tantos mosquitos?

Ela abriu um olho e fez uma careta, cansada. À frente, a vegetação era mais curta e mais rica que em outras áreas da floresta.

Onde há insetos, provavelmente há água por perto.

Ela rastejou em direção ao som da voz do pai, parte de si sabendo que era uma alucinação causada pela desidratação.

— Pai, estou indo. Estou ouvindo.

O solo sob as mãos ficou mais frio e mais denso. Ela parou e abriu as frondes de uma samambaia. O que viu a fez querer chorar.

Era uma lagoa, bem iluminada de azul pelo céu, escondida entre as árvores da floresta.

E bem ali no centro encontrava-se o obeah.

Eles se encararam. Yeeran estava fraca demais para mirar, embora a mão tenha apertado o tambor com uma força que ela não sabia ainda ter.

O obeah abaixou a cabeça, como se em saudação.

Estou sonhando?

Ela piscou e esfregou os olhos. Quando tornou a olhar, o obeah havia partido; a única evidência de que estivera ali era uma ondulação na água.

Yeeran suspirou e engatinhou até a água, deixando o tambor de lado com cuidado.

A lagoa era alimentada por uma cachoeira que brilhava com pedras cobertas de musgo, que filtrava a sujeira, deixando as águas cristalinas para Yeeran se submergir e beber até estar saciada.

Ela se esqueceu do obeah e do exílio por alguns curtos momentos de êxtase enquanto a água descia por sua garganta. Quando se satisfez, flutuou na superfície da lagoa, deixando a água acalmar sua pele rachada e os músculos doloridos. Com mãos cansadas, começou a tirar as roupas — que também se beneficiaram da água purificadora — e as deixou na pedra para secar.

Framboesas doces e verdes cresciam às margens da lagoa, e ela comeu até sentir o açúcar vibrar nas veias. Deu a ela mais energia do que tivera em dias.

Naquela noite, Yeeran acampou às margens da água. Grata porque o rastro do obeah a levara até ali.

No dia seguinte, ela voltou à caçada.

CAPÍTULO NOVE

Lettle

Os passos de Rayan e Lettle tomaram um ritmo fatigado. O descanso deles fora curto como a paciência de Lettle. A exaustão drenara dela a habilidade de manter uma conversa agradável. Rayan começara a caminhar alguns passos atrás dela depois que Lettle o xingara por três minutos inteiros por ter pisado em seu pé.

As florestas do distrito Minguante começaram a rarear conforme eles se afastavam de Gural. Enquanto o sol se punha, ouviram os sinais característicos da civilização à frente: cascos de camelo sobre ruas de pedra, um moinho de farinha funcionando e, como sempre, a batida constante da guerra do Campo Sangrento na distância.

Conforme a fronteira se aproximava, Lettle caminhava com passos mais certos. Fazia tempo que as bolhas em seu pé haviam estourado e ela podia sentir seu coração bater nas feridas que latejavam, mas as ignorou.

Eles levaram duas horas para passar pela fronteira do distrito Crescente e, quando enfim receberam permissão de atravessar o território, já era tarde da noite.

— Nunca vi uma fronteira tão rigorosa — murmurou Lettle.

Ela agarrava o passe de viagem contra o peito como se fosse um escudo contra o grupo de combatentes que os observava passar com um ódio maldisfarçado.

Eles receberam vinte e quatro horas para passar por Shah, a capital da Crescente. Embora as fronteiras entre os distritos existissem desde que a Guerra Eterna começara, elas sempre permaneceram abertas para permitir comércio e viagens essenciais. Mas depois de vinte e quatro horas as boas-vindas deles acabavam. Lettle odiava como a guerra sangrava em todos os aspectos da vida.

— O Tirano de Duas Lâminas fortaleceu a fronteira nos últimos anos de seu reinado — disse Rayan, baixinho.

A parte branca de seus olhos brilhava na escuridão enquanto seu olhar ia de maneira meticulosa de um combatente a outro, avaliando a maior das ameaças. A postura dele mudara sutilmente também. Ele parecia mais alto; as linhas de seu rosto, mais profundas.

Ele firma a mandíbula como se fosse uma arma, pensou Lettle. Ela estava tão concentrada na forma de seu rosto que levou um momento para perceber que ele fizera uma pergunta.

— Hmm?

— Quando foi a última vez que você passou pela Crescente? — repetiu ele.

— Faz um tempo, eu era criança. Meu pai ainda era caçador... — Ela torceu o nariz enquanto tentava pensar. — Ah... faz vinte anos.

— Foi no começo da ditadura do cabeça Akomido, antes que a verdadeira natureza dele fosse conhecida pelo mundo. Muito mudou desde então. — Ele disse o nome do Tirano de Duas Lâminas com um ódio amargurado.

Embora o reinado dele tivesse sido curto, seu impacto fora enorme.

As ruas ficaram mais silenciosas conforme eles se afastavam da fronteira, mas as tropas ainda rondavam a cada esquina.

Diferentemente de Minguante, Crescente tinha uma política mais rígida sobre álcool e não havia tavernas cheias de combatentes cansados entoando canções de guerra. Também não havia vendedores noturnos de narguilé perfumando o ar. Isso fazia a cidade parecer vazia, a alegria tirada dela como a gema de um ovo, deixando apenas a suavidade das casas de tijolos brancos.

Lettle encarou Rayan com os olhos semicerrados enquanto caminhava ao lado dele pelo centro da cidade. Havia algo magnético na forma como o perfil dele atraía sua atenção, e isso a frustrava. O olhar dele era focado enquanto se mantinha vigilante. Ela percebeu que o centro dos olhos dele era um pouco dourado, como os cristais no mel deixados para endurecer.

— Quando foi a última vez que você esteve aqui? — perguntou ela, e Rayan voltou seus olhos densos para os dela.

— Eu... eu nasci aqui.

Lettle arregalou os olhos. Era raro desertar o distrito de nascimento. Tão raro que Lettle jamais conhecera alguém que o fizera.

Rayan a observava, esperando pela resposta, sua expressão cautelosa. Mas Lettle nunca deixara os preconceitos da guerra penetrarem suas opiniões.

Ela deixou uma expressão entediada tomar conta do rosto.

— E daí?

O sorriso que ele lhe deu em troca era tão radiante que Lettle teve que desviar o olhar.

— Vamos tentar encontrar um lugar para passar a noite? Eu gostaria de partir cedo, mas deveríamos conseguir pelo menos algumas horas para descansar — disse ela.

Rayan voltou-se para ela.

— Lettle.

A respiração dele se condensava no ar noturno gelado, e ela se viu inclinando-se à frente, só um pouquinho, na nuvem do cheiro dele. Tangerina e sálvia: a floresta ganhando vida.

Ele estendeu a mão para a bochecha dela. Mas a mão passou acima do ombro dela enquanto ele apontava para algo na distância.

— Acho que aquilo é uma hospedaria.

Lettle suspirou fundo e o ar passando entre seus dentes soou como um sibilo.

Ela deu meia-volta e marchou em direção à hospedaria. Era pequena, uma cabana de um andar com uma porta atarracada e feia.

— Dois quartos, por favor — pediu ela à elfa na recepção.

Lettle colocou na mesa a documentação de imunidade deles.

A mulher estava menos que meio desperta, seus olhos difusos avermelhados de cansaço. Ela correu o olhar pelos passes de viagem e fungou.

— Só temos um, os outros estão ocupados.

Embora ela não parecesse nem um pouco atarefada.

— Ocupados por quem? — perguntou Rayan, entrando à luz do lampião.

Ela voltou os olhos cansados para ele.

— Não é da sua conta.

— Tudo bem — interrompeu Lettle. — Que seja um quarto.

A dona da pousada os levou até um quartinho nos fundos da cabana que poderia muito bem ter pertencido a um serviçal. A cama ocupava grande parte do espaço.

— O fogo está apagado, mas será fácil para vocês reacenderem. Só tem uma cama, mas agradeçam pelos lençóis limpos.

Ela entregou a chave a Lettle.

— Partiremos ao nascer do sol — disse ela.

— Ótimo — respondeu a elfa. — Deixe as chaves no balcão quando partir. Não me levantarei para levá-los à porta.

Ela partiu por onde viera, deixando Rayan e Lettle no silêncio de suas respirações.

Rayan suspirou pesadamente.

— Bem, que raio de sol — disse ele.

— Não dá para culpá-la, a forma como os cidadãos da Crescente têm sido tratados desde o governo do tirano também me faria odiar viajantes.

A expressão de Rayan ficou sombria, mas ele não respondeu por um tempo e foi acender o fogo.

— Akomido foi votado como cabeça por uma maioria esmagadora. Lembro-me das campanhas dele nas ruas quando eu era garoto. Seu lema era: "Governar com honra é governar sem piedade". — Ele raspou um fósforo contra a lenha e a lareira estalou, ganhando vida e lançando sombras tremulantes em um lado do rosto dele. — A primeira coisa que fez foi livrar as cadeias dos prisioneiros de guerra, mas ele não os soltou. Não, isso teria sido piedoso. — Rayan fechou os olhos, revivendo lembranças que Lettle não era capaz de ver. — Primeiro, cortou suas orelhas, enviando a carne partida para suas respectivas aldeias. Depois, os enforcou. — Lettle engoliu em seco. Rayan voltou-se para ela, os olhos iluminados e ferozes como o fogo. — Ele não precisava ter cortado as orelhas primeiro. Mas queria que sofressem. E sabe o que é pior? Os cidadãos votaram nele de novo.

— Que bom que ele está desaparecido há dez anos, porque você parece pronto para assassiná-lo. — Lettle estava tentando apaziguar os ânimos, mas seu tom soou irritado, e Rayan desviou o olhar.

Ela se ocupou preparando-se para deitar e tirou as roupas, ficando apenas com as peças de baixo.

— Vou colocar esses travesseiros no meio da cama, está bem? Fique do seu lado.

O riso de Rayan se interrompeu quando percebeu que ela estava de roupa íntima.

Ela apoiou a mão na cintura.

— Que foi? Não achei que eu viajaria com alguém, então não tenho um pijama. E não dormirei de calça. Está muito quente.

Lettle sabia que tinha uma figura invejável. Seu peso acumulava nos quadris, o que acentuava a covinha em sua cintura. Anos de má nutrição haviam roubado suas curvas, foi só quando se mudou para Gural que elas tiveram a chance de dar as caras.

Rayan fez um som contido bem no fundo da garganta e deu as costas a ela.

— Vou dar uma caminhada.

Lettle franziu a testa.

— Você acha que é seguro nós nos separarmos...

Ele partiu antes que ela terminasse a frase.

Por um tempo, Lettle observou o espaço que ele ocupara — com pensamentos anuviados e a raiva crescendo.

$$\text{๑๑}$$

Rayan demorou duas horas para voltar. Lettle tentou permanecer acordada para odiá-lo.

Encontrou um velho livro de contos de feéricos pegando poeira na estante ao lado da cama. Era a história do Humano Errante, aquela que Rayan mencionara mais cedo. A lombada fez um som satisfatório quando ela o abriu. E então começou a ler.

Com dentes de facas e olhos de fogo, os feéricos mataram todos os humanos, pois estes eram os seres mais mágicos. Quando os feéricos drenaram a força vital deles, o poder se tornou imbuído neles. Até que apenas um humano restou. Afa era seu nome. O último deles. Condenado a vagar sozinho pela terra. Ele viajou pelos mares, cruzou continentes, acumulando conhecimento por onde passava...

A cama se moveu sob Lettle, que acordou sobressaltada.

— Rayan?

— Sim. — A voz dele estava rouca.

Ele puxou as cobertas para si, com cuidado para não mover o travesseiro que separava a perna dela da dele. A luz fraca das brasas se apagando o iluminava em um tom suave de dourado.

Ele é mesmo lindo. Os pensamentos dela estavam vagarosos pelo sono.

— Você voltou.

Ele deu um suspiro que continha um sorriso.

— Voltei.

Lettle bocejou e se afundou no travesseiro.

— Boa noite, Rayan. Que Bosome ilumine seus sonhos.

Ela o ouviu rir baixinho.

— Faz tempos que não ouço o nome divino.

Lettle semicerrou os olhos. Não tinha dito a Rayan que era adivinha, mas a oração a denunciara. Ela rolou por cima do braço endurecido; embora fosse desconfortável deitar-se assim, era melhor do que ver as sombras de zombaria no rosto de Rayan. Lettle não estava a fim de justificar sua profissão, não de novo, não para ele.

O conto de feéricos estava aberto na última página, no chão, ao lado da cama e ela mal podia distinguir as frases finais.

O conhecimento aumentou o poder de Afa e, quando voltou às Terras Feéricas, ele amaldiçoou os feéricos pelo que haviam feito, banindo-os em Mosima, uma terra sepultada no tempo.

Rayan quebrou o silêncio:

— Minha mãe era adivinha.

Lettle se sentou e voltou-se para ele, apoiando o corpo pesadamente no cotovelo direito.

Àquela altura o fogo se apagara por completo, e a única luz que iluminava o quarto era a lasca de luar que entrava por um vão entre as pesadas cortinas. Cobria Rayan em um raio de luz e, quando ele olhou na direção dela, o ouro de seus olhos reluziu.

— Fui serviçal na Crescente durante o governo do tirano. Minha mãe era adivinha em uma época em que a verdade não era buscada nem tinha credibilidade. Embora os adivinhos não sejam muito contratados na Minguante, eles eram ativamente perseguidos na Crescente.

Era raro Lettle reconhecer o momento de ficar quieta e ouvir, mas sabia que aquele era um deles. Algo havia incentivado Rayan a falar, e agora ele não media palavras.

— Ela se chamava Reema e fazia o melhor cordeiro assado de todas as Terras Élficas. — Ele deu uma risadinha, e de alguma forma soou como um banho de chuva. Intenso e reluzente. — "O ingrediente secreto", dizia ela, "é três vezes mais manteiga e sal do que você pensa e quando achar que é suficiente, coloque o dobro."

Lettle se viu sorrindo também, até que viu a alegria desaparecer do rosto de Rayan.

— Um dia, ela foi presa por ler profecias — prosseguiu ele. — O cabeça ficou sabendo e a trouxe para ser o entretenimento durante um de seus banquetes. — A boca dele se torceu de ódio. A expressão parecia estranha em seu rosto. — Ele pediu uma leitura. — Rayan engoliu em seco. — Akomido trouxe um obeah que tinha acabado de ser morto. E, embora ela soubesse dos riscos, fez a leitura.

Rayan desviou o olhar, mas não antes que Lettle visse o brilho das lágrimas em seus olhos.

— Não sei qual foi a leitura, só sei o que um dos serviçais me disse depois. O cabeça teve um ataque de fúria e a atingiu com suas adagas. Uma em cada lado da barriga.

Lettle queria estender a mão para ele, mas não tinha nenhuma palavra de conforto. O mundo era brutal e os dois sabiam disso.

— Faz vinte e três anos. Eu tinha 9. E naquele dia jurei que mataria Akomido no campo de batalha.

Lettle teria rido da declaração se não tivesse ouvido a verdade resoluta na voz de Rayan. Era uma promessa que ele manteria.

— Foi por isso que cruzei a fronteira e me juntei ao Exército Minguante. Eu queria lutar contra o povo que matou minha mãe. Eu queria lutar sob um governante no qual eu acreditava.

Ele não falou outra vez por um longo tempo, e Lettle achou que a conversa havia se encerrado, então tornou a se deitar.

Quando ele tornou a falar, ela já estava quase adormecendo, e as palavras ficaram confusas pelo sono.

— Meu desejo por vingança me atraiu para o banco leste naquele dia. Eu sabia que o Exército Crescente estaria lá. E já que Akomido anda desaparecido há tanto tempo... eu não podia deixar passar a oportunidade de me vingar um pouco mais.

Ela não podia deixá-lo levar a culpa toda sozinho. Era dela também.

— Não foi só culpa sua — disse ela, sonolenta. — Eu fiz uma leitura para Yeeran naquela manhã. Disse a ela para encontrar a glória no leste. Nós estamos juntos agora, você e eu.

— Juntos — repetiu ele, e ela ouviu o sorriso em sua voz. — Agora durma, Lettle.

Ela odiava fazer o que as pessoas mandavam, e ia dizer isso, mas então sentiu o puxão dos sonhos e adormeceu.

☙❧

Lettle acordou de mau humor. Havia sonhado com a mãe de Rayan, mas quando se inclinou sobre o corpo, era o de Yeeran. O pânico da impotência estava quase na superfície da mente dela.

Eles tomaram café da manhã na estrada depois de parar em uma padaria na Crescente. Lettle tentara comprar um pão novo e quentinho, mas quando Rayan pagou na moeda da Minguante o pão foi trocado por dois pães velhos. Ela tinha certeza de que um estava mordido, mas não era exigente. A pobreza da infância havia tirado isso dela.

Sair da Crescente foi bem menos problemático que entrar. Principalmente porque não havia nada que valesse a pena do lado de fora das Terras Élficas.

A floresta ficou mais densa depois de um dia de caminhada fora de Shah. O rastro de Yeeran tinha desaparecido havia muito tempo, distorcido pelas muitas pegadas que cobriam o caminho de terra, embora eles ainda não tivessem encontrado ninguém.

— Esta estrada não está um pouco mais usada do que seria esperado? — perguntou Rayan.

Lettle estivera pensando a mesma coisa, mas temia cuspir fogo, se falasse, tal era seu humor. Então, o ignorou.

Ao pôr do sol, Lettle capturou um faisão que depenou à beira da estrada. Rayan preparou o fogão e refogou alho selvagem para a carne. E, sim, ele estava cantando de novo.

Naquela manhã, Lettle até o vira cantarolando uma canção de ninar para uma borboleta quando achou que ela não estava ouvindo.

Lettle arrancou a última das penas do faisão com puxões curtos e fortes enquanto a voz dele viajava pelo campo:

> *Abençoe o divino, com palavras apenas,*
> *Alto no mais puro tom cantem-nas,*
> *Abençoados somos no luar,*
> *Vivendo como a divindade lunar.*

Lettle não aguentava mais.

Ela se levantou da posição de cócoras, o pescoço do faisão pendurado em seu punho fechado.

— *Cale a boca.*

Rayan voltou-se para ela de sobrancelha erguida.

— Agora você fala comigo? Depois de um dia inteiro de silêncio?

— Silêncio — sibilou ela. — Silêncio é tudo o que eu quero, mas você não me permite ter.

A segunda sobrancelha de Rayan se ergueu, embora seu olhar ainda estivesse frustrantemente calmo.

— Não sei o que fiz para você me odiar tanto.

— Para todo lado que olho, você está lá, *cantando.*

Rayan deu de ombros.

— Vou parar, então.

— Ah... não... mas... bem... — A raiva de Lettle a fez gaguejar até parar.

Rayan se levantou e, embora ela ainda irradiasse ódio, ele enfrentou a distância que os separava.

Tangerina e sálvia. Aquele cheiro enlouquecedor.

Quando estava perto o suficiente para que seu hálito atingisse a bochecha dela, ele disse baixinho:

— Isto aí está pronto para ser cozido?

Lettle arfou e jogou a carcaça contra o peito dele.

— Não deixe queimar desta vez.

Ele não a contradisse argumentando que não havia queimado nenhuma refeição até aquele momento. Em vez disso, voltou ao fogão e começou a, diligentemente, refogar o faisão, com um leve franzir na testa.

Lettle só tornou a falar depois que eles comeram.

— Eu… estou começando a achar que talvez a gente não encontre Yeeran.

E, se encontrarmos, ela ainda estará viva?

Rayan assentiu como se pudesse ouvir o resto dos pensamentos dela.

— Lembre-se, sua irmã é uma das coronéis mais condecoradas que o exército já teve. Não há nada, nenhum caçador de pele, nenhuma fera raivosa, que possa abatê-la. Não sem uma luta.

Lettle fungou e percebeu que estava chorando.

Rayan foi para o lado dela e pousou a mão em seu antebraço.

— Ela vai ficar bem.

Houve o estalar de um trovão acima deles, e o céu também começou a chorar.

— Aqui, eu trouxe lona. — Ele pegou o couro encerado da bolsa e o puxou sobre eles.

Lettle hesitou por um momento antes de se pressionar no torso de Rayan sob a lona.

Ele passou o braço pelos ombros dela, puxando-a para mais perto.

— Tudo bem?

Lettle assentiu. Ela não conseguia falar. O ar parecia mais fino perto dele, como se ela não fosse capaz de respirar.

Eles ficaram ouvindo a chuva por um tempo, mas, mesmo depois que diminuiu, os dois permaneceram sob o abrigo.

— Desculpe por hoje — disse Lettle, com pesar.

— Está tudo bem. Você só estava preocupada — disse ele, a voz profunda e chiada.

Ela sentiu a respiração dele na bochecha. Rayan a observava, os pontinhos cor de mel em seus olhos brilhando.

— A chuva parou — pontuou ela.

— Sim.

Mas ele não abaixou a lona.

Então Lettle ouviu. O som específico de sapatos molhados na lama.

— Tem alguém aqui — sussurrou.

Os braços de Rayan ficaram mais firmes contra os ombros dela, como se ele pudesse escondê-los da vista de fosse lá quem se aproximava pela clareira.

Mas era tarde demais, eles tinham sido vistos.

CAPÍTULO DEZ

Yeeran

Yeeran não estava sozinha. Ela tinha visto sinais de outros caçadores na floresta. Havia no mínimo seis deles, caçando o obeah em grupo.

Preciso chegar à fera primeiro, pensou, correndo com energia renovada.

Aquele era o dia em que a caçada terminaria.

Ela se perguntou como Lettle estava e se Rayan estava mantendo a promessa que fizera.

Eu a verei em breve, minha irmã. Assim que levar o prêmio de volta à cabeça, irei para casa.

Yeeran não ficou pensando se Salawa aceitaria o presente. Se pensasse, poderia começar a se questionar se a oferenda seria suficiente para garantir sua liberdade. E ela não podia pensar assim.

Não, aquele era seu único caminho. Um caminho forrado pelo sangue do obeah.

A chuva do fim de tarde chegou, deixando na lama apenas um resíduo da rota do obeah. Ela tinha certeza de que a fera estava correndo em círculos, pois já havia visto aquele eucalipto antes. Quando Yeeran se abaixou para examinar os rastros, viu mais dois pares de pegadas que não havia percebido antes.

Seu coração disparou no peito.

Os outros caçadores estavam perto. Perto demais.

Ela pensou em acampar para passar a noite, até que viu dois globos de luz brilharem na escuridão.

O obeah estava de novo à vista.

—… a chuva parou. — O murmúrio de vozes vinha da esquerda.

Yeeran se agachou, o tambor já posicionado diante de si. O obeah fugira, e ela xingou quem falara por tê-lo afastado.

Então outra voz soou:

— Tem alguém aqui.

A familiaridade do falante a atraiu como um encanto.

Não, não poderia ser…

Olhos violetas capturaram os dela.

— Lettle?

Yeeran se levantou, boquiaberta.

Estava desidratada e alucinando outra vez?

Ela levou as mãos à cabeça e chacoalhou a imagem da irmã para fora da mente. Quando tornou a abrir os olhos, Lettle continuava ali, a um metro dela. Tão perto que era possível ver a névoa de sua respiração.

O ar foi arrancado dos pulmões dela enquanto Lettle se jogava sobre Yeeran e a abraçava com força em um só salto.

— Como você se atreve… como se atreve a me deixar? — A raiva de Lettle era pautada pelo alívio.

Yeeran se viu ficar mole no abraço da irmã.

— Você está mesmo aqui?

A risada de Lettle foi abafada pelo ombro de Yeeran.

— Pelo amor da lua, sim, sua tola.

Lá estava a irmã dela, no meio da floresta, sã e salva. Yeeran apoiou o queixo sobre as tranças de Lettle e inspirou o cheiro familiar dela.

— Agora que te encontramos, podemos ir para casa — disse Lettle.

— Sim, você podia pelo menos ter deixado um endereço. — A voz soou acima do ombro de Lettle.

Yeeran soltou a irmã e se voltou para Rayan.

— Você também?

Ele deu a ela um sorriso torto antes de bater no peito, em saudação.

— Coronel.

— O que vocês estão fazendo aqui?

Lettle inclinou a cabeça para Yeeran.

— Te falei, vamos levar você para casa.

— Não é assim que o exílio funciona.

Lettle ergueu o queixo.

— Bem, decidi que você não está exilada.

Yeeran sorriu e balançou a cabeça de um lado para outro.

— Ah, se fosse simples assim.

Ela segurou a mão de Lettle e a apertou.

Yeeran olhou para os dois e se sentiu mais leve do que se sentira em dias. Apesar das circunstâncias, estava feliz em vê-los.

— A gente deveria sair desta clareira. Vi pelo menos seis pares de pegadas de caçadores, e não sabemos de que tipo são.

Eles seguiram contra o vento, a partir da trilha dos caçadores, até ficarem cansados demais e montarem acampamento. Os três haviam sofrido nos últimos dias e Lettle estava ansiosa para atualizar Yeeran com relação a tudo pelo que passara para encontrá-la.

—… Depois passamos uma noite na Crescente, nessa hospedaria que com certeza *não* estava cheia, mas a atendente não quis nos dar mais do que um quarto. E aí um padeiro só nos vendeu pão velho…

Yeeran deu um leve sorriso.

— O quê? — perguntou Lettle, sem saber se deveria se ofender.

— Nada, só é bom ouvir sua voz.

Embora fizesse menos de uma semana, Yeeran pensou que talvez jamais a ouvisse outra vez.

Em resposta, Lettle lhe devolveu um sorrisinho.

Yeeran se aquecia perto do fogo, o primeiro que acendera desde a caçada ao obeah.

Eles haviam capturado e assado um coelho para o jantar e estavam bebendo chá de folha de framboesa, que Lettle tinha colhido. Rayan adormecera logo depois que a bebida ficara pronta.

— Pelo menos dessa vez ele não está roncando — disse Lettle quando percebeu que Rayan não havia tocado o copo.

— Você deveria se juntar a ele.

A voz de Lettle guinchou em um tom alto e incomum ao responder:

— Me juntar a ele?

— Sim... você não está cansada?

— Ah. — Lettle esfregou a ponta do nariz com a palma da mão. — Sim, estou morrendo de cansaço.

— Farei a primeira vigília. Você dorme. Terá um grande dia amanhã. Lettle franziu as sobrancelhas.

— Terei?

— Sim, você vai voltar ao distrito Minguante, e eu continuarei a caçar o obeah. — Yeeran havia contado a eles sobre a criatura. Isso iluminara o olhar de Lettle.

— Não, não vou.

— Você não pode ficar aqui no exílio comigo. E se eu não encontrar o obeah outra vez? O rastro terá sumido depois de toda essa chuva. Terei que recomeçar do zero. — Yeeran não conseguia evitar a frustração em sua voz. — Você tem toda uma vida em Gural. Precisa voltar para ela.

— Não sem você.

Yeeran viu a dureza do maxilar de Lettle e soube que não havia nada que pudesse fazer para ganhar *aquela* batalha. Às vezes, a forma mais fácil de lidar com Lettle era fingir que ela havia vencido.

— Conversaremos amanhã.

Lettle esperou, como se quisesse dizer algo mais, mas então o franzir em sua testa suavizou e ela sorriu. Foi até o saco de dormir e disse:

— Boa noite, irmã. Que Bosome ilumine seus sonhos.

— Boa noite, irmãzinha.

❧ ❧

Yeeran acordou Rayan pouco antes do amanhecer.

— O que aconteceu com o chá de framboesa? — perguntou ele, esfregando os olhos.

— Isso foi metade da noite atrás.

— Eu dormi — disse ele com uma infelicidade tão grande que Yeeran teria rido se isso não fosse acordar Lettle.

— Dormiu mesmo. Você pode fazer a vigília por mais ou menos uma hora? Preciso dormir um pouco.

— Sim, coronel.

Yeeran se encolheu.

— Só Yeeran, por favor.

Ele assentiu, mas não se corrigiu. Parecia reunir coragem para dizer algo.

Yeeran estava muito cansada, mas esperou pacientemente que Rayan falasse.

— Foi minha culpa — disse ele, suspirando. — Eu encorajei você a seguir para o leste. Sinto muito.

A expressão de Rayan era sofrida, e Yeeran se entristeceu ao pensar que ele carregara a culpa até ali.

Ela pousou a mão no punho dele.

— Não foi culpa de ninguém além de mim mesma. Você nega que eu era a oficial de maior patente naquele campo?

— Não.

— E concorda que eu era capaz de tomar minhas próprias decisões *como* a oficial de maior patente naquele campo?

—... Sim.

— Ao assumir parte da culpa, você nega esses dois fatos. Agora, isso é algo que gostaria de fazer?

— Não.

— Certo, então está resolvido. Você não tem culpa alguma.

Rayan abaixou a cabeça, em parte por tristeza, em parte por alívio.

— Obrigado, coronel.

— Sou eu que agradeço. Você cuidou de Lettle bem além do que seu dever exigiria quando lhe pedi. Mas eu devia saber que minha irmã viria atrás de mim. Sei que ela não é exatamente fácil e imagino que lhe deu trabalho. Mas estou feliz porque Lettle teve você para tomar conta dela.

Rayan estava olhando para Lettle com um sorrisinho.

— Ela não precisou de mim. Não para valer.

Yeeran deitou-se no saco de dormir de Rayan. Por um momento, pensou ter visto Lettle abrir os olhos, mas, quando prestou atenção, o rosto da irmã estava relaxado na calmaria do sono. Yeeran logo se juntou a ela.

Algo a observava. Yeeran podia sentir. Ela se perguntou se o obeah havia voltado. Abriu os olhos devagar, tentando vislumbrar o espião.

— Até que enfim. Pensei que você nunca fosse acordar.

Lettle estava sentada diante dela.

Yeeran resmungou e rolou no saco de dormir.

— Estou esperando há horas — disse Lettle.

— Que horas são?

— Meio-dia.

Yeeran sentou-se em um pulo.

— Você me deixou dormir até meio-dia? — gritou ela.

Um bando de passarinhos verdes alçou voo da copa da árvore acima deles.

— Viu, falei que a gente devia ter acordado ela mais cedo — disse Lettle para Rayan, que estava atrás dela mexendo uma panela de ensopado sobre o fogo. O cheiro era divino, e atraiu Yeeran para fora do saco de dormir.

— Almoço? — disse ele, com um sorriso de desculpas.

— Almoço — grunhiu ela.

Só depois de devorar a refeição — uma delicada combinação de cogumelos da floresta e estragão (quem diria que Rayan sabia cozinhar?) —, se aliviar e, então, lavar o rosto no riacho ali perto, ela conseguiu formular sua próxima frase.

— É hora de vocês dois voltarem para Gural.

Rayan e Lettle não responderam. Na verdade, desviaram o olhar.

— Oi? Vocês estão me ouvindo?

— Ah, a gente ouviu — disse Lettle, a voz curiosamente neutra. — Só não concordamos.

Yeeran se apoiou nos cotovelos e cruzou os tornozelos. Ela os observou de sobrancelha erguida.

— Entendi, vocês andaram conversando.

— Nós não vamos voltar sem você — respondeu Lettle.

Yeeran cutucou as unhas.

— Sim, acho que vão.

— Vamos ajudar você a rastrear o obeah.

Yeeran riu, não conseguia evitar. Ela não era uma pessoa cruel, e se arrependeu ao ver a mágoa no rosto de Lettle.

— Sinto muito, irmã, mas não preciso de ajuda.

A fúria queimou no rosto de Lettle.

— Você sempre faz isso, age como se eu não tivesse nenhuma habilidade de valor. Bem, consegui te encontrar.

— Eu não precisava ser encontrada.

— Tenho 28 anos, Yeeran. As últimas palavras que você disse antes de deixar as Terras Élficas foram para ordenar a um de seus seguidores que cuidasse de mim. Como se eu fosse uma *criança*.

Ela com certeza estava agindo como uma. Mas Yeeran sabia que aquela não era a forma de reverter a situação.

— Você ouviu nossa conversa noite passada.

— Você nega que foi o que disse? — Lettle respirava pesado.

— Não, e eu faria de novo. Sou sua irmã mais velha, só quero…

— Pelo amor da lua! Você passa metade do tempo agindo como se eu fosse a irmãzinha que conhecia, não a pessoa que sou hoje. Não sou mais aquela criança desde que você me deixou pela guerra.

— Te deixei pela *guerra*? — Yeeran se sentiu sair do chão, como se puxada pela onda de raiva. — Eu me juntei ao Exército Minguante para me tornar alguém…

Yeeran se interrompeu antes que dissesse algo de que se arrependesse.

— Vai. Diga — sibilou Lettle.

— Diferente de você.

Lettle saiu pisando duro em direção ao riacho, deixando Yeeran com sua raiva.

— Merda. — Yeeran chutou o chão.

— Bem, nunca te vi tão irritada assim.

Yeeran se sobressaltou. Tinha esquecido que Rayan estava ali. Ele estava agachado na extremidade do acampamento.

— Desculpe. Lettle, ela só… sabe?

Ele assentiu.

— Quantos anos ela tinha quando você se junto ao Exército Minguante?

— Nove.

— Ela não quis ir a Gural com você?

Yeeran balançou a cabeça em negativa.

— Ela ficou com nosso pai. Eu enviava dinheiro a eles.

— Onde ele está agora?

— Meu pai?

Rayan assentiu.

— Morto.

— Deve ter sido difícil para ela. Com a doença dele.

Yeeran franziu a testa. O pai delas morrera de ataque cardíaco.

— Que doença?

A mandíbula de Rayan se mexeu, mas ele não disse nada. Desviou o olhar.

— Ah, achei que Lettle disse...

Yeeran ergueu o queixo e o observou, esperando que ele se recuperasse e se explicasse. Mas ele não disse nada.

— Você entende que vocês dois não podem ficar aqui, certo?

A princípio, Rayan não respondeu.

Então ele disse, em voz contida:

— Vão me dispensar se eu voltar.

— Não vão, não. — Yeeran foi inflexível. — Diga a eles que eu te ameacei, que te sequestrei. Eles não vão te dispensar. Não podem fazer isso.

Rayan estava balançando a cabeça.

— É tarde demais.

Ela começou a andar de um lado a outro.

— Não é tarde demais. Você vai me culpar e então será promovido a coronel. Você é a escolha óbvia.

— Yeeran.

— Não, nem vem. Não vou deixar você perder seu emprego. O exército precisa de você. Você é o único em quem confio para ajudar a vencer a guerra.

— *Yeeran.*

— Não...

— Olhe. — A voz de Rayan era um sussurro.

Yeeran voltou-se para ele e franziu a testa.

— O quê?

A mão dele tremia enquanto apontava. Yeeran seguiu a direção do dedo trêmulo.

Lá, de pé na luz do sol salpicada da floresta, estava o obeah.

Devagar, Yeeran estendeu a mão para o tambor. A alça roçou em seus dedos. Ela estendeu a mão um pouco mais, se encolhendo ao sentir dor nas costas.

— Não faça nenhum movimento brusco — disse Yeeran para Rayan enquanto levava o tambor até a cintura.

Ela focou a mente e preparou sua intenção. Então inspirou, sabendo que aquele era o momento.

O obeah inclinou a cabeça para ela, os olhos nos dela, sem julgamento. Os tufos de pelo ao redor de sua boca felina eram brancos, devido à idade.

Por que ele não está fugindo de mim?

Ela afastou o pensamento. Não importava o motivo. Aquela era a hora de matar.

Enquanto soltava o ar, ela espalhou as mãos pelo tambor, dividindo os dedos em dois grupos: o indicador e o do meio, e então o anelar e o dedinho. Em seguida, girou o punho em uma rápida sucessão, batendo os grupos em cada lado. Isso tinha o efeito de criar duas batidas rápidas enquanto o punho abafava parte da ressonância. As balas eram menos poderosas, mas mais precisas para mirar.

O obeah virou o olhar azul-celeste na direção de Rayan. Ergueu a cabeça felina e inclinou os chifres para a esquerda, observando-o de esguelha. Sua mandíbula se abriu em um gesto parcialmente humano antes que seu pescoço virasse para trás graças ao impacto do tamborilar disparado de Yeeran.

A fera caiu.

— Pelo sol pecador, é o maior obeah que já vi — disse Rayan.

Yeeran correu em direção à criatura para confirmar a morte. O tiro fora certeiro, o sangue nutrindo o chão enquanto a morte se aproximava.

Ela passou as mãos no pelo quente do obeah. A textura era um pouco mais resistente do que o pelo que ela usara em seu uniforme, e ela se perguntou sobre a idade da criatura. Seu corpo tinha ondas de músculos tensos, e a cauda que de longe parecera quase delicada havia se enrolado pelas pernas com a força de outro membro.

— Foi quase como se estivesse esperando por você — murmurou Rayan.

Yeeran assentiu.

— Como se esperasse a morte.

Ela sentiu uma onda de tristeza pelo fim da caçada. A adrenalina não podia mais sustentá-la. Mas, pelo menos, podia ir para casa com seu prêmio.

— Adeus, amigo — sussurrou ela.

Enquanto o fôlego deixava o obeah pela última vez, um grito soou na distância, rouco demais para ser Lettle.

Yeeran deu um salto.

— Ouviu isso?

Rayan observava o obeah, a boca entreaberta. Ao ouvir a pergunta de Yeeran, ele se assustou e olhou para ela.

— Não ouvi nada. Foi Lettle? Ela está bem?

— Não era Lettle. — A preocupação deixou o rosto de Rayan. Yeeran continuou: — Me ajude a tirar a pele da fera para que possamos voltar para casa. Os outros caçadores devem estar por perto, e não quero que eles reclamem o meu prêmio.

Rayan se remexeu um pouco.

— Tirar a pele?

— Sim. Como quer que o levemos para casa?

— Nunca tirei a pele de nada antes.

— Você não precisa fazer nada. Só me ajude a erguê-lo, preciso virá-lo de lado.

Rayan seguiu as instruções de Yeeran enquanto ela preparava o obeah para ser esfolado. Ele teve que virar a cabeça para desviar o olhar enquanto ela sacava a faca.

— Largue a adaga — disse uma voz vinda de trás deles.

O sotaque era estrangeiro, o *r* arrastado como o ronronar de um gato. Era diferente de tudo o que Yeeran já ouvira.

Ela se pôs de pé e empunhou a faca, pronta para atacar. Uma mulher usando uma capa de ouro fiado estava no meio do acampamento deles.

— Eu o matei. Saia do caminho, caçadora — disse Yeeran, feroz.

Ela preferia morrer a desistir do obeah.

A risada da recém-chegada era irritadiça, com um toque de dor.

— Você não faz ideia do que está falando. Esta fera não é sua. Nunca foi.

Yeeran viu o vislumbre de um nariz pontudo e de bochechas pálidas molhadas de lágrimas. Ela não empunhava qualquer arma nem parecia forte o bastante para derrotar Yeeran com as próprias mãos.

— Vou machucar você, afaste-se.

Mas ainda assim a mulher avançava.

— Largue a adaga, elfa.

De esguelha, Yeeran viu um movimento e percebeu que Rayan havia disparado para o tambor. Ele enviou algumas batidas em direção à figura vestida em ouro.

A mulher estendeu a mão. Os dedos eram longos, com tinta dourada cobrindo-os dos nós até as unhas. Um brilho reluziu no centro da palma dela. O tamborilar disparado dissipou-se sem utilidade no ar.

Yeeran nunca havia visto uma magia assim. Mas ela não teve tempo de ponderar; em vez disso, disparou à frente com a adaga empunhada. Se o tamborilar não ia funcionar, teria que recorrer a medidas mais básicas.

Quando a atacou, o ar pareceu estremecer, a adaga relanceando como se uma barreira invisível cercasse a mulher. Yeeran caiu no chão, sem fôlego.

— Eu disse para largar a adaga — repetiu a mulher, com frieza.

Yeeran ergueu-se e lançou-se outra vez, apenas para cair como se tivesse sido repelida.

— Quer parar com isso? — indagou a mulher.

— Não.

Yeeran pulou para o lado e correu, apenas para falhar mais uma vez.

— Acabou?

Yeeran respirava com dificuldade. Ela olhou para Rayan, que balançou a cabeça em negativa. O tamborilar que ele estivera disparando não acertara nem uma vez.

— Quem é você? — perguntou Yeeran.

A mulher sibilou entredentes. Sombras saíram da floresta.

O arfar de Yeeran ficou preso na garganta.

Cinco obeahs, pelo menos tão grandes quanto aquele que ela matara, apareceram. Sobre as costas deles, cinco figuras encapuzadas, *montando* as criaturas como se fossem camelos.

A mulher abaixou o capuz.

O cabelo era rajado de louro, como luz do sol caída. Os olhos eram de um castanho vibrante, tão impressionantes que era difícil desviar o olhar. A pele era de um bronze brilhoso e levemente sardenta.

E, quando ela partiu os lábios cheios, estes revelaram caninos afiados sobre os quais Yeeran só lera em histórias.

— Não, não, não — murmurou Yeeran.

— Ah, sim — disse a mulher. — E você, *elfa*, está presa pelo assassinato do príncipe de Mosima.

A mulher era feérica.

CAPÍTULO ONZE

Lettle

Lettle havia esperado o suficiente. Yeeran não iria atrás dela. Ela atirou uma pedra na água e, de coração pesado, a observou afundar.

Sabia que Yeeran não aprovava sua carreira na adivinhação; a irmã pensava que todos deviam ser recrutados nos esforços de guerra. Mas Lettle vira o poder da adivinhação cedo na vida e, desde aquela primeira profecia, sabia que esse era o único caminho para ela.

Quando o pai morreu, ela tinha 16 anos. De coração partido pela perda e pelo remorso, encontrou conforto em um templo abandonado nos arredores de sua vila. Quando ela e Yeeran eram crianças, costumavam brincar nas ruínas da construção. Talvez fossem aqueles tempos felizes que a atraíram para lá naquela noite. Ou talvez fosse o toque da divindade.

— Bosome sente sua dor, criança. — As palavras do adivinho flutuaram para fora das lembranças dela como fumaça.

— Quem é você?

Aos 16, Lettle era pequena para a idade. Embora Yeeran enviasse dinheiro para casa, ela ganhava apenas o salário de um combatente, então Lettle permanecia mirrada. Um vento forte soprou pelo que sobrara do templo, arrancando lágrimas de seus olhos.

— Sou o patrono deste templo. Um dos poucos que ainda reza para Bosome.

— Bosome? — A educação de Lettle fora limitada, e seu conhecimento de história e dos seres divinos era escasso.

O adivinho entrou debaixo da luz e Lettle encontrou Imna pela primeira vez. Seu cabelo era mais grosso e longo do que era nos últimos tempos, os fios loiros caindo até os joelhos.

— Bosome, nosso criador, nossa divindade. — Ele inclinou a cabeça para o céu.

— Deuses não são reais.

O xamã inclinou a cabeça para Lettle, fazendo seu cabelo tremular.

— Isso é o que o povo diz sobre humanos e feéricos. Mas, graças a nossas histórias, nós sabemos que eles existem. Só porque não conseguimos ver algo não significa que não seja real.

Lettle pensou em seu luto então, em como havia se derramado sobre ela como ferro derretido, queimando sua pele, a fumaça a sufocando e roubando-lhe o ar. Até que solidificou, deixando-a mais pesada a cada passo, se agarrando a cada movimento.

Mas ninguém o via.

Ela assentiu para o xamã.

— Entendo.

— Eu te vejo, criança. Bosome a vê. Foi o dom da profecia dado por Bosome que me trouxe aqui hoje.

Lettle semicerrou os olhos, o olhar voando para a saída. Imna riu suavemente, como o barulho de um riacho.

— Não estou aqui para feri-la, criança. Mas estou aqui para lhe dar uma mensagem, uma mensagem do seu futuro. *Você portará uma magia sem igual, falará profecias não faladas. Você será a líder que procuramos e a líder que nos é devida.*

Lettle estremeceu, sentindo os dedos fantasmagóricos da profecia pela primeira vez.

— Os Destinos falaram de você para mim — prosseguiu Imna — e, em troca, eu devo cumprir meu dever de guiar sua vontade. Você deve vir comigo para Gural e estudar muito, pois a adivinhação é o seu chamado. E ela te chama agora.

Lettle estivera perdida até aquele momento. Estava separada de Yeeran, mas ali encontrava-se a oportunidade de fazer algo por si.

Tinha sido previsto.

Ela lançou uma pedra maior no riacho e observou os redemoinhos de sua descida.

E agora estou aqui.

Tão longe dos adivinhos de Gural e de seu futuro como xamã.

Um grito gutural soou do arbusto, fazendo-a saltar. Era tão cheio de angústia e sofrimento que lágrimas arderam em seus olhos.

Rayan, pensou ela. Seu coração acelerou no peito.

Ela se pôs de pé e correu pela floresta por onde viera. Na pressa, tropeçou em uma raiz alta e caiu, cortando o joelho.

Foi então que ouviu uma voz desconhecida à frente.

—... e você, *elfa*, está presa pelo assassinato do príncipe de Mosima.

Lettle engatinhou e abriu os galhos para ver o campo além.

— Não... não... isso não faz sentido... vocês não podem estar aqui... vocês não existem — disse Yeeran para uma figura vestida de dourado.

Rayan estava a alguns passos atrás de Yeeran, e atrás dele estava o corpo de um obeah. O maior que Lettle já vira. A euforia que Lettle sentiu ao ver a liberdade de Yeeran sumiu assim que seu olhar encontrou o de Rayan.

Ele vira Lettle. E estava com medo. Lettle arfou, sabendo que não devia alertar a recém-chegada de sua presença.

O que estava acontecendo?

Ela tentou se posicionar para ver o rosto da mulher com mais clareza. Deviam ser os caçadores de pele, pois os ombros de Yeeran entregavam o medo que sentia.

Enquanto se movia, ela viu algo mudar nas sombras das árvores.

Então precisou tapar a boca para conter o grito. Cercando a mulher dourada havia cinco pessoas *montando* obeahs.

Cada uma delas usava uma ombreira de couro fervido, com um sol poente preto marcado no meio. O resto do uniforme eram tiras de seda amarradas com finos fios de cota de malha. Havia mais pele que armadura, e a pele que Lettle conseguia ver era de vários tons de preto, marrom e branco. Se não fosse pelos obeahs, Lettle teria presumido que se tratavam de elfos vestidos para um desfile.

— Vocês, elfos, são um povo tolo. Esqueceram todas as verdades deste mundo? — O tom da mulher era frio e melódico. Fez Lettle se arrepiar.

— Não entendo — disse Yeeran.

Lettle também não, até ver os dentes da mulher. Caninos afiados feitos para destruir pescoços humanos.

Feérica.

Uma onda de náusea tomou conta de Lettle e ela comprimiu os lábios.

— Você não precisa entender.

A feérica se voltou para a tropa atrás dela e falou em um idioma que Lettle nunca ouvira. Tinha a cadência de uma carruagem sobre paralelepípedos, entrecortada e pesada.

Outra feérica desceu das costas do obeah em resposta ao pedido da líder. Ela tinha cachinhos curtos pintados de prata, como a casca de uma bétula. Suas sobrancelhas grossas eram trançadas com joias de ouro. Ela se aproximou de Rayan balançando os quadris e com um sorriso dissimulado espalhado no rosto.

Houve um vislumbre de luz e as mãos de Rayan se juntaram como se estivessem amarradas. Ele olhou para os punhos, horrorizado.

Por que não estava resistindo?

O músculo de sua mandíbula pulsava outra vez, e Lettle o viu balançar a cabeça sutilmente. Ela compreendeu. *Fique escondida.*

Houve um baixo arfar atrás dela e Lettle se virou. Desta vez, não conseguiu conter o gritinho que escapou de seus lábios.

Um obeah se assomava acima dela, os olhos amarelos curiosos ao observá-la. Os chifres que cresciam de sua cabeça espiralavam para cima como duas molas e, pela primeira vez, Lettle conseguiu ver como cada formação do chifre dos obeahs era diferente. A fera rosnou, inspirando o cheiro dela como se fosse algo podre.

— Vá embora — sibilou Lettle, tentando fugir antes que os feéricos a vissem.

O obeah trotou para trás em suas grandes patas enquanto ela agitava os braços na cara da criatura. A cauda preta balançava de um lado a outro, como um grande felino expressando sua irritação.

Ele grunhiu, mostrando os incisivos. Lettle precisou se lembrar de que os obeahs eram herbívoros, do contrário teria temido pela vida.

Lettle grunhiu de volta.

— Vá embora, já falei.

O obeah bufou para ela antes de entrar na clareira.

— Amnan, aí está você — disse a feérica vestida de dourado. Ela estendeu a mão para o obeah conforme este se aproximava dela. Ela coçou a cabeça da criatura, afetuosa. — Ah, é mesmo? — disse a mulher, antes de olhar na direção do arbusto onde Lettle se escondia. — Berro?

A feérica cuja magia — pois devia ser magia — havia prendido Yeeran levantou-se.

— Sim, comandante Furi?

— Amnan encontrou mais um no arbusto ali. Ele diz que tem o cheiro familiar dessa aí. — A líder, Furi, falou em élfico, como se para provocá-la.

Lettle tentou se levantar e correr, mas era tarde demais. Berro a agarrou pela cintura e ela foi puxada com força para o lado.

— Tire as mãos de mim!

Mas Berro conseguira amarrar as mãos dela, apesar de Lettle tentar mordê-la. Lettle olhou para as mãos, mas não conseguia ver o que as prendia.

— Que tipo de magia é essa? — sussurrou, horrorizada.

Lettle olhou para Yeeran, cujo rosto estava abatido após a captura da irmã. Toda a vontade de lutar deixara seu corpo.

— Amordace-a — disse Furi.

Lettle sentiu puro terror desabrochar em sua garganta e forçou um grito estrangulado.

Quando a tira de couro foi amarrada ao redor de sua boca, ela sentiu seu colar prender nas mãos da feérica. Então viu as contas caírem no chão, seguidas pela fina corrente.

Os olhos dela queimavam com lágrimas não derramadas, e ela foi puxada para o centro do acampamento. Rayan parecia tomado por pânico quando Lettle foi conduzida para ficar ao lado dele.

Furi gritou ordens em sua língua estranha e os feéricos entraram em movimento. Um combatente, com olhos de um azul profundo como o mar aberto, começou a limpar o acampamento e guardar os pertences dos elfos. Outro encharcou o corpo do obeah em óleo e ateou fogo.

Lettle observou o rosto de Yeeran ficar molhado pelo choro silencioso enquanto sua liberdade se tornava cinzas.

Furi falou sobre a fera solenemente e, embora Lettle não entendesse as palavras, reconheceu a cadência de uma oração. Os ombros dela tremeram com as lágrimas, mas, quando o fogo havia se apagado e Furi olhou de novo para os elfos, seu rosto estava tomado de ódio.

— Três prisioneiros jamais compensarão a perda de hoje. Mas três prisioneiros levaremos. Vamos.

❧ ❦

Lettle sentia o olhar de Rayan em suas costas, mas não podia se virar. Concentrava-se em pôr um pé diante do outro. Seus músculos tremiam pelo esforço enquanto ela seguia pelo terreno irregular.

O grupo estivera marchando havia cinco horas sem pausa. A magia ao redor dos pulsos de Lettle queimava, mas quando ela olhou para a pele, estava imaculada. Isso a irritava, embora não tanto quanto a mordaça em sua boca.

Àquela altura, eles estavam bem embrenhados nos Pântanos Devastados e a paisagem tinha mais pedras que árvores. De onde o chão estava rachado, saíam pântanos cheios de insetos e cobras venenosos.

Lettle tropeçou, a corda de magia invisível ficando tensa enquanto a elfa puxava a conexão entre ela e a feérica que a conduzia, aquela que a líder chamara de Berro.

Uma onda de insultos foi direcionada a Lettle enquanto ela estava caída e atordoada, piscando para a implacável luz do sol.

A dor surgiu no braço esquerdo dela, onde os músculos danificados ansiavam por ser alongados. As pedras sob suas costas eram reconfortantes, e ela decidiu que poderia simplesmente ficar ali.

— Lettle, você está bem?

Ela conseguiu ouvir uma confusão enquanto Rayan tentava se aproximar, mas o feérico que o levava o segurou.

— Ela precisa de água, todos nós precisamos. Não podemos fazer uma pausa? — Era a voz de Yeeran, urgente, suplicante.

Houve um grito em algum lugar à frente no caminho. Em seguida, Lettle ouviu a cadência suave das patas de um obeah correndo sobre as pedras. Ficou mais e mais alto até que o obeah apareceu.

Lettle viu os bigodes primeiro, finos fios de prata saindo de uma cara larga, cuja beleza escondia os dentes afiados lá dentro. Igualzinho à líder que zombara de Lettle, montada às costas do obeah.

— Levante-se — disse Furi em sua voz melodiosa.

Lettle não podia ter respondido nem se quisesse. Em vez disso, mordeu a mordaça de couro e tentou rosnar.

— Precisamos descansar. E talvez você me conceda uma audiência, uma chance de explicar esse mal-entendido.

Yeeran estava tentando ser diplomática, e Lettle queria rir. A irmã queria negociar com a feérica? Se todas as histórias tinham um pingo de verdade, então eles eram monstros, monstros devoradores de humanos.

Ela sentiu os ombros começarem a tremer com uma risada. Isso atraiu o olhar da líder de volta para Lettle.

— Lettle, está tudo bem. Não se preocupe — disse Rayan, baixinho.

Ele devia achar que ela estava chorando. Ela sentiu uma pitada de carinho pelo homem. Algo que logo foi seguido por irritação.

Esses feéricos não vão me quebrar tão facilmente.

Lettle se forçou a ficar em pé e, então, se voltou para Furi, o queixo retesado ao alto. Embora os chifres do obeah estivessem a apenas alguns centímetros de seu rosto, ela se recusava a se acovardar diante da visão das pontas afiadas.

Furi deu um sorrisinho para a careta de Lettle antes de gritar uma ordem em feérico.

Alguns minutos depois, a marcha se tornou uma pausa e água foi entregue aos três prisioneiros.

Berro removeu a mordaça de Lettle e lhe entregou um punhado de frutas secas.

— Espere, nada de humano? Não é isso o que vocês, feéricos, comem?

Berro pareceu surpresa pelas primeiras palavras de Lettle, e então inclinou a cabeça para trás e deu uma risada ribombante.

— Hosta, você ouviu isso? — disse Berro para outra pessoa da guarda e recontou o que Lettle dissera. Elu, que era bastante jovem, começou a rir também.

A irritação de Lettle cresceu conforme ela esperava que parassem de rir. Por fim, Berro secou uma lágrima e se afastou, mas de vez em quando tornava a olhar para Lettle e ria com deleite de novo.

Foi então que Lettle percebeu que as algemas de magia em seus pulsos tinham sido removidas.

Ela se voltou para Yeeran e Rayan, que também haviam chegado à mesma conclusão.

— Eles nos soltaram? — sussurrou Lettle.

Yeeran franziu a testa enquanto observava os arredores.

— Não, não faz sentido. Há guardas em círculo ao nosso redor, mas eles não parecem preocupados.

Rayan observou ao redor, os olhos permanecendo em Berro, à distância. A mulher removia a própria ombreira, revelando uma veste translúcida e fina abaixo.

Lettle semicerrou os olhos.

— Pelo menos sabemos que não há nada diferente ali embaixo.

Rayan desviou o olhar.

— O que você acha, coronel? Devemos tentar fugir?

Yeeran parecia perturbada.

— Consigo dar conta de seis pessoas, mas com essa nova magia que elas têm?

Lettle tocou o pescoço e sentiu a perda amarga de seu colar do dia do nome. Ela pigarreou para evitar que a voz falhasse, e então disse:

— Estive observando os obeahs, e acho que eles são interligados de alguma forma. A gente precisa ir em direção a um terreno que eles acharão difícil, ou não serão apenas seis feéricos, também teremos que lutar contra os obeahs — disse Lettle.

Yeeran assentiu, incisiva, parecendo concordar com o plano.

— Isso, comam a fruta e bebam a água, rápido. Pode ser nossa única chance.

A comida era como areia na língua dela e, embora a água fosse um doce alívio, não era suficiente.

— Estão vendo o penhasco? — Yeeran apontou para uma formação rochosa saindo da terra pantanosa alguns metros à frente. — Se nós nos separarmos, nos encontramos lá.

O olhar de Rayan se cristalizara em safiras douradas, os músculos em seu pescoço tomados de tensão. Seus punhos, fechados na altura das coxas, faziam seus antebraços ficarem definidos. Embora a barba dele tivesse ficado mais grossa durante os últimos dias, não teve qualquer efeito em suavizar a borda irregular de sua mandíbula. Determinado, não tinha nada da calidez que Lettle viera a conhecer. Aquele não era o homem que cantava enquanto cozinhava — ali estava um combatente, pronto para lutar pela própria vida.

Sentindo o olhar dela, Rayan se virou para Lettle.

— Me dê a mão. — Era um comando que em qualquer outra circunstância Lettle teria relutado em acatar, mas ali, com o pânico ameaçando subir de seu estômago, ela estendeu a mão para ele.

Enquanto entrelaçavam os dedos, ele apertou a mão dela.

Yeeran assentiu para os dois, um sinal para começarem a fuga.

Aquele foi o único aviso que Lettle recebeu antes que Rayan começasse a correr, puxando-a consigo.

Houve um segundo chocante quando o mundo se inclinou e a visão de Lettle explodiu em pontos pretos enquanto seu corpo inteiro atingia algo sólido.

Ela levou um momento para perceber que tinha caído. Piscou para afastar as explosões em sua visão e se sentou. Yeeran já havia se recuperado e estava agachada a alguns metros de distância, as mãos pressionando uma barreira invisível.

— Magia feérica — sussurrou Lettle.

— Não, não pode ser. — Rayan pulou para o lado dela, as mãos pressionadas no céu acima.

Lettle o observou circular o pequeno acampamento, conferindo o tamanho da barreira. Yeeran fez o mesmo na direção oposta antes de se voltar para Lettle para verbalizar a terrível conclusão.

— Estamos presos.

CAPÍTULO DOZE

Yeeran

— Qual é o plano, coronel? — perguntou Rayan, baixinho. Eles haviam voltado a caminhar pelo pântano outra vez, depois que os feéricos os deixaram na gaiola invisível a noite toda. Não importava a força com a qual os elfos se lançavam contra a barreira, a magia que os feéricos tinham usado permaneceu firme, e tudo o que os três ganharam foram machucados e uma noite mal dormida.

Naquele momento, o caminho pelo qual os feéricos os guiavam serpenteava pelas rochas e pela terra pantanosa. Rayan havia reduzido seu ritmo cada vez mais durante a manhã, até estar quase do lado de Yeeran. Os feéricos não pareceram perceber, ou, se perceberam, deixaram os elfos conversarem baixinho entre si.

Porque sabem que não podemos escapar. Yeeran afastou o pensamento intrusivo.

Lettle caminhava à frente, mas, pela forma como sua cabeça estava posicionada, Yeeran sabia que a irmã ouvia sua conversa com Rayan.

— Eu... eu não sei. Eles estão em maior número e são mais fortes. Eles têm vantagem geográfica aqui, não temos como conseguir nenhum outro suporte nem imunidade diplomática... até ontem nem mesmo sabíamos que os feéricos existiam. Não fazemos ideia de para onde estamos sendo levados.

Yeeran sentiu os tentáculos da impotência apertarem seu peito. Rayan e Lettle esperavam que ela tivesse respostas, mas ela não tinha.

— Mosima — disse Lettle, baixinho.

— O quê?

— Estamos indo para Mosima. É a terra para onde o último humano baniu os feéricos.

Yeeran bufou e isso atraiu a atenção de um dos guardas, Hosta, que olhou na direção deles. Elu fez uma careta quando viu que Yeeran encarava. Ela abaixou a cabeça até sentir Hosta desviar o olhar.

— Isso é só um conto de feéricos, Lettle.

Lettle virou a cabeça, a expressão séria.

— Olhe ao redor, Yeeran. Isto não é uma historinha para dormir.

Yeeran olhou para a líder do grupo, que subia uma encosta em direção ao sol do meio-dia, os raios reluzindo no cabelo dourado como o vestido que ela usava. Sua ágil figura lançava uma sombra na procissão que a seguia. Ela era a cabeça da serpente, com presas para combinar.

Yeeran suspirou pesadamente.

— O que você sabe sobre Mosima?

Lettle não disse nada por um breve momento e, naquele meio-tempo, conseguiu tropeçar duas vezes. Graça não era uma qualidade que ela tinha. Nem equilíbrio.

Rayan estendeu a mão como se fosse ajudá-la, esquecendo-se das mãos atadas.

— Não preciso da sua ajuda. — Yeeran ouviu Lettle murmurar, a pele negra escura ficando corada.

O caminho ficou mais estreito, com pedras irregulares saindo da terra em ambos os lados. Yeeran se esforçou para ouvir a irmã falar.

— Os feéricos foram banidos para Mosima pelos crimes cometidos contra os humanos. Condenados a um reino em que ninguém pode entrar e do qual eles não podiam escapar.

— Bem, eles escaparam de alguma forma — grunhiu Yeeran. — Como é que vagam perto assim das Terras Élficas sem que a Crescente saiba, sem que *nenhum de nós saiba*?

A pergunta de Yeeran foi interrompida quando a procissão parou. Ela tentou espiar por sobre o ombro de Rayan para ver o que estava acontecendo.

— Por que paramos?

— Não sei — respondeu Rayan. — Lettle? Consegue ver algo aí da frente?

— A líder desapareceu em uma caverna... ah, não... acho que vamos entrar lá.

O grupo recomeçou a andar e logo Yeeran estava na boca da caverna. A escuridão os consumiu depois de dez passos, mas os feéricos seguiram numa marcha firme.

O túnel, porque era o que parecia ser, tinha cheiro de musgo e água de rio. Yeeran passou os dedos ali. As paredes estavam grossas de musgo. *Como o musgo consegue crescer sem luz do sol?* Ela foi arrastada de seus pensamentos um momento depois, enquanto via um brilho quente se acender à frente.

— Luz do sol — confirmou Lettle, sem necessidade.

O brilho ficou mais intenso à medida que eles se aproximavam, até que os cegou. Yeeran levou um momento para distinguir as curvas do corpo de Furi sob a luz. Ela estava no fim do túnel, as sobrancelhas unidas em concentração, as mãos abertas. Berro incentivou os prisioneiros a passar por ela e subir em uma plataforma no topo de alguns degraus.

A pele de Yeeran coçava, seu estômago revirava enquanto ela passava pela mulher dourada. O cheiro de musgo e água de rio desapareceu, e a qualidade do ar parecia mais fresca, mais fria. Era como se tivessem cruzado uma barreira invisível para um novo mundo.

— Bem-vindos a Mosima — disse Berro de cima de seu obeah.

Enquanto ela saía do caminho, os três elfos viram sua nova prisão pela primeira vez.

Lettle deixou escapar um "ah" baixinho ao lado de Yeeran. Isso resumia tudo o que ela própria sentia.

Eles haviam pensado que a luz era do sol, mas ainda estavam debaixo da terra. Pedra vermelha marcava as extremidades de um grande domo, tão vasto que Yeeran conseguia apenas um vislumbre do canto mais distante. A luz vinha de um globo no centro, que iluminava o mundo como o sol.

— É fraedia — arfou Lettle.

E ela tinha razão. Tratava-se de um depósito gigantesco de cristal fraedia crescendo no domo do teto. Pedras suficientes para alimentar todo o distrito Minguante pelo resto da vida deles. Suficientes para acabar com a Guerra Eterna.

Era uma informação que Salawa precisava saber.

Yeeran deixou o olhar pairar sobre a cidade abaixo. Plantas brotavam de construções de pedra e calçadas. Videiras ladeavam ruas e se enroscavam em árvores que faziam sombras em jardins. Crianças feéricas corriam por campos de cana-de-açúcar e nadavam em um rio que passava pelo centro. Abelhas e pássaros canoros voavam, a caminho de colmeias e ninhos nas paredes da grande caverna. Não havia brisa, mas o ar tinha um cheiro doce, como madressilva e hidromel.

— Isto é uma utopia — comentou Yeeran, tentando expressar seu fascínio.

Ela olhou mais além e reparou em um campo de terra cultivada que parecia mais escuro que o resto, o chão preto, as plantas lá secas e decadentes.

— Está vendo aquilo? — sussurrou Yeeran para Lettle.

— É, parece que o solo foi envenenado.

Houve um suspiro e Furi curvou-se no canto da visão de Yeeran. O obeah dela estava lá para ajudá-la. Ela se apoiou com força na fera, e Yeeran se perguntou mais uma vez sobre o significado da conexão deles.

O olhar da líder alcançou o de Yeeran com uma malícia cansada. A fraedia a iluminava como uma chama, brilhando por sua pele acobreada, enquanto lançava seu perfil em sombra.

Yeeran achava que nunca tinha visto algo tão bonito.

Então Furi disse:

— Aproveite a vista. É a última que você verá.

Com isso, virou o obeah e desceu com ele pelos degraus até o centro de Mosima.

கை ௸

Os feéricos os conduziram pela escadaria rasa escavada na rocha, em direção ao centro da cidade.

Quando chegaram aos pés da escadaria, Yeeran viu que Lettle tremia pelo esforço. Com as mãos atadas, Rayan apoiava as costas dela.

— Foram muitos degraus — disse Lettle, fraca.

— Sim, foi um dia longo. Todos nós precisamos descansar.

Yeeran lançou um olhar sombrio para Furi, que o sentiu e caminhou com um balanço que fez Yeeran pensar nos jovens combatentes no campo de treinamento do Exército Minguante. Aqueles que tinham a arrogância e a habilidade para a batalha, mas não a experiência.

— Berro — gritou Furi, e então apontou para Rayan e Lettle. — Leve esses dois para nossos *quartos de hóspedes.*

A forma como ela disse "quartos de hóspedes" não soou hospitaleira.

— Você não pode nos separar. — Lettle se pressionou em Yeeran como uma âncora.

— Ela vai aonde eu for — confirmou Yeeran.

Furi olhou para ela e fez uma careta.

Então Yeeran viu um brilho e de repente estava sendo puxada para o chão com a força de um chicote de nove caudas. Ela sibilou enquanto a magia mordiscava a parte de trás de seus joelhos.

Lettle e Rayan foram arrastados por Berro e o restante da tropa feérica. Embora resistissem contra as amarras, não havia como parar a magia feérica.

Lettle e Yeeran se encararam e, embora nenhuma magia tivesse passado entre elas, Yeeran conseguia sentir os pensamentos de Lettle como se fossem os dela.

Eu vou encontrá-la de novo.

Yeeran ainda estava ajoelhada na terra, a magia enlaçando suas pernas. Ela ergueu o olhar enquanto Furi se aproximava, bloqueando a luz da fraedia.

— Agora, somos só nós duas.

As palavras dela soavam como a promessa da dor vindoura.

ॐ ✤

Furi a manteve perto enquanto caminhava, e Yeeran se perguntou se poderia lutar para sair dessa situação. Mas, assim tão perto dela, Yeeran podia ver a força dos músculos que serpenteavam pelos bíceps e antebraços da líder. A postura da feérica era retesada, pronta para a batalha, e, embora ela não portasse uma arma, conduzia seu orgulho como os fios de sua magia, pronta para enredar com a força de seu desdém.

As ruas na extremidade da cidade estavam vazias; as casas de tijolo vermelho pareciam abandonadas, diferentemente da cidade viva que Yeeran vira lá em cima.

Elas caminharam por estradas cercadas de árvores até parar em uma construção com barras de ferro nas janelas, embora grande parte dos vidros tivessem sido quebrados.

Enquanto Yeeran passava pela soleira da porta destruída, ela tossiu e levou a mão atada à boca para mascarar o cheiro úmido e mofado. A prisão era ainda pior por dentro. Yeeran viu quatro celas com o teto ruído, e outra não tinha barras.

Eles não recebem visitantes com frequência, se é que recebem. O pensamento espiralou na mente dela. *Talvez tenha sido assim que se mantiveram escondidos todo esse tempo.*

Alguém já havia chegado na prisão antes de Yeeran e Furi. Elu cumprimentou a líder abanando a mão e a pressionando contra a testa.

— A segunda cela está pronta, comandante. O que quer que eu faça com os pertences deles?

— Deixe-os aqui, Hosta. Quero mostrá-los para as rainhas.

Hosta abaixou a cabeça e, quando tornou a endireitá-la, seu olhar pousou em Yeeran, cheio de ódio. Suas íris eram de um azul profundo, como duas manchas ainda mais impressionantes pelo contraste com a pele negra.

— Seria um prazer ajudá-la no julgamento, comandante.

— Obrigada, Hosta. — Furi parecia mais desconfiada que agradecida. — Mas será um julgamento fechado. Por enquanto, volte para os quartéis.

Hosta fez outra reverência antes de partir. Não devia ter mais que 17 anos.

Depois que Hosta partiu, Yeeran foi puxada à frente por um fio da magia de Furi, até estar atrás das barras de ferro de uma das poucas celas ainda em pé.

O interior da prisão era iluminado por um cristal de fraedia pendurado no teto. A gema brilhava amarela durante a luz do dia, igualzinha ao sol. Era por isso que a substância era tão valiosa. Ter tanto assim em uma construção antiga e decrépita significa que eles tinham muita fraedia de reserva.

Tanto que nem sequer é precioso... é comum. O pensamento desnorteou Yeeran.

Furi trancou a porta da cela e se virou para partir. A magia ao redor dos pulsos de Yeeran afrouxou.

— Espere. Eu tenho uma proposta — chamou Yeeran.

Furi não se voltou para ela, mas hesitou.

— Por favor, só me dê dois minutos do seu tempo. — Yeeran não tinha ideia de onde iria com isso, mas precisava manter Furi ali, pois era claro que ela tinha poder naquela terra.

Os ombros de Furi ficaram tensos, e a voz dela soou baixa e mortal:

— O que te dá o direito de pensar que você tem qualquer voz aqui?

— Bem... sou uma coronel do distrito Minguante, tenho influência significativa em... — A mentira ficou presa na garganta dela.

Furi se virou, os lábios formando um sorriso debochado.

— Repito a pergunta, que valor você traz?

Yeeran rangeu os dentes. Era raro que alguém, exceto Lettle, incitasse as chamas da raiva dela tão rapidamente.

— Se você me deixar *falar*...

Furi a interrompeu mais uma vez, mas dessa vez com uma risada leve que parecia mais severa do que a zombaria de suas palavras.

Yeeran pressionou os lábios.

Furi balançou uma mão desdenhosa.

— Fale, então, pois tenho coisas para fazer.

— Liberte Rayan e Lettle. Deixe que eles voltem para as Terras Élficas e espalhem que os obeahs não devem ser mortos. Entendo que eles são montarias para vocês, ou talvez algo mais, algum tipo de deidade?

A feérica franziu o nariz com bastante delicadeza.

— Eles não estavam envolvidos na colheita da fera naquele dia — prosseguiu Yeeran. — Eu matei o animal sozinha, eu o cacei sozinha.

Furi ainda mantinha um sorriso sarcástico.

— Quem eles são para você?

— A mais jovem é minha irmã. O outro é meu capitão.

Furi inclinou a cabeça para o lado. Fez Yeeran pensar em um gato. Ou talvez um obeah.

— Capitão?

— Ele me ajuda a liderar a meu batalhão na guerra.

— Ah, entendo. Não temos capitães, só comandantes. Como eu.

Yeeran guardou a informação para Salawa. Quanto mais conhecimento pudesse reunir sobre a organização militar deles, maior a vantagem do Exército Minguante quando viessem buscar o cristal de fraedia.

Porque devemos vir buscá-lo.

Eles não teriam que minerar muito; um quarto do que os feéricos tinham pendurado no céu serviria.

Furi se afastou de Yeeran, indo em direção às sombras da prisão para recuperar algo.

— Não fazíamos ideia de que os feéricos ainda existem — disse Yeeran. — Vocês não são vistos há séculos.

— Um milênio — corrigiu Furi do canto mais distante da sala.

Houve um suspiro baixo enquanto Furi levava até a luz de fraedia o objeto que ela estava procurando. Era o tambor de Yeeran.

Furi tomou cuidado para não tocar a pele do tambor enquanto o colocava no chão próximo às barras da cela. Seus lábios se esticaram, mostrando os caninos afiados.

— Esta… abominação… é por isso que vocês nos matam?

Yeeran não entendeu.

Furi deu a volta no tambor, como se o objeto fosse saltar.

— Sim, caçamos os obeahs para isso… para criar armas para nos ajudar na Guerra Eterna.

— Não me importo com as trivialidades da sua guerra — sibilou Furi.

Você perguntou. Embora Yeeran quisesse dizer o pensamento, mordeu a língua. Isso não a ajudaria a tirar Lettle e Rayan de lá.

— Se você libertar Rayan e Lettle, confessarei de bom grado. Você disse que haverá um julgamento? Bem, deixe-me tornar isso fácil para você.

Mas Furi não estava mais prestando atenção. Seus olhos se concentravam na pele preta do tambor. Ela estendeu uma mão trêmula na direção dele. Quando seus dedos roçaram a superfície, ela fez uma careta e puxou a mão de volta para o peito.

— Assassinato sem motivo, para isso. Uma arma para conduzir magia, tão primitivo e vulgar...

— Acho que você vai descobrir que o tamborilar disparado é o uso mais efetivo da pele do obeah. Embora a aldeia Crescente possa discordar, pois eles preferem armar suas flechas... — Yeeran deixou as palavras morrerem ao perceber que Furi não ouvia.

A feérica tremia dos pés à cabeça. A luz suave destacava a beleza suave dela; ela parecia vulnerável, assombrada, os lábios cheios levemente partidos.

Yeeran teve a estranha vontade de confortá-la e se moveu à frente.

Furi virou-se de repente, uma faísca se acendendo em sua mão enquanto um fio invisível enrolava-se no pescoço de Yeeran, puxando-a contra as barras da cela até que seus lábios estivessem pressionados dolorosamente no metal frio.

Furi não estava assustada; não, ela estava tremendo de raiva.

O fio de magia ficou cada vez mais apertado ao redor do pescoço de Yeeran.

— Você quer fazer exigências?

Mais e mais apertado.

— Você que matou os meus?

Cada vez mais.

Furi deu um passo à frente, perto o bastante para Yeeran sentir a respiração dela em sua bochecha. Apenas as barras de ferro separavam os lábios das duas.

— Mal posso esperar para vê-la condenada pelo assassinato de um príncipe dos feéricos.

Lágrimas escorreram dos olhos cor de âmbar de Furi, descendo por suas bochechas. Ela se virou.

A magia se afrouxou ao redor do pescoço de Yeeran, e ela arfou.

— Não entendo — disse ela, a voz engasgada. — Eu matei um obeah, não um príncipe.

Furi parecia pronta para esganá-la outra vez, mas Yeeran precisava saber a verdade.

— Os obeahs são vinculados a nós, sua tola. Ao matar um, você mata o outro.

A verdade atingiu a pele de Yeeran como um banho frio. Ela arregalou os olhos enquanto olhava para o tambor abalada com a constatação.

— Para cada pele de tambor... — murmurou, mas não conseguiu terminar a frase.

Os olhos de Furi queimavam, seu calor dourado mais parecido com fogo do que qualquer outra coisa.

— Você será executada, e sua irmã pode assistir. Assim como eu tive que assistir você matar meu irmão.

Furi saiu pisando duro e deixou Yeeran com seus pensamentos.

Todos os obeahs mortos ao longo dos anos... foram feéricos assassinados.

Yeeran cambaleou para trás até que a parte de trás de suas pernas tocou o palete de palha no cantinho. Além disso, uma tina de água cinzenta e um penico de metal eram tudo o que havia em sua prisão.

Ela apoiou a cabeça nas mãos, mas, antes que o pânico pudesse consumi-la, um barulho soou de uma cela oposta à em que se encontrava. Uma sombra mudou na extremidade da luz de fraedia.

Então, a sombra falou:

— Bem-vinda aos últimos dias de sua vida.

CAPÍTULO TREZE

Lettle

Lettle não ia deixar Yeeran nas mãos de Furi.

Ela conseguira morder o antebraço de Berro duas vezes antes de ser amordaçada novamente. Em seguida, foi arrastada pelo restante do caminho até o novo destino deles, por dois dos três guardas que os acompanhavam. Rayan parou de resistir pouco depois de deixar Yeeran.

Eles foram conduzidos a uma pequena cabana que dava vista para um rio.

Berro soltou a mordaça dela assim que entraram. Lettle gritou ao sentir a dor em seu braço esquerdo enquanto as correntes mágicas se desfaziam.

— Dentes tão pequenos — observou Berro, inspecionando as mordidas.

Lettle sibilou e tentou correr até ela, mas Rayan a segurou.

— Você só vai se machucar.

Ela se virou para ele, furiosa.

— Nós deixamos Yeeran sozinha com a líder deles!

Rayan não se deixou levar pela fúria dela. Em vez disso, voltou-se para Berro.

— O que vai acontecer com a coronel? Com Yeeran?

O olhar de Berro analisou Rayan de cima a baixo por um segundo mais que o necessário.

— Pena que não foi você que me mordeu...

Lettle se libertou dos braços de Rayan, mas a porta foi fechada antes que ela conseguisse alcançar Berro e torcer o pescoço dela.

Lettle girou a maçaneta, e, apesar do som sombrio da tranca, ela não desistiu. Puxou-a com toda a força.

Nada aconteceu.

Um segundo depois, a porta foi aberta e lá estava o rosto carrancudo de um guarda.

— Pare com isso.

Lettle pressionou o nariz na fresta da porta.

— Me deixe sair daqui.

O guarda nem se deu ao trabalho de responder. Ele bateu a porta com um estrondo.

— Provavelmente é fechada com magia, Lettle. — Rayan disse o nome dela baixinho, como se quisesse acalmá-la.

Pouco ajudou, e ela fechou as mãos em punhos até sentir as unhas entrando dolorosamente na pele. Ela inspirou fundo e voltou-se para Rayan.

Ele estava deitado na única cama do quarto, as mãos atrás da cabeça, os olhos semicerrados enquanto a observava.

— Como você consegue relaxar quando Yeeran está lá... com aquela mulher?

Rayan se apoiou nos cotovelos e se ajeitou liberando espaço na cama.

— Não estou relaxando. Estou pensando. Venha pensar comigo.

Lettle pressionou os lábios em uma linha fina.

Pensar era inércia demais para ela, que precisava se mexer, precisava tentar voltar para a irmã.

Lettle foi até o armário de vime no canto. Começou a revirá-lo, tirando dele tudo o que conseguia encontrar. Havia vestidos cor de manga intensa e creme luxuoso. Alguns eram cravejados de joias e outros tinham barra de linho. Todos tinham o cheiro levemente bolorento de terem sido usados antes, mas Lettle mal reparou. Ela revirou os bolsos e costuras com mãos experientes, tentando encontrar ali algo que pudesse ajudá-la a escapar. E, quando tinha se exaurido sem encontrar nada, pressionou as mãos nos vãos dos painéis de madeira no fundo. Mas eram firmes.

— Saia daí — ordenou ela a Rayan.

— O que foi?

— Saia, quero conferir a cama.

— Posso ajudar...

Lettle o tirou do caminho e ergueu o colchão com uma força conduzida pela fúria. A cama em si era de madeira macia e polida, e o colchão era de penugem, não de molas.

Ela rasgou os lençóis, esperando, rezando para que houvesse algo ali embaixo. Foi só quando saiu de mãos abanando, enroladas no algodão, que ela percebeu que estava chorando.

Em um segundo, Rayan estava ao lado dela.

Ele a abraçou, puxando-a para si. Suas mãos calosas subiram e desceram pelos antebraços dela, deixando a pele ali formigando.

Quando os soluços pararam, ela olhou para ele, de olhos vermelhos e infeliz. A intensidade do olhar dele fez o ar ficar preso na garganta dela, tanto que precisou lutar contra o instinto de parar de respirar.

Rayan percebeu também, e as mãos que acariciavam os braços dela pararam. Ele entreabriu os lábios e disse uma única palavra:

— Lettle...

Houve um raspar na porta e os dois se separaram em um pulo, o momento perdido.

Um feérico que eles não haviam visto antes entrou. Ele era alto, com tranças que alcançavam os joelhos. O nariz altivo tinha uma argola dourada, os olhos pareciam acesos por pó dourado. O sorriso que deu a Lettle era travesso e mais que um pouco atraente. Sua barba era curta, mas tão precisa que não havia nem um fio fora de lugar. Enquanto seguia o ondular das tranças e joias, Lettle percebeu que uma das pernas dele era inteiramente coberta de ouro e prata, com uma dobradiça onde o joelho deveria estar.

Havia muitas pessoas com deficiência nas Terras Élficas — a guerra roubara membros e danificara mentes —, mas aquela era a primeira vez que Lettle via uma prótese de perna tão bonita quanto aquela. Enrolava-se no topo da coxa dele como renda de metal, terminando em uma bota de couro que combinava.

Em uma mão, o feérico segurava uma bengala que usava para apoiar seus passos. Com a outra, segurava uma bolsa de algodão.

— O que aconteceu aqui? — A voz dele era como Lettle esperava que fosse: doce como mel e uma pitada de especiarias. Ele ergueu uma sobrancelha para os lençóis e colchão bagunçados.

Lettle pousou a mão na cintura, sem se perturbar com o intruso.

— Quem é você e o que quer?

O feérico riu, parecendo divertido em vez de irritado com a franqueza de Lettle.

— Sou Golan. Estou aqui para prepará-los para uma audiência com as rainhas.

— Estamos bem assim — disse Rayan.

Ele observava, cauteloso, o espaço entre Lettle e Golan.

Golan bateu a bengala no chão, bufando.

— Você parece que foi arrastado pelo esgoto várias vezes e, perdoe-me, milady, mas você está ainda pior.

Lettle rosnou.

— Eu não estou nem aí. Onde está minha irmã?

Os ombros de Golan ficaram tensos de modo quase imperceptível. Ele sabia de algo.

— Infelizmente, não faço ideia. Estou aqui para ajudar vocês dois. E, em primeiro lugar, vocês precisam de um banho.

— Não há banheiro nenhum aqui — grunhiu Lettle.

A risada de Golan era profunda e rouca.

— Ah, vocês são mesmo elfos, não são? — Ele cruzou o quarto e parou diante de um paralelepípedo com uma bolha esculpida. Lettle não havia reparado nela até então.

Golan pressionou a bengala em um lado e um clique soou. Ele se agachou e ergueu o paralelepípedo para o lado, revelando degraus de mármore.

— Venham, então — chamou Golan.

Eles estavam intrigados demais para desobedecer, então Lettle seguiu Golan escada abaixo, com Rayan logo atrás.

O vapor serpenteava no ar, saído de uma piscina reluzente construída na rica terra vermelha de Mosima. Grupos de plantas verde-escuras cresciam ao redor da água, tomadas de flores roxas.

— Peônias aquáticas — disse Golan, vendo que Lettle observava.

Luzes cintilantes cobriam o teto da caverna, brilhando como o céu noturno e lançando uma luz quente no ambiente.

— E aquilo são anêmonas brilhantes. Elas são bioluminescentes e iluminam uma rede de fontes termais por toda Mosima. — Ele apontou para o túnel estreito saindo da piscina e seguindo adiante para alimentar outros locais de banho.

Lettle engoliu em seco e Golan deu a ela um sorriso genuíno.

— Vou deixar vocês dois aqui um pouquinho. As folhas das peônias aquáticas farão espuma se as esfregarem entre as mãos. — Ele já ia saindo, mas então adicionou: — Por favor, lavem-se bem. Não gosto de trabalhar em telas sujas.

ॐ ॐ

Lettle não deixou o silêncio se enraizar. Em vez disso, tirou as roupas sem olhar para Rayan. Ela passou por ele, indo em direção aos degraus de pedra que levavam para dentro da piscina. A água era mais quente do que o esperado, e ela não conseguiu evitar o gemido que deixou seus lábios enquanto entrava na água rasa.

Por um segundo, toda a preocupação sumiu de sua mente. Ela não era prisioneira na terra dos feéricos. Sua irmã não era estava presa com a perigosa líder dos feéricos. Lettle apenas estava ali, na piscina luminosa, presente no momento.

Ela mergulhou a cabeça. Quando emergiu, inclinou o queixo para o teto, as anêmonas brilhantes iluminando as gotículas em sua pele com um tom de prata. Seu torso saiu da água enquanto ela boiava, expondo seu umbigo para o teto.

Lettle não tinha vergonha. Ela sempre se sentiu confortável em seu corpo. Houve um espirro na água quando Rayan entrou na piscina.

As fontes termais não eram muito grandes, e Lettle sabia que, caso se esticasse um pouquinho mais, encostaria nas… partes de Rayan.

Não é hora de me distrair, repreendeu-se. Eles precisavam de um plano para sair de Mosima.

Lettle pigarreou.

— Acha que cabemos no túnel? Para os outros lugares de banho?

Rayan nadou até onde a água fluía e inspecionou.

— Não, não acho que algo maior que uma enguia passaria através disso.

— Ah.

Mais uma ideia descartada.

— Você acha que eles filtram a água? — murmurou Rayan. — Ou estamos nadando em toda a sujeira de Mosima?

— Tem cheiro de limpa e parece limpa.

Ela tentou se levantar e escorregou, sem perceber que a piscina era mais funda. Por ter uma estatura um pouco mais baixa que a média de feéricos e elfos, ela não conseguia ficar acima da superfície sem se movimentar na água.

Rayan a alcançou para ajudá-la a se estabilizar e roçou nos seios dela enquanto tocava seu braço. Os dois ignoraram isso.

Ela estendeu o braço esquerdo o máximo que pôde e começou a massageá-lo de cima a baixo. O calor da água amenizava a dor dos músculos atrofiados.

Os olhos de Rayan brilhavam enquanto ele observava.

— Varíola debilitante — respondeu ela à pergunta não feita.

— Eu não estava pensando nisso — disse ele.

Havia uma chama em seu olhar que reacendeu o calor no centro dela.

Lettle foi até a beira da piscina e arrancou algumas folhas da peônia aquática. Esfregou as mãos juntas, espumando a seiva. Funcionou de maneira bastante efetiva.

Nenhum deles tornou a falar enquanto se lavavam. Quando Rayan terminou, saiu da água e foi pegar a toalha que Golan lhes deixara.

O olhar de Lettle se demorou no osso do quadril dele, se recusando a deixá-lo.

Ela mergulhou a cabeça em uma tentativa de apagar as chamas crescendo entre eles.

Quando emergiu, ele havia partido; apenas as pegadas molhadas restavam na escadaria.

৵ ৩

Golan vestiu Lettle em um belo vestido de seda com mangas que caíam até o chão. Era seda, como o resto das roupas dos feéricos que ela vira, mas com um padrão de tecedura mais grosso no busto e abaixo da cintura, que serpenteava em tons de bordô. Ela passou a mão pelo adorno.

— Cada tecelão dá sentido para o padrão de suas roupas. Este é chamado de "ter coragem quando nenhuma é dada".

Lettle ergueu o olhar de uma vez para ver se Golan estava sendo condescendente, mas o olhar dele era convidativo e cálido. Ele escolhera o padrão para dar lhe força, não para zombar dela. Ela se pegou gostando do feérico. Isso a irritava.

Golan inspecionou as tranças de Lettle.

— Suas tranças precisam ser refeitas, mas não temos tempo para isso — murmurou ele enquanto torcia o cabelo dela em um coque.

— Geralmente, minha irmã faz isso para mim. — Lettle estava na defensiva. — Mas vocês a tiraram de mim.

— Fiquei sabendo. — Golan fechou os lábios cheios. Por mais que Lettle tentasse instigá-lo, ele não oferecia nenhuma informação sobre Yeeran.

Perto assim, ela podia ver que a barba dele fora desenhada em fina tinta. Ele a viu encarando.

— Nem todos os homens conseguem ter uma barba como a dele. — Golan ergueu as sobrancelhas na direção de Rayan. — Prefiro desenhar a minha do que beber a tintura que a ajuda a crescer.

— Raiz de melúria? — Ela nomeou uma das ervas que aumentavam os níveis hormonais nas Terras Élficas.

— Sim, você tem habilidades botânicas?

— Um pouco.

Eles têm algumas de nossas plantas, pensou Lettle. *E, como nas Terras Élficas, Mosima celebra a escolha de gênero. Imagino que outras semelhanças temos.*

— Enfim, acho que a raiz de melúria irrita um pouco o estômago. Mas, de qualquer jeito, acho que fico melhor assim. — Ele sorriu, inclinando a cabeça de um lado a outro.

Lettle assentiu. Ficava *mesmo* bom, e ela se pegou se perguntando como o estilo ficaria em Rayan. Voltou-se para ele, que estava com a testa franzida.

— Por que vocês têm duas rainhas? — perguntou ele. Estava aos poucos sondando Golan para conseguir detalhes sobre Mosima.

— Nossa divindade nasceu como um morcego de duas cabeça: quando o sol brilha, um dos rostos ilumina a terra e, quando a escuridão reina, a outra face olha para o mundo. Então, quando Mosima foi criada, estávamos ligados à dupla dinastia Jani. As duas irmãs, a rainha Vyce e a rainha Chall, atualmente sentam-se nos tronos.

Rayan se inclinou à frente na cadeira. Estava usando calças de linho e uma camisa de seda aberta que mostrava o relevo dos músculos de seu abdome.

Lettle se mexeu, fazendo Golan borrar a maquiagem.

— Fique *quieta* — repreendeu ele.

— Mas quem está no comando? — prosseguiu Rayan.

— As duas. Elas reinam em dupla. Se uma morrer, os próximos escolhidos são colocados no trono.

Lettle bufou, imaginando como seria dividir um trono com Yeeran. Elas brigariam sem parar.

— Feche os olhos — disse Golan para Lettle.

Ela mal tivera tempo de fazer isso quando um pincel foi passado em suas pálpebras.

Quando Golan terminou, ele a segurou à distância de seu braço.

— Pronto — disse, com um sorriso triunfante. — Eu sabia que o brilho lilás destacaria o violeta dos seus olhos. Ela não está maravilhosa?

Lettle olhou para Rayan, e a expressão dele se suavizou.

— Está — disse ele, baixinho. Então seu olhar saiu do dela e ele se voltou para Golan com mais perguntas. — Mas então como a monarquia seguinte é escolhida? E o que acontece se alguém for filho único?

— São sempre descendentes da grande dinastia Jani. — Golan gesticulou para que Rayan se levantasse e amarrou um fino cinto bordô ao redor da cintura dele. — Pronto, era isso o que faltava. Agora vocês estão combinando.

Lettle ficou indignada.

— Não sei por que precisamos nos vestir tanto assim para ver as rainhas. Não somos prisioneiros? — resmungou Rayan.

A expressão de Golan ficou sombria, e ele falou a simples verdade. Talvez a primeira que lhes dera.

— Poder. Vocês são elfos vestidos de feéricos. Humilhados, intimidados. — Ele desviou o olhar, o lábio trêmulo.

Lettle sentiu o pavor se enrolar ao redor da dor em seu braço esquerdo e serpentear por suas costelas até o coração.

A porta da cabana foi aberta e Berro parou sob a luz de fraedia, ao lado de seu obeah.

— Hora de ir.

Golan sorriu, já sem o fantasma de suas últimas palavras.

— Bem na hora.

— Cadê Yeeran? — perguntou Lettle para Berro.

— Ela não fala de outra coisa, fala, Desluz? — disse Berro para Golan.

Ele balançou a cabeça, dando um sorriso triste.

— Desluz? Achei que seu nome fosse Golan.

Berro riu, sem crueldade.

— Desluz não é o nome dele, é a *condição*.

Golan se encolheu.

— Significa que não sou vinculado. Eu nunca me vinculei a um obeah.

— Como elfos… todos vocês são Desluz — disse Berro, com pena. Então viu Rayan. — Está bonito brilhando assim.

Ela piscou para ele e Lettle rangeu os dentes.

Golan lançou a eles um olhar de desculpas enquanto eram conduzidos porta afora.

๑๛

Berro os conduziu por multidões de feéricos serpenteando ruas ladeadas por árvores. Seria tão fácil escapar. Os dois guardas atrás deles podiam ser distraídos, as multidões eram uma rota de fuga perfeita. Até o obeah de Berro ia à frente, longe dos elfos. Lettle estava prestes a dizer isso para Rayan quando Berro gritou algo em feérico para os guardas e então ela sentiu o aperto da magia atar seus pulsos mais uma vez. A feérica lhe deu um sorriso convencido.

— Nem pense nisso — disse Berro, voltando a falar em élfico.

Os feéricos começaram a prestar atenção neles depois disso, abrindo caminho enquanto os prisioneiros e os guardas seguiam em direção aos altos torreões pontiagudos ao longe.

Lettle ignorou os sussurros e olhares. A luz da fraedia era quente em suas bochechas. Apesar das terríveis circunstâncias, sentia-se mais renovada do que tinha se sentido em dias.

Rayan estava à sombra de Berro, e isso irritou Lettle.

— O que Golan quis dizer com aquilo de ser vinculado a um obeah? — perguntou ele.

Berro olhava para ele com um sorrisinho nos lábios. Lettle viu que ela estava pensando se devia responder ou não.

— O obeah — disse, por fim. — Em algum momento entre os 12 e os 13 anos, nos tornamos vinculados. Nossas vidas são ligadas à de nosso obeah. Podemos compartilhar pensamentos. — Berro deu um tapinha na lateral de seu obeah. — A Sanq aqui quer deixar claro que pode quebrar sua espinha com os chifres, caso você tente fugir.

Rayan franziu a testa.

— Mas com certeza ser vinculado a um obeah é ruim, certo? Te torna mais vulnerável na batalha.

Lettle revirou os olhos. Claro, os pensamentos dele sempre voltavam ao combate. Mas ela se aproximou, tentando ouvir o restante da conversa.

— Não, sermos vinculados nos dá poder. Uma vez interligados a um obeah, podemos usar magia.

Lettle foi puxada à frente por um fio mágico.

— Ninguém gosta de gente enxerida — disse Berro a ela.

Lettle inflou as narinas, mas não respondeu. Rayan estava conseguindo informações úteis e ela não queria arriscar acabar com a conversa.

Berro correu a mão pelo grosso pelo preto da juba de sua obeah.

— E com a magia feérica, vem a linguagem feérica.

— O quê? — Isso interessou Lettle, que quebrou seu voto de silêncio. Apesar de não ter ido à escola, ela encontrou uma estudiosa interna durante seu treinamento de adivinha.

— Sim, a linguagem feérica vem a nós totalmente formada quando somos vinculados aos obeahs. Alguns dos Desluz conseguiram aprender a falar feérico, mas é uma língua muito difícil, e alguns dos sons não vêm naturalmente se você não é vinculado.

— A linguagem separa aqueles vinculados a um obeah daqueles que não são? — A mente de Lettle estava acelerada pensando nas ramificações de uma sociedade limitada de tal maneira. — Como isso afeta a educação? A circulação de notícias? A legislação?

Berro lhe lançou um olhar ácido e Rayan suspirou pesadamente.

— Já chega. Por aqui — disse Berro, conduzindo-os em direção a uma praça cheia de pessoas.

A audiência encarava uma plataforma de pedra em frente a duas portas de madeira emolduradas por roseiras.

Uma vez, Lettle havia tentado cultivar rosas no pequeno pedaço de terra deles na vila. A única coisa que crescia com sucesso eram dentes-de-leão. Ela tivera orgulho deles, até que Yeeran lhe disse que as flores eram apenas ervas daninhas.

— Onde está Yeeran? Ela vai estar aqui? — perguntou Lettle.

— Vai. — Berro soava distraída, quase entediada.

— Lettle... — A voz de Rayan tinha urgência.

Então ela ouviu os sussurros.

— Execução... Execução... Execução...

Por que de repente se sentia tão enjoada?

Talvez fosse porque a verdade estava tentando aparecer.

— Onde está Yeeran? — perguntou Lettle outra vez, com urgência.

O sorriso de Berro estava cheio de satisfação.

— Você logo verá sua irmã. Afinal de contas, é a execução dela.

Lettle gritou.

CAPÍTULO CATORZE

Yeeran

O companheiro de cela de Yeeran se mexeu, adentrando na luz. A primeira coisa que ela percebeu foram os caninos achatados dele, brilhando como estrelas em um rosto como um céu noturno. O homem era elfo. Os olhos verdes dele se enrugaram enquanto ele sorria para Yeeran, a expressão aberta e gentil. Ela pensou que ele devia ter uns 60 anos, talvez um pouquinho mais.

— Então você matou o príncipe de Mosima? — disse ele.

— É o que dizem — respondeu Yeeran, mal contendo a angústia em seu tom.

Ela esfregou os olhos e se sentou no monte de palha.

— O que você fez para ser preso?

O homem ficou em silêncio por um minuto, e então falou, a voz grave:

— Eu os encontrei.

— Como assim?

— Me deparei com um grupo de batedores nos Pântanos Devastados. A princípio, pensei que fossem elfos nômades. Fazia um tempo que havia rumores na Crescente de que havia elfos livres das amarras da Guerra Eterna no leste.

Ele é da aldeia Crescente. Yeeran sibilou entre dentes. O homem prosseguiu como se não a tivesse ouvido:

— Quando percebi que não eram elfos, eu os segui de volta a Mosima. Eles me capturaram e me sentenciaram a esta prisão. Isso foi há dez anos.

— *Dez* anos?

— Mais ou menos. Tento contar o tempo marcando nas paredes, mas com certeza perdi alguns dias.

Yeeran se levantou e começou a caminhar de um lado a outro.

— Mas deve haver uma forma de sair daqui. Os alicerces da prisão não parecem muito sólidos...

Ele riu baixinho.

— Eu já tentei de tudo. — A voz dele não tinha emoção.

E não tem garra, pensou ela. *Mas não posso desistir. Desistir é condenar Lettle a seu destino. Desistir é morrer.*

Um rangido soou e Yeeran deu um pulo. Ela pensou, a princípio, que o homem estava comendo insetos.

— Pistache — informou ele. — A comida que cresce aqui é a melhor que já comi.

— Não saberia dizer, só me deram frutas secas e água.

Ele grunhiu.

— Imagino que não há por que desperdiçar comida com alguém que vão executar. Aqui.

Ele fez rolar um punhado de nozes pelas barras da prisão.

Yeeran, impressionada pela gentileza, sentiu os olhos aquecerem.

— Obrigada...

— Komi, sou Komi.

— Yeeran.

Eles esmagaram as nozes em silêncio por um tempo, e Yeeran tinha que admitir que o gosto era ótimo. Mas não estava pronta para aquela ser sua última refeição. Inspecionou as barras da prisão.

— Por que eles usam metal aqui, e não a magia que usaram para nos capturar na estrada? — perguntou.

— Rá, eles usaram um entrelaço?

— Sim, se é assim que aquela gaiola é chamada.

— Feita de magia, invisível aos olhos, mas impossível de cruzar?

Yeeran assentiu.

— Deve ser, então.

— É necessária uma quantidade considerável de magia para sustentá-la. É preciso não apenas tecer magia sem buracos, mas manter o fluxo. Eles mudavam de guardas com constância?

— A cada duas ou três horas.

— Sim, sim. Eles estavam transferindo o fluxo de magia, assim ninguém fica exausto demais.

— E a única forma de usar magia feérica é estar vinculado a um obeah?

— Sim — disse Komi, simplesmente. — Uma vez vinculado a um obeah, eles podem falar a língua feérica, usar magia e, em troca, o pelo do obeah passa de marrom para preto.

Anciões obeahs são apenas feras vinculadas a feéricos... Salawa precisa dessa informação.

— E quanto à fraedia? É o maior depósito que já vi — disse ela.

Komi assentiu.

— Sim. Eles chamam de "fragmento". E acreditam que a divindade deles lhes deu uma fatia do sol como presente para permitir que Mosima prosperasse. Mal sabem da riqueza que brilha acima deles.

— De fato.

— Então foi a comandante que te encontrou? Sobre o corpo do príncipe? — perguntou Komi.

Yeeran espantou a imagem da força vital do obeah de sua cabeça. Não estava pronta para encarar a culpa.

— Por que ela é chamada de comandante, e não de princesa? Se é irmã do príncipe que matei?

— Furi é uma princesa, mas o título dela de comandante está acima disso. No entanto, quando se tornar rainha, esse papel vai ofuscar todos os outros. E, agora, Furi *vai* se tornar rainha, pois só sobraram duas crianças da dinastia Jani para herdar o trono.

Yeeran caminhava por toda a cela, os pensamentos pesados.

— Furi disse que você chegou com sua irmã? — perguntou Komi.

Yeeran fechou os olhos e suspirou devagar.

— Sim.

— Sinto muito.

— Eu também.

Ela imaginou o que Lettle andava fazendo e se estava segura.

— Ela é mais velha ou mais nova?

— Seis anos mais nova... embora eu esqueça que isso significa que ela tem 28. Ficamos separadas por alguns anos, e ela ficou com meu pai... eu o chamo de pai, mas na verdade ele era pai só dela. Mesmo assim, foi ele quem me criou.

— Sim, a maioria dos elfos perdem os pais no campo de batalha.

Yeeran assentiu. Ela havia perdido dois. Então afastou de seus pensamentos o luto de décadas.

— Como é que os feéricos sobreviveram tanto tempo sem que ninguém soubesse?

Komi deu de ombros.

— Só sei o que ouvi de Hosta, integrante da guarda, que esteve aqui mais cedo.

Yeeran bufou, lembrando da sede de sangue nos olhos de Hosta. Elu queria que Yeeran sofresse.

Komi riu e gesticulou na direção dela.

— Ah, Hosta não é tão ruim assim. Um pouco irritável, talvez, mas é jovem e tem que se provar com duas vezes mais afinco aos olhos da guarda feérica.

— Então, guarda feérica é o nome do exército deles?

O sorriso de Komi aumentou.

— Você era capitã ou coronel?

— Coronel. E você?

Ele não respondeu. Em vez disso, balançou a cabeça com tristeza de um lado para outro, os longos dreadlocks balançando.

— Parece que tudo faz tanto tempo — sussurrou, baixinho o suficiente para Yeeran saber que falava consigo.

Estou sentindo pena de alguém da aldeia Crescente?

Yeeran pôs as mãos nas têmporas e se afastou das barras da cela. Se ele não queria falar, ela não o pressionaria. O isolamento podia ser prejudicial para a mente de uma pessoa. Ela havia interrogado prisioneiros de guerra o suficiente para saber.

— Não sou a mesma pessoa que era na época — disse Komi, sua voz chamando Yeeran de volta.

Então um sorriso ferino se espalhou pelas bochechas dele, erguendo sua barba pesada.

— Quantos da minha aldeia você matou?

— Não o suficiente — respondeu Yeeran, sincera.

Ele riu e, embora fosse uma risada sem humor, pareceu transformá-lo.

— Sim, aposto que não. De qualquer forma, agora estamos do mesmo lado.

— Estamos mesmo. — Yeeran bateu a bota nas barras de ferro. — Nossos contos de feéricos se tornaram realidade. Estou surpresa que eles não te devoraram.

Komi tornou a rir, o que amenizou a desolação da situação de Yeeran.

— Os feéricos traiçoeiros, os feéricos terríveis, que mataram todos os humanos da terra? Eles podem ser malignos às vezes, mas não mais que nós.

Yeeran suspirou.

— Suponho que os contos não são apenas contos, mas história. Pois aqui estamos, em Mosima.

— Aqui estamos, em Mosima.

Cada um se voltou aos próprios pensamentos.

Yeeran não percebeu que havia adormecido até que uma batida alta acima de sua cabeça a fez acordar.

A princípio, pensou que havia levado seus sonhos para a mente desperta, pois a pessoa diante dela não podia ser real. Cabelo rajado de luz do sol que caía em ondas até o umbigo. Olhos como os de um gato, delineados com maquiagem branca que acentuava as características felinas. Lábios que brilhavam em um marrom profundo que destacava o âmbar no centro de suas íris. O vestido que usava era simples, mas exalava qualidade. Era amarelo-manteiga com correntes douradas e mangas que se projetavam para fora. A cintura do vestido era ajustada pela couraça que ela usava, o sol nascente da guarda feérica queimando no centro.

Yeeran saboreou seu desejo antes de perceber quem era, e sua luxúria ficou amarga.

— Furi — grunhiu Yeeran.

— Levante-se. É hora de conhecer as rainhas. — Então ela sorriu tão cruelmente que Yeeran se encolheu. — É chegada a hora da sua sentença.

Yeeran foi conduzida pelas ruas, ladeada por quatro feéricos montando seus obeahs. Furi tomou a frente. Embora caminhasse, parecia mais alta que aqueles que montavam. Yeeran atiçou as brasas de sua frustração e as projetou nas costas da líder.

Furi se virou, como se sentisse o ódio de Yeeran. Ela deu um sorrisinho, os lábios brilhantes se entreabrindo.

Se as mãos de Yeeran estivessem soltas, ela daria um soco só para limpar aquele sorriso do rosto de Furi.

Não, a raiva não resolve nada. Yeeran controlou a expressão até que ficasse neutra. O sorriso de Furi vacilou e ela desviou o olhar. Ao que parecia, ver Yeeran se afetar tão pouco com sua zombaria a irritava.

Yeeran voltou a atenção para os arredores. Se conseguisse sair dali viva, queria conseguir dar um relatório completo à cabeça da aldeia.

Voltarei para você, meu amor, com algo mais precioso que um obeah: a verdade.

As casas de tijolos vermelhos dos feéricos pareciam feitas da mesma pedra que as paredes da caverna. Os lares eram espaçosos, com janelas arqueadas que davam para as ruas pavimentadas. Enquanto passavam, Yeeran viu alguns rostos pressionados nos vidros. E aqueles rostos não pareciam diferentes daqueles dos elfos em Gural. De todas as formas e tamanhos, cores e gêneros, alguns de cabelo longo, outros de cabelo curto. Era só quando expunham os dentes que ela via algo diferente.

Caninos feitos para estraçalhar pescoços. Isso foi o que sempre lhe ensinaram. Mas enquanto uma garotinha corria para a rua, perseguindo um filhote de obeah e rindo, Yeeran descobriu que não podia mais dar créditos aos contos de feéricos.

A caminhada era longa, e Yeeran se perguntou se ser desfilada diante das multidões era parte da tentativa de Furi de humilhá-la. Mas Yeeran não se importava, ela já havia passado pelo pior tipo de humilhação possível. Suas orelhas haviam começado a curar, tornando o corte permanente.

Talvez eu possa costurá-las quando voltar para casa.

O pensamento era fútil, mas Yeeran ainda se agarrava à pouca esperança que tinha.

Ela foi conduzida por uma ponte de madeira que cruzava o rio turquesa visível do topo da caverna. Estava cheio de peixes que alguns feéricos pescavam e soltavam na margem do rio. Eles pararam e observaram Yeeran passar.

Ela desviou o olhar para a terra arável sendo cultivada nas colinas à distância. Dava para ver as sombras dos campos escurecidos que vira da fronteira. As plantas pareciam dizimadas, o solo queimado.

— O que aconteceu lá? — perguntou, mas ninguém prestou atenção.

Quando cruzaram os rios, os lares ficaram mais grandiosos, tapando os campos áridos. Uma das construções era mais alta que o restante, com três torreões de tijolos vermelhos que se projetavam céu adentro. As janelas tinham um vitral com uma gama de raios de sol que lançavam padrões no chão ao redor. Degraus de pedra conduziam a duas portas de madeira que eram do tamanho da casa inteira de Yeeran.

Essa construção tinha que ser o palácio.

Como esperado, Yeeran foi puxada pelas portas e entrou em um pátio fervilhando de vida.

Acácias brotavam do solo fértil. Flores se reuniam nos nós da casca de marula e pássaros cantavam doces melodias vindas dos arbustos folhosos.

A procissão serpenteou pela folhagem por um caminho de ladrilhos brancos.

Houve um farfalhar nos arbustos à direita de Yeeran e um jovem obeah saltou de lá, assustando-a.

Claro, Furi riu dela.

Eles passaram por um lago com sapos gordos tomando sol em vitórias-régias. Uma salamandra cruzou o caminho à frente e todos os feéricos pararam para deixá-la passar. Se Mosima era utopia, então essa floresta era o centro do paraíso.

— Esta é a Floresta Real — disse Furi para Yeeran. — Onde você saberá seu destino.

Yeeran ouviu a alegria na voz de sua captora.

Devagar, as árvores começaram a rarear, revelando uma clareira cercada de cogumelos azuis e brancos. No centro do círculo feérico havia o maior baobá que Yeeran já tinha visto. Ela inclinou o pescoço para tentar ver o topo de seus galhos, mas eles desapareciam no teto da caverna. A presença da árvore era opressora, preenchendo a visão dela com sua casca cinzenta. Esculpidos em sua circunferência, encontravam-se dois tronos cobertos de videiras nos quais as rainhas se sentavam pacientemente. Havia escritos cursivos na casca atrás delas, mas Yeeran não conseguia ler.

Furi fez uma reverência e um cumprimento formal em feérico antes de adicionar como uma gentileza para Yeeran:

— Você agora está à mercê da rainha Chall e da rainha Vyce.

Uma bacia de ouro cheia de carvões brancos brilhava na plataforma diante dos tronos. Yeeran entrou na esfera de calor que emanava enquanto ficava cara a cara com a família do feérico que tinha matado. A rainha Chall tinha o cabelo cor de sangue, cortado curto e próximo de seu rosto oval. Ela usava um tecido carmim translúcido que acentuava as curvas de seu corpo. Sua pele era de um castanho mais claro que a de Yeeran, as bochechas coradas. O obeah dela apoiava a cabeça em seu colo, os chifres adornados com penduricalhos de prata que reluziram quando a criatura se virou para ver Yeeran.

A rainha Vyce era mais magra, com uma compleição mais cinzenta, talvez mais velha também. Ela usava um tecido mais firme com um decote baixo em seu peito modesto, o pescoço pesado com ouro. O cabelo era escuro com suaves luzes de sol que fizeram Yeeran ter certeza de que ela era a mãe de Furi. O obeah de Vyce descansava nos galhos acima dela. Era maior que o de sua irmã e rosnou quando Yeeran se aproximou.

Ambas as rainhas usavam coroas que reproduziam o sol, embora a de Vyce tivesse safiras amarelas e a de Chall fosse salpicada de pérolas.

Yeeran sentiu um puxão nos fios de magia ao redor de seus punhos. Mas, em vez de ir para frente, foi empurrada para trás. Seus joelhos cederam e ela caiu na terra.

Uma risada soou da congregação.

— Furi, isso foi desnecessário — repreendeu a rainha Vyce.

— Acho que foi *muito* necessário, mãe. — Furi foi se sentar aos pés do trono da mãe. Ela apoiou os cotovelos e cruzou os tornozelos, revelando o tamanho de suas pernas pela fresta do vestido.

Yeeran cuspiu terra e se sentou, reunindo o que restava de sua dignidade. Algo nas árvores lhe chamou a atenção. Movia-se como uma sombra senciente, seu olhar prateado grudado no dela. Quando o obeah a viu observando, fugiu.

Ela se perguntou que feérico era vinculado a ele. Os animais pareciam viver livremente entre os feéricos.

Yeeran engoliu a dor da culpa.

Uma tossida soou, e outra pessoa entrou na floresta. O recém-chegado apareceu montando seu obeah e desceu com graça das costas do animal. Tinha as mesmas feições orgulhosas que Furi. Mas, em vez da couraça que em Furi indicava a posição de comandante, aquele feérico usava uma coroa de ouro na testa.

— Então, você é a elfa que matou meu primo? — perguntou ele, observando Yeeran com interesse.

Devia ser mais ou menos uma década mais velho que Furi. Seu cabelo era tingido com a mesma chama vermelha que o da rainha Chall.

— Nerad. — A voz de Chall era suave e harmoniosa. Ela estendeu a mão para o filho, que se aproximou, beijando-a antes de se sentar aos pés do trono.

Os quatro membros da família real eram uma visão e tanto na luz sarapintada.

— Sim, fui eu que matei seu primo — disse Yeeran. — Embora eu não soubesse que essa era a consequência de matar um obeah.

A mãe de Furi sibilou, perdendo a compostura. Ali estava o luto de uma mãe. Lágrimas desceram de seus olhos e as videiras que se retorciam nos apoios de braço do trono cresceram. Quando Yeeran piscou, haviam parado. Ela não sabia dizer se tinha imaginado.

As palavras da rainha vieram curtas e grossas:

— De fato, existem consequências. *Você* encarará as consequências.

As árvores ao redor da clareira pareceram estremecer. Como se a raiva da rainha também as afetasse.

E talvez afetasse mesmo.

— Tudo o que vocês, elfos, fazem é assassinar, assassinar, assassinar — continuou Vyce.

Yeeran abaixou a cabeça. Afinal de contas, era verdade. Ela construíra uma carreira com assassinatos, embora, no momento, não pudesse dizer que se arrependia.

— Você não tem nada a dizer em sua defesa? — pressionou a rainha.

Yeeran ergueu o olhar. Furi parecia triunfante, sentada aos pés ornados da mãe. Ela murmurou sombriamente algo em feérico para a família e, por mais que Yeeran não compreendesse, sabia pelo tom que se tratava de um insulto.

— Matar seu filho não foi minha intenção — disse Yeeran, sincera. — Eu não fazia ideia de que os obeahs são vinculados aos feéricos. Matei muitas pessoas na minha vida, mas esse é o único assassinato que não tive intenção de cometer.

— Viu? Eles não enxergam os obeahs como pessoas — murmurou Furi.

A rainha Chall falou com ela em feérico e Furi ficou brava com a reprimenda. Nerad riu e então ficou sério depois que recebeu da prima um olhar feio.

Yeeran não tinha tempo para regozijar-se pelo evidente sermão porque as palavras seguintes de Chall, embora ditas de maneira doce, selaram seu destino:

— Não importa se você teve intenção ou não. Você mesma disse: existem consequências para seus atos. E é devido a esses atos que você está sentenciada à morte. Furi, ordene que a guarda feérica divulgue que haverá uma execução e convoque os cidadãos de Mosima. Que resolvamos isso para começarmos a nos curar.

Yeeran foi puxada para ficar de pé.

— Minha irmã, e quanto à minha irmã? — gaguejou Yeeran.

Mas as rainhas já estavam saindo dos tronos. Nenhuma delas olhou para trás, então foi Furi quem respondeu:

— Não se preocupe, ela e aquele homem dela não serão mortos. Não pelo seu crime. Embora ela vá te assistir morrer, bem como prometi.

— O que farão com eles?

Furi deu de ombros enquanto arrastava Yeeran.

— Eles viverão como prisioneiros. Jamais deixarão Mosima até a morte.

Yeeran pensou em Komi, o elfo deixado para apodrecer na cela por dez anos, e em como toda a esperança tinha fugido de sua mente.

Então Furi sorriu e fez o coração de Yeeran congelar.

— Pelo menos ela não morrerá, embora eu não possa prometer que será agradável para ela.

Yeeran sentiu toda sua força ser arrancada do peito. Ela estaria abandonando Lettle ao sofrimento, e não havia nada que pudesse fazer para evitar.

❧ ❧

A execução aconteceria na praça diante das portas da Floresta Real. Yeeran foi deixada acorrentada a uma árvore enquanto observava as multidões se reunindo. Furi não estava longe, embora também houvesse dois guardas flanqueando Yeeran.

Ela observou os feéricos e os obeahs se reunindo. Devia haver milhares, dezenas de milhares, naquela caverna. A atmosfera era a de um festival. Música saía de alguns pontos enquanto as pessoas tocavam violinos e tambores, obeahs saltitavam e serpenteavam pelas multidões de festeiros, e bebidas eram passadas de mão em mão enquanto as pessoas celebravam.

A execução dela era entretenimento para eles.

Ou, talvez, vingança do mais doce tipo.

Afinal de contas, quantos feéricos haviam morrido nas mãos dos elfos? Mais do que Yeeran podia contar. A pele dos obeahs era combustível para a Guerra Eterna. Era a fonte de toda a magia. Como eles não souberam disso antes?

Yeeran viu a multidão se partir e um silêncio crescer enquanto duas pessoas eram conduzidas pelo centro.

Lettle e Rayan. Eles vestiam as mesmas sedas que os outros feéricos. As tranças de Lettle tinham sido presas no topo da cabeça com um emblema de latão em forma de sol. Yeeran viu que as mãos deles estavam torcidas de maneira pouco natural — presas por magia —, embora os mindinhos se entrelaçassem na lateral.

Pelo menos eles têm um ao outro, pensou Yeeran.

Salawa lhe veio à mente, então. A linda e destemida Salawa, que a amara tão dolorosamente. Yeeran se sentiu miserável ao pensar que jamais a veria outra vez.

Houve uma fungada ao lado dela e Yeeran se virou para ver o mesmo obeah do pátio do palácio. Ela não tinha certeza de como sabia, mas estava certa de que era o mesmo. A criatura inclinou a cabeça para ela, os olhos brilhando prateados.

Yeeran sorriu para a criatura, esperando não a assustar. O obeah deu um passo à frente, entrando um pouco mais debaixo da luz, e Yeeran viu que seu pelo não era totalmente preto, mas de um marrom-avermelhado. Então ele não era vinculado.

Os dois guardas que ladeavam Yeeran cumprimentaram a fera com um menear de cabeça.

O obeah os ignorou, o olhar fixo em Yeeran.

Um grito soou e Yeeran reconheceu a voz de Lettle.

Ela devia ter percebido o que estava prestes a acontecer.

E lá estava Lettle, sendo contida por três guardas enquanto lutava contra as amarras. Rayan estava ao lado dela, tentando acalmá-la, mas não parecia funcionar.

Ah, minha irmã, como sentirei sua falta.

Uma lágrima desceu pelo rosto de Yeeran.

Furi apareceu bem naquele momento. Seus lábios se curvaram para cima ao ver a emoção crua de Yeeran.

Yeeran ergueu o queixo, sem medo de demonstrar o amor pela irmã.

Mas quando Furi falou, sua voz estava mais suave do que Yeeran havia se acostumado a ouvir:

— As rainhas estão a caminho. Hora de ir.

Yeeran assentiu e se deixou ser conduzida para a morte.

Pouco depois, as grandes portas da Floresta Real se abriram, e as rainhas chegaram, montando seus obeahs. De onde estava, Yeeran podia ver como as feras eram bem maiores que as outras criaturas na multidão. Seus chifres eram gigantes, com mais de um metro de comprimento.

Eles se aproximaram da clareira onde Yeeran encarava a multidão. Foi só então que percebeu que não havia forca. Não havia carrasco para lhe cortar a cabeça. Na verdade, não fazia ideia de como ia morrer.

As rainhas desmontaram, deixando os obeahs flanqueando Yeeran. Então, um assobio perfurou o ar, um aviso para a multidão de que o evento principal estava prestes a acontecer. O silêncio se acumulou como a tensão de uma corda retesada.

Yeeran buscou Lettle na multidão mais uma vez e a encontrou à frente, amarrada e amordaçada. Ela tremia, chorando lágrimas silenciosas. A vontade de lutar a deixara; o luto era tudo o que lhe sobrara.

Eu queria morrer no campo de batalha, mas suponho que morrer entre os feéricos também é suficiente para uma história.

— Você está sentenciada à morte pelo assassinato do príncipe de Mosima — disse a mãe do príncipe, pois nesse momento ela era mãe, e não rainha. Ela falava em élfico, não em feérico, para que aqueles que não eram vinculados também pudessem compreender a gravidade dos crimes de Yeeran.

As palavras dela foram todo o aviso que Yeeran recebeu antes que faíscas emergissem ao seu lado. Fios invisíveis começaram a enforcá-la.

— Como costumamos fazer quando escolhemos tirar luz do mundo, devemos todos participar do dever da punição.

A princípio, Yeeran não entendeu. Mas então viu as centelhas de luz do outro lado da multidão e sentiu a audiência prender a magia ao redor de sua garganta, adicionando mais pressão.

Todos os feéricos estavam compartilhando da culpa do assassinato dela.

O ritual era ao mesmo tempo horrível e fascinante. Yeeran não tinha mais tempo para pensar. Sua visão estava escurecendo.

Ela buscou Lettle uma última vez. Enquanto olhava ao redor, viu-o novamente. O obeah de olhos perolados. Estava diante da multidão, observando-a.

Um raio de fogo queimou no cérebro dela e Yeeran estremeceu. Então um calor começou em seu estômago e se espalhou para fora. Ela tentou olhar para baixo para ver se tinha sido atingida com tamborilar disparado, mas sua visão estava embaçada e manchada.

Houve uma luz, tão intensa que Yeeran pensou que tinha morrido. Mas, se tivesse, ainda sentiria dor? Ela não tinha certeza.

A magia ao redor do pescoço desapareceu, e Yeeran caiu no chão. Só então percebeu que a luz era ela. Sua pele brilhava intensamente, como ouro.

Algo zumbia na mente dela, e Yeeran levou um momento para reconhecer o que era.

Olá, eu sou Pila, disse a voz. Seu som conjurava a sensação de beber água fria em um dia quente; um alívio, um sustento.

Mas não podia ser... podia? Yeeran arfou, tentando desesperadamente se agarrar à realidade enquanto encarava a obeah.

Você não está sonhando, nem está morta.

A obeah estava falando... na mente dela.

Estive esperando por você por um longo tempo.

— Posso não estar morta nem sonhando. Mas decerto enlouqueci — murmurou Yeeran antes de desmaiar em um amontoado no chão.

PARTE DOIS

A História do Trigo, do Morcego e da Água

F eéricos, humanos e elfos habitavam o mundo. Nascidos de partes de Asase, Ewia e Bosome, lhes foi concedido livre-arbítrio, dando motivo para conflitos. Guerras foram vencidas e perdidas, e as divindades sofriam e lutavam entre si.

— Você fez os feéricos poderosos demais. Eles estão matando todos os meus humanos — reclamou Asase na brisa.

E, assim, Asase concedeu aos humanos a magia da terra, ensinando-lhes a linguagem das árvores, da terra e das pedras.

— Você tirou todo o poder dos feéricos, e eles estão sendo assassinados por seus humanos — reclamou Ewia com o sol poente.

E, assim, Ewia, vendo os feéricos sendo atacados, lhes garantiu uma dádiva: magia saída da luz do sol para empurrar e puxar, para chicotear e enredar. E os feéricos usaram a nova força para conduzir guerras mais uma vez.

— Bosome, o que você tem a dizer? Nós garantimos magia a nossos filhos para vencerem as batalhas que lutam. O que você concederá aos elfos, que são seus?

Bosome ficou em silêncio por um tempo, exceto pela água corrente que trazia aonde quer que fosse.

— Garantirei a eles o dom da profecia, para que possam crescer em sabedoria, a maior das forças.

E, assim, Bosome ensinou aos elfos como ler a magia prateada dos Destinos, aprendendo a verdade da profecia. Foi com aquele poder que eles viram o futuro e evitaram o destino que os esperava.

Pois logo feéricos e humanos não viveriam mais na terra.

CAPÍTULO QUINZE

Yeeran

Yeeran acordou e entreabriu um olho.

Estava deitada em uma cama no centro de um pequeno cômodo que cheirava a vinagre e algo esterilizante. As paredes eram pintadas de um amarelo suave, com azulejos brancos no teto e no chão. Apertada, ela estava envolvida em lençóis de algodão e por um momento pensou estar presa outra vez. Mas quando mexeu as mãos, percebeu que estavam livres.

Enquanto seus olhos se adaptavam à forte luz da janela, ela viu duas pessoas à soleira da porta diante dela.

As rainhas ainda não haviam percebido seu despertar.

— Vyce, não há precedente — ela ouviu Chall dizer.

— Exatamente, então podemos bani-la e acabar com essa confusão — respondeu Vyce.

As palavras, ela podia entender, quase sentir, em sua mente. Mas elas não estavam falando élfico.

— Você quer libertar uma elfa que tem o poder de uma feérica?

— Uma elfa *vinculada* a uma obeah. — Vyce suspirou profundamente. — Essa não é uma verdade que podemos contar.

Não, elas falavam feérico, tinha certeza. E mesmo assim Yeeran as *compreendia*.

— Nerad já começou a circular a história de que ela foi pega no vínculo de outro guarda atrás dela — prosseguiu Vyce. — Mas essa história não vai se sustentar por muito tempo.

— Não para aqueles que viram com os próprios olhos. Nosso reinado já está arruinado. — A voz suave de Chall quase embalou Yeeran de volta ao sono.

— O que você sugere que façamos com ela?

Quem era a "ela" de quem falavam?

Você. Estão falando de você.

As palavras soaram em sua mente como se alguém tivesse falado. Yeeran olhou ao redor, buscando desesperadamente a fonte da voz.

Estou do lado de fora, abaixo da sua janela. Embora estejamos vinculadas, eles não me concederam acesso a você.

Yeeran inspirou, recuperando o fôlego.

Quem é você? Que magia é essa? Ela projetou para a voz. Se a pessoa podia implantar seus pensamentos na mente de Yeeran, então talvez ela pudesse usar isso para falar com Lettle.

Lettle.

A última vez que a vira tinha sido na praça antes de…

Estou morta?

Não, meu nome é Pila. Nós estamos vinculadas, você e eu.

A obeah. A luz intensa. Ela arfou enquanto a lembrança lhe invadia a mente. O som atraiu a atenção das rainhas.

Vyce voltou-se para ela, os saltos batendo nos azulejos enquanto marchava até a cama de Yeeran.

— O que você é?

Yeeran não entendeu a pergunta.

— Meu nome é Yeeran Teila da aldeia Minguante.

— Você nasceu feérica?

Vyce aproximou seu rosto, e Yeeran se pegou catalogando todas as maneiras de que a rainha não era tão brilhante em comparação à filha, Furi. Onde Furi era provocativa, Vyce era franca; onde Furi era felina, Vyce era equina.

— Vyce, o médico disse que ela não nasceu feérica. Eles conferiram os dentes dela, não havia evidência de terem sido lixados.

Yeeran se sentou na cama e olhou para o corredor do lado de fora do quarto. Conseguiu distinguir as sombras das outras camas em uma ala do outro lado da dela. Então ela estava em uma espécie de hospital.

— O que aconteceu comigo?

Eu te disse, falou a voz na cabeça dela. *Estamos interligadas.*

Yeeran virou a cabeça, tentando afastar a voz da cabeça.

— Você está vinculada a uma obeah — respondeu outra pessoa, mas desta vez da soleira da porta.

Furi estava ali. A mandíbula retesada, os olhos iluminados. Ela era dolorosamente bonita, e Yeeran se viu sentindo ainda mais falta de Salawa.

— Quem são seus pais?

— Teila e Samson da aldeia Minguante, ambos mortos — respondeu Yeeran, direta.

— E sua árvore genealógica, o que você sabe de suas raízes?

— Minha família faz parte da aldeia Minguante há gerações.

Era motivo de orgulho. Ela pressionou a mão no peito.

Furi balançou a cabeça de um lado para outro.

— De alguma forma, você se vinculou a um obeah.

— O que isso quer dizer? — perguntou Yeeran.

A rainha Vyce se endireitou e saiu do lado da cama de Yeeran.

— Precisamos convocar o ministério — disse ela, saindo porta afora.

— Já enviei Meri. Ela alertou os outros — disse Chall, acompanhando a irmã.

Meri devia ser a obeah da rainha.

Sim, disse a voz que se chamava de Pila.

— Pare com isso — disse Yeeran.

O olhar metalizado de Furi voltou-se para ela.

Pila se eriçou. *Não vou parar.* Era como espinhos de cacto na mente de Yeeran. Ela esfregou a testa, pensando se havia enlouquecido.

Furi foi até a cama dela e inclinou a cabeça, analisando-a. Seu cabelo caía sobre um ombro, como uma cachoeira dourada se acumulando na clavícula.

Furi arregalou os olhos, como se duvidasse da verdade, embora a tivesse visto com os próprios olhos.

— Sua fera fala com você?

Yeeran assentiu, retesando o maxilar contra o medo.

— Então a conexão de fato está aí.

— O que isso significa?

O que Yeeran havia confundido com fascínio no olhar de Furi ficou mais quente, mais escaldante. Os lábios dela se repuxaram, deixando um rosnado sair.

— Significa que você é uma abominação.

Com isso, Furi saiu pisando duro e deixou Yeeran sozinha.

Você não está sozinha, disse Pila.

Yeeran agarrou o travesseiro e gritou contra ele. Era o tipo de ato dramático que Lettle costumava fazer quando eram crianças, e Yeeran tinha que admitir que era bem satisfatório deixar a frustração sair abafada.

Ela gritou até não ter mais fôlego. Até lágrimas descerem por seu rosto. Mas Pila não disse mais nada.

— Você ainda está aí? — indagou Yeeran para o cômodo vazio.

Não houve resposta, mas ela podia sentir a presença de Pila em sua mente. Como se parte dela corresse em um campo aberto, radiante e livre.

Mas Yeeran não se sentia livre, porque tinha se dado conta de que jamais estaria totalmente sozinha outra vez.

ॐ ॐ

Uma hora depois, um guarda veio levar Yeeran de volta ao palácio. O guarda nada disse enquanto a conduzia pelo hospital, mas as mãos de Yeeran não estavam atadas. Ela poderia ter fugido se quisesse e, quando o ar fresco atingiu seu rosto, quase o fez. Mas então sentiu seu corpo ficar retesado enquanto algo — não, alguém — saía das sombras.

Oi, disse Pila na mente dela.

Yeeran paralisou. A obeah estava tão magnífica quanto da primeira vez que a vira. Seus chifres se dividiam três vezes cada, se enrolando para fora como as frondes de uma samambaia. Os olhos eram de um prata nebuloso, como pedaços da lua. O pelo de suas costas, avermelhados naquela manhã, agora eram de um preto profundo.

Yeeran observou enquanto Pila trotava à frente com patas do tamanho de sua mão. Era como olhar em um rio seu próprio reflexo, mas a imagem que a encarava de volta não era ela. Era desconcertante, e a mente dela pinicava. Ela sentiu uma onda de tontura e caiu de joelhos no chão.

Pila galopou até ela e pressionou o focinho gelado contra o nariz de Yeeran, tirando-a do atordoamento.

O fôlego de Yeeran tropeçava em si vez após vez; ela não sabia se estava respirando ou expirando. O olhar de Pila se concentrava no dela. E Yeeran se sentiu chorar.

Talvez não fosse tão ruim assim jamais estar sozinha de novo.

Não, de fato, acho que não, disse Pila, e Yeeran sentiu o sorriso dela, em vez de vê-lo.

— Como isso aconteceu? — perguntou Yeeran, estendendo uma mão hesitante para o pelo de Pila.

A obeah emitiu um ronronado baixo enquanto Yeeran coçava a lateral de seu queixo, como vira Furi fazer com Amnan uma vez.

Não sei. Tudo o que sei é que estive procurando por um longo tempo. E então te encontrei.

— Precisamos ir — disse o guarda. Ele parecia horrorizado, olhando de Yeeran para Pila.

— Ela pode vir comigo? — perguntou Yeeran para o guarda.

Após encontrar Pila novamente, não conseguia pensar em deixá-la. Ele assentiu.

Pila caminhou ao lado de Yeeran, a cabeça da altura do ombro dela. A fera não era grande como alguns do obeahs que vira, decerto não tão grande quanto aquele que ela matara. Icor queimava na garganta de Yeeran à medida que se dava conta, verdadeiramente, do horror do que fizera. Matar um obeah era matar a alma de alguém.

Sim, sussurrou Pila na mente dela.

Yeeran sentiu um nó de culpa bem no fundo do estômago.

Você não sabia. Mas agora sabe. As palavras de Pila eram simples, mas faladas com clareza.

Yeeran assentiu, mas não respondeu.

A caminhada até o palácio foi curta e Yeeran observou a fraedia acima deles — o fragmento, como chamavam os feéricos — ficar menos brilhante com o pôr do sol eminente.

Yeeran logo se viu de volta na Floresta Real, onde fora condenada menos de cinco horas antes. Mas, desta vez, ela estava infinitamente diferente.

Pila disse na mente dela:

Nós duas estamos.

As rainhas sentavam-se nos tronos na casca do baobá. Os grandes galhos acima delas balançavam enquanto um obeah descia do galho e vinha descansar perto do trono da rainha Chall. Nerad se apoiou contra a árvore, cruzando os tornozelos. Ele sorriu fracamente para Yeeran enquanto ela entrava. Furi, por outro lado, olhava diretamente para outra direção, de braços cruzados e lábios franzidos.

O guarda que escoltara Yeeran foi dispensado. Fosse lá o que estava sendo discutido ali, era apenas para os ouvidos da dinastia Jani.

Houve um silêncio cheio de expectativa. Yeeran não fez reverência nem cumprimentou a família real. Eles já a haviam feito passar por coisas demais.

No segundo seguinte, uma faísca surgiu na mão de Furi e Yeeran foi puxada para o chão.

— Quer parar com isso? — cuspiu Yeeran, de bochecha pressionada contra a terra.

Pila rosnou na direção de Furi.

O fio de magia afrouxou e Yeeran se levantou, lançando um olhar furioso na direção de Furi.

Os lábios da rainha Vyce apontaram para cima. A mulher compartilhava do ódio de Furi com relação a Yeeran. Ela jogou o cabelo por sobre o ombro, atraindo a visão de Yeeran para a letra cursiva entalhada na casca da árvore acima dos tronos. Ela se assustou ao perceber que já conseguia ler.

— Uma maldição a aguentar, uma maldição a sobreviver. Todos devem perecer, ou todos devem florescer — leu ela.

— A maldição de Afa, como profetizada por nossos ancestrais — disse a rainha Chall. — Não importa quantas vezes tentemos apagá-la, as palavras permanecem, assim como a maldição.

— Afa?

Vyce bufou, mas Chall disse, com mais gentileza:

— Afa, o último dos humanos. O motivo de sermos prisioneiros no subterrâneo.

O nome pareceu fazer soar um sino na memória dela. Mas Lettle sempre foi a mais versada nos contos de feéricos.

— Ou todos devem florescer — murmurou Yeeran para si. A profecia devia estar falando de elfos, humanos e feéricos. — Vocês estão amaldiçoados a viver aqui até que todas as raças vivam em harmonia?

— Pelo espírito do sol, vocês elfos são idiotas. Não há mais humanos, então seguimos amaldiçoados — disse Vyce, e Yeeran lançou um olhar sombrio para ela.

Ela me odeia mesmo.

Você matou o filho dela, pontuou Pila. As palavras dela não tinham qualquer julgamento, apenas afirmavam um fato.

Sim, matei, Yeeran projetou para trás de si, e a longa cauda de Pila tremeu.

Não tão alto, disse ela.

Desculpe.

Bem melhor.

— Você ao menos está me ouvindo?

Yeeran deu um pulo, percebendo que perdera o que a rainha Chall dissera.

— Não — respondeu Yeeran simplesmente.

Ela havia aprendido nos anos ao lado de Salawa que a sinceridade era a arma mais incômoda contra aqueles no poder.

Furi sorriu com a resposta e então franziu a testa, irritada consigo.

A rainha Chall piscou devagar, seu rosto sereno impassivo, quase entediado. Vyce, por outro lado, retesou a mandíbula, aceitando a raiva com maior clareza.

— Acho que devemos apenas executá-la — murmurou Vyce.

Chall voltou-se para ela de uma vez.

— Sabe que não podemos, estaríamos condenando a obeah, uma de nós, à morte. Ela pode ter assassinado o príncipe, mas a obeah dela é inocente desse crime.

— Nós não separamos obeahs e feéricos dessa forma no nosso sistema de justiça. Ela não é feérica. Assassinato é assassinato.

— Mas a obeah não era vinculada a ela quando o crime foi cometido. *Elas estão falando da morte de Hudan*, disse Pila para Yeeran. *Hudan?*

Meu irmão que você matou.

Yeeran se encolheu, embora não houvesse culpa no sentimento de Pila, apenas uma tristeza que tinha gosto amargo na mente dela. Pelo menos Pila havia dito "matou", e não "assassinou".

— Eu não assassinei o príncipe — declarou Yeeran, incentivada pelas palavras de Pila.

— O que exatamente você fez, então? — indagou Vyce, quase se levantando do trono.

Os galhos na acácia mais próxima pareceram se contorcer e revirar com a raiva da rainha. Chall pousou a mão no antebraço dela para acalmá-la.

Yeeran abaixou a cabeça.

— Reconheço que minhas ações resultaram na morte dele, mas eu não o assassinei. Assassinato sugere intenção. Eu não tinha intenção alguma de assassinar o príncipe. Minha ignorância foi fatal, reconheço isso, mas não houve assassinato. Houve uma morte, e eu fui a causa dela. — Yeeran olhou para Furi, implorando que ela visse o remorso que havia se tornado seu peso diário. Não era um fardo leve.

Furi desviou o olhar primeiro.

— Quando matei o obeah, meu único pensamento foi usar a fera como um caçador usa a caça.

— Para fazer aquele objeto maldito. — Os punhos fechados de Furi tremiam.

— Sim, para fazer um tambor, que eu tinha a intenção de dar para a minha cabeça de aldeia.

Vyce bufou, zombando do título de Salawa. Ali, não tinha qualquer autoridade.

Você é o fogo do meu coração e a batida do meu tambor. Sou sua sob o luar. Até que o ritmo não cante mais.

A recordação das palavras de despedida de Salawa deram forças a Yeeran. Ela precisava sobreviver a isso e voltar para a amante.

— O fato permanece — disse Yeeran, a voz mais confiante, mais alta. — Não houve intenção. Uma sentença de assassinato excede o crime. Peguei algo de vocês, mas eu não sabia o que estava pegando quando matei Hudan.

Vyce sibilou. Chall balançou a cabeça em repreensão, um cacho ruivo saindo da trança impecável — a única indicação de seu desconforto.

— Nós não dizemos o nome dos falecidos para não os despertar de seu sono eterno — explicou Nerad, passando a mão pelo cabelo curto. Ele deu um sorriso verdadeiro, revelando dois rubis em forma de pera presos na ponta de suas presas.

Por que você não me contou?, perguntou Yeeran para Pila.

Não conheço os costumes feéricos. Antes de você, eu era uma fera à procura, agora sou Pila.

Espera aí, como assim?

— Você quer que a acusação de assassinato seja retirada? — pressionou a rainha Chall.

Yeeran franziu a testa na direção de Pila antes de responder a Chall.

— Sugiro uma sentença diferente. Uma sentença por roubo. Peguei algo de vocês, apesar de não saber o que estava fazendo. Mas concordo, devo pagar o preço.

Era a maior aposta da vida de Yeeran. Ela não tinha certeza de qual seria a sentença. A aldeia Minguante tinha punições leves para roubos e, por vezes, apenas repreendia os ladrões com chibatadas. A aldeia Crescente, por outro lado, arrancava o mindinho do ladrão.

Yeeran olhou para as mãos. Não queria perder o mindinho. Mas era o preço que pagaria se pudesse voltar para Salawa.

As rainhas debateram. Furi andou de um lado a outro ao redor do baobá, de queixo empertigado. E observava Yeeran com olhos semicerrados. Amnan, o obeah dela, pendurava-se em um galho acima. Furi viu que Yeeran a observava e ergueu o lábio superior para mostrar os caninos. Em vez de parecer ameaçadora, pareceu atraente.

Yeeran sentiu a vibração malquista do desejo e quebrou o contato visual, olhando para onde Pila se deitava, encolhida a seus pés.

Apesar de ser do tamanho de um veado, Pila tinha a destreza de um leão da montanha. Ela apoiou o chifre esquerdo na cintura de Yeeran e encarou Furi com seus olhos prateados.

Ela te odeia, comentou Pila, olhando para Furi.

Sim, eu também não gosto muito dela.

Amnan surgiu ao lado de Furi. Parecia que eles conversavam, pois Furi assentiu.

Você consegue falar com o obeah dela, como faz comigo?, perguntou Yeeran para Pila.

Pila franziu a testa na mente de Yeeran, e a sensação foi a de um nó sendo apertado.

Eu posso... me comunicar com Amnan, de fera para fera. É menos... claro... do que é com você. Com você eu posso falar livremente.

Como isso funciona?

Pila tentou expressar a sensação através da ligação mental delas. Um amálgama de imagens, rosnados e grunhidos, junto a uma gama de cheiros poderosos explodiu na imaginação de Yeeran. Aquilo lhe deu uma dor de cabeça.

O que foi isso?

A forma como falamos.

Não faça isso de novo.

Está bem, disse ela simplesmente.

As rainhas terminaram a conversa. Elas tornaram a se sentar nos tronos, ambas parecendo levemente insatisfeitas. Yeeran não tinha ideia de qual tinha sido o resultado. Estava prestes a perder uma mão, um dedo, a liberdade? A vida?

— Compreendemos a lógica do que você sugeriu — revelou Vyce, de lábios franzidos. — Dado seu vínculo...

— Pila. O nome da minha obeah é Pila.

Vyce encarou Yeeran.

— Dado seu vínculo com *Pila*, não podemos executá-la. Os feéricos são preciosos, e a lei que preserva a vida é intrínseca aos nossos costumes.

E, ainda assim, vocês estavam muito dispostas a executar uma elfa não faz muito tempo, pensou Yeeran.

Pila suspirou pelo focinho.

— Embora você *não* seja feérica, está vinculada a uma de nós — explicou Vyce. — Isso é um enigma. Não podemos executá-la sem assassinar sua obeah, e mesmo assim você não está protegida por nossas leis. — Vyce fechou a boca e se recostou no trono como se tivesse terminado de falar.

Chall entrou na conversa:

— O que você sugeriu é razoável. Uma acusação de roubo pode não ser compatível com o crime, mas nos permite buscar punição sem comprometer um inocente.

Essa sou eu, disse Pila, alegre.

Yeeran acariciou a cabeça dela.

— Nós anunciaremos que você tem sangue feérico, para não causar caos entre os cidadãos. Sua irmã, pelo que sabemos, tem um pai diferente, então essa história se alinha bem ao seu passado.

Como eles haviam descoberto isso? Será que Lettle havia mencionado a alguém? Será que Yeeran havia mencionado?

— Ser meio feérica te garantirá alguma clemência — continuou Chall. — Sua sentença em si estará alinhada com os crimes mais graves de roubo: cinco anos de servidão à guarda feérica.

Cinco anos de lealdade a outro exército? Isso parece uma vida inteira.

Pelo menos é uma vida. Ficaremos bem, você e eu, disse Pila.

Embora o vínculo delas tivesse surgido horas antes, Yeeran se reconfortou com as palavras de Pila. Elas tinham uma à outra agora.

— Além disso, você jamais poderá sair de Mosima. Está atada a nós, e nós a você.

Não, Yeeran tinha que partir. Tinha que voltar para Salawa e seu povo, e para sua guerra. Sem Salawa, sem a Guerra Eterna, ela não tinha propósito.

Ela encontraria uma saída. Precisava encontrar.

— E quanto a Lettle e Rayan?

Furi bufou e respondeu antes que a tia tivesse a oportunidade:

— Eles estão seguros. Embora isso seja tênue. Eles também estão presos dentro de Mosima e jamais poderão partir. Serão forasteiros, piores que os Desluz. Não serão felizes. Mas também não serão mortos.

Furi torcia as palavras com crueldade, esfregando os fatos como brasas em uma ferida aberta. Yeeran queria arrancar o sorrisinho de seu rosto.

Ela sentiu uma onda de fúria ser liberada ao seu redor. O ar mudou e Furi foi atingida, a cabeça empurrada para trás. Um momento depois, as rainhas haviam prendido Yeeran com magia, torcendo seus braços de qualquer jeito às costas.

Eu fiz magia? Sem um tambor?

Sim, confirmou Pila em sua mente.

Outro fio de magia se enrolou ao redor do pescoço dela e Yeeran virou a cabeça para ver Furi se aproximando, uma marca vermelha fina na bochecha.

Yeeran não se arrependia.

Quando Furi estava a um passo de distância, Nerad falou:

— Acho que foi um acidente, prima, ela ainda não sabe como conduzir o poder.

Furi se inclinou, as narinas inflando, o cabelo trêmulo de raiva.

— Filha — disse Vyce.

Um aviso de atenção.

O fio ao redor do pescoço de Yeeran a soltou e ela respirou com dificuldade.

— Não farei isso. Não fingirei que sou da linhagem feérica. Direi a todos que vocês estão mentindo.

Os lábios de Vyce se franziram, como os de Furi.

— Eu não faço acordos com assassinos.

— Eu não sou uma assassina. Já concordamos nisso — disse Yeeran.

Chall interrompeu antes que Vyce pudesse dizer algo:

— O que você quer?

— Minha irmã e Rayan, quero que eles estejam livres para partir.

— Não podemos libertá-los. É impossível, não negociável.

— Então dê a eles liberdade dentro de Mosima. Dê a eles tudo o que precisam para viverem *felizes*.

Enquanto eu descubro como escapar, pensou.

Antes que Chall assentisse, Yeeran se lembrou de outro pedido. O gentil combatente que esteve vivendo na prisão pelos últimos dez anos.

— E libertem Komi também. Dê a ele as mesmas provisões de Lettle e Rayan.

— Komi? — questionou Chall, olhando para Furi.

— O elfo sob nossos cuidados.

Chall assentiu, se lembrando.

— Podemos abrigá-los no palácio como convidados de honra. Mas não há nada que possamos fazer a respeito do preconceito contra elfos que existe em nossas terras. Seu povo tem assassinado obeahs há séculos. Eles são odiados, não, abominados.

Furi assentiu com veemência, concordando.

— Desde que eu tenha acesso a eles — disse Yeeran.

Vyce fungou antes de olhar para a irmã.

— Ela precisa ser treinada. Não podemos deixá-la usar magia toda vez que a raiva der as caras.

Chall assentiu em concordância.

— Mas em segredo. Não podemos deixar que saibam que ela não é feérica de verdade nem que não sabemos como as habilidades dela vão se desenvolver.

— Furi. — Vyce usou o nome da filha como um chicote. — Você vai treiná-la.

— Como é que é? — disseram Furi e Yeeran em uníssono.

Vyce as ignorou e prosseguiu:

— E, Nerad, você pode ensinar-lhe os costumes feéricos, assim ela não causará nenhum problema, principalmente com os ministros do gabinete. Há aqueles que usarão essa oportunidade para influenciar qualquer discordância a favor deles. Vocês dois a treinarão por três meses.

Nerad assentiu, aparentemente bem menos irritado que Furi.

— Mãe...

Vyce a interrompeu:

— Assim que os três meses tiverem passado, Yeeran O'Pila será iniciada na guarda feérica.

Embora Yeeran gostasse do som de seu nome combinado ao de Pila, não teve tempo de saboreá-lo. O cenho franzido de Furi sumiu e ela abriu um sorriso largo. A apreensão fez os pelos dos braços de Yeeran se arrepiarem.

Essa era a verdadeira vingança.

— O que é a iniciação?

Vyce umedeceu os lábios antes de responder.

— Antigamente, nós amarrávamos feéricos na Árvore das Almas por doze dias. — Vyce tocou o baobá. — O fragmento, como um presente de nossa divindade sol, dava muito sustento aos feéricos. Depois que descobrimos que aqueles da dinastia Jani são capazes de abrir a fronteira, fazemos a iniciação na superfície, sob o extenuante calor do sol. — Vyce inspecionou as próprias unhas. — O iniciado é deixado sem comida e água... com apenas os raios da nossa divindade de dois rostos como sustento. Veja bem, os feéricos nascem do sol e podem sobreviver sob o calor por bem mais tempo que o elfo médio. Apenas os mais fracos falham nesse teste. Na verdade, há algum tempo não temos nenhum fracasso, não é, Furi?

— O último foi há quatro anos. Teremos um em breve. — Furi pareceu saborear as palavras.

Yeeran entendia o que "fracasso" significava de verdade. Eles sabiam que Yeeran não era feérica, então também sabiam que ela morreria se não recebesse provisões. Era uma sentença de morte, no fim das contas. Mas assim eles evitariam quebrar as próprias regras sobre preservar a vida feérica.

Yeeran pigarreou.

— Quero ficar com Lettle e Rayan nos aposentos deles durante meus meses de treinamento. Quero passar tempo com eles antes da... iniciação.

— Podemos permitir isso — falou Chall.

Todos esperaram com expectativa. Isso poderia ser uma execução prolongada, mas Yeeran a viu como uma oportunidade. Em três meses, eles a levariam para a superfície.

E aí ela escaparia.

— Se vocês concordam com meus termos, eu concordo com os seus.

Não houve contrato nem aperto de mãos. As rainhas assentiram uma vez e então partiram por uma porta nos muros do palácio. Nerad as seguiu com um sorrisinho inocente.

Furi se demorou, o olhar como fogo queimando a pele de Yeeran.

— Você sabe qual é a melhor coisa na iniciação? Família e amigos são encorajados a assistir.

Amnan rondava Furi, um predador prestes a atacar. Ele rosnou baixo para Pila, cujas orelhas pontudas estavam abaixadas contra o crânio.

— Uma promessa é uma promessa, e eu disse que sua irmã iria te assistir morrer.

Yeeran teve que acalmar o tremor em seus lábios enquanto Furi partia. Quando a sombra dela e de Amnan desapareceu, ela deixou o sorriso desabrochar.

Furi tinha deixado passar uma pequena informação que dera esperança a Yeeran: tanto Rayan quanto Lettle também seriam levados à superfície.

Seria uma tempestade perfeita para escapar.

Yeeran e Pila ficaram sozinhas por menos de um segundo antes que Berro aparecesse.

— Devo levar você até sua irmã antes de conduzir vocês duas aos seus aposentos.

Pila esticou as patas dianteiras antes de se chacoalhar e endireitar a postura, deleitando-se no alívio de Yeeran.

Não vamos morrer hoje?, perguntou ela.

Não, não vamos morrer hoje.

Yeeran não ficou remoendo quando a morte delas seria. Por ora, aquilo era suficiente.

CAPÍTULO DEZESSEIS

Lettle

Lettle olhou para o chão, esperando ver desgaste na pedra que tanto pisoteara. Mas os paralelepípedos estavam suaves e sem sinal de marcas. Ela não havia parado de andar de um lado a outro desde que Berro os levara de volta para a cabana.

Ela se aproximou da porta e bateu nela mais uma vez. Havia uma hora que os guardas não respondiam mais.

— Lettle, não adianta. Você está apenas se machucando — disse Rayan.

Ele tinha razão. As mãos dela estavam feridas de tanto atingir a madeira. Mas, se parasse, se não tentasse pelo menos, então as lágrimas começariam a cair.

— Você acha que eles seguiram com a execução depois que ela desmaiou?

Rayan estava sentado na cama, os braços cruzados atrás da cabeça. A única indicação de que estava estressado era a rigidez de seus ombros.

— Não sei. Mas sei que continuar se machucando não vai ajudar.

Lettle bateu na porta mais uma vez, só por precaução.

Dessa vez, ela foi aberta.

Ali, nos degraus, estava Yeeran.

Lettle voou para os braços da irmã.

— Eles me disseram que você ia morrer. Que seria executada. — Lettle chorou no ombro da irmã. Em um momento de pânico, ela interrompeu o abraço e observou Yeeran à distância de um braço. —

É você, não é? Eles não têm uma magia que transforma um feérico em você?

Ela se parecia com Yeeran, só com os olhos um pouco cansados. O maxilar orgulhoso, o leve aroma de cedro, a sobrancelha torta que se ergueu em zombaria às palavras de Lettle.

— É você mesma, que bom. — Lettle a agarrou de novo.

Enquanto olhava por cima do ombro de Yeeran, ela viu um obeah à sombra da irmã. O animal observava Lettle intensamente.

— Yeeran... tem um obeah atrás de você que parece que vai me matar.

Yeeran se virou, buscando a ameaça, o olhar passando além da fera que Lettle vira antes de se dar conta de a quem ela se referia.

— Ah, essa é Pila — disse Yeeran, suspirando aliviada.

— Pila? Você sabe o nome da fera?

— É melhor vocês virem comigo. Temos novos aposentos no palácio.

Lettle pôs a mão na cintura.

— Do que você está falando?

— Só venham. Devemos voltar à Floresta Real com esses meus amigos.

Lettle nem sequer percebera que a guarda dobrara de tamanho.

O cabelo cinzento de Berro caiu para o lado enquanto ela inclinava a cabeça para Lettle.

— Olá, elfa.

Yeeran segurou Lettle pelo cotovelo.

— Vamos. Contarei tudo quando chegarmos lá.

Havia algo no tom de Yeeran. Um aviso.

— Está bem.

Lettle se virou para chamar Rayan, mas colidiu contra o peito dele. Era como dar de cara com um muro.

— Seus músculos são feitos de pedra? — sibilou ela, embora não pudesse evitar admirar a forma de Rayan.

Ele deu um sorrisinho antes de se voltar para Yeeran.

— Bom vê-la viva, coronel.

— Obrigada — disse Yeeran, endireitando a postura. — Mas é melhor irmos, minha liberdade é frágil e breve.

155

❧❦

Lettle levou a sério o aviso de Yeeran e não fez nenhuma pergunta na caminhada deles até o palácio. Sua língua estava vermelha e ferida de tanto ser mordida, os lábios coçando com a vontade de saber mais.

Enquanto caminhavam pela Floresta Real, as sombras das árvores se alongavam e tentavam alcançar os tornozelos de Lettle. Ela não gostava da floresta. Tudo ali parecia observá-la. O cheiro de musgo era opressivo e nauseante, enchendo sua boca com o gosto de terra e sua mente com a lembrança de cavar o túmulo do pai.

— Argh.

Um pássaro voou baixo na direção dela, as penas de um rosa cru como um corte no céu.

Yeeran se virou, e a obeah ao lado dela fez o mesmo.

— Foi só um pássaro — esclareceu Lettle.

Yeeran assentiu, a preocupação diminuindo em seu olhar. A mão dela, distraída, tocou os chifres da obeah e Lettle franziu a testa, confusa com o ato íntimo.

O que aquela criatura era para a irmã?

— Por aqui — disse Berro, estendendo uma mão graciosa para uma clareira.

O olhar de Lettle foi afastado da fera, indo em direção à abertura na folhagem à frente.

— Pelo amor da lua, esta é a maior árvore que já vi — disse Lettle, vendo o baobá.

Rayan assentiu, os olhos arregalados em fascínio. Ela sorriu para a expressão dele, as rugas da vingança atenuadas pelo espanto.

— Deve ter uns dezoito metros de largura, talvez mais. Dá para construir uma casa no tronco. Talvez *duas* — arfou ele. Lettle riu, e ele virou o olhar brilhante para ela. — Ficaria apertado, mas acho que conseguiríamos.

— Prefiro minha própria casa, obrigada. Na minha *cidade* com minha seita de adivinhos.

A lembrança de como estavam longe do distrito Minguante o fez ficar sério, e ela se repreendeu por tirar o sorriso de seu rosto.

— Há quanto tempo você está com eles? — perguntou Rayan.

— Mais de uma década. Yeeran é minha irmã, mas minha seita... eles são um tipo de família.

Ele assentiu.

— É como me sinto sobre o meu regimento. — Ele se encolheu. — São a única família que me sobrou.

— Sinto muito — murmurou ela, a mão procurando a dele por reflexo. Ela a afastou sem que ele percebesse.

— Como é ter uma irmã? Eu nunca tive nenhum.

Lettle olhou para Yeeran à frente deles e riu alto.

— É horrível! — Isso arrancou um sorrisinho de Rayan, mas não era suficiente. — Mas também é... — Ela buscou uma metáfora que ele entendesse. — É como usar um escudo. É pesado de carregar, mas protege suas partes mais preciosas. Eu amo Yeeran mais do que tudo.

Rayan a olhou de esguelha.

— Não posso dizer o mesmo dos meus colegas no exército... mas minha mãe. Sim, eu a amava mais que tudo.

— Eu não conheci a minha. Ela morreu no campo de batalha depois que nasci.

— Yeeran me contou — falou Rayan, assentindo.

Lettle massageou a testa.

— No entanto, eu ainda sentia a presença dela em Gural. Tenho saudade disso agora.

Ele estendeu a mão para o espaço que os separava, onde a mão de Lettle estivera um momento antes.

— Nós vamos voltar para casa, Lettle.

Ela olhou para onde os dedos dele permaneciam, os pensamentos confusos.

— Como é que você sabe?

Lettle podia sentir o olhar dele no dela, embora não tivesse erguido o olhos, incapaz.

— Porque eu me certificarei disso.

Lettle bufou em resposta à arrogância dele, mas tinha que admitir que aquelas palavras a fizeram se sentir melhor. Mais segura.

— Por aqui — chamou Berro. Ela os havia guiado ao redor do baobá em direção a uma escadaria de vidro que levava a uma construção além. Os painéis de vidro flutuavam. — Para não bloquear nenhuma luz do fragmento para a Árvore das Almas — explicou ela.

— Árvore das Almas? Fragmentos? — perguntou Lettle.

Berro apontou para o baobá.

— A Árvore das Almas. — E então apontou para o teto de cristal de fraedia. — O fragmento.

Se Berro pensou que isso era explicação suficiente, era porque não tinha estado cara a cara com a curiosidade de Lettle antes, mas a guarda a interrompeu antes que pudesse falar:

— Vão subindo.

Lettle escancarou a boca.

— Você quer que a gente suba nisso?

Berro lhe lançou um olhar franco.

— É perfeitamente seguro. Os painéis de vidro são mantidos no lugar pela magia da dinastia Jani. Eles só vão cair se as rainhas morrerem. — Ela deu um sorriso sarcástico. — E isso não acontecerá enquanto eu fizer parte da guarda feérica.

Yeeran foi à frente com a obeah, Pila. Os sapatos dela bateram no vidro quando subiu na plataforma elevada. Lettle fez uma careta para disfarçar o medo. Rayan foi em seguida, mas, em vez de seguir em frente, virou-se e estendeu a mão para Lettle.

— É firme, você ficará bem — assegurou.

Lettle queria estender a mão de volta, sentir-se segura, mas os sorrisinhos dos guardas atacaram seu orgulho.

Ela o afastou do caminho e marchou degraus acima, de cabeça erguida.

— Aquela ali age como se fosse rainha — disse um dos guardas.

Lettle encarou como elogio.

Ela suspirou aliviada quando os pés tocaram os paralelepípedos da construção acima.

Yeeran havia parado no topo da escadaria, onde um arco de pedra se abria para um longo corredor. Seu olhar estava paralisado em uma escultura que brotava da parede. Era um homem em cima de um obeah. Ele segurava um sabre de ouro, um rubi enorme incrustado na empunhadura. Dois diamantes amarelos preenchiam o mármore de seus olhos, que brilhavam para Lettle à luz do fragmento.

— Assustador — comentou. — Quem é ele?

A placa aos pés da escultura tinha se desgastado, removendo qualquer referência ao nome da pessoa.

— É o príncipe que sua irmã assassinou — disse Berro, curta e grossa.

Lettle encontrou os olhos de Yeeran, os quais estavam vermelhos e brilhantes. Era a primeira vez que Yeeran via a pessoa por trás do obeah que matara.

Lettle apertou a mão da irmã.

Berro as mandou prosseguir.

O corredor dava vista para a floresta abaixo, fazendo Lettle se sentir enjoada ao olhar para o topo das árvores. Elas pararam a mais ou menos dez metros da escadaria central. Berro entregou uma chave para Yeeran.

— Não sei como você conseguiu, mas aqui estão as chaves de seu novo aposento.

Yeeran deu um sorriso contido para Berro.

— Tem uma portinhola na janela para a sua obeah — prosseguiu Berro. — Leva a uma escadaria que dá diretamente no pátio central, onde sua fera pode pastar. A comida será enviada para seus aposentos. Ficou decidido que acessar o salão de jantar será proibido para sua segurança. Embora vocês não sejam prisioneiros, recomendo que fiquem dentro destas quatro paredes, a não ser que tenham a escolta de um feérico. Nem todos da minha raça *perdoam* seus crimes.

A provocação pareceu acertar Yeeran bem no meio dos olhos, e ela deu um passo para trás. Lettle se viu cara a cara com Berro, com os dentes à mostra. Rayan a segurou pelo braço com firmeza.

— Deixe pra lá — disse ele no ouvido dela.

Berro deu a Lettle um olhar de pena, como se a elfa fosse uma joaninha na qual ela pisou.

Lettle sibilou para a guarda.

— Coloque uma rédea nessa aí, Rayan — disse Berro. E a forma como disse o nome de Rayan, cheia de calidez e possibilidade, fez Lettle querer destroçar sua garganta.

Berro deu um sorrisinho e fez um sinal para a guarda feérica. Eles deram meia-volta e partiram.

Lettle livrou-se do toque de Rayan e marchou para dentro dos novos aposentos.

O corredor se abria para uma sala de estar com quatro sofás de veludo verde posicionados ao redor da janela saliente, que dava para um pátio interno no centro do palácio, onde um pomar de frutas crescia. Lettle podia ver uma pequena manada de obeahs pastando à luz do crepúsculo iminente.

À direita da janela, tinha uma mesa de jantar. Era feita de um mogno rico, marmorizada pelos nós do tempo. Havia um punhado de fraedia no centro da sala, em uma bacia de cobre.

Yeeran se ajoelhou ao lado dela.

— Tanta fraedia... — sussurrou ela.

— Nossas bolsas de viagem! — Lettle correu para a bolsa e a revirou até encontrar o diário de profecias. Ela o apertou contra seu coração acelerado, sentindo o calor de casa emanando das páginas.

Aquelas eram as últimas profecias que faria?

A verdade fez o diário pesar feito pedra. Ela não poderia mais matar um obeah para falar com os Destinos. Fazer isso significaria matar um feérico. Ela sentiu parte de sua identidade sumir enquanto colocava o diário de volta na bolsa.

— Eles pegaram meu tambor — comentou Yeeran, baixinho.

Lettle seguiu por um pequeno corredor, que conduzia a quatro quartos, cada um com um vaso canalizado. Lettle reivindicou o que tinha a maior cama, aquele mais perto da sala de estar.

Rayan localizou o paralelepípedo que revelava a escadaria até o banheiro, que era bem mais distante do que na cabana onde estiveram.

Enquanto exploravam, Pila seguia Yeeran. Lettle afastou-se da obeah. O animal parecia em casa ali, como se o palácio tivesse sido construído para acomodar a largura dos chifres e a altura do corpo das feras. As portas eram mais largas; os cômodos, maiores.

Isso fez Lettle se sentir ainda menor do que já se sentia.

Depois de explorarem todo o local, eles se sentaram nos sofás de veludo.

Lettle virou-se para Yeeran.

— Tá, em nome das três divindades, o que está acontecendo?

CAPÍTULO DEZESSETE

Lettle

— Você é vinculada a uma obeah? — perguntou Lettle.
— Sou. — Yeeran assentiu. A obeah sentava-se aos pés dela.
Lettle sentiu uma pontada inesperada de inveja.
— E essa... criatura... pode falar dentro da sua cabeça?
— Isso.
— E agora você também consegue fazer magia feérica?
— É o que parece.
Rayan estava sentado em silêncio, de pernas cruzadas, observando a cena. Foi só quando o silêncio cresceu que ele acrescentou sua própria pergunta.
— Eles vão anunciar que você tem linhagem feérica?
Yeeran assentiu.
— É possível que seja verdade?
Lettle respondeu à pergunta para ele:
— Nós já traçamos nossas linhagens. Somos aldeia Minguante até os ossos.
Yeeran deu de ombros e desviou o olhar.
— A essa altura, quem é que sabe? Talvez alguém na linhagem do meu pai fosse de fato feérico. As rainhas disseram algo sobre lixar dentes como se fosse uma possibilidade. Sem essa distinção, como saberíamos quem era feérico?

Rayan se remexeu, descruzando e cruzando as pernas, com um leve franzir na testa. Lettle viu a mandíbula dele se mexer enquanto o homem passava a língua pelos próprios caninos, considerando a possibilidade.

Lettle balançou a cabeça em negativa.

— Isso não faz sentido. Os feéricos foram restringidos a Mosima. Golan disse que só faz trinta anos que conseguiram sair pela primeira vez. Isso significa que nossos ancestrais feéricos eram anteriores à maldição. Isso foi mil anos atrás. Decerto a linhagem teria sido diluída desde então, certo?

Yeeran não tinha resposta para isso, e o silêncio tornou a crescer. Foi só quando assentiu suavemente que Lettle percebeu que ela falava com a obeah.

Lettle se irritou e se levantou.

— O que a gente vai fazer? Ficaremos aqui, presos, para sempre?

— Não. — A voz de Yeeran soou firme, contendo a onda de pânico de Lettle. — Vamos sair daqui.

— Como?

Algo brilhou no olhar de Yeeran. Lettle não sabia o quê, mas não gostou.

— Daqui a três meses eles vão nos deixar ir à superfície.

— Por quê?

O olhar de Yeeran tornou a mudar.

— É parte do treinamento pelo qual tenho que passar, uma iniciação à qual amigos e família são convidados. Será nossa chance de ir embora.

— O que é essa iniciação? E como vamos fugir?

— Ainda não sei como vamos fugir. Isso é parte do que precisamos planejar.

Lettle percebeu que Yeeran não respondeu à pergunta sobre a iniciação. Ela estava prestes a perguntar de novo, mas Rayan a interrompeu:

— Temos três meses para descobrir. Você pode aprender tudo o que puder sobre o seu poder. Lettle e eu podemos explorar Mosima. Talvez a gente nem tenha que esperar até a iniciação.

Yeeran assentiu.

— Nós nos reuniremos todas as noites para compartilhar detalhes.

Lettle se levantou e foi pegar o diário de profecias. Ela o abriu e viu a previsão que fizera na estrada.

Sob a lua crescente que ninguém pode ver, quando o sol brilhar e o crepúsculo reinar. Uma parceria conturbada morrerá quando o veneno passar por seus lábios. Um ouro, outro pérola.

Ela suspirou.

Minha última profecia.

Ela colocou o diário diante de Yeeran.

— Já que não vou mais precisar disto, nós podemos usá-lo para tomar notas, registrar qualquer coisa importante.

Yeeran deu a Lettle um olhar empático antes de assentir.

— Sim, talvez eu possa trocar o caderno com Salawa pela minha liberdade. A verdade é melhor que qualquer pele de obeah.

Rayan olhou de Lettle para Yeeran e disse com a mesma confiança de antes:

— Nós vamos voltar para casa.

Os três se deleitaram com o pouco de esperança que tinham.

Pila se levantou, ouvindo algo que os outros não conseguiam. Alguns segundos depois, soou uma batida à porta.

Ela foi aberta antes que qualquer um deles pudesse atendê-la.

Um homem que parecia mais velho estava à soleira dos aposentos deles. Seu rosto tinha um sorriso radiante que revelava os caninos achatados.

Yeeran se levantou e o cumprimentou com uma batida no próprio peito como saudação. Enquanto ele devolvia o cumprimento, Lettle percebeu como os dois pareciam farinha do mesmo saco — ou, talvez, do mesmo uniforme. Ambos de postura reta, braços cheios de músculos e uma aura de liderança que Lettle achava deselegante. Rayan não era assim, no entanto, não até que lhe dessem um tambor. Então algo mudava nele e se tornava a arma desgastada pela batalha de seus camaradas.

Aquilo Lettle não achava deselegante… nem um pouco.

— Quem é você? — perguntou Lettle para interromper seus pensamentos errantes.

— Lettle, este é Komi. Ele estava na cela oposta à minha. A soltura dele faz parte do acordo que fiz.

Lettle espiou o homem. O bigode fino e curvado nas pontas que ele usava era de um estilo popular na década anterior. Tanto que aqueles que não conseguiam ter barba compravam o estilo já pronto e colavam o bigode no rosto. Lettle também tentara estar na moda, mas tinha tão pouco dinheiro que usara seiva de árvore em vez de cola de peixe. O resultado fora uma depilação brutal que arrancara uma camada de sua pele. Yeeran rira disso por semanas.

— O que você fez para ser capturado? — perguntou Rayan, a voz cheia de desconfiança.

— Encontrei os feéricos nos Pântanos Devastados e, quando os segui até a caverna que leva a Mosima, eles me capturaram e me mantêm aqui desde então.

Yeeran puxou Komi para o centro da sala.

— De que aldeia você é? — Os olhos de Rayan ainda brilhavam com desconfiança.

Komi riu, seus longos dreadlocks batendo no peito, mas quando Rayan não devolveu o sorriso ele ficou sério e disse:

— Crescente.

Lettle viu Rayan inflar as narinas.

Yeeran moveu a mão na direção dele.

— Não importa, Rayan. Ele é elfo. É um de nós.

Komi assoviou baixo e começou a vagar pela sala com uma expressão suave de fascínio. Havia algo detrás de seu olhar que sugeria que ele não estava totalmente presente. O isolamento roubara partes dele, Lettle teve certeza.

Ela se virou e roubou um olhar na direção de Rayan. Os nós dos dedos dele estavam pálidos contra o apoio de braço de veludo.

— Seu problema com o Tirano de Duas Lâminas não tem propósito aqui. É hora de deixar essa briga de lado — disse ela, baixinho, esperando acalmá-lo, sabendo que qualquer coisa que o lembrava da aldeia Crescente reacendia o fogo da vingança.

O olhar dele brilhou.

— Ainda temos que lidar com os feéricos. — A voz dele soou baixa e profunda. — E, se for preciso, acabarei com todos eles para libertar você.

Você, não nós. Ela sentiu o estômago se revirar.

Houve um som à porta e um serviçal apareceu com uma bandeja de comida.

Lettle observou os pratos enquanto passavam.

— São todos... *vegetarianos.*

O serviçal olhou com desdém para Lettle.

— Não comemos outros.

— Não estou falando de outros. Estou falando de coelhos, cervos, carne. Eu não dispensaria nem sequer um esquilo assado agora.

O serviçal balançou a cabeça.

— Não comemos outros.

— Deixa, Lettle. Está muito bom — disse Yeeran, conduzindo Lettle para a mesa na qual os elfos se reuniam.

Eles se sentaram ao redor da mesa de jantar de madeira, que tinha quatro cadeiras.

— Esses quartos... são nossos? — perguntou Komi, de boca cheia. — Sendo sincero, não consigo acreditar.

— Consigo ver os ramos de couve-flor dentro da sua boca — apontou Lettle, fazendo uma careta.

Komi abriu ainda mais a boca e balançou a língua rosa, salpicada de comida mastigada. Lettle riu, talvez porque fosse uma resposta tão infantil vinda de alguém com aparência tão régia.

Rayan riu também, e logo Yeeran se juntou aos dois. Parecia tão normal rir e aproveitar a companhia um do outro. Não importava o que o amanhã traria. Por enquanto, sob aquele teto nos aposentos que eles chamavam de seus, eles eram livres.

Ainda que por pouco tempo.

⚖️

Lettle teve um sono inquieto apesar da maciez dos lençóis. Ela ficava acordando assustada e se perguntando onde estava. Às três da manhã, desistiu e foi para a sala.

Enquanto se aproximava do fogo, assustou-se com o brilho de dois olhos a encarando de volta.

— Pelos três deuses, você quase me matou de susto.

A obeah inclinou a cabeça, os chifres roçando no sofá de veludo.

Lettle ficou na soleira da porta, desconfortável em estar sozinha na sala com o animal. E se fosse atacada?

Não, a fera agora está vinculada a Yeeran. Se os feéricos estão certos, então esta obeah é parte dela agora. E Yeeran jamais me machucaria.

Lettle passou o peso do corpo de um pé a outro.

A escuridão se acumulava nos cantos, onde a luz do fogo não alcançava. Não havia lua em Mosima, apenas a escuridão do outro rosto da divindade feérica.

— Não consegui dormir — explicou ela para a criatura.

Parecia tolice conversar com um animal. Ainda mais um que era parente dos inúmeros que ela abrira para ler as entranhas. Ela ficou taciturna.

— Jamais conseguirei fazer adivinhação outra vez, não é?

Lettle sentiu muitíssimo o luto dessa perda. Como sabia a verdade sobre quem eram os obeahs, jamais poderia matar um outra vez. Aos olhos dela, eles não eram mais presa, mas sim pessoas.

Pila bufou, inflando as narinas enquanto se levantava.

Lettle deu um passo para trás, mas Pila foi mais rápida. Antes que Lettle pudesse arfar, a obeah estava ali, o focinho na mesma altura que o nariz dela.

Pila tinha um leve cheiro de pêssegos e grama e o aroma específico de pelo animal. Seus chifres eram bem mais altos que a cabeça de Lettle e, enquanto os observava, percebeu que eram um pouco iridescentes, como o interior de uma concha.

Depois do choque inicial, Lettle soube que não corria perigo. A obeah queria apenas observar de perto. E observar foi o que fez, com olhos da cor do luar e cílios tão grossos e longos quanto os de um camelo.

Lettle estendeu a mão para acariciá-la, como vira Yeeran fazer, mas Pila deslizou para trás, as garras batendo no chão de pedra.

— Desculpe — disse Lettle, se perguntando qual era a etiqueta.

Pila piscou devagar, como se dissesse: *está tudo bem. Vai ficar tudo bem.*

— Obrigada.

Pila assentiu e tornou a se sentar.

Lettle foi até o sofá de veludo e afundou-se nele, seus ossos cansados. Ela massageou o braço esquerdo, os músculos atrofiados doendo por conta da exaustão. Os últimos dias haviam cobrado seu preço. Ela raramente tomava analgésicos. A dor era um amigo constante e confiante que Lettle recebia de braços abertos. Ela atenuava a verdade de seus pesadelos.

Pila também estava com o olhar pesado enquanto observava Lettle do outro lado da sala. Ela piscava cada vez mais devagar.

E então fechou os olhos.

ço ço

Lettle acordou assustada. Não se lembrava de ter adormecido. O fragmento brilhava, entrando pela janela saliente, iluminando a sala de estar vazia com seu brilho dourado. Pila não estava ali e Lettle se perguntou se a criatura havia saído pela portinhola que levava ao pátio abaixo.

Toc. Toc. Toc.

Ela enfim se deu conta do som que a despertou.

Lettle se arrastou até a porta e a abriu.

Um serviçal com olhos grandes e arredondados lhe entregou uma bandeja de comida para o desjejum.

Komi entrou na sala como se o aroma do café da manhã o tivesse invocado.

— Ninguém mais acordou?

Lettle esfregou os olhos sonolentos.

— Não, e nem eu estou acordada.

Komi pegou a bandeja e a colocou na mesa de jantar com um retinir. Ele bateu algumas das canecas umas nas outras, só para garantir.

— Que barulheira é essa? — Yeeran apareceu com Pila.

Komi piscou para Lettle.

— Seu café da manhã a espera.

Lettle sentou-se à mesa e estendeu a mão para o pão e a manteiga na bandeja. Enquanto erguia um prato, viu um pedaço de pergaminho.

— Eles enviaram uma carta.

Era selada em dourado, com um emblema de sol no meio.

Lettle abriu e encontrou um texto que não entendia. Komi olhou por cima do ombro dela.

— Está em feérico.

— Ah — exclamou Lettle, soltando a carta.

— Dormiu bem? — Yeeran perguntou a ela.

As frases dela seriam curtas até que tomasse café. Lettle serviu uma caneca para a irmã, que a aceitou, grata, antes de se sentar à sua frente.

— Não foi péssimo. — Lettle se perguntou quanto do encontro delas de madrugada Pila havia contado a Yeeran.

Quando Yeeran não pediu maiores detalhes, Lettle soube que Pila contara tudo. O fato de a presença de Yeeran ter crescido e encapsulado outra deixava Lettle desconfortável. Por tanto tempo havia sido apenas as duas.

Yeeran pegou a carta e franziu a testa.

— Consigo ler — disse ela.

— Consegue? — perguntou Lettle.

— Desde que me vinculei a Pila, consigo ler e falar feérico como se fosse minha língua materna.

— Mas não é — irritou-se Lettle.

Yeeran largou a caneca de café.

— Eu sei disso, Lettle. — Ela passou a mão no rosto. — A dinastia Crepúsculo...

— Crepúsculo? — perguntou Lettle, a palavra invocando algo em sua memória.

— Ah, desculpe, dinastia Jani, a palavra significa crepúsculo em feérico.

Lettle franziu a testa, mas não conseguiu lembrar por que isso era importante.

— A dinastia Jani está nos convidando para um banquete de vínculo esta noite para celebrar... Pila e eu.

Desanimada, Yeeran bateu a cabeça na mesa.

Rayan entrou bocejando.

— Eu dormi bem demais — anunciou. Então olhou para Yeeran.

— O que ela tem?

— Acabou de descobrir que haverá uma festa para celebrar o vínculo.

Yeeran grunhiu na mesa, a voz abafada enquanto dizia:

— Eu não vou.

Outra batida soou à porta, mais alta que um punho batendo na madeira.

Quando Lettle a abriu, sabia quem encontraria. Ela sorriu, dando boas-vindas a ele.

— Golan.

O feérico entrou, a bengala batendo nos paralelepípedos com um som satisfatório.

— Só tenho seis horas para preparar todos vocês para o banquete de vínculo, então não há tempo para papear.

Golan foi em direção a Yeeran primeiro.

— É você quem tem sangue feérico? — perguntou.

Yeeran assentiu, embora sua expressão permanecesse levemente embrulhada.

Acontece que esperavam que todos eles aparecessem em completos trajes feéricos tradicionais. Golan mostrou as vestes que trouxera. E todas eram tão diáfanas e transparentes quanto a seguinte.

— Gosto desse.

Lettle pegou um top vinho brilhante que chegaria pelo menos em seu diafragma. As mangas caíam até o chão em babados que ela achava bem charmosos. O padrão que atravessava o centro da peça era geométrico.

O olhar de Golan reluziu de prazer.

— Também pensei que esse ficaria maravilhoso em você, com essa capa roxa-escura.

— O que a tecedura significa? — perguntou ela, lembrando que ele dissera que cada padrão era nomeado pelo alfaiate.

— Ah. — Ele sorriu, satisfeito por ela lembrar. — Esta é chamada de "crescer em tolerância, definhar em obstinação".

— O que isso quer dizer?

— A pessoa alfaiate é amiga minha e eu perguntei a mesma coisa. Elu disse que se trata de ter mente e coração abertos.

Era uma resposta insatisfatória para Lettle. Mesmo assim, o padrão era lindo, então ela o usaria com orgulho.

— E para a dama da noite — prosseguiu Golan. — Este terno de seda de ouro. As mangas talvez sejam um pouco longas e eu não tenho tempo para costurá-las. Você terá que tomar cuidado quando dançar.

Yeeran grunhiu.

— Eu não vou dançar, não se preocupe.

Golan pareceu ofendido.

— Você deve dançar. É a melhor parte de um banquete de vínculo.

— Bem, nós nem sabemos o que é um banquete de vínculo, então como é que saberíamos disso? — interrompeu Yeeran, as bochechas corando.

Lettle viu que a irmã relutava, pouco acostumada a se ver em uma situação além de seu controle.

— Banquetes de vínculo são dados pelos recém-vinculados — disse Golan —, embora, é verdade, poucos sejam dados pelo palácio. Suponho que isso tenha mais a ver com política que tudo. — Golan ergueu uma sobrancelha imaculada para Yeeran, mas ela não lhe expressou nada.

— Tem dança e o que mais?

— Comida, bebida, tudo de alegre.

— Divertido. — Yeeran disse a palavra como se fosse uma sentença de morte.

Lettle riu. Ela amava dançar. Não havia muitas oportunidades para isso em Gural, mas, durante a colheita e o primeiro festival da neve, Lettle sempre era a última a deixar a pista de dança.

Ela tocou o tecido do vestido.

— A última vez que usei um vestido dessa cor foi na minha cerimônia de graduação. Você lembra, Yeeran?

Era um comentário afiado. Yeeran não fora: um ataque inesperado da Crescente exigira sua presença no Campo Sangrento, e seu tempo de licença tinha sido rescindido.

— Lembro — disse ela, os olhos perturbados.

Fora uma das muitas vezes que Lettle foi abandonada pela irmã.

— Graduação? — perguntou Golan.

— Sim, eu era estudante de adivinhação. — A melancolia permeava sua voz.

Komi interrompeu a conversa deles ao entrar na sala usando a longa túnica que Golan lhe dera. Era feita de algodão azul finamente tecido, com uma cinta vermelha cintilante.

— Não é linda? — Ele girou, o cabelo chicoteando ao redor. — Até parece que sou um feérico.

Depois de dez anos na prisão, Komi poderia ser mais amargo, mas em vez disso encontrava alegria em tudo. Lettle estava feliz por ele ser parte do grupinho deles.

— Você está perfeito, só preciso fazer sua maquiagem. Cadê o outro? — disse Golan. — Apareça, bonitão.

Houve um suspiro, um engolir em seco e então passos.

Rayan usava uma longa capa de seda prateada fiada que ia até o chão. O colarinho era alto e pontudo, roçando suas orelhas. Ele não usava nada além de seus músculos por baixo, e um short largo feito do mesmo tecido.

Lettle ficou boquiaberta e tornou a fechar a boca às pressas.

Houve uma tossida e então uma risada, e Lettle voltou o olhar para Yeeran, que tampava a boca para abafar o riso.

— Você está ridículo — disse ela.

Rayan corou.

Komi foi até ele e lhe deu um tapinha nas costas.

— Não dê ouvidos a ela, ela tem mal gosto. Eu acho que você está ótimo.

— Concordo — adicionou Golan.

— Eu também — disse Lettle, baixinho.

Rayan semicerrou os olhos para ela. Um sorriso apareceu em seu rosto. Lettle apressou-se em afastar o olhar.

— O que significa esta tecedura? — perguntou ele para Golan quando Lettle interrompeu o contato visual.

— Bem... a sua significa "desejos da noite".

Lettle se engasgou com a saliva.

Todos na sala olharam para ela. A expressão de Rayan era travessa, como se ele soubesse exatamente o que ela estava pensando.

Que a veste foi nomeada corretamente.

Ela pegou o top cor de vinho.

— Vou ali experimentar isto.

Ela correu da sala, mantendo o olhar longe do de Rayan. Embora sentisse o dele queimar em suas costas.

CAPÍTULO DEZOITO

Lettle

Golan dissera que levaria seis horas para aprontá-los, e levou mesmo. Ele retrançou o cabelo de Lettle, refez os dreadlocks de Komi e, então, perfumou o couro cabeludo deles com óleo de menta. Ele raspou as laterais da cabeça de Yeeran e Rayan, ambos preferindo manter o corte de combatente. Depois, ainda aplicou uma maquiagem elaborada no rosto deles.

Para Lettle, ele optara por videiras brancas pela testa e bochechas, enquanto Yeeran queria uma pincelada mais sutil de ouro que ia de orelha a orelha, passando pelo rosto. As mãos deles foram esfoliadas e então mergulhadas em tinta dourada até os nós dos dedos.

Quando Golan terminou, o grupo estava maravilhoso.

O banquete de vínculo acontecia na Floresta Real. Golan os conduziu, embora refazer os passos pela escadaria de vidro fosse simples o bastante.

— *Man saeakum hurack allaylah?* — disse Yeeran.

Lettle olhou para ela, confusa. Apenas Golan pareceu compreender.

Yeeran devia ter percebido que falou em feérico e deu aos elfos um sorriso de desculpas.

— Desculpem, ainda não estou acostumada a falar duas línguas.

— Respondendo à sua pergunta — disse Golan em élfico. — Haverá muitas pessoas no banquete, mas as mais importantes para você serão as do ministério... os feéricos que governam Mosima. Eles são os cinco membros mais velhos da guarda feérica, o chanceler do tesouro, o ministro da agricultura e assim por diante. Burocratas e afins. Vocês têm isso nas Terras Élficas?

— Temos. — Yeeran comprimiu os lábios e Lettle imaginou se ela estava pensando em Salawa.

Lettle sentiu o nariz se torcer em um rosnado ao pensar na cabeça de aldeia. Yeeran uma vez dissera que ela e Lettle eram similares. Lettle jamais tinha ficado tão ofendida.

— Por que você está com essa cara? — perguntou Rayan, a voz baixa e rouca.

— Ah, nada.

Eles entraram na floresta e a viram tomada de lampiões. Mas, conforme se aproximavam, Lettle percebeu que não eram lampiões, e sim pequenos lagartos com asas e cabeças bulbosas brilhantes.

— Nunca vi nada assim…

— Os planadores estelares? As rainhas os atraíram para cá. A magia da dinastia Jani é vinculada a esta terra — disse Golan.

— O que isso quer dizer?

— Que elas estão no controle. De tudo. — O sorriso de Golan era rígido enquanto os guiava para o centro da festa, onde feéricos vestiam capas gloriosas de seda e bons tecidos. — Elas têm uma conexão com o próprio coração de Mosima, animais, plantas, terra… todas essas coisas têm um vínculo de alma com a dinastia Jani.

— Mas *o que isso quer dizer?* — repetiu Lettle.

Estava ficando frustrada por não entender tudo o que havia para entender.

— Veja as flores que nascem aos pés delas. Vê como as de Vyce são cardos e as de Chall são rosas? Isso me diz que Vyce está particularmente irritadiça hoje. A terra reagiu ao humor dela. E foi necessário muito controle para ter feito crescer *apenas* aquela planta; no início do reinado dela, campos de cardos cresciam na Floresta Real.

Lettle observou o pé de Vyce tocar distraidamente a parte superior de um cardo na extremidade de seu trono. Ao lado dela, o sorriso da rainha Chall era iluminado por um círculo de planadores estelares que se reuniram na coroa dela.

— Fascinante.

A atenção de Lettle foi atraída para uma banda tocando ao lado de um aglomerado de árvores, a música era uma linda e assombrosa melodia que crescia em intervalos estranhos. Fogo queimava em uma bacia dourada em uma plataforma diante dos tronos. Reluzia, aquecido, no corpo daqueles dançando por perto enquanto seus obeahs se movimentavam por entre as multidões. Uma montanha de comida estava distribuída pelas mesas de carvalho nas extremidades. Voando, pássaros entravam e saíam da clareira, e uma família de tartarugas passeava por ali.

— Isso é incrível — disse Rayan, e Lettle concordou.

A floresta, assustadora e cheia de sombras inconstantes antes, agora estava acesa pelas festividades.

Quando eles entraram na clareira, a música parou.

A rainha Vyce, que Yeeran dissera ser a mais alta das duas, e mãe de Furi, estava de pé no centro.

— Nós damos as boas-vindas a Yeeran O'Pila a Mosima como uma descendente voltando para casa. Que as faces da nossa divindade brilhem sobre seu rosto.

— E que brilhem sobre o seu — murmurou a congregação.

Yeeran passou o peso do corpo de um pé a outro, chutando a terra com suas sandálias decoradas com joias. Lettle enganchou o braço no dela, puxando-a para mais perto para dar-lhe forças.

A irmã lhe lançou um sorriso grato.

A música recomeçou e logo os feéricos voltaram às suas conversas como se os elfos nem sequer estivessem ali.

Furi apareceu ao lado de Yeeran. Estava estonteante em um vestido azul-claro, com duas frestas até as coxas.

— Desluz. — Furi cumprimentou Golan com um aceno curto.

Golan fez uma reverência em resposta.

— Devo apresentá-la ao ministério — disse Furi para Yeeran. — Venha.

Ela estendeu a mão para Yeeran, que a segurou com uma careta.

— E sorria, você quer que essas pessoas gostem da sua pessoa — Lettle ouviu Furi murmurar enquanto as duas se afastavam. — Elas são sua família há muito perdida, afinal de contas.

Pila apareceu entre duas árvores e passou a acompanhar Yeeran e Furi. Yeeran nem olhou para Lettle enquanto partia.

Yeeran O'Pila. Até mudaram o nome dela.

Rayan vagou em direção a algumas árvores, murmurando sobre "algo que ele queria ver", e Golan rapidamente foi levado por dois jovens para a pista de dança.

— Só nós dois, então — comentou Lettle com Komi.

— Aquilo é queijo? Faz anos que não como queijo! — Komi foi em direção às travessas de comida.

Lettle sorriu e voltou o olhar para a pista de dança. Golan se movia junto à música, a cabeça jogada para trás, os quadris balançando, a bengala em sua mão servindo de apoio e de bastão para girar. Ela se viu sendo puxada para o centro da clareira, a música embalando-a para dançar.

Mas assim que entrou, a multidão se partiu, afastando-se como se ela fosse uma doença.

Alguém cuspiu aos pés dela.

— Sua irmã pode ser feérica, mas você não é. Não suje nossa pista de dança com o sangue de nossos ancestrais nas solas de seus pés.

Lettle reconheceu o rosto da pessoa. Era da guarda que os escoltara até Mosima. Hosta era seu nome.

Uma mão apoiou-se na cintura dela e, pela forma como o toque permaneceu, Lettle sabia que era Rayan.

— O que está acontecendo aqui? — perguntou ele. Era quinze centímetros mais alto que Hosta.

Hosta semicerrou seus olhos azuis.

— Vocês deveriam ser mortos pelo que fizeram com o nosso povo.

Rayan puxou Lettle para trás e tentou tirá-la da linha de visão de Hosta. Ela não teve nem chance de reclamar antes que Rayan abrisse uma mão apaziguadora em direção a Hosta.

— Não viemos aqui causar mal a vocês. — Ele soava contido, quase calmante.

— Mal? Você vem nos falar de *mal*?

Houve um vislumbre de metal e Lettle gritou:

— Elu tem uma adaga, Rayan, cuidado!

— Ah, Hosta, guarde isso. — Golan os encontrara. — Eles são convidados da dinastia Jani, você quer profanar esta noite derramando sangue?

Hosta fez uma careta em seu rosto comprido.

— Não aceito ordens de um Desluz.

— Certo. Bem, vá em frente, esfaqueie nossos novos amigos. — Golan abriu os braços com um ar teatral, esperando que Hosta mordesse a isca.

Houve um segundo no qual pareceu que elu talvez mordesse.

— Golan... — disse Lettle.

Então Hosta deu meia-volta, a capa de seda chicoteando as canelas de Rayan.

— Vocês estão bem? — perguntou Golan.

— Bem — disse Lettle, entredentes.

Tudo o que queria era dançar, mas parecia que isso era perigoso demais ali.

— Talvez vocês devessem ficar perto dos limites da floresta, só esta noite — sugeriu Golan.

Um jovem vestido dos pés à cabeça em joias veio arrastá-lo de volta para a pista de dança.

Rayan e Lettle foram em direção às sombras das árvores.

Ela podia sentir o calor do corpo dele ao seu lado.

— Sinto muito, eu não devia ter te deixado — disse ele.

— Eu poderia ter lidado com aquilo sozinha.

Rayan ganhou pontos, pois não a contradisse.

Ela torceu uma das tranças entre as mãos.

— Aonde você tinha ido agora há pouco?

Rayan desviou o olhar dos olhos implorantes de Lettle, corando um pouco nas bochechas. Isso não ajudou a aplacar a curiosidade dela.

— E aí?

Ele enfiou a mão no bolso e pegou uma pedrinha vermelha. Não, não uma pedra, uma cápsula de semente.

— Vi que você perdeu seu colar na captura e pensei... talvez... não sei. Eu vi isto e me lembrei de todas aquelas sementes que você tinha. Sei que não é o seu dia do nome, mas talvez você possa começar uma nova coleção?

Ele estendeu a pequena conta vermelha para Lettle, que fechou a mão ao redor dela.

A semente estava morna pelo toque de Rayan.

— Rayan... — O nome dele saiu como um fiapo de névoa, e ela tentou outra vez: — Rayan, obrigada.

Ela pôs a semente no bolso.

— Quer dançar? — disse ele, de repente.

— Eles não vão deixar a gente pisar na pista de dança.

— Podemos dançar aqui.

Havia uma calidez no olhar dele que Lettle jamais queria apagar.

— É, podemos.

Ele a conduziu para uma área menor cercada de acácias, mas de onde ainda era possível ouvir a música.

— Você conhece o passo minguante? — perguntou ele.

A dança era parte giga, parte valsa. Claro que ela conhecia. Assim que se tornou capaz de andar, ela aprendeu os passos observando as mães da vila dançando durante as luas cheias.

Em vez de responder, ela conduziu Rayan para o movimento.

Um sorriso encantado apareceu no rosto de Rayan e ele deu um passo para a esquerda enquanto Lettle dava para a direita. Ela bateu os pés duas vezes e ele fez o mesmo. Eles juntaram as mãos no centro e então se separaram e giraram, apenas para se reencontrarem no centro mais uma vez.

Eles dançaram até ficarem risonhos e sem fôlego. Quando a canção terminou, Lettle pôs os braços ao redor do pescoço dele.

— Obrigada. Senti falta disso. Senti falta de *dançar*.

Com gentileza, ele a afastou de seu ombro até que seus narizes se tocassem. Ela sentiu o hálito dele em seus lábios. Tangerina e sálvia.

Havia um nó na garganta dela. Era difícil respirar.

— Lettle — disse ele, rouco.

Ela passou os dedos da ponta das orelhas dele até a mandíbula, e Rayan estremeceu. Ela deu uma risada baixa ao perceber o poder de seu toque.

Seus dedos roçaram um pedacinho de pele um pouco arrepiado na parte baixa da mandíbula dele. Lettle inclinou-se para mais perto, deixando o hálito quente aquecer o pescoço de Rayan.

A marca de nascença era um lindo padrão de pele escura que embelezava a extremidade da barba dele. Ela ficou surpresa por não ter reparado antes.

— Minha mãe dizia que era uma marca do céu. — A voz de Rayan ressoava rouca e baixinha.

Lettle sorriu; parecia mesmo com nuvens.

— Na noite em que ela me teve, uma neblina grossa pairou sobre a Crescente. Ela sempre disse que eu era filho da névoa da tempestade. Mas, para ser franco, acho que essa era uma forma de não me dizer quem era meu verdadeiro pai.

Ele deu uma risada amargada, mas Lettle não ouviu, seus pensamentos estavam abafando todos os outros sons.

Aquela nascida da névoa de uma tempestade será sua pessoa amada. Mas, quando a lua minguante mudar, você concederá a morte a ela.

— A profecia de Imna… — sussurrou ela. — Não. Não pode ser.

O coração dela martelava contra o peito.

— Lettle, o que foi?

— Você… você é… — Ela não sabia como dar voz a seu pânico.

Ele tocou a bochecha dela. Lettle se viu desejando mais que a mão dele sobre seu corpo.

Mas, caso se inclinasse à frente, só um pouquinho, seria o começo do fim da vida dele.

Ela se afastou.

— Eu… me desculpe — disse Rayan, baixinho.

Mas por que ele tinha que se desculpar?

Juntos, eles haviam costurado os primeiros pontos de uma tapeçaria que mostrava um futuro que Lettle jamais considerara até então. E os fios tinham sido cortados. Ela sabia bem que não devia lutar contra uma profecia. Mas lutaria. Precisava lutar.

Amá-lo é matá-lo.

— Não, você e eu, nós não podemos, Rayan. Não podemos ficar juntos.

O calor que ela tão desesperadamente desejara manter queimando se apagou no olhar de Rayan. Por um segundo, ele pareceu magoado, mas então a expressão foi suavizada pelo orgulho até se tornar algo mais impassivo. Isso partiu ainda mais o coração de Lettle.

— Sinto muito mesmo. Pensei que você se sentisse como eu — disse ele, rouco, como uma pedra rachada.

— Não importa, não podemos ficar juntos. É só isso.

Depois de dizer isso, Lettle se virou e correu antes que ele visse as lágrimas em seus olhos.

ᘒᘖ

Lettle fugiu do banquete em direção à escadaria que conduzia aos aposentos deles. A mão dela envolvia a semente vermelha no bolso, o que só fazia apertar ainda mais seu coração.

Ela prendeu a respiração para impedir as lágrimas que ameaçavam cair. Enquanto pisava na escadaria de vidro, viu uma sombra se esticar à direita. Ela hesitou.

Me esqueci rápido demais de que estou em uma terra hostil. Talvez Hosta tenha voltado para terminar o que começou.

Lettle se preparou para correr, a escadaria menos assustadora que as sombras.

— Eu não vou te machucar.

Lettle se virou para encarar a fonte do som. A voz era profunda e rouca. Não combinava com o rosto fino do homem; enquanto a voz dele era rica e rouca, seu corpo era magro e esguio. As roupas que ele usava ficavam penduradas nos espaços vazios que as curvas de Lettle teriam preenchido. Ele havia envelhecido mais que os outros feéricos que ela vira, como demonstravam os fios prateados em suas tranças. As rugas em seu rosto eram leves, mas era nos entalhes delas que ele havia acumulado sabedoria e experiência.

Quando ele falou, Lettle viu o comprimento de seus caninos.

— Sou o vidente Sahar.

Lettle o encarou por cima do nariz.

— Vidente? O que você vê?

O feérico riu, mas não respondeu. Havia algo naquele homem que atraía Lettle, e todo o medo dela passou.

— Por que você não está na pista de dança com os outros feéricos? — perguntou ela.

Sahar sorriu, mas pareceu mais um sorrisinho.

— Não me misturo com aqueles que negam os Destinos.

Lettle sentiu o coração começar a acelerar de emoção.

— Os Destinos? — sussurrou ela.

O homem conhecia adivinhação?

— Venha me ver amanhã de manhã. Terei analgésicos para esse seu braço.

Lettle não tinha certeza de como ele sabia; as mangas de seu vestido cobriam a maior parte de suas diferenças físicas. Ela ergueu o queixo para ele.

— Eu não tomo flor malva-da-neve.

A droga era o cheiro de seus pesadelos.

— É por isso que, em vez disso, esta manhã eu colhi seiva de árvore teixeira.

— Ah. Onde posso te encontrar?

— Siga a rua principal que leva para fora do palácio. Cruze a segunda ponte e você encontrará minha botica à direita. Tem uma placa roxa pendurada acima da porta.

Lettle assentiu, guardando as instruções na memória.

Ele lhe desejou boa-noite antes de voltar por onde viera.

Lettle permaneceu na escadaria, a mente fervilhando com possibilidades.

Se pudesse voltar a fazer adivinhações, talvez pudesse aprender mais sobre a profecia de Imna?

A esperança era fraca — uma vez dita, profecia alguma poderia ser contrariada —, mas era esperança mesmo assim. Ela se agarrou ao sentimento como a semente em seu bolso enquanto subia a escadaria.

Quando chegou no topo, olhou para a festa abaixo.

Lá estava Rayan, com um sorriso torto enquanto conversava com uma feérica. O cabelo acinzentado foi o suficiente para confirmar que era Berro.

Rayan riu, inclinando a cabeça para o céu. Por um momento, Lettle pensou que ele a veria ali, emoldurada pelo arco de pedra do clausto. Mas então ele abaixou o queixo e olhou para Berro.

Lettle sentiu o estômago se retorcer de decepção. Lágrimas mornas desceram por suas bochechas enquanto ela se virava e corria para seus aposentos.

CAPÍTULO DEZENOVE

Yeeran

Yeeran não conseguia se lembrar de nenhum dos nomes das pessoas a quem fora apresentada. Sua cabeça zumbia por conta do vinho de pêssego que ela bebia, e seus lábios doíam de tanto sorrir.

Ela vira Lettle sair correndo e sentiu inveja da irmã por poder fugir. Rayan estava à beira da pista de dança conversando com Berro, e Yeeran se perguntou se aquele era o motivo. Komi, por outro lado, estava perto da comida, onde ficara a noite toda.

O cheiro dele é diferente, disse Pila na mente de Yeeran.

Quem? Komi?

Não.

Uma imagem enviada por Pila piscou na mente de Yeeran. Era de Rayan da perspectiva de Pila, em tons suaves de sépia.

Como assim?, pressionou Yeeran.

— … e Ostrum está no comando do serviço postal dentro de Mosima. — Furi gesticulou para um jovem que se sentava com seu obeah entre as pernas.

Yeeran foi trazida de volta ao momento pelo aperto de Furi ao redor de seu pulso.

— Prazer em conhecê-lo — disse Yeeran, por reflexo.

A frase não tinha sentimento, de tanto ser usada.

Ostrum assentiu e Furi puxou Yeeran.

Estou cansada, reclamou Pila em sua mente enquanto trotava ao seu lado até o grupo de pessoas seguinte.

Vá tirar uma soneca então... pelo menos você pode ir dormir. Eu não posso. Tenho que ficar aqui e ser desfilada para lá e para cá.

Ah, acho que vou dormir, então. Tchauzinho. Pila pulou para longe, e Yeeran sentiu que dava o primeiro sorriso genuíno da noite. Ela ainda estava se acostumando à nova voz em sua mente. Ao mesmo tempo, era como reencontrar uma amiga de infância depois de muitos anos. Uma amiga de infância estranha, que não era elfo nem fera, mas algo entre isso.

— Você precisa pelo menos parecer interessada — sibilou Furi.

— E estou.

— Você ficará satisfeita em saber que esses foram os mais importantes. Principalmente Ostrum, ele contará sobre esta noite como uma larva fazendo seda e selará a história de que você é feérica.

Yeeran assentiu, um bocejo fazendo seu maxilar estalar.

Furi ficou irritada.

— Pare com isso.

— É mais forte do que eu, estou cansada.

— A noite está quase acabando.

Graças às três divindades. Houve um reconhecimento de alívio na conexão dela com Pila.

Furi pegou Yeeran pelo cotovelo e a empurrou pela multidão em direção à Árvore das Almas.

A música parou e um sininho foi tocado. Todos se voltaram para as rainhas.

— Minha mãe e minha tia agora abençoarão você como vinculada a uma obeah — murmurou Furi.

As palavras de Furi não foram rápidas o bastante enquanto Vyce e Chall mandavam fragmentos de magia para se enrolarem ao redor da cintura de Yeeran.

Ela tentou resistir, mas Furi sibilou:

— Fique quieta, sua idiota.

Vyce deu um passo na direção dela. Yeeran percebeu que os sapatos da rainha eram cor de sangue. Chall estava a apenas um passo atrás.

— Como concedido por Ewia, nós nos submetemos à mais alta glória — disseram as rainhas em uníssono. — Yeeran O'Pila, nós lhe damos as boas-vindas. Vinculada para sempre.

A magia desapareceu e a bênção terminou.

— Posso ir me deitar agora? — perguntou Yeeran, baixinho, para Furi.

— Ainda não. Você deve terminar as festividades formais fazendo o sol se pôr.

— O quê? Não sou uma deusa.

Furi expôs as presas superiores.

— O sol metafórico. Você deve apagar a bacia de fogo com o cálice. É o fim simbólico de toda celebração. — Ela apontou para uma bacia de brasas diante do trono que reluzia vistosamente naqueles que dançavam ali perto. — Então — prosseguiu —, quem deseja escolher um amante recebe o pretexto da escuridão para proclamar a pessoa escolhida. Alguns podem ficar entre as árvores, embora outros possam escolher locais mais civilizados, como suas camas.

Yeeran tropeçou.

— Eu devo escolher uma a-amante? — gaguejou ela, evitando o olhar de Furi.

Era mais cálido que o de Salawa, e fazia Yeeran pensar no sol poente.

— Não, e eu não recomendaria. Teremos um dia agitado de treinamento amanhã e você provavelmente está desacostumada à... energia... de um feérico. — O sorrisinho de Furi era travesso, mas não tinha malícia. Ao menos uma vez.

Yeeran sentiu um toque de decepção, mas não tinha certeza do motivo.

— Então vamos apagar a bacia de fogo para que eu possa ir dormir.

Era um procedimento simples. Um cálice cerimonial foi trazido adiante. Por um momento assustador, Yeeran pensou que o líquido lá dentro era sangue. Até que o provou e sentiu a acidez adocicada do suco de romã, então despejou-o deliberadamente sobre o fogo. Assim que a fumaça subiu, ela ouviu gritinhos.

A princípio, Yeeran pensou que alguém estava sendo atacado e ficou em posição defensiva. Então os gritos se tornaram gemidos de desejo e Yeeran se sentiu tola.

Ela se virou para falar com Furi, mas a comandante tinha desaparecido. Sem dúvida em busca do próprio prazer.

ॐ ॐ

Yeeran voltou pela escadaria até os aposentos. Duas figuras seguiam à frente e ela se sentiu tensionando a mão, como se fosse bater em um tambor.

Mas seu tambor se fora para sempre.

Ela engoliu a tristeza.

O cristal de fraedia não iluminava mais o corredor, dada a hora da noite. Em vez disso, tochas brilhavam intensamente, avermelhando o perfil de duas pessoas de cabeça abaixada enquanto murmuravam.

— Komi. — Yeeran cumprimentou o elfo mais velho.

Ele deu um sorriso preguiçoso para Yeeran.

— Tomei hidromel demais — contou ele, falando arrastado.

A outra pessoa o apoiava pelo braço. Enquanto o feérico se voltava para Yeeran, ele sorriu, mostrando os caninos incrustrados de rubis. Seus olhos castanhos, tão parecidos com os de Furi, ferviam como café quente.

— Eu o encontrei vagando pelo corredor errado — disse Nerad, com um sorriso de desculpas.

— Ele que me achou. Ele que me achou. — Komi estava se balançando para a frente e para trás enquanto assentia.

Nerad fez uma careta.

— Você devia tomar bastante cuidado com o hidromel aqui, é mais forte do que você está acostumado.

— Eles tinham queijo, Yeeran, acredita? Vivi à base de lentilhas por tanto tempo. — Komi estendeu a mão para Yeeran, e Nerad o transferiu para ela.

— Você não pode se ressentir dele pelo primeiro gostinho de liberdade que teve — disse Yeeran. — Vocês o mantiveram preso por dez anos.

Nerad passou a mão pelo queixo recém-barbeado; as mãos brilhavam com a mesma tinta dourada que a maioria dos feéricos usava.

— Ele pode estar livre da prisão, mas ainda está em uma gaiola — disse Nerad, baixinho. — Todos estamos.

Então o príncipe feérico se afastou, o passo vagaroso e triste. Yeeran franziu a testa para ele.

A cabeça de Komi tombou para a direita.

— Ele está triste.

— Está mesmo — disse ela. — Venha, hora de deitar.

Pila esperava por Yeeran na sala de estar depois que ela deixou Komi roncando na cama.

Dormiu bem?, perguntou Yeeran.

Sim, acho que talvez eu vá pastar mais um pouco no pátio.

Tome cuidado, ainda há vários feéricos por lá.

Pila inclinou a cabeça de uma forma que Yeeran passou a entender que significava dúvida.

Não tenho medo de feéricos. Eu sou feérica.

Esse fato chocou Yeeran. Embora fossem vinculadas, as duas jamais seriam iguais, Pila e ela.

Pila estendeu a pata e deitou-a sobre o pé de Yeeran.

Não é isso o que eu quis dizer. Nós somos iguais, você e eu, porque juntas formamos uma só. Agora nós compartilhamos uma alma. Feérica ou não.

Yeeran assentiu, embora seu humor tivesse piorado mais.

Vá passear. Furi quer que a gente a encontre no pátio ao amanhecer para o treinamento.

Pila bufou.

Não quero treinar com Amnan. Ele é rude e cabeça de vento.

Também não quero treinar com Furi, mas estamos presas nesse acordo.

Até encontrarmos uma forma de escapar.

De fato.

Pila se levantou e foi até a portinhola na janela. Era maior que uma porta normal, mas, em vez de deslizar para o lado, abria de baixo para cima, o que aconteceu quando Pila pressionou o focinho contra ela.

Vou te trazer uma ameixa, disse Pila.

Obrigada.

Yeeran sorriu ao ver Pila partir.

Ela queria dizer a obeah para tomar cuidado com Furi, mas não havia motivo para fazer aquele pedido.

Yeeran balançou a cabeça, a fúria fervente que sentia pela mulher ficando mais quente enquanto ela ocupava sua mente mais uma vez.

Por que importava se Furi tinha um amante na noite?

Porque ela pode ter prazer enquanto eu tenho apenas lembranças de Salawa para me fazer companhia.

O pensamento arrastou Yeeran para a cama, onde ela sonhou com beijar fogo e dormir sob as estrelas nos braços de Salawa.

Pila a esperava na Floresta Real ao amanhecer, tendo passado a noite enchendo o bucho de frutas. Ela rolou para o lado quando viu Yeeran, expondo a parte baixa do queixo para ganhar um carinho. Os bigodes ao redor de sua boca estavam manchados de sumo de fruta.

Que bom que você comeu bem. Teremos um dia cheio de treinamento. Não acho que será agradável.

Pila cheirou a mão dela.

Você já é forte. Por que tem que treinar?

Para aprender a controlar minha magia.

Yeeran prendeu a parte frontal da camisa dentro do short, do qual o tecido havia se soltado. Ela não esperava que Furi implementasse treinamentos uniformes como o Exército Minguante tinha, mas os hábitos eram difíceis de mudar.

Tinha vestido as roupas mais simples que conseguiu encontrar no guarda-roupa que lhe deram, embora as mangas fossem mais longas do que ela gostaria. Então, as havia cortado na altura da axila com a faca de pão do café da manhã. A camisa se transformou em um colete justo que lhe dava uma amplitude de movimento muito melhor nos braços. O short ela suspeitava ser roupa íntima, mas de qualquer forma era leve e largo o suficiente para treinar.

Yeeran ficou no pátio, esperando. O fragmento brilhava na floresta, as gotas de orvalho nas árvores reluziam como diamantes à luz da manhã. Ainda havia grupos de feéricos deitados uns com os outros nas sombras das árvores, gemidos de paixão e grunhidos de clímax permeando o ar.

Yeeran desviou o olhar, sentindo o calor do constrangimento nas bochechas. Não havia muito tempo que estava ali quando uma mulher nua saiu das árvores, vindo em sua direção.

— Pelo menos você chegou na hora certa — disse Furi.

Os vislumbres que tivera de Furi mais cedo, nua sob o tecido transparente, não a prepararam adequadamente para a visão da mulher de pé diante dela. Hematomas em forma de coração salpicavam seu pescoço e o batom preto que ela estivera usando tinha borrado havia muito tempo. À luz da manhã, Yeeran também conseguia ver o leve corte na bochecha dela, onde sua magia a atingiria. No entanto, aqueles detalhes não estragavam sua perfeição.

Yeeran não conseguiu dizer nada, apenas assentiu.

— Por aqui — disse Furi, dando meia-volta.

Ela conduziu Yeeran por um portão lateral nas extremidades do pátio. As duas passaram por dois casais, um trio e talvez um grupo de cinco? Embora Yeeran não tivesse contado todos os braços e pernas. Já era bastante difícil desviar os olhos do traseiro de Furi.

O portão levava a um túnel de pedra com cheiro de musgo e sal. Pila ficou perto de Yeeran, com as orelhas baixas. Depois de trinta passos, chegaram a um banco arenoso.

Escutava-se o som inconfundível de ondas se quebrando e, quando Yeeran alcançou o pico da colina, teve que piscar duas vezes antes de acreditar no que via.

As ondas batiam na areia preta repleta de conchas e pedras. Filhotes de gaivota planavam acima da espuma do mar e fios de algas dançavam sob águas claras.

Yeeran ficou sem palavras.

— Bem-vinda à Costa da Concha — disse Furi, com um toque de divertimento.

— Mas… como?

O mar se esticava até as paredes da caverna na distância.

Furi franziu a testa.

— Você duvidou da extensão do poder de Afa?

— Afa?

— O último humano.

— Ah.

Era difícil transformar ficção em história. Havia muito tempo, os humanos viviam na cabeça dela como personagens dos contos de feéricos. Mas os feéricos também, então…

— Nós acreditamos que o mar é alimentado por um estuário ao sul de Mosima.

Um estuário... talvez pudesse ser a rota de fuga.

Talvez, pensou Pila.

— Não há como escapar — disse Furi, como se lesse a mente de Yeeran. — A fronteira é selada por toda a extensão de Mosima. Confie em mim, faz anos que os feéricos tentam. A única fresta que conhecemos é aquele pela qual você entrou, e ela só pode ser aberta por alguém da dinastia Jani. Você está presa aqui.

Yeeran assentiu, guardando todas as informações para analisar mais tarde.

Pila correu em direção à costa, perseguindo os filhotes de gaivota, a mandíbula mordendo espuma do mar e ar enquanto eles fugiam dela.

— Treinaremos aqui pelos próximos três meses.

— Aqui? — disse Yeeran, em dúvida.

Não havia nada além de uma praia e uma velha cabana perto da costa.

— Sim, aqui. A não ser que você prefira treinar diante dos outros guardas feéricos. Aqueles com o seu nível de habilidade têm 10 ou 12 anos, embora eu tenha certeza de que imporiam um bom desafio a você.

Yeeran não deu a Furi a satisfação de fazer uma careta.

— Aqui é adequado. Mas talvez você possa vestir alguma roupa.

Furi olhou para baixo como se só então percebesse que estava nua.

— Vocês, elfos, são tão caretas.

— E vocês, feéricos, são tão grosseiros — respondeu Yeeran.

Os olhos dourados de Furi a encararam antes que ela se virasse e seguisse em direção à velha cabana.

Alguns minutos depois, ela emergiu em calças de algodão e um colete de couro.

— Você pode dispensar sua obeah.

— Pensei que treinaríamos minha magia.

— Você não precisa da obeah para isso. Além disso, estamos treinando você para agir como feérica. Sua obeah já sabe como ser um obeah.

Furi não falou diretamente com Pila, e Yeeran se perguntou se isso era parte da etiqueta obeah, que ela não conhecia.

Você está bem sozinha?, perguntou Yeeran a Pila.

A resposta dela foi como o respingar do oceano, súbito e salgado.

Estive bem pelos últimos vinte anos, então acho que sim.

Yeeran riu.

Vá e explore, pergunte aos outros obeahs sobre a fronteira, mas não deixe que saibam que estamos tentando escapar.

Meu eu do passado pressionou as patas em cada um dos grãos de terra. Embora as lembranças estejam mais turvas para mim agora. Farei o que você diz.

Pila saiu correndo. Devido ao fio do vínculo, por mais longe que Pila fosse, Yeeran ainda conseguia sentir o impacto das patas dela no chão.

Durante a conversa com Pila, Furi estivera andando para lá e para cá na praia, seus pés descalços deixando pegadas na areia. Ela apontou para uma árvore ao longe.

— Corra até aquela árvore e volte.

Yeeran suspirou para impedir o grunhido que começou em sua garganta. Ela começou a correr. Era como ser primeira oficial outra vez, provando seu valor e físico para aqueles que julgavam e...

Algo a atingiu no meio do rosto e Yeeran cambaleou.

Houve uma onda de preocupação vinda de Pila e Yeeran se perguntou se a obeah sentia algo de sua dor.

Estou bem, Yeeran garantiu a ela.

Então olhou de um lado a outro e nada viu. Mas, quando deu outro passo hesitante à frente, algo lhe deu uma rasteira, fazendo-a cair de joelhos.

Ela confirmou as suspeitas quando olhou para trás. Faíscas saíam das mãos de Furi enquanto ela lançava magia na direção de Yeeran.

— Feérica de fogo filha da mãe — resmungou Yeeran.

Ela correu mais rápido, mas não importava com que velocidade se movia, caía sob o ataque violento e dolorido da magia de Furi. Vergões vermelhos apareceram em seus braços e pescoço. Seus joelhos ralados sangravam até os tornozelos.

Quando voltou para Furi, não deu a ela a satisfação de demonstrar quanta dor sentia, nem reconheceu o sorriso convencido no rosto dela.

— De novo — disse Furi.

༄ ༄

Yeeran correu até e a partir da árvore quatro vezes naquela manhã. Não reclamou nem emitiu qualquer som de protesto. Embora sua mandíbula estivesse dolorida de tanto ser apertada, ela sabia que o silêncio era sua melhor arma contra as ações cruéis de Furi.

O almoço interrompeu sua quinta volta, trazido por um serviçal em uma bandeja. Elu a deixou na areia com olhos arregalados antes de sair correndo.

Yeeran sabia que estava deplorável.

— Coma — ordenou Furi.

Mas, antes disso, Yeeran foi até o mar para lavar as feridas.

Ela sibilou com a dor dos cortes. A água salgada era fria e implacável. Depois de alguns arfares dolorosos, a dor suavizou e ela conseguiu lavar o sangue. Yeeran tirou o colete encharcado e analisou os cortes mais profundos em seu torso. Embora não fosse treinada em cura como Lettle, tinha visto ferimentos de batalha o suficiente para saber que aquele em seu peito precisava de pontos.

Ela não colocou a veste de volta; em vez disso, voltou para Furi usando apenas a roupa de baixo, o algodão branco todo empapado de sangue.

— Preciso de pontos.

Furi riu, o cabelo dourado como o sol serpenteando para trás enquanto ela inclinava a cabeça para o céu. Ninguém naquele momento teria acreditado que a mulher era capaz da violência das últimas horas. Até que ela falou:

— Elfos são mesmo fracos.

Ela caminhou sem pressa até a cabana de madeira. Houve o som de algo sendo vasculhado. Yeeran tinha começado a se sentir tonta, então a seguiu para apressá-la.

A cabana era cheia de uma variedade de coisas. Em parte era caixa de brinquedos de criança e em parte armário de armas. Livros e peças de xadrez abarrotavam o chão, e adagas e machados tomavam as paredes. Furi estava ajoelhada no meio, segurando linha e agulha. Yeeran a ignorou porque algo chamou sua atenção.

O sabre estava pendurado acima da bainha em uma parede, na qual não havia nenhum outro objeto. Era de ouro puro e moldado, com um cabo incrustrado de rubis. Uma arma digna de um cabeça, ou talvez de um príncipe.

Yeeran estendeu a mão para tocá-lo, mas, antes que seus dedos pudessem roçar o metal, Furi apareceu, de olhos brilhantes e narinas infladas.

Ela pegou uma adaga e a pressionou na bochecha de Yeeran.

— Você ousa tocar a arma dele? Você, que o matou?

Houve uma dor intensa enquanto ela cortava a pele de Yeeran. Aquela era uma ferida que Furi queria que outras pessoas vissem.

— Eu não sabia que era dele — disse Yeeran, entredentes, com cuidado para não rasgar mais a pele.

Furi abaixou a lâmina, mas não tinha sido a adaga a provocar o corte mais profundo. O luto puro destilado no olhar de Furi era mais doloroso que qualquer faca. Lágrimas se acumularam nos olhos dela, fazendo-os ter a aparência de vidro, gotículas se desfazendo ao cair.

— Eu não *sabia* — repetiu Yeeran.

Elas estavam tão próximas que compartilhavam o mesmo ar, tão próximas que Yeeran poderia esticar o braço e enxugar a dor que escorria pelo rosto dela em riachos. Ela ergueu a mão.

Furi se afastou, assustada. A dor sumiu. Em seu lugar estava seu primo deturpado: o ódio. Ela deixou a cabana em poucos passos. Yeeran a seguiu, mas já era tarde demais. O obeah dela tinha aparecido e, com um movimento, Furi se ergueu e sentou-se nas costas de Amnan.

Yeeran observou-os subir a margem arenosa e desaparecer pelo túnel em direção ao palácio.

Ela ficou ali por um longo tempo, olhando para a praia vazia enquanto o sangue escorria por seu rosto e peito.

E teria ficado ali por mais tempo se Pila não tivesse dito:

Você acha que um dia poderemos andar como eles?

Yeeran sorriu.

Um dia.

CAPÍTULO VINTE

Yeeran

Yeeran permaneceu na praia depois que Furi partiu e fez os próprios pontos com agulha e linha. Por sorte, o ferimento que Furi havia feito em sua bochecha com a adaga era superficial o bastante para não precisar de pontos também. Ao terminar, Yeeran suava e a cabeça latejava. Mas pelo menos não estava mais sangrando.

Depois comeu o que lhe tinham trazido. Inhame cozido com um prato de arroz fermentado que era ao mesmo tempo picante e doce. Yeeran descobriu que não só havia parado de sentir falta de comer carne, como sentia o estômago embrulhar só de pensar em comê-la. Ela se perguntou se o vínculo com Pila era o que havia reprimido seu apetite por carne.

Ela permaneceu algum tempo na praia ouvindo o suave bater das ondas, a cabeça inclinada em direção ao fragmento.

Fraedia suficiente para acabar com a guerra.

Com aquela quantidade de cristal, nenhuma criança jamais teria que roubar os despojos de guerra ou sentir o cheiro de carne pútrida enquanto revistava bolsos.

Um som soou atrás dela e Yeeran se virou, esperando ver Furi. Mas era o primo dela, Nerad. Ela grunhiu por dentro.

Deve ser hora da minha próxima lição.

Yeeran não tinha certeza se conseguiria suportar muito mais tortura.

— Oi — disse ele. Era bem mais baixo que Furi, mas tão lindo quanto ela. Os lábios eram cheios e vermelhos; e os olhos, suaves e receptivos. Rugas apareciam nos cantinhos enquanto ele falava. — Furi disse que eu encontraria você aqui.

Yeeran não sabia como responder, então apenas disse:

— Aqui estou.

— Parece que minha prima te deu uma surra e tanto.

Yeeran olhou feio para ele, mas a expressão dele não era de zombaria.

— Sim, ela deu.

Ele se sentou perto dela e se apoiou nos cotovelos, olhando para o fragmento. Ela seguiu o olhar dele.

— Nas Terras Élficas, o cristal de fraedia é o bem mais valioso que existe — disse Yeeran.

Nerad não pareceu surpreso.

— Como algo vindo da natureza pode ser um bem? Vocês taxam seus rios por correrem? Pagam as árvores pelas folhas no outono ou cobram o céu pela chuva?

Yeeran riu alto e então percebeu que Nerad não estava brincando. Ele lhe deu um sorriso acanhado e adicionou:

— Nós não valorizamos as coisas da mesma forma.

— Como assim? Vocês não têm moeda?

— Não.

— Mas como as pessoas são pagas?

Como as pessoas famintas imploram por comida?, pensou ela, mas não conseguiu se obrigar a dizer.

— Em vez de pagar as pessoas pelo trabalho, nossos códigos penais favorecem o trabalho. A maioria dos serviçais do palácio estão lá porque foram sentenciados a um período de serviço como punição. Em termos de artes manuais, há aqueles que se especializam em diferentes habilidades e trocam seus serviços por coisas de que precisam. Quando se trata de comida, compartilhamos tudo da terra igualmente...

— Igualmente? Ninguém fica com fome?

— Igualmente — confirmou ele, com um sorriso.

Duas covinhas apareceram em suas bochechas, e seus olhos, mais castanhos naquele momento, brilhavam com uma abertura que ela não vira em ninguém de sua família. Os rubis em seus caninos reluziram.

Yeeran não conseguia imaginar um mundo no qual as Terras Élficas operassem sem uma moeda.

— E quanto às rainhas? Como elas têm poder se a riqueza é dividida tão igualitariamente?

— O poder da dinastia Jani está na terra, não no povo.

— Hã?

Nerad se levantou.

— Se vou te ensinar os costumes feéricos, então devo começar pelo início. Por aqui.

Nerad seguiu pela praia, os calcanhares saltitando enquanto ele assobiava sem ritmo.

Ele é tão diferente de Furi, de todas as maneiras.

Mas ele ainda é seu captor, Pila lembrou a ela. O pensamento era como um floco de neve descendo por suas costas.

— Aonde vamos? — perguntou Yeeran.

Eles voltaram pelo caminho pelo qual ela viera, através do túnel em direção à Floresta Real.

— Você saberá quando chegarmos lá.

— Pelo sol pecador, nada é simples aqui.

Ele franziu a testa.

— Para começo de conversa, não diga "sol pecador", você vai acabar tomando uma machadada entre os olhos.

— Achei que os feéricos não matavam outros feéricos.

— O que te deu essa impressão? — perguntou Nerad, arqueando a sobrancelha.

— As rainhas disseram que era a lei: a vida de nenhum feérico pode ser tomada.

— E as leis nunca são quebradas na sua terra? — indagou Nerad, genuinamente interessado.

— Bem… são… mas…

Nerad esperou, mas Yeeran perdeu as palavras. Ele prosseguiu:

— Enfim, ninguém vai *de fato* te matar por falar "sol pecador". Mas a expressão é depreciativa, tem raízes em preconceito contra os feéricos ao sugerir que nossa criação na luz do sol foi um pecado.

Yeeran arregalou os olhos.

— Ah, você não se deu conta? — disse ele.

Ela balançou a cabeça em negativa.

— Não… acho que nunca pensei sobre a origem das palavras.

— Ninguém nunca pensa. — O sorriso dele aliviou parte da tensão que crescera entre os dois. — Acontece que tenho interesse em etimologia.

Os pensamentos de Yeeran estavam conturbados. Até que ponto os elfos haviam contribuído para tornar os feéricos vilões através da história?

A Floresta Real estava silenciosa naquele momento, exceto pelas salamandras correndo e um ocasional obeah cruzando o caminho deles.

Nerad começou a circular o baobá. A bacia de ouro na plataforma diante dos tronos brilhava com carvões aquecidos.

— Não é um pouco perigoso ter o fogo tão perto assim de tanta madeira? — Yeeran gesticulou para a árvore.

Nerad deu uma risada curta.

— Não se preocupe, a Árvore das Almas não pode ser queimada. Não pode ser machucada nem cortada. Não enquanto a dinastia Jani viver. A bacia de fogo é um lembrete simbólico de Ewia, divindade do sol, que ainda brilha sobre nós.

Há tanto que não sei sobre esta terra, esta cultura, disse Yeeran para Pila.

Embora a obeah não estivesse com ela, Yeeran sentiu o conforto do focinho molhado de Pila contra a perna e disse: *Então aprenderemos juntas.*

Perto assim da Árvore das Almas, Yeeran podia ver que os tronos não foram esculpidos na casca, mas sim haviam crescido com a árvore. Videiras enrolavam-se nos encostos arqueados dos tronos e a maldição de Afa se entalhava acima deles.

— A árvore tem mais de mil anos?

— Sim — respondeu Nerad em tom pesado. — Venha por aqui.

Ele circundou o tronco, onde uma escada de metal se pendurava de um dos galhos mais altos. Ele começou a escalar os degraus.

— Por que nós vamos subir? — perguntou Yeeran.

— Prometi que vou levá-la ao começo, e o começo você terá. A Árvore das Almas não é apenas sagrada para a dinastia Jani. Não — ele parou de subir, olhando para ela —, ela *é* a dinastia Jani.

Yeeran franziu a testa e começou a segui-lo. O tronco grosso do baobá se afunilava quanto mais ela subia. Os galhos, que do chão pareciam espichados, eram tão grossos quanto as coxas dela e cheios de nós pela idade. Enquanto a folhagem engrossava, ela percebeu que as folhas verdes eram esqueléticas, como penas, delicadas e frágeis. Ela estendeu a mão para pegar uma.

— Não. — Nerad a interrompeu. — Cada folha é a alma de um dos meus ancestrais.

A mão de Yeeran caiu para o lado.

— O quê?

Nerad suspirou e seguiu caminhando. Ele parou quando chegou a um galho amassado que fazia as vezes de uma plataforma a mais ou menos nove metros do chão.

— Há mil anos, os feéricos foram amaldiçoados e enviados para viver neste mundo por Afa, o último dos humanos.

— Por que Afa amaldiçoou seu povo?

Nerad retesou o maxilar em silêncio antes de falar:

— Não sabemos. Só sabemos que ele usou o poder da terra para nos colocar aqui.

— Quer dizer que vocês não mataram todos os humanos?

— Não mais que vocês mataram todos os feéricos — disse ele, a voz cortando-a de imediato. A frustração dele desapareceu tão rápido quanto aparecera. — Desculpe. Nossas histórias não estão completas... e às vezes isso me irrita.

Yeeran assentiu, aceitando o pedido de desculpas, e Nerad continuou:

— Quando Afa nos amaldiçoou, ele vinculou os governantes dos feéricos a esta árvore.

— Por quê?

— A Árvore das Almas é o sangue vital de Mosima. Embora esteja vinculada à magia da fronteira que nos mantém reféns, suas raízes também fertilizam a terra e suas folhas purificam o ar. — Nerad pousou a mão na casca brilhante. — E, assim, a dinastia Jani também está vinculada à terra.

— O que isso quer dizer?

— Significa que devemos ter dois monarcas da minha família nos tronos... — Ele a olhou, e Yeeran podia ver em seu olhar que ele debatia se deveria ou não compartilhar a próxima informação com ela. Nerad franziu os lábios, virou o rosto para a árvore e disse: —... ou Mosima ruirá.

Aquela era uma informação crítica, um plano B, se a fuga deles não funcionasse. Tudo o que precisavam fazer era matar... toda a dinastia Jani.

Matar Furi. Yeeran poderia mesmo matar alguém fora da guerra? *Mosima é uma espécie de campo de batalha, e Furi é apenas mais uma inimiga.* O pensamento soou oco; talvez lhe faltasse convicção verdadeira. Yeeran tirou Furi da mente e olhou para o galho acima deles, as folhas brilhando à luz do fragmento.

— Quando um novo par de monarcas reina, dois novos galhos crescem. — Nerad apontou para os galhos da árvore. — Eles são vinculados aos monarcas que governam. Os monarcas não podem abdicar. Apenas a morte de um deles pode acabar com o reinado duplo.

— Eles são vinculados à árvore? Como os feéricos são vinculados aos obeahs?

Nerad franziu a testa, pensando.

— Sim... de certa forma, é assim.

— Quanto tempo os feéricos vivem?

— Cento e cinquenta anos, mais ou menos. Então a maioria dos reinados duplos duram menos de cem anos.

Yeeran inclinou a cabeça para trás e observou os pares de galhos pesados. De cada um deles brotavam ramos menores que os preenchiam, mas estava claro que os mais grossos, crescendo simetricamente em ambos os lados, representavam o reinado de monarcas.

— Mas e se os governantes não tiverem irmãos, ou se houver mais irmãos que tronos?

— Ah, boa pergunta. Nossa população é pequena, e ao longo dos anos a linhagem da dinastia Jani tem... se misturado com plebeus. Houve duas ocasiões em que a Árvore das Almas escolheu um monarca de uma família fora da linhagem real. Embora isso aconteça apenas quando os monarcas atuais não têm filhos.

Yeeran olhou para a Árvore das Almas com um novo olhar. Cada folha, cada gota de orvalho, era um símbolo da dinastia — era a força vital da monarquia.

— A árvore nem sempre escolhe irmãos, então?

— Nem sempre, às vezes são primos. A única lei é que o par deve começar e terminar o reinado juntos.

— E você e Furi são os únicos filhos de Chall e Vyce?

— Agora somos.

Ele não disse com crueldade, mas Yeeran desviou o olhar.

A vista do baobá era vasta. Dali, Yeeran podia ver quilômetros da extensão de Mosima.

É tão verde, tão vibrante e cheia de vida. Ela imaginou ver as Terras Élficas assim, iluminadas por grandes fragmentos de fraedia.

Enquanto seu olhar viajava, Yeeran percebeu os campos escurecidos na distância. Ela os vira antes, da fronteira.

— O que é aquilo?

Nerad pareceu saber para o quê ela apontava, mesmo sem olhar.

— A deterioração. — Ele inflou as narinas e indicou que deviam descer da árvore.

Yeeran não se mexeu e esperou por uma explicação. Quando ele enfim falou, suas palavras estavam tomadas de uma tristeza cansada:

— Eu tornei o trabalho da minha vida estudar a deterioração e, mesmo assim, ainda não tenho uma resposta para você. Começou há uns trinta anos, mais ou menos quando meu primo encontrou uma saída da fronteira. — Yeeran ouviu o sorriso na voz dele. — Foi um dia feliz. Cada feérico teve permissão para sair em grupos, para sentir o sol no rosto. E não esta imitação barata. — Ele gesticulou para a fraedia no teto.

Yeeran sentiu uma pontada de irritação. Nas Terras Élficas, fraedia não era barata.

— Por que vocês simplesmente não partiram todos? De imediato?

— Porque — disse ele pesadamente — Mosima não é capaz de sobreviver sem a dinastia Jani. Toda vez que alguém da dinastia Jani passa pela fronteira, as árvores começam a soltar folhas, peixes morrem ou o mar aos poucos fica ácido. Por isso, as missões de reconhecimento são breves. Partir significa sacrificar tudo.

— Ah.

Ele inspirou fundo e começou a descer da árvore. Yeeran o seguiu, ouvindo.

— Quando a deterioração começou, a princípio pensamos que era porque meu primo tinha rompido a barreira. Por anos, banimos qualquer expedição lá para cima. Mas, mesmo depois disso, a deterioração continuou a piorar. Agora, toma conta de três campos de terra arável.

Tinham voltado ao chão outra vez. Nerad estava sem fôlego pelo esforço, e Yeeran percebeu que ele não era um combatente, como a prima.

— Por aqui, mais um lugar antes do fim da lição — disse ele.

A luz do fragmento havia diminuído para um laranja suave, delineando tudo em um halo dourado.

Nerad entrou mais fundo na Floresta Real, conduzindo-a para mais longe do palácio. As árvores logo começaram a ficar mais finas, revelando fileiras de pedrinhas brancas empilhadas em montes.

O padrão preciso deixou Yeeran se perguntando qual era seu propósito. Estava prestes a perguntar a Nerad, mas então se deu conta.

Os montes eram túmulos.

Nerad se ajoelhou ao lado de um dos mais próximos. As pedras brancas eram mais intensas que as outras, e a terra sobre a qual se acumulavam fora recentemente mexida.

Devia ser o túmulo do príncipe.

Então aquela era a tortura dela da tarde.

— Eu estava com ele, no fim — disse Nerad. — Ele parecia sorrir quando morreu. A alma o deixou junto ao último suspiro. Foi pacífico, embora eu suspeite que você tenha derramado sangue ao matar o obeah dele.

Yeeran queria fugir, queria partir, queria estar em qualquer lugar além dali. Em vez disso, se viu caindo, os joelhos batendo no chão com o peso da culpa.

— Eu não queria. Eu não queria — disse ela, de novo e outra vez.

— Mas ainda assim o fez. — Nerad não falava duramente, como Furi fizera.

Ela inclinou a cabeça para ele. Seu rosto não estava tomado de lágrimas, como ela esperava. Ele não demonstrava muita emoção.

— Por que você me trouxe aqui?

— Porque você precisa saber. Nem todos nós sofremos pela perda dele.

Yeeran inspirou fundo, com tanto medo de falar, com tanto medo de presumir, que deixou Nerad preencher o silêncio.

— Existem aqueles entre nós que estão felizes por agora ele ser um entulho sem nome, e não mais destinado ao trono.

Nerad virou os olhos úmidos para os dela.

— Ele era o mais velho de nós três, com quase 60 anos de idade.

Isso não surpreendeu Yeeran: ela se lembrava de que os bigodes do obeah eram brancos. Ela assentiu, incentivando-o a continuar.

— Antes de Furi nascer, éramos só nós dois: ele e eu. Não existem casamentos nas nossas terras, nenhum dever para com nossos pais. Casais podem ser tão breves quanto a chuva de verão, ou tão longos quanto a luz do fragmento. Bebês nascem e são entregues àqueles que querem criá-los. Mas não na dinastia Jani. Não temos como nos separar de nossas mães. — Os lábios deles franziram com uma amargura tão profunda que estava em contraste com a simpatia gentil de poucos minutos antes. — Então ele me criou, meu primo. Vinte anos mais velho que eu, ele se tornou um pai para mim. Mas, quando aprendeu a abrir a fronteira, tudo mudou. Nossas discordâncias se tornaram abismos.

Ele pressionou os lábios até que ficaram de um marrom-claro e sem sangue. Estava claro que havia terminado de falar do primo. Ele se levantou e sacudiu a poeira de suas calças de algodão.

Olhando para ele, Yeeran podia ver as emoções conflitantes abaixo da superfície.

Houve a sensação de pedras quentes sob a pele enquanto Pila se esticava sobre as lajotas quentes no pátio a certa distância.

O amor e o ódio são óleo e água, separados, mas similares, e às vezes eles rodopiam juntos, tornando difícil distinguir um do outro.

A observação de Pila surpreendeu Yeeran com sua complexidade e sabedoria.

Pila sentiu a surpresa de Yeeran, e suas palavras seguintes foram como morder pimenta:

Também tenho uma mente e pensamentos próprios.

Yeeran tentou conter o riso para que Nerad não ouvisse, enquanto Pila encerrava a conversa com: *Vou caçar gafanhotos.*

Faça isso. Te vejo em breve.

Nerad pigarreou, atraindo a atenção de Yeeran de volta.

— Deixe a culpa aqui. — A voz de Nerad era firme. — A morte dele não foi culpa sua, não importa o quanto Furi queira jogá-la sobre você.

Yeeran assentiu.

O olhar de Nerad tinha assumido uma característica distante.

— Se não se importa, acho que vou me retirar pelo restante da noite. Você consegue voltar?

— Sim, acho que sim.

Nerad não disse mais nada enquanto se afastava. Estava um pouco curvado, como se aninhasse uma dor invisível no abdômen.

Yeeran se levantou, olhando para o túmulo. Assassinato não era um crime novo, mas ela jamais matara alguém fora do campo de batalha.

— Que sua passagem seja como o luar, banindo toda a escuridão, toda a ruína. Que sua alma descanse entre a luz das estrelas e seu coração brilhe forte.

Uma lágrima caiu pela bochecha dela enquanto se compadecia do homem que nunca conhecera. Apesar do que Nerad dissera, as ações dela causaram a morte dele.

Yeeran ficou lá, entre os ossos dos mortos. Até que a fome atiçou-lhe os sentidos e ela voltou para o palácio.

Tinha muito o que compartilhar com a irmã.

CAPÍTULO VINTE E UM

Lettle

Lettle não conseguia parar de pensar no banquete de vínculo. No beijo que quase acontecera.

Naquela noite, embora seus olhos e ossos pesassem, o sono não a encontrou. Às duas da manhã, um som veio da sala de estar. Primeiro, pensou que fosse Pila, mas os passos eram pesados, diferentes dos passos graciosos da obeah. Lettle foi pé ante pé até a porta e abriu uma fresta.

Uma sombra se moveu no brilho fraco da luz do fogo. A mão de Lettle tremeu enquanto ela abria a porta. Ela parou de respirar e ouviu.

Houve um grunhido de dor enquanto a silhueta batia contra o sofá de veludo.

— Rayan?

Lettle saiu da soleira e foi na direção dele.

— Desculpe, te acordei? Bati meu dedinho.

Suor cobria a testa de Rayan, que estava um pouco sem ar. Havia um sorriso estúpido nos lábios dele.

— Onde você esteve?

— E-eu fui caminhar.

— Caminhar? Onde?

— Eu... para... perto... da floresta.

O músculo do maxilar dele tremeu, revelando a mentira. Ela sabia exatamente onde e com quem ele estivera. Ela emitiu um som de nojo e se afastou.

— Lettle, eu estava mesmo, Lettle...

Ela fechou a porta do quarto e apoiou as costas ali. Ouviu os passos de Rayan pararem do outro lado. Podia sentir o sangue pulsando em seus ouvidos e, pela primeira vez, não teve certeza do que a assustava mais: que um dia passaria a amar aquele homem ou que um dia ela o mataria.

Quando Rayan se afastou, ela soltou um suspiro que se transformou em um soluço.

Lettle não tentou dormir mais. Em vez disso, para se distrair do pensamento sobre o rosto molhado de suor de Rayan, ela pensou no vidente Sahar. O feérico sabia que Lettle não usava flores de malva--da-neve e mencionara os Destinos. A esperança surgiu e borbulhou em sua mente como uma fonte termal.

Se ela conseguisse recuperar os poderes de adivinhação, talvez pudesse vislumbrar um pouco do futuro deles ali. Talvez pudesse descobrir mais sobre como Rayan morreria.

Não, sobre como vou matá-lo.

Ela estremeceu e se virou na cama. Os lençóis se emaranhavam em suas pernas e ela os chutou, frustrada. A luz do fragmento começava a ficar mais brilhante à medida que o amanhecer acenava. Sentia falta da luz da lua.

Um pensamento a atingiu como uma faísca na testa, deixando a pele quente e formigando. Ela se sentou na cama.

— Sob a lua crescente que ninguém pode ver — murmurou ela, as palavras de sua última profecia. — Quando o sol brilhar e o crepúsculo reinar...

Crepúsculo... Yeeran dissera que Jani significava *crepúsculo* em feérico.

— Uma parceria conturbada morrerá quando o veneno passar por seus lábios. Um ouro, outro pérola.

A última profecia dela se tornaria verdade em Mosima. Dois feéricos morreriam. Agora convivia com a morte de três pessoas na própria mente.

Ela se arrastou para fora da cama e pegou uma calça de algodão e uma camisa que era transparente demais. Mas encontrar algo menos translúcido foi difícil, até que ela descobriu um grosso xale nos fundos do armário. Era de xadrez vermelho e verde, o tricô grande e espesso. Obviamente era um acessório de inverno, mas Lettle não se importou. Cobria seu peito muito bem. Ela o colocou ao seu redor, mais pelo conforto do que pelo calor.

Então marchou para fora do apartamento deles, uma ruga de determinação marcada em sua testa.

A botica não era longe. O vidente Sahar dissera para procurar pela placa roxa acima da porta. Os pés de Lettle batiam contra a rua de ladrilhos. Em sua pressa de partir, esquecera os sapatos, embora aquela exigência — bem como roupas íntimas — parecesse faltar em Mosima.

Aqueles que a reconheceram saíram do caminho e expuseram os dentes para ela. Aqueles que não reconheceram logo foram informados, para que também pudessem lançar olhares hostis em sua direção. Lettle observou a mão de um feérico agarrar o cabo de uma adaga, enquanto outro a observava com mórbido fascínio.

Ela sibilou na direção dele.

— Cale essa boca antes que eu a cale para você.

Ele deu um pulo para trás, assustado. E então, divertido, disse:

— É verdade! Ela não tem presas! — E passou a bater palmas como se assistisse a uma peça.

Lettle viu o roxo da placa da botica e mergulhou para dentro da loja antes que fizesse algo de que se arrependesse.

O cheiro familiar de ervas e temperos a lembrou dos últimos dias do pai, quando a doença dele se pendurava no ar como o cheiro enjoativo da flor malva-da-neve. Ela fechou os olhos e tentou extinguir as lembranças. Inspirou devagar, alisando as pontas afiadas do passado.

— Posso ajudá-la, *elfa*?

Tão breve foi o alívio dela. Toda a sensação de calma desapareceu quando a palavra "elfa" foi atirada nela como um insulto.

Lettle abriu os olhos em fendas e viu o vidente Sahar a cinco passos de distância, cercado de garrafas e frascos de remédios.

— Você mencionou os Destinos on... — começou ela.

Sahar avançou com passos firmes e decididos e interrompeu Lettle ao agarrá-la pelo braço tensionado e o aninhar com mãos surpreendentemente macias. Ele estalou a língua.

— Mm-hmm, sim. Uma colherada de seiva da teixeira aplacará sua dor.

Lettle puxou o braço de volta e, embora doesse, o gesto teve o efeito desejado de irritar o vidente.

— É impossível entender meu sofrimento só olhando para o meu braço.

Lettle nunca fora de medir palavras. Usava sua ignorância com tanto orgulho quanto sua inteligência.

A risada do vidente começou na barriga e subiu.

— Ah, eu sei mais de você do que poderia imaginar, Lettle.

Ela fez uma careta. Ele tinha ouvidos no palácio.

— Você tem essa seiva de teixeira, então? — perguntou.

— Tenho, eu te disse ontem. Tenho desde que você chegou — disse Sahar. — Está naquele frasco.

Uma faísca voou da mão de Sahar, mas Lettle não viu frasco nenhum.

— Cadê?

— Estou te mostrando.

— Hã?

O vidente bufou pelo nariz.

— Você não sabe usar seus olhos internos?

Lettle começava a ficar irritada pela conversa misteriosa do feérico. Estava prestes a dizer isso para ele quando teve um pensamento.

E se eu ficar desatenta? Ficar desatenta era o que permitia a Lettle analisar os Destinos durante a profecia. E, assim, com precisão praticada, ela deixou a mente ficar em branco.

Quando tornou a abrir os olhos e espiou os arredores, quase tropeçou. As mãos de Sahar zumbiam com um único fio de magia dourada que brilhava em direção a um frasco na segunda prateleira.

Não, não pode ser.

A adivinhação lhe mostrava pérolas de magia que ela era capaz de ler, mas Lettle jamais pensara que se tornar desatenta permitiria que ela visse a magia feérica também. Ela seguiu seu palpite e foi para fora.

Fios de ouro trançavam por dentro e fora da rua, lançados pelas mãos de feéricos. Uma mulher o usava para afastar galhos que caíram em seu caminho; outra o usava para puxar um carrinho cheio de vegetais.

Mosima inteira brilhava como um fogo crepitante.

Lettle tampou a boca com a mão e saiu de seu estado meditativo. Ela voltou para a botica onde Sahar avaliava com cuidado o que devia ser seiva de árvore teixeira em um frasco.

— Como é possível? — perguntou ela.

— Como é possível o quê, *elfa?*

Lettle se irritou.

— A magia.

— Ewia concedeu aos feéricos a magia da luz do sol. Quando um feérico se vincula a um obeah, eles tomam parte do poder. É assim que as coisas são.

Lettle não conseguia acreditar que, em todo aquele tempo, os elfos podiam ter *visto* a magia em funcionamento caso simplesmente ficassem desatentos.

— É assim que você lê os Destinos? Através da sua magia?

Sahar ergueu o olhar de uma vez.

— *Sua* magia, você quer dizer? Enquanto Ewia concedeu aos feéricos magia para chicotear e enredar, Bosome deu aos elfos a habilidade de ler os Destinos.

Lettle assentiu. Era raro falar com alguém que acreditasse em divindades.

— Bosome nos abençoou. — Ela olhou para o céu. — Nas Terras Élficas, praticamos a leitura nas entranhas.

Sahar estalou a língua outra vez e balançou a cabeça, as tranças de seu cabelo tremendo.

— Ler entranhas. Uma tarefa desnecessária.

Lettle deu um passo à frente.

— Então é verdade que é possível ler os Destinos sem matar um obeah?

Sahar riu de novo.

— Se não fosse, como eu saberia que precisava colher seiva de teixeira quando você chegou a Mosima?

Lettle pressionou as mãos contra o topo do balcão, no grão da madeira.

— Me ensine. — Era para ser um pedido, mas saiu como uma súplica desesperada.

Sahar olhou fundo nos olhos de Lettle. Então deu uma risadinha.

— Minha conexão com os Destinos é forte. — A voz de Lettle estava bem mais perto de um choramingo do que ela teria gostado. — Minha última profecia vai se realizar aqui... — Ela repetiu as palavras que previra. — *Um ouro, outro pérola...* isso significa algo para você?

Os olhos castanhos de Sahar ficaram semicerrados, mas ele não respondeu.

— Me ensine, por favor — tornou a implorar.

Se ela pudesse falar com os Destinos, talvez pudesse salvar a vida de Rayan.

E se permitir amá-lo.

Sahar soltou o ar devagar, e então se virou e entrou em uma sala dos fundos.

— Oi? — chamou Lettle depois que alguns minutos haviam se passado.

Ela sentiu a esperança que havia surgido alguns segundos antes morrer.

Quando Sahar não voltou, ela pegou o pote de seiva de teixeira e foi embora com um grunhido.

⸙

Na caminhada de volta ao palácio, Lettle mudou de visão de novo e voltou a ficar desatenta. No entanto, se tratava de um estado difícil de manter, e a experiência a deixou cambaleando.

Ela se manteve nas margens das ruas, deixando a claridade da magia guiá-la. Tudo no mundo tinha uma centelha de magia em seu âmago, isso não lhe era novo. Tinha enxergado em primeira mão enquanto treinava para adivinhação. Ainda assim, de alguma forma, ali, sob a luz do fragmento, tudo brilhava mais forte.

— Cuidado! — gritou alguém.

Ela se virou enquanto um membro da guarda feérica passava, montando um obeah. Juntos, o brilho deles era quase cegante, uma mistura de bronze e melado, como ouro líquido empoçado em duas formas.

Lettle se viu correndo para acompanhá-los, para manter o calor daquela luz em seu campo de visão. Eles cruzaram uma ponte repleta de salpicos de peixes brilhantes. A distância entre o membro da guarda feérica e Lettle aumentou, mas ela ainda corria, maravilhada com o brilho de magia que o par criava.

Mais adiante na estrada, as casas ficavam mais esparsas e as árvores que a ladeavam aumentaram em número. A chama da magia do par reluzia ao longe, onde a estrada se abria para um campo e desaparecia acima de uma colina.

Ali a grama era bem desgastada e crescia juntinha, o que fez Lettle pensar no Campo Sangrento.

Ela pousou a mão em seu coração, que batia acelerado, a respiração saindo rápida e curta. Lettle deixou a magia sair de sua visão. O esforço de manter um estado desatento fez uma leve dor de cabeça surgir em suas têmporas. Ela costumava ficar desatenta durante a leitura, não de modo consistente.

Quando sua respiração e os batimentos do coração se acalmaram, ela limpou o suor da testa e subiu a colina.

Conseguia ouvir o som específico de armaduras e espadas se chocando, e por um momento ela foi arrastada de volta ao campo de batalha, para quando era criança — os bolsos cheios de mercadoria roubada, as mãos pegajosas de sangue por arrancar dentes de ouro.

Ela se livrou da lembrança e olhou colina abaixo, para os campos de treinamento.

Havia mais ou menos quinhentos feéricos vestindo uniforme de guerra enquanto conduziam os treinamentos, atacando, desviando e chutando.

Por que precisam de tantos sodados? Não há guerras travadas em Mosima... então por que precisam de armaduras?

Pelo menos Lettle sabia onde roubar armas quando encontrassem uma rota de escape.

Ela observou a tropa por algum tempo. Depois, por pura curiosidade, ficou desatenta outra vez. E, bem como esperava, os combatentes usavam magia junto às suas espadas. Os fios mágicos eram lindamente hipnóticos e zumbiam com energia. A tropa girou em formação, puxando as pernas dos oponentes ou torcendo os braços deles para trás.

Lettle abaixou o véu da visão mágica. O latejar em seu braço agora era acompanhado por uma dor de cabeça intensa, e ela pegou o frasco que Sahar lhe dera. Mergulhou o dedinho na seiva e pingou uma gota na língua. Era espesso e doce.

O alívio da dor em seus músculos foi instantâneo. Lettle teve que admitir que Sahar tinha razão sobre o remédio.

Ela deixou seu olhar pairar sobre a guarda feérica por mais um tempo. Deu-se conta de que Yeeran poderia estar lá embaixo, treinando com Furi, mas não conseguiu vê-la.

Estava prestes a partir quando reparou em alguém que reconhecia.

Na extremidade da clareira, em uma parte separada por um muro de tijolos alto, Lettle viu Rayan com uma mulher. O cabelo loiro-platinado era inconfundível: Berro. O muro impedia que a maioria da guarda feérica os visse, mas dali Lettle conseguia observar as ações deles com muita nitidez.

A pele escura de Berro ondulava com músculos enquanto ela investia à frente, sua magia enrolando a cintura de Rayan, uma lâmina na outra mão enquanto ela o puxava em sua direção. Lettle gritou, mas estava longe demais para alertá-lo. Mas, no fim das contas, ele não precisava de aviso, pois girou para fora dos braços de Berro, caindo no chão antes de passar uma rasteira na feérica. Lettle estava prestes a correr até ele, a ajudá-lo como fosse possível, mas então viu algo peculiar.

Berro estava rindo.

Rayan ofereceu-lhe a mão e ela deu um tapinha nas costas dele antes que os dois voltassem a ficar em posição defensiva outra vez.

Eles estavam treinando juntos.

Lettle ficou enjoada. Era sua culpa. Ela o havia empurrado para os braços de outra mulher.

Lettle afundou as unhas em seu bíceps tensionado, dormente naquele momento devido à seiva da árvore. Ela suspirou, chorosa, antes de partir.

Não conseguia assistir mais.

ॐ⊸ঌ

Enquanto Lettle caminhava pela cidade, pássaros coloridos mergulhavam e pousavam nos galhos de murta que ladeavam as estradas. Flores silvestres cresciam em grupos entre as raízes em tons de azul e amarelo. Mosima era linda, Lettle não podia negar. Mas não era seu *lar*.

Ela sentiu uma pontada de impotência. Estivera contente com sua vida em Gural. Ali, era uma prisioneira — no paraíso —, mas ainda assim uma prisioneira.

Eu vou voltar para casa, Rayan me prometeu. Embora o pensamento estivesse tingido com a amargura do que poderiam ter vivido, ela encontrou conforto nas palavras dele.

Como estava armada com a habilidade de ver magia feérica, Lettle queria inspecionar a barreira. Foi fácil o bastante chegar lá — simplesmente foi até a parede da caverna. Estava tão determinada a chegar no destino que nem percebeu que estava sendo seguida.

A cidade ficava menos povoada conforme Lettle se aproximava da fronteira. Ela se perguntou quantas daquelas casas vazias pertenciam a feéricos que morreram porque um elfo matou um obeah.

Quantos feéricos meu pai matou? Quantos eu matei?

Lettle fortaleceu sua determinação. Recusava-se a se sentir culpada por cometer um crime do qual não tinha nenhum conhecimento. E, diferentemente de Yeeran, Lettle havia matado fora do campo de batalha.

O cheiro da flor malva-da-neve se levantou das lembranças dela mais uma vez, e Lettle o afastou e acelerou o passo.

Ela chegou às paredes da caverna sem fôlego e suada. A pedra era cor de ferrugem, poeirenta e bruta. Lettle sentiu a antecipação arrepiar suas axilas enquanto ficava desatenta.

A fronteira brilhava com tamanha intensidade que ela levou um momento para entender o que via. As paredes não eram presas com os fios dourados de magia feérica, como imaginara. A magia parecia diferente daquela dos feéricos. Ela deu um passo à frente, tentando entender.

Em vez de dourada, a magia brilhava em um tom de cobre profundo e, conforme ela se aproximava, viu que os fios cor de bronze formavam uma linguagem que ela não conseguia entender.

Aquilo era magia humana?

Se os feéricos estivessem certos, Afa, o último dos humanos, os havia banido para lá.

Lettle foi tirada de seus pensamentos por um som atrás dela.

Um obeah estava à sombra de uma árvore. Ele inclinou a cabeça, e Lettle percebeu que tinha um chifre quebrado. A fera piscou seus olhos verdes uma, duas vezes.

— Posso ajudá-lo? — perguntou Lettle.

O obeah bufou, mostrando os dentes, e o pelo preto se arrepiou enquanto os músculos traseiros ficavam retesados. Lettle se preparou para uma morte rápida. Se o obeah a atacasse, não haveria nada que ela pudesse fazer.

— Que Bosome me proteja, não é assim que eu morro.

Ela sibilou para a fera, tentando se fazer parecer maior.

Houve um movimento no caminho atrás dela e Lettle viu o brilho de aço e um par de olhos azuis.

Hosta.

Lettle sentiu o pânico queimar sua garganta. Se aquele obeah era vinculado a Hosta, então era assim mesmo que ela iria morrer.

Mas então o obeah se virou, encarando Hosta.

Espere, o obeah a estava *protegendo*?

Hosta girou a adaga na mão e acenou para Lettle. Com o obeah no meio, não havia muito que pudesse fazer além de ameaçá-la.

Mesmo assim, a ameaça a atingiu em cheio.

Lettle engoliu em seco e esperou. Hosta arqueou a sobrancelha como se dissesse: "Cedo ou tarde, eu vou te pegar", antes de dar meia-volta caminho abaixo.

Quando a respiração de Lettle se estabilizou, o obeah voltou os olhos verdes para ela mais uma vez, antes de sair saltitando na direção pela qual viera.

Lettle pousou a mão sobre as batidas do coração, fechou os olhos e suspirou.

— Preciso dar o fora daqui.

Então ela ouviu outra voz:

— Lettle!

Seu coração quase parou, até que ela viu quem era.

— Golan? Komi?

— A gente te procurou por toda a parte — disse Komi, exasperado.

Ele passou a mão pelo bigode, girando as pontas com uma expressão animada. Ele usava sua liberdade como uma capa vibrante, colorida e cheia de vida.

— Você está bem? — Golan percebeu que Lettle ainda mantinha a mão sobre o coração.

— Acabei de ver Hosta…

Golan olhou ao redor, preocupado.

— O que elu fez com você?

— Nada, só me seguiu até aqui e me ameaçou com uma faca.

O sorriso permanente de Komi ficou sombrio.

— O quê?

— Está tudo bem, um obeah veio me salvar.

— *O quê?* — Foi a vez de Golan exclamar. — O obeah de quem?

— Não sei. — Lettle deu de ombros.

Golan parecia preocupado.

— Você não devia sair do palácio sozinha. Não acho que Hosta ia te machucar, mas a ameaça deve ser levada a sério.

Lettle assentiu e passou uma mão cansada na testa.

— E o que é que vocês estão fazendo aqui?

— Golan vai nos levar para um passeio. Acho que ele tirou o palitinho menor e está preso com a gente — disse Komi.

— Eu não estou *preso* com vocês, mas, sim, devo levá-los para passear por Mosima. Pelo que parece, Lettle, você já passeou sozinha.

Lettle não queria passar a hora seguinte vendo fazendas. Ela olhou para a fronteira, a mente fervilhando com perguntas.

— Há algum lugar onde eu possa aprender mais sobre Mosima? Uma biblioteca, talvez? — perguntou ela. Então adicionou, quando o viu franzir a testa: — Se vai ser meu novo lar, quero aprender tudo o que puder.

— Compreendo. — Golan assentiu devagar. — Sei exatamente aonde levá-la.

— Onde?

— Ao Pomar de Livros — disse Golan.

Komi juntou as mãos.

— Tem maçãs lá também?

Lettle deu uma rara risada.

— Vamos.

CAPÍTULO VINTE E DOIS

Lettle

Golan seguiu para oeste junto da parede da caverna com Komi e Lettle de cada lado.

— Sempre dá para saber se você está indo para oeste porque o fragmento fica um pouco fora do centro, viram? — disse Golan.

Lettle teve a ideia absurda de que ele podia estar conduzindo-os à superfície. Ela disse isso e ele riu.

— Infelizmente, não. Eu não sou da dinastia Jani, portanto não posso afastar a magia da fronteira para deixá-los sair.

— Que pena — disse Komi, antes de se distrair com um pássaro azul.

Lettle se perguntou quanto da mente de Komi havia se fraturado durante o isolamento.

Ela se voltou para Golan.

— Como a dinastia Jani faz isso? Quebra a fronteira?

— O príncipe descobriu um resquício da magia humana, acho. Não é exatamente algo que eles se dão ao trabalho de contar, ainda mais para alguém como eu.

— Alguém como você?

— Desluz.

Lettle balançou a cabeça. A política de Mosima parecia fazer menos sentido que a das Terras Élficas.

— Mesmo se eu soubesse como — adicionou ele —, é necessário ser da dinastia Jani, o sangue deles está vinculado à terra.

Lettle viu um vulto de pelo marrom e observou enquanto um obeah ia em direção à fronteira e passava por uma rachadura na pedra.

— Por que os obeahs podem viajar além da fronteira e os feéricos não?

Golan deu de ombros.

— Alguns acham que é porque os obeahs eram inocentes nas guerras entre humanos e feéricos. Outros acham que foi um ato de misericórdia, deixar as criaturas livres para que possam viver em seu hábitat de direito, se quiserem.

— Ou talvez não seja misericórdia. — Komi reaparecera. Lettle não havia percebido que ele estava ouvindo. Suas palavras seguintes foram tristes e distraídas: — É uma tortura cruel deixar metade de sua alma voar enquanto a outra está presa aqui embaixo. Misericórdia, afinal de contas, é a antítese do poder.

Lettle não tinha certeza se dava crédito à afirmação; pensava que os líderes mais misericordiosos eram também os mais poderosos. Ela se voltou para Golan.

— Não pode ser tão ruim assim — disse ela. — Mosima é incrível. Exceto pelos feéricos, é claro.

Com isso, Golan riu.

— Concordo. Minha raça está confinada a esta caverna há tempo demais e, como as pedras vermelhas que nos prendem, nós nos tornamos afiados. Mas Mosima sem feéricos não é Mosima. Então, aguentamos.

Eles chegaram a um túnel esculpido na face da rocha.

— Golan?

Ela confiara no feérico rápido demais? Ele estaria levando Komi e ela para a morte?

— Não fica muito longe daqui — disse ele.

Cinco palavras jamais soaram tão ameaçadoras.

Não havia luz no túnel e, por fim, a escuridão apagou o fragmento.

Lettle tropeçou e apoiou o braço na lateral do túnel. A dor começou e ela sibilou.

— Você está bem? — perguntou Komi.

— Sim, é que está escuro pra caramba aqui.

— Você não está usando sua visão mágica? — disse Komi.

— O quê?

— Visão mágica, é como chamam quando você consegue enxergar a magia.

Claro, Komi sabia sobre a visão mágica. Ele fora prisioneiro em Mosima por mais de dez anos. Devia ter aprendido muito sobre os feéricos durante seu tempo ali.

Ela iria questioná-lo mais tarde.

Com um suspiro, Lettle abrandou a visão e ficou desatenta. O que viu a fez arfar.

As palavras de magia que ela vira nas paredes da caverna se trançavam como enguias dançantes pela superfície do túnel. A magia bania a escuridão com sua luz brilhante. Ela se encolheu, a dor de cabeça reaparecendo, mas a curiosidade era mais forte que a dor.

Com o olhar, ela seguiu a onda de magia até um cômodo abobadado, o teto de treliça com mais fios de bronze. A fronteira havia se esticado para dentro do túnel, as palavras de magia humana contornando a forma do cômodo.

— O Pomar de Livros foi criado quando meus ancestrais cavaram um túnel, tentando fugir de Mosima — contou Golan, à frente. — Mas quanto mais cavavam, mais a fronteira se adentrava no túnel para abrangê-lo. Apesar disso, agora, é uma biblioteca... um santuário perfeito.

Lettle olhou para baixo. Pilhas e mais pilhas de livros giravam em espiral. As prateleiras em si deixavam escapar uma fraca faísca de magia e, quando ela deu um passo à frente, percebeu que eram feitas dos galhos emaranhados de uma árvore.

— Por uma centena de anos, as árvores têm crescido aqui, nutridas pelo rico solo e por nossa magia. Então meu bisavô começou a treiná-las para torcer e amassar seus galhos para formarem prateleiras. E aqui estamos.

— Isso é incrível — arfou ela.

— Há outra biblioteca, mais bem abastecida, na universidade a noroeste daqui. Mas acho que você não gostaria das multidões de lá — disse ele para Lettle. *Ou das ameaças à minha vida.* — Pensei que esta seria mais do seu feitio.

Lettle virou-se e abraçou Golan, puxando-o para perto. Ele deu um gritinho antes de relaxar contra o corpo dela.

Ela deixou a visão mágica de lado e arfou quando a escuridão preencheu seus sentidos mais uma vez.

Golan pegou um punhado de cristal de fraedia e entregou um fragmento para ela e Komi.

— Aqui — disse ele. — Também acho difícil manter a visão mágica às vezes.

— É porque você não está vinculado a um obeah? Por isso acha a visão mágica difícil? — perguntou Lettle.

A luz da fraedia lançava sombra sobre as rugas dele.

— Sim. Eu não obtive nem vou obter meu poder completo. Não consigo usar magia como os outros feéricos da minha idade. — Era como se as palavras deixassem um sabor amargo em sua boca.

— Você encontrará seu obeah em breve?

Com firmeza, ele balançou a cabeça em negativa.

— Não tenho mais esperança. Há muitos como eu, e é raro após os 40 anos encontrarmos nosso parceiro de alma.

— Por que acha que um obeah não se vinculou a você? — Lettle sabia que estava cutucando a ferida um pouco demais. Mas dissera a Yeeran que reuniria informações, e isso poderia levar a algo importante.

Ou talvez, desde que vira Yeeran com Pila, Lettle andasse se perguntando se receberia seu próprio obeah.

— Meu obeah pode ter sido morto por elfos antes que fosse capaz de me encontrar. — As palavras dele eram amargas, e Lettle soube que tinha ido longe demais.

— Sinto muito, deve ser bastante doloroso para você.

— Sim, eu sou um excluído, como você. — Ele sorriu, e Lettle viu que estava tudo perdoado. — Você gostaria de explorar um pouco mais?

— Sim. — Lettle observou as fileiras de livros com um olhar ganancioso. — Eu gostaria demais.

Lettle logo aprendeu que a maioria dos tomos estava escrita em feérico.

— Não consigo ler nada disso — resmungou.

Golan deu de ombros, pedindo desculpas, e arranhou a bengala contra o chão.

— Desculpe, eu não pensei nisso…

Lettle sentou-se a uma mesa de carvalho elevada que crescia no centro da sala.

Komi sentou-se ao lado dela, estudando um mapa que encontrara.

— Isto é Lorhan — explicou Golan, apontando para uma porção de terra no mapa. — A capital das antigas Terras Feéricas, antes da maldição.

A forma do mapa lhe parecia vagamente familiar, mas as palavras eram tão estrangeiras que ela desviou o olhar antes que a dor de cabeça piorasse.

Lettle pegou uma pilha de livros e passou os dedos sobre a tinta em relevo nas páginas. O papel era leve como pena, quase translúcido. A língua feérica usava o mesmo alfabeto que o élfico, mas a forma das letras era arcaica; as palavras, sem sentido em sua mente monolíngue. Ela estava fascinada pela linguagem circular.

— Você consegue falar feérico, mesmo não sendo vinculado?

— Consigo — disse ele pesadamente. — Muitos dos meus clientes são vinculados, e eles acham mais fácil se o estilista falar com eles em feérico.

— Por que feérico não é a língua que é ensinada nas escolas? Por que vocês falam élfico?

Golan riu e bateu a bengala no chão.

— Élfico? Não é assim que chamamos, trata-se apenas da linguagem universal. — Ele tornou a rir, balançando a cabeça. — A linguagem feérica não é ensinada porque é difícil dominá-la. Alguns Desluz jamais a aprenderão.

Parecia um desafio. E, se as respostas para escapar de Mosima estavam ali na biblioteca, ela as encontraria.

— É por isso que mesmo aqueles que são vinculados trocam entre as duas línguas tão facilmente — prosseguiu Golan.

— Você me ensina feérico? — perguntou Lettle.

— Não acho que eu seria o melhor professor... além disso, estou muito ocupado na maioria dos dias e meu trabalho me faz viajar por toda Mosima.

Lettle murchou. Se Sahar não a aceitava como aluna e Golan também não, o que ela faria com o tempo que tinha até a iniciação de Yeeran?

— Seria diferente se você fosse minha aprendiz e eu estivesse te ensinando sobre estilo e maquiagem. O que, devo dizer, é algo em que você precisa, sim, da minha orientação. Este xale é para o inverno e nunca deve ser usado com esse estilo de camisa estampada.

Lettle ignorou o insulto. Havia tido uma ideia.

— Por que não me torno sua aprendiz, então? Você pode me ensinar como falar feérico enquanto me ensina a como ter "estilo".

Komi riu.

— Você? Aprendiz dele?

Lettle olhou feio para ele.

— Calado.

Golan balançou a cabeça.

Lettle antecipou a recusa e disse:

— Você não teria que contar a ninguém que sou elfa. Posso esconder meus dentes, mudar meu nome... qualquer coisa que você quiser. Por favor, eu preciso fazer algo.

— Bem, eu pretendo experimentar todas as tavernas de Mosima, e depois vou para as padarias — anunciou Komi.

Lettle o ignorou.

— Yeeran está treinando e até Rayan encontrou algo com que ocupar o tempo. Tentei fazer o vidente Sahar me ensinar, mas ele me dispensou.

Golan se sentou de uma vez.

— Você foi visitar Sahar?

— Sim, e daí?

— Ele é perigoso, Lettle.

Lettle revirou os olhos.

— Adivinhação não é algo perigoso. As pessoas só temem o que não conhecem.

— Adivinhação? — perguntou Komi, semicerrando os olhos. — A adivinhação é coisa de tolos.

As palavras dele a lembraram de que um dia ele fora da aldeia Crescente, onde os adivinhos eram ativamente perseguidos.

— Ah, você também não — resmungou ela.

— No passado, o vidente Sahar foi conselheiro das rainhas — continuou Golan. — Mas a forma dele de fazer magia foi condenada. Banida da corte.

— Ótimo — disse Komi, em uma voz diferente de seu tom alegre.

Lettle lançou a ele um olhar irritado e se voltou para Golan.

— Mas por quê? Por que ele foi banido?

Golan rangeu os dentes.

— Lettle, por favor, lembre-se, eu sou cabeleireiro das rainhas. Só isso.

Lettle desviou o olhar. Ela o tinha chateado outra vez.

— Como uma nuvem escura no céu, a chuva virá quer você queira quer não. Mas, se você souber que há uma seca chegando em um dia ou dois, pode colocar um balde lá fora. A adivinhação nos dá esse balde.

Golan estremeceu.

— Vamos parar de falar disso. Estou feliz por ele ter te dispensado.

O preconceito de Golan era bem enraizado, impactado pela forma como os feéricos tratavam o vidente. A realeza tinha muita culpa nisso.

Ela voltou o olhar para a biblioteca. Se havia conhecimento a ser encontrado sobre Mosima e sobre adivinhação, poderia encontrá-lo ali.

— Ensine-me — implorou Lettle.

— Está bem, está bem. — Golan ergueu sua mão livre. — Eu admito a derrota, você pode ser minha aprendiz.

— Aha! — Komi deu um tapinha nas costas de Lettle.

— Mas, por favor — disse Golan —, não use esse xale amanhã… meus clientes jamais me contratarão outra vez.

Lettle girou, e o xale girou também.

— *Eu* acho que é bem apropriado.

— Apropriado para a fogueira. Agora venham. Preciso levar vocês de volta para o castelo antes do meu próximo compromisso.

☙ ❧

Golan deixou Lettle e Komi à porta de seus aposentos.

— E eu vejo você amanhã? Ao amanhecer? — pressionou ela.

— Sim. — Ele suspirou, dramaticamente. — Te vejo amanhã aqui, ao amanhecer. Não escolha sua própria roupa. Vou mandar algo para você.

Depois do sermão, ele deu um sorriso travesso.

Golan se despediu e desceu pelo corredor, batendo a bengala no chão. Ela o observou partir, sua caminhada constante o levando a um corredor oposto à escadaria de vidro. Lettle percebeu que o compromisso seguinte dele devia ser com as rainhas.

Ela se virou e entrou no apartamento deles.

O cômodo estava aquecido, preenchido com o cheiro de vinho tinto e batatas amanteigadas. A comida já tinha sido trazida e Yeeran e Rayan comiam à mesa. Eles ergueram o olhar quando Komi e Lettle entraram.

Komi se juntou a eles à mesa.

— Tivemos um dia e tanto. Primeiro, Golan me mostrou as melhores tavernas, depois passamos pelo mercado da cidade e fomos até o distrito escolar. Em seguida, até a fronteira, onde por fim acabamos encontrando Lettle. — Komi se sentou, inspirou fundo e prosseguiu: — Passamos a tarde no Pomar de Livros, que é uma biblioteca. Essa provavelmente foi a parte mais entediante, mas Lettle gostou.

— Parece que o dia foi cheio. Eu estava preocupada. — Yeeran tinha as sobrancelhas franzidas.

Rayan deu uma risadinha, o que aliviou a tensão trazida pelas palavras de Yeeran.

— Preocupada é apelido. Ela ameaçou um guarda feérico até ficar sabendo que as rainhas tinham pedido a Golan que entretivesse vocês dois.

O olhar suave de Rayan ficou afiado enquanto observava o rosto de Lettle. Era a primeira vez que eles se falavam desde que ela o encontrara na sala de estar na noite anterior.

— Parece que os feéricos não querem que fiquemos sem supervisão. Encontrei Hosta de novo — comentou Lettle.

— Como é que é? — disse Yeeran, afiada como lâmina.

Rayan parecia preocupado.

— Você não devia ficar por aí sozinha, Lettle. Está óbvio que alguns feéricos querem nos machucar.

— Deu tudo certo. Não farei isso de novo. — O tom de Lettle encerrou o assunto. Ela se voltou para Rayan. — Como foi o *seu* dia?

Ele inflou as narinas.

— Estive no campo de treinamento.

— Espero que tenha se divertido com Berro.

O garfo dele bateu no prato quando o largou. Ele encarou a expressão desafiadora de Lettle, mas não disse nada.

Yeeran preencheu o silêncio:

— Rayan estava agora mesmo me contando sobre o depósito de armas lá, e a forma como os feéricos treinam. É quase como se eles estivessem se preparando para a guerra.

Ela apontou para o diário aberto, e Lettle deu uma espiada. Estava cheio de anotações sobre a estrutura militar dos feéricos.

— Guerra? — Komi riu. — Eles vão lutar contra quem? Eles mesmos?

O silêncio pareceu tenso.

Lettle pegou a taça cheia de vinho de Yeeran, em vez de se servir uma, e tomou três goladas.

Yeeran a observou.

— Eu podia ter te servido uma taça.

Lettle pousou a taça vazia na mesa e limpou os lábios.

— Demorou demais.

Foi então que ela viu o corte no rosto da irmã. Lettle estendeu a mão até o machucado e Yeeran se afastou.

— O que aconteceu?

— Furi aconteceu.

— O treinamento não está indo bem?

— Não.

Lettle pegou as batatas amanteigadas, o vinho já borbulhando em suas veias enquanto Yeeran contava como tinha sido seu dia.

— Pelo amor da lua, eu quero ferver e esfolar aquela mulher... — disse Lettle com a boca cheia enquanto Yeeran explicava como Furi havia usado magia contra ela. — Então suponho que ela não te contou sobre a visão mágica — prosseguiu.

— A o quê?

— A magia deles não é invisível. É necessário deixar que seus olhos a vejam. É a mesma técnica que usamos na adivinhação para ler entranhas.

— Como assim? — quis saber Yeeran.

— É necessário ficar desatenta.

Yeeran inflou as narinas.

— Quer dizer que esse tempo todo havia uma forma de ver a magia... e desviar dela?

Lettle assentiu, ainda enchendo a boca de comida.

— A gente pode praticar depois do jantar. Quero que me conte sobre a Árvore das Almas.

Yeeran compartilhou tudo o que aprendera sobre os feéricos, a dupla regência e a dinastia Jani.

— Então tudo o que precisamos fazer é matá-los? — indagou Lettle.

— Mas isso resultaria na destruição de Mosima — apontou Rayan.

— Mas nós estaríamos libertos — argumentou Komi.

— Não, é uma boa informação para se ter, mas jamais poderemos usá-la — disse Yeeran.

Lettle não tinha tanta certeza disso.

જે ન

Quando terminaram de jantar, e Lettle havia feito todos rirem ao dizer que ia se tornar a aprendiz de Golan, eles se acomodaram nos sofás na sala de estar.

— Você lembra quando aqueles casacos grandes e amarelos estavam na moda e você tentou fazer o seu próprio com saco de estopa? Ficou horrível, mas você ainda o usou por dias — provocou Yeeran.

— Não estou fazendo isso para aprender sobre moda, e sim para aprender a falar feérico — respondeu Lettle, de pronto.

Eles riram um pouco mais, felizes pelo vinho, até que Lettle se sentiu relaxar e logo sua risada se juntou à dos outros.

Foi então que a obeah de Yeeran entrou. Ela era uma presença ameaçadora, a última luz do fragmento iluminando seus chifres iridescentes. O álcool havia tornado o mundo um tanto embaçado e aumentado o medo de Lettle acerca de Pila. Quando os olhos prateados da fera encontraram os de Lettle, esta sentiu um arrepio de apreensão. Os lábios da obeah expuseram seus dentes, Lettle gritou quando viu o sangue pingando deles.

— Calma, Lettle, é só suco de morango. — Yeeran tinha se levantado para cumprimentar a fera. Houve silêncio enquanto se comunicavam uma com a outra.

Rayan se sentou diante de Lettle. Ele fora cuidadoso ao longo da noite, garantido que estava o mais distante possível dela, mas ela ainda conseguia sentir o olhar dele no seu. Os olhos castanhos dele brilhavam como pedrinhas submersas, e Lettle se viu se inclinando à frente, ansiosa para nadar ali.

Ela havia se inclinado à frente até demais e sentiu o vinho a puxar para o chão. Rayan estendeu a mão para estabilizá-la. Lettle segurou o braço dele até ficar firme.

— Me larga — disse ela, afastando o braço dele.

Ela sabia muito bem que sem o apoio teria caído. Mas a outra opção era agradecê-lo e, se o fizesse, ele teria dado aquele sorriso que era todo chuva morna e raios de sol. E ela começaria a ficar caidinha de outra maneira.

Um dia, eu vou te matar. O pensamento veio espontaneamente, trazendo sobriedade e uma tristeza profunda. Lettle afastou o olhar dele.

Pila bufou enquanto se jogava no chão aos pés de Yeeran, a cabeça apoiada nas grandes patas. Yeeran, distraída, coçou entre os chifres da fera.

— Então me diga, como fico desatenta?

— Visão mágica, eles chamam de visão mágica — disse Komi.

— Você consegue fazer isso? — perguntou Yeeran, incrédula.

Komi assentiu.

— Hosta me ensinou há alguns anos, isso me deixou ocupado por alguns meses.

— Por que você não contou pra gente? — interrompeu Lettle.

— Fiquei tão acostumado a ver que nem me passou pela cabeça. — Komi esfregou a testa.

Naquele momento, ele aparentava cada ano de sua vida. O fantasma da solidão assombrava os poços de seus olhos.

Lettle era uma professora impaciente, e a indiferença de Rayan com ela a deixou de mau humor.

— Ficar desatento não é como o tamborilar disparado. Não é necessário reunir intenção, então vocês terão que tirar todo esse ensinamento do regimento da cabeça.

Os estudantes dela assentiram.

— Vocês devem se permitir se misturar com a consciência das coisas que os cercam. Ignorem os limites entre visão, cheiro, gosto, audição e tato. É dentro dos cinco sentidos que vocês encontrarão outro sentido, outra forma de experimentar o mundo. Só então poderão ficar desatentos.

Houve silêncio enquanto Rayan e Yeeran franziam a testa para algo na distância. Lettle pensou em um dos primeiros exercícios de seu treinamento. Ela abaixou a voz para um sussurro.

— Fechem os olhos e pressionem os dedos do pé com força no chão. Primeiro comecem com a respiração. Sintam o ar entrar e sair. Em seguida, sigam a jornada dele um pouco mais longe, da ponta de seus calcanhares para o mundo ao redor. Soltem seus sentidos de si e se tornem esse respirar. Vocês não têm outro propósito além de simplesmente ser. Vocês não são mais pessoas, e sim recipientes de vida.

— Não está funcionando — reclamou Yeeran depois de um momento de silêncio.

Lettle deu de ombros.

— Não, imagino que não funcionará rápido assim. Não é uma tarefa fácil. Algumas pessoas levam dias; outras, meses…

— Estou vendo… — arfou Rayan. Ele entreabriu os lábios, os olhos arregalados e dilatados.

Lettle sorriu ao ver a admiração no rosto dele. O sorriso que separava os lábios dele apenas aumentava seu fascínio. Ela enfiou as unhas na palma. A dor a trouxe de volta ao momento.

Yeeran voltou-se para Rayan.

— Como você fez?

— É natural para alguns — comentou Lettle, embora soubesse que isso não confortava Yeeran.

— Só fiz exatamente como Lettle disse. Yeeran, Pila, vocês duas brilham tanto. — Rayan deu um pulo. — Ah, sumiu.

— Você precisa praticar todos os dias. Exigirá um pouco de esforço, mas vai ficar cada vez mais fácil.

Eles continuaram treinando por mais uma hora. Lettle sugeriu diversos exercícios para a irmã. Komi ficou entediado depois de alguns minutos e se retirou com um aceno alegre. Pouco depois, Rayan alegou estar com dor de cabeça. Ele conseguiu ter a visão mágica por mais ou menos um minuto no fim, mas Yeeran não conseguiu ver nada.

— Yeeran, a gente deveria ir dormir — disse Lettle, por fim.

— Eu preciso conseguir enxergar.

— Você conseguirá, de manhã. Tente de novo amanhã.

Com firmeza, Yeeran balançou a cabeça em negativa. Lettle reconheceu o movimento. Não havia nada que pudesse dizer para fazer Yeeran mudar de ideia. Ela não se permitia falhar. Nunca.

— Está bem, mas não fique acordada até tarde praticando.

Lettle pegou o diário onde mantinham as anotações sobre Mosima. Ela queria preenchê-lo com tudo o que aprendera até então. Incluindo suas ideias sobre adivinhação.

Yeeran não ergueu o olhar enquanto Lettle partia. Mas Pila, sim. Os olhos cinzentos dela piscaram devagar uma vez, dando boa-noite pelas duas.

Isso fez Lettle se sentir vazia.

Enquanto fechava a porta do quarto, viu algo reluzir em sua cama. Ela se ajoelhou levemente sobre as cobertas e o pegou.

A corrente era um pouco áspera, os elos unidos por sobras de cota de malha. Mas estava claro do que se tratava. Um sorriso surgiu em seus lábios.

Rayan lhe fizera um colar para substituir o que fora perdido.

Ela pegou a conta que mantinha no bolso e a colocou na corrente com um pouco de força. Passou-o pela cabeça e o aninhou entre os seios, perto do coração.

Uma profecia negada é uma profecia deixada para apodrecer, as palavras de Imna vieram até ela com clareza.

Não, ela não podia sucumbir a Rayan, não sem sentenciá-lo. Não importava o quão desesperadamente quisesse sucumbir.

CAPÍTULO VINTE E TRÊS

Yeeran

Furi não apareceu para o treino no dia seguinte nem no depois daquele. Yeeran ficou satisfeita, pois passou seu tempo aprendendo a aperfeiçoar a visão mágica.

A capacidade de ficar desatenta lhe veio aos poucos, o que a frustrava muito, mas depois do terceiro dia ela conseguia sustentar a visão por cinco minutos. Usava-a naquele momento enquanto olhava pela extensão de terra arável de Mosima, observando a magia pulsar e se espiralar enquanto os feéricos a usavam para a colheita.

Queria que Salawa pudesse ver isso. Ela sentiu um soluço ficar preso na garganta. *Ah, como sinto saudade dela.*

As lições de Yeeran com Nerad tinham sido inestimáveis, cada nova informação a deixando mais perto de sair de seu exílio. Hoje, ele estava mostrando para ela o coração da agricultura da terra.

Pila e Xosa, a obeah de Nerad, vieram se juntar a eles na caminhada. Seus corpos ágeis saltitavam entre o trigo, espalhando no ar pólen e borboletas, e Yeeran sorriu ao ver a faísca da magia delas girar entre a vida de Mosima.

— Sinto muito por Furi não ter aparecido — disse Nerad.

O som do nome de Furi tirou Yeeran da visão mágica como a dor de um elástico batendo em sua pele. Yeeran sibilou.

— Não posso dizer que não fiquei satisfeita.

— Conversarei com ela. Ela precisa treinar você.

— Precisa, é? — murmurou Yeeran. — Existe algum motivo quando o objetivo final é que eu morra na iniciação?

Nerad se encolheu.

— Pode ser que você não morra... — disse ele, baixinho.

— Mas de que serve isso?

Nerad chutou a terra com a ponta do sapato.

— Embora o reinado das rainhas seja irrefutável, elas ainda precisam lutar por respeito no ministério. Não havia como executar você nem como deixá-la livre. Então essa sentença une os dois lados... aqueles que te queriam livre e aqueles que te queriam morta.

Yeeran balançou a cabeça.

— Por que alguém ia me querer livre depois que matei o príncipe?

Nerad a olhou com franqueza.

— Eu queria você livre. O que você fez foi um erro.

— Mas, se você me libertasse, eu poderia contar ao mundo sobre Mosima.

— Talvez seja hora de o mundo saber que existimos. — Ele pressionou os lábios, deixando claro que essa era uma discussão que tivera várias vezes com as rainhas. — Os feéricos não foram feitos para se esconderem no subterrâneo.

Yeeran sentiu uma onda de apreensão. Às vezes, se esquecia de que Nerad também era um príncipe. Um príncipe feérico.

Nerad sorriu, sem nenhum traço de orgulho.

— Sei que Furi pode ser um pouco irritável...

Como um gato selvagem com micose.

Yeeran riu pelo nariz com a observação de Pila.

— Mas ela é justa — prosseguiu. — E sem dúvida a melhor pessoa em Mosima para treiná-la. E a única que *pode* treiná-la. Pois apenas a dinastia Jani sabe que você não é feérica de verdade.

— O treinamento de Furi parece mais tortura...

Foi como se Yeeran a tivesse invocado ao dizer seu nome. No campo diante deles, ombro a ombro com outros feéricos cortando manga, estava Furi. A mente de Yeeran chocou-se ao ver a comandante fazendo uma tarefa tão doméstica.

Nerad deu uma risadinha.

— Por conta da deterioração, nossos recursos estão mais limitados do que foram no passado. Precisamos de mais ajuda no campo. Furi se voluntaria aqui na maioria dos dias. Isto é, quando não está treinando novos combatentes na guarda feérica.

A testa de Furi brilhava de suor enquanto ela puxava os galhos da mangueira. Ela riu quando várias mangas caíram, atingindo a cabeça de outro trabalhador.

Era como observar uma mulher completamente diferente.

— Furi está ajudando com a colheita. — Yeeran pensou que dizer o fato o faria parecer menos ridículo.

Por que isso te surpreende? Uma líder não deveria ajudar a prover?

Yeeran refletiu acerca das palavras de Pila.

Na minha terra, os líderes provêm colhendo cristal de fraedia.

Vocês comem fraedia? Os pensamentos da obeah foram ditos inocentemente, com intenção verdadeira.

Nerad a interrompeu antes que Yeeran pudesse voltar a falar:

— Ela é mais que a pessoa que você viu. Furi é muito altruísta e, quando algo precisa ser feito, ela se voluntaria antes de qualquer outra pessoa. Não há nada que não faria por Mosima. — Havia afeição verdadeira no tom de Nerad.

Yeeran não conseguia parar de observar o trabalho de Furi. Não havia nem uma ruga zombeteira no rosto dela.

— Venha, por aqui. — Nerad deu uma puxadinha no antebraço dela.

Relutante, Yeeran o seguiu.

Quanto mais caminhavam, mais curto ficava o trigo e mais cinzentas suas folhas. Logo o chão deu lugar à terra rachada e à cobertura vegetal podre de matéria orgânica antiga.

A escuridão os cercava por vários acres.

— Isto é a deterioração — disse Nerad.

As terras escuras, Pila confirmou na mente de Yeeran. *Onde a magia morre.*

— Faz trinta anos que as plantações começaram a fracassar. Primeiro, pensamos que fosse apenas uma temporada ruim; apesar da magia que nos mantém, o ambiente imita a superfície. Mas então perdemos metade de um campo, e um campo inteiro, e mais dois. E agora isto.

Nerad gesticulou para a terra escurecida.

Yeeran se agachou e passou as mãos pela terra. O solo era farináceo, quase como cinzas.

— Quanto tempo até que cubra Mosima inteira?

Nerad se agachou ao lado dela, de ombros caídos.

— Está ficando mais rápido. Estimo que não temos mais que dez anos.

Dez anos era pouco tempo. Quase significava que, não importando o que acontecesse, ela estaria livre em uma década. Isso, no entanto, ainda parecia muito tempo.

Yeeran passou as mãos na calça e algo verde lhe chamou a atenção. Ela se perguntou por que sua mente se dera ao trabalho de registrar isso até que se lembrou de que nada deveria crescer na deterioração.

— Nerad... hã... você consegue ver isso, ou estive praticando a visão mágica por tempo demais e estou alucinando?

Nerad se inclinou à frente. Onde ela tocara a terra, um brotinho aparecera. Ele arregalou os olhos.

— Isso é impossível.

Ele mexeu na terra ao redor. Havia mais brotinhos perto do primeiro.

Nerad arregalou os olhos, em choque.

— Preciso voltar ao palácio. Essa notícia... essa notícia é importante.

— Vá, vá. Eu volto sozinha.

Nerad assentiu e saiu correndo, deixando Yeeran sozinha.

Sozinha e não muito longe da fronteira.

Pila, quer correr comigo?

Pila trotou na direção dela, acelerando até estar correndo a toda velocidade. Yeeran se agachou, esperando para pular. Quando Pila ficou paralela a Yeeran, ela inclinou o chifre em sua direção.

Yeeran o agarrou e se lançou sobre as costas de Pila, como vira Furi fazer com Amnan. O trigo passava zunindo por elas e Yeeran soltou um grito de batalha.

Ser uma prisioneira nunca fora tão libertador.

A fronteira era exatamente como Lettle a descrevera. Quando Yeeran a observou com a visão mágica, viu uma barreira mágica coberta por uma escritura que não era feérica nem élfica. Yeeran havia tentado invocar magia, como daquela vez na Floresta Real, mas não funcionou. Não que isso fosse ajudar. Era magia humana, e Yeeran não tinha acesso a aquele tipo.

Ela voltou através dos campos e se demorou onde vira Furi pela última vez, mas a mulher tinha desaparecido.

Nerad disse que ela costuma treinar a nova guarda feérica. Devo nos levar para os quartéis?, perguntou Pila.

Yeeran queria dizer não, que não queria ver Furi, mas isso seria mentira.

Sei quando você mente. A risada de Pila era como chuva em um dia quente.

Nos leve, então.

A luz do fragmento estava começando a enfraquecer, trazendo as sombras do pôr do sol. Então, quando elas chegaram aos quartéis, a maior parte da guarda feérica havia partido, pois o treinamento terminara.

Os poucos combatentes que lá estavam nem olharam quando Yeeran passou. Ela se aproximou de um deles.

— Onde está Furi... sua comandante?

O combatente bufou, e por um momento Yeeran pensou que ele não fosse responder, mas então Pila raspou a terra perto do pé dele, e ele cuspiu a informação:

— Ela está no pátio interno, treinando. Vá para a esquerda na próxima esquina.

Ali estava alguém que claramente pensava que Yeeran não merecia estar livre.

Mas como posso culpá-los, quando os elfos mataram tantos obeahs?

Isso foi antes que você soubesse, disse Pila, firme. *Vá, encontre sua professora. Eu encontrarei os meus irmãos no anfiteatro onde treinam.*

Anfiteatro?

Pila inclinou a cabeça e Yeeran sabia que, se a obeah pudesse sorrir, teria sido um sorriso cruel.

Ouça o bater dos chifres.

Ela desceu das costas de Pila e a obeah saiu galopando.

Yeeran seguiu as instruções do jovem combatente, os pés se movendo antes que a sua mente pudesse acompanhar.

Ela conseguia sentir o cheiro de Furi, doce e temperado com um toque terroso de pomar de manga. E, enquanto virava a esquina, Yeeran a viu.

Furi virou e rodopiou no ar, brandindo uma lança. Seu cabelo dourado voava atrás de si. Ela usava uma armadura de couro que cobria seus órgãos vitais, e um short de couro que deixava as curvas de suas pernas musculosas livres enquanto chutava o ar. A comandante estava coberta de suor, com uma expressão de determinação poderosa.

— Você viu como girei meu pulso para fora para tirar vantagem do peso da arma?

A princípio, Yeeran pensou que Furi falava com ela, mas então uma sombra se moveu à direita dela.

— Sim, comandante.

O menino não tinha mais que 7 anos.

— Você não precisa me chamar de comandante, Cane. Você não é parte da guarda feérica.

O menininho, Cane, estufou o peito.

— Mas um dia serei.

Furi se agachou e segurou os ombros dele.

— Não deseje isso antes da hora.

Cane ficou cabisbaixo, e ela beliscou o nariz dele para fazê-lo sorrir.

— Venha, eu preciso te levar de volta.

— Ah não, por favor, não posso ficar um pouco mais?

— Você está aqui há duas horas. É hora de ir para casa. — Furi tentava soar séria, mas um sorriso puxou seus lábios.

Yeeran se viu sorrindo para aquele doce momento.

Cane fez um biquinho.

— Me mostre mais uma vez.

Furi deu uma risadinha antes de girar a lança de novo. Yeeran se aproximou para ver melhor a demonstração. Foi então que viu as faíscas emanando da mão de Furi enquanto ela girava a lança.

Yeeran entrou na visão mágica e ficou sem fôlego.

A magia de Furi preenchia o pátio com a intensidade do sol. Os fios mágicos açoitavam ao redor dela em uma dança hipnótica e mortal conforme a feérica se movia. A magia não era apenas uma ferramenta, era parte dela, tão sincronizada com seus passos quanto qualquer membro.

Quando Furi viu Yeeran, ela vacilou, a magia saindo de seu alcance.

— O que você está fazendo aqui?

Não existia mais o tom afável que usara com Cane. Ali estava a comandante em toda a sua glória.

Yeeran não conseguia falar ao ver a fúria iluminada pelo sol, então saiu da visão mágica, piscando para se livrar do brilho de Furi.

— Você... você parou de vir ao treinamento.

— Eu sei. — Furi voltou-se para Cane. — Vá para casa, Cane. Diga a sua mãe que eu sinto muito não poder ir jantar, compensarei outra hora.

Dessa vez, Cane não reclamou e partiu como um peixinho em uma corrente d'água.

O silêncio se estendeu.

Yeeran se sentiu tola. Não sabia por que estava ali. A mulher a odiava, não queria estar perto dela, e Yeeran não podia afirmar que não odiava Furi pelo menos um pouco também.

— Me disseram que você é a melhor treinadora em Mosima — disse Yeeran, enfim.

— Eu sou.

— Então eu gostaria que você me treinasse para usar minha magia.

— Não — disse Furi, com um tom de encerrar o assunto.

— Por que não? É porque você teme que uma *elfa* possa portar magia feérica?

Furi agarrou o pescoço dela. Suas unhas eram longas e deixaram o pescoço de Yeeran marcado.

— É porque você matou meu irmão.

O calor da raiva dela era intoxicante.

— Então me treine, isso não é parte da minha punição? Servir à guarda feérica? — sussurrou Yeeran.

Os lábios delas estavam tão próximos. Yeeran se sentiu desejar Salawa. Desejar o calor do amor dela, o furor de seu amor.

Yeeran entreabriu os lábios, e o olhar de Furi foi atraído para eles.

Furi soltou o pescoço dela e correu um dedo pela bochecha de Yeeran. Então, passou a língua pelas presas e disse:

— Espero que essa ferida tenha doído enquanto curava.

Yeeran a empurrou. Furi *não* era Salawa. Jamais poderia ser. Onde a amante dela era implacável, Furi era cruel. E onde Salawa era cálida, a feérica era afiada.

Mas Furi nem sempre é assim, pensou. *Só comigo.*

— Eu também não pedi por nada disso, sabe? — disse Yeeran.

O olhar de Furi brilhou.

— A dor é uma coisa engraçada. — Ela tocou a própria bochecha. A mais fraca das marcas permanecia ali, onde a magia de Yeeran a atingira. — Existe a dor física. E existem as cicatrizes que os outros não veem.

Furi olhou para baixo, os olhos reluzindo. Ela tirou a mão da bochecha e a deixou cair, frouxa e sem vida. Sua expressão era vulnerável e gentil. Yeeran se aproximou.

Mas, quando Furi ergueu a cabeça outra vez, seu rosto estava severo e indecifrável.

— O único conforto que tenho é que em breve sua irmã conhecerá a mesma dor.

A raiva de Yeeran se acendeu com uma faísca, e Furi desviou para trás, a magia selvagem da elfa atacando. Ao perceber isso, a raiva de Yeeran a deixou tão rápido quanto chegou.

Ela entrou na visão mágica para ver como era, mas apenas um eco da magia permanecia, meras faíscas na brisa.

Quando Yeeran voltou a se concentrar e tornou a olhar ao redor, Furi tinha desaparecido.

Ela passou o resto do dia observando os obeahs treinando no anfiteatro. O ribombar de seus chifres enquanto se atacavam ecoava pela sala. Parecia as batidas de seu coração que, por algum motivo, não tinha desacelerado desde que vira Furi.

CAPÍTULO VINTE E QUATRO

Yeeran

Furi não apareceu para o treinamento no dia seguinte.
Yeeran apoiou a cabeça em Pila, as ondas da Costa da Concha quebrando atrás dela.

A única diferença entre nós e eles é a habilidade de usar magia feérica. Se espero conseguir escapar da iniciação à força, precisarei saber como usá-la.

Sim, concordou Pila. *Também será uma boa demonstração de força quando voltarmos para as Terras Élficas.*

Yeeran imaginou a expressão de Salawa ao vê-la voltar montando Pila. Conseguia imaginar as lágrimas descendo pela linda pele da líder, como pérolas.

Você só ama a beleza dela?, perguntou Pila. A pergunta não era afiada, e sim curiosa.

Não. Salawa é a maior cabeça de aldeia que a Minguante já teve. Ela acabará com a pobreza e libertará toda a extensão das Terras Élficas.

Pila grunhiu e esfregou o focinho gelado em Yeeran.

Libertará? E, mesmo assim, ela te condenou por um simples erro.

O questionamento de Pila era desconfortável para Yeeran. Talvez porque falar com Pila era como falar com outra parte de si. As preocupações que a obeah tinha eram apenas um ressurgimento de seus próprios pensamentos, os quais mantivera enterrados fundo nas profundezas da mente. Ela passou a mão pela juba de Pila antes de subir nas costas da criatura.

— Se Furi não vem até nós, nós vamos até Furi.

Pila correu na direção das mangueiras onde haviam visto Furi no dia anterior.

Yeeran desceu das costas de Pila.

É cedo demais, não tem ninguém aqui.

Pila fungou. *Lá em cima.*

Yeeran se virou em direção à copa de uma árvore e, entre as frondes pontudas das folhas, um rosto apareceu, cheio de sardas e bronzeado pela constante exposição ao fragmento.

— Você chegou cedo — grunhiu elu, antes de descer para o chão, ao lado de Yeeran.

— Hã?

— Suponho que o resto da sua tropa vai chegar mais tarde? Espero que tenham músculos iguais aos seus. Quando a comandante Furi ofereceu mais da guarda feérica para ajudar, não deixei a oportunidade passar. — A pessoa entregou a Yeeran uma cesta trançada e continuou falando: — Cada centímetro de terra fértil foi semeado. E estava tudo bem até que as rainhas deram a ordem para atender à demanda por alimentos... mas ninguém pensa direito nessas coisas quando se trata de colheita. — Elu balançou a cabeça, o cabelo desgrenhado ondulando para fora. — Ficou sabendo que a deterioração está acabando? Um passarinho me contou que os campos estão férteis novamente. — Yeeran assentiu. — É provável que esse seja o motivo de o restante dos seus amigos estarem atrasados esta manhã, as tavernas estavam fervendo ontem à noite com as notícias.

Yeeran tornou a assentir. Estava com medo demais de abrir a boca e elu ver seus caninos sem pontas afiadas.

— Por mim tudo bem a deterioração terminar e tudo mais — continuou —, mas vai levar um tempo até que a produção volte ao normal. Enfim, menos falatório e mais trabalho, acho.

Yeeran apertou a cesta nas mãos. Se corrigisse a pessoa quanto a seu erro, então teria que lidar com o ódio amargo quando elu percebesse quem de fato ela era. Ou ela poderia fingir ser um dos ajudantes enviados e esperar Furi aparecer.

Eu gosto de manga, comentou Pila, sem ajudar.

— Por que você tá aí parada? Comece a colher. Muitos dos coletores são Desluz, mas sua obeah é bem-vinda para carregar a colheita até as caixas nos fundos — disse elu.

Você quer ajudar também?, perguntou Yeeran a ela.

Se significar que mais pessoas terão comida, sim. Pelos ecos das memórias de Yeeran, Pila entendia como era a dor da fome eterna.

Obrigada, Pila.

Mais de uma hora havia se passado quando mais ajudantes chegaram, e àquela altura Yeeran e Pila estavam encharcadas de suor e seiva de árvore. Elas haviam colhido todas as frutas de quatro árvores e começavam a quinta quando uma voz fria disse:

— O que você está fazendo?

Yeeran olhou para baixo da copa da árvore e viu Furi com os olhos semicerrados e cheios de raiva.

— Catando manga.

— Estou vendo, mas por que você está aqui?

— Se você não vai me treinar, pelo menos posso ajudar. A terra precisa da colheita e eu tenho tempo. Cuidado.

Yeeran jogou várias frutas e Pila correu para pegá-las com os chifres. Furi saiu do caminho com uma careta antes de dar meia-volta e sair pisando duro.

Naquela manhã, Yeeran sentiu o calor do olhar de Furi sobre si nos momentos silenciosos em que passou por ela no campo ou lá em cima, nos galhos da árvore, olhando para baixo. Toda vez que Yeeran se virava para sorrir para a comandante, Furi desviava o olhar.

Mas não antes que Yeeran percebesse que a raiva dela havia esfriado de açúcar queimado para caramelo, quente e doce.

Você ainda será minha amiga, Furi. E aí os segredos da sua magia serão meus para me ajudar a fugir.

⤜∽⤛

Furi apareceu no treino no dia seguinte.

Quando ela começou a sessão e Yeeran conseguiu desviar de toda a magia lançada, Furi não sorriu nem pareceu satisfeita, mas disse apenas:

— Quer dizer que você enfim descobriu a visão mágica.

Depois de mais algumas horas de treino, Furi reuniu suas coisas e foi em direção aos campos para ajudar na colheita. Quando Yeeran a seguiu, ela se virou.

— O treinamento acabou por hoje.

Yeeran deu de ombros.

— Eu sei, mas pensei em continuar ajudando.

— Por quê? Esta terra não é sua para cultivar.

Yeeran deu a ela um olhar astuto.

— Sim, você deixou isso claro, mas ainda assim eu gostaria de ajudar. Principalmente se isso trouxer comida para mais pessoas, mesmo que não sejam o *meu* povo.

Ela tinha gostado do trabalho de campo mais do que havia percebido. Era bom ter propósito na produção de comida em Mosima. Não era exatamente como o papel dela na Guerra Eterna, mas aliviava a sensação de impotência.

Os lábios de Furi se pressionaram em uma linha fina. Ela abriu a boca para falar algo, mas então tornou a fechá-la, dispensando os pensamentos não ditos.

Enquanto Furi ia à frente, Yeeran seguia no rastro de areia que os passos duros dela formavam.

Era como seguir uma tempestade. Furiosa e turbulenta.

A rotina delas permaneceu assim por mais duas semanas. Elas se encontravam na praia e Furi treinava Yeeran em sessões que eram físicas e reativas. Então, Yeeran ajudava a colher frutas sob o olhar atento de Furi, e treinava com Nerad pouco depois.

Foi um tempo extenuante, e Yeeran não chegou nem um pouco mais perto de aprender a usar magia feérica.

Ela ainda precisa me ensinar a controlar meu poder pra valer.

Pila bocejou e rolou de lado, o fragmento fazendo seus chifres brilharem prateados. Os lábios dela estavam úmidos com o sumo da manga.

Por outro lado, eu estou engordando.

Yeeran coçou o queixo dela e a fera ronronou.

— Levante-se — ordenou Furi.

Embora a feérica tivesse amolecido, ainda não era amigável.

Yeeran não se mexeu.

— Não.

Furi semicerrou os olhos.

— *Como é?*

— Não até que você me ensine a usar minha magia. Faz semanas.

Furi nada disse. Ela franziu a testa como se estivesse em uma discussão interna.

— Furi?

A feérica fechou os olhos devagar e quando tornou a abri-los, estavam mais focados, mais nítidos. Ela se agachou ao lado de Yeeran e suspirou com força.

— Esses exercícios foram desenvolvidos para extrair seu poder. Geralmente, quando estou treinando combatentes, eles já aprenderam por instinto a controlá-lo. Você... não parece conseguir fazer isso.

A decepção de Yeeran era amarga como bile, e ela tentou engoli-la.

— Como é a sensação? De extrair esse poder?

Furi franziu a testa.

— É meio como usar a visão mágica. Você precisa estar desatenta, mas ainda assim presente. É preciso dividir sua mente para conduzi-lo adequadamente. É difícil visualizar, por isso eu tinha esperança de evocar o poder de você de maneira intuitiva primeiro.

Yeeran havia se perguntado qual era o truque. Ela tinha tentado invocar os fios de magia várias vezes antes, mas parecia que apenas invocar não era a resposta.

— Quando você tiver entendido ambos os conceitos — prosseguiu Furi —, o de visão mágica desatenta e a concentração necessária para extrair o poder, você deve conseguir desenrolar sua magia. — Ela cutucou a areia e pegou uma concha. — Entre na visão mágica e, então, tente concentrar sua energia em puxar esta concha na sua direção.

Yeeran tentou por uma hora, mas, assim como acontecera com a visão mágica a princípio, a habilidade lhe escapava. Por mais que tentasse, não conseguia encontrar os fios de sua magia.

— Por que não está funcionando?

Furi fechou os olhos e soltou um breve suspiro.

— Talvez porque você é elfa, e Ewia sabe que você não é digna.

Yeeran estava acostumada aos insultos àquela altura e os deixava passar, talvez porque tinham menos impacto do que já tiveram. O tempo havia suavizado parte da dureza de Furi.

— Deve haver algo mais.

O rosto de Furi se contorceu de frustração.

— Ou você não está tentando com afinco o bastante.

— Eu estou, sim — disse Yeeran, calma.

A concha estava no chão entre elas. Furi se inclinou para pegá-la.

— Ou você não está tentando com afinco o bastante ou simplesmente não consegue fazer magia.

Furi inflou as narinas. Yeeran sabia que ela encarava o fracasso da aprendiz como se fosse seu.

Yeeran venceu a distância entre elas e pousou a mão no ombro de Furi.

Bate nela, disse Pila.

Yeeran teve que se esforçar para manter a expressão neutra enquanto dizia:

— Vamos fazer uma pausa.

Ela fica te pressionando, Yeeran.

Eu sei, mas não acho que é de mim que ela está com raiva agora.

— Você não precisa de pausa — retrucou Furi.

— Pode ser que eu não, mas a concha, sim.

Yeeran balançou a concha que pegara de Furi sem que ela percebesse. Furi arregalou os olhos como uma criança vendo mágica pela primeira vez.

— Que magia é essa?

Yeeran riu, divertida pela surpresa no rosto de Furi.

— Quando toquei seu ombro, desviei sua atenção. É um truque simples.

— Me ensine. — Era uma ordem.

A meia hora seguinte foi passada ensinando a Furi o básico do furto, mas ela não tinha a leveza necessária para conseguir fazer direito. Não demorou muito até ficar entediada.

— É um jogo que vocês jogam nas Terras Élficas?

— Não. — Yeeran se sentou de uma vez na areia. — Era uma necessidade. Lettle e eu... depois que nosso pai parou... de trabalhar...

tivemos que encontrar outras formas de sobreviver. Furto era só uma das maneiras de não morrermos de fome.

Furi olhou para Yeeran com uma expressão inescrutável.

— Seu pai morreu?

— Sim — disse Yeeran.

— Que bom.

Houve um breve silêncio.

— Você conheceu seu pai? — perguntou Yeeran.

O sorriso de Furi era estranhamente tímido.

— Sim, ele foi consorte por um tempo.

— Consorte?

— O título formal dado a quem escolhe ser parceiro de um monarca.

Yeeran assentiu.

— Mas como ele foi consorte "por um tempo"?

— Ele e minha mãe brigaram. Ele deixou a corte.

Yeeran pousou a mão sobre a de Furi.

— Deve ter sido difícil para você.

Furi olhou para a mão de Yeeran.

— Foi difícil — admitiu. — Mas ele não foi longe, é o que acontece quando estamos todos presos aqui embaixo.

— Mas você não está presa, não de verdade. Você é Jani, pode sair quando quiser.

Furi olhou feio para Yeeran, que se perguntou se tinha ido longe demais. Era raro Furi se abrir com ela.

Então, Furi falou tão baixinho que Yeeran teve que se esforçar para ouvir:

— E para onde eu iria, Yeeran?

Furi disse o nome dela como uma canção. Aquilo provocou algo em Yeeran que ela pensava pertencer a Salawa.

E pertence a Salawa.

Mas, pelos três deuses, Furi era linda.

Perto assim, Yeeran conseguia contar as sardas sobre o nariz e as maças do rosto da outra. Ela sentia a nota de especiaria do perfume de Furi, o pegajoso sumo de manga que secara em seu lábio inferior.

Ah, como seria lambê-lo...

Furi puxou a mão e se levantou. Isso interrompeu o encanto do momento.

Ela ofereceu a mão para Yeeran se levantar.

— Não virei às sessões de treinamento por um tempo. Estarei longe.

— Longe?

Furi não respondeu.

Ela deve estar indo para a superfície.

— Estarei de volta para as festividades da chama. Duas semanas, não mais que isso. Continue trabalhando na sua magia nesse meio--tempo. — Ela começou a ir em direção ao palácio.

— O que são as festividades da chama?

— Pergunte a Nerad — disse Furi. Ela sorria ao falar, e o sorriso iluminou seu rosto com uma calidez que Yeeran começava a ver cada vez mais.

Ela observou os quadris de Furi balançarem com um leve ritmo enquanto esta se afastava, até que sumiu de vista.

Yeeran inclinou a cabeça para o fragmento. Sua mente ficara nebulosa de tanto se esforçar para usar a magia. Não por conta de Furi, claro que não.

O cristal de fraedia emitia um forte brilho branco quando o meio-dia chegou. Em segredo, Yeeran estava guardando qualquer fragmento de fraedia que encontrava. Ela os daria para os mais necessitados quando voltasse para casa.

Casa. Parecia tão distante. Tão fora de alcance.

Talvez se aproximar de Furi não fosse uma ideia ruim. Não seria infidelidade se fosse uma questão de sobrevivência. E Salawa não esperaria por ela, Yeeran sabia disso. Desde o começo, Salawa deixara claro que saciava suas paixões com quem quisesse. Embora, nos últimos anos, tivesse sido apenas com Yeeran.

O coração dela acelerou no peito.

Isso poderia funcionar. Yeeran falava sozinha, mas Pila respondeu.

Você busca maneiras de ganhar poder com sentimentos que te deixam impotente.

Yeeran ficou impressionada pela sinceridade da sabedoria de Pila.

O que você é?, perguntou Yeeran, rindo.

Pila respondeu com sua maneira única de cheiros, sons e sensações. Era o aroma da terra fresca, o som da chuva e a sensação do vento no rosto depois de um longo dia dentro de casa.

— Por que você está com cara de que recebeu uma ótima notícia? — Nerad sentou-se na areia ao lado dela, tirando-a da conversa com Pila. — Conseguiu fazer magia?

Isso azedou o humor de Yeeran.

— Não.

— Ah, bem, você vai chegar lá. — Ele entregou um sanduíche para ela. — Ou talvez não.

Ela fez uma careta.

Nerad deu de ombros.

— Você *é* a primeira elfa a ter acesso ao poder feérico.

— Sei disso. — Yeeran partiu o sanduíche, frustrada. Era enlouquecedor ter algo tão perto, ao seu alcance, mas não conseguir dominá-lo. — O que são as festividades da chama? — perguntou, mudando de assunto.

— O Banquete da Chama é um festival tradicional que começou quando chegamos em Mosima. Uma vez por ano, o sol brilha no topo da Árvore das Almas.

— O quê? Como?

Ele apontou para o teto da caverna.

— Está vendo aquela pequena fresta no teto? Por ali.

Yeeran havia explorado cada centímetro da fronteira, mas nunca pensara que o teto da caverna poderia ser a rota de escape do grupo.

— Você não pode sair por ali — disse ele, vendo os pensamentos expostos no rosto dela. — Nós tentamos. Duas vezes. Uma mais ou menos quinhentos anos atrás, e de novo cem anos depois disso. A maldição corre pela fresta, assim como no túnel pelo qual você entrou. Sem alguém da dinastia Jani, você não pode sair.

A esperança afundou como uma pedrinha no fundo do estômago dela.

— Então, esse Banquete da Chama, vocês celebram um raiozinho de sol tocando o baobá?

Nerad lançou um olhar sério para ela.

— Você não dá muito valor para os anos que teve no sol. Mas é algo precioso e sagrado para os feéricos. Vocês podem ter esquecido sua divindade, mas nós não esquecemos. Ewia nos deu esta vida e nós a celebraremos quando pudermos.

Era raro Nerad fazê-la se sentir uma forasteira, mas, quando o fazia, era tão surpreendentemente cortante quanto a garra de uma águia.

— Este ano é especialmente importante, pois estamos celebrando o fim da deterioração.

— Todos os campos se tornaram férteis outra vez?

— Sim, eu testei a acidez de todo o solo. A deterioração desapareceu por completo, tão rápido quanto apareceu. — Ele não soou tão feliz quanto Yeeran pensou que soaria.

— Isso não é bom?

Uma gama de emoções passou pelo rosto dele, que não falou por um tempo.

— Claro que é. Eu só odeio não saber como ou por que fomos assolados por ela, para começo de conversa.

O resto da lição naquele dia foi ofuscada pelo humor irritável de Nerad. Seus ensinamentos naquele dia foram sobre poesia feérica. Sua instrução variava de etiqueta com talheres a geografia de Mosima, de antropologia a filosofia. A abordagem servia para Yeeran, porque, se Nerad ficava interessado demais em suas próprias lições — o que costumava acontecer, com digressões autoindulgentes e longas —, a mente dela podia vagar, pescando coisas notáveis para colocar no diário à noite. Às vezes, Pila e Xosa se juntavam a eles, correndo e brincando nos campos ao redor.

Naquele dia, só havia uma coisa na mente de Yeeran.

Furi.

ംഎ ⊷

Uma semana depois que Furi partiu, Yeeran começou a se sentir impotente.

— Não há motivo para ficar emburrada, Yeeran — disse Komi. — Você só precisa preencher seus dias com os prazeres de Mosima… E, confie em mim, há vários.

Ele estava sentado em uma poça de luz de fraedia com uma taça de hidromel na mão, sorrindo.

— Komi, são dez horas da manhã.

Ele girou a bebida e suspirou.

— E...? Eu tive um dia cheio ontem.

Ela riu, porque ele soava sério.

— Passei metade do dia em uma taverna aprendendo as melhores canções sobre beber. Coloquei elas no diário — disse Komi.

Exasperada, Yeeran esfregou a sobrancelha, embora ainda sorrisse. Komi passara as últimas semanas vivendo a vida, e ela não podia se ressentir dele por isso.

Ele se levantou e foi até onde Yeeran estava sentada, pisando na cauda de Pila, que dormia.

A obeah acordou com um sibilo, expondo as presas para ele.

Komi ficou em posição defensiva, os músculos retesados. Ele semicerrou os olhos e cerrou os punhos, prontos para a luta.

Yeeran ergueu as sobrancelhas.

— Bom saber que você não esqueceu certas coisas de quando era combatente.

Ele suspirou e deu a ela um sorriso acanhado.

— Sim, tem muitas coisas que jamais esquecerei. — Havia algo sombrio nos olhos dele, que ela não queria libertar.

Você está bem, Pila?

Sim, resmungou ela. *Ele pisou na minha cauda.*

Eu vi.

Ele não se desculpou.

Acho que ele está um pouco bêbado.

Pila grunhiu na direção de Komi.

Isso não é desculpa.

A obeah não havia passado a gostar de Komi tanto quanto os outros, e não importava quantas vezes Yeeran lhe pedisse para explicar o motivo, Pila nunca conseguia explicar melhor do que enviando a imagem de uma videira crescendo em uma árvore.

Isso não ajudava.

— Por que você não se junta a mim nos campos hoje? Estou ajudando com a colheita — disse Yeeran.

Komi inclinou a cabeça de um lado a outro, pensando.

— Posso comer as frutas que eu colher?

— Algumas.

— Está bem.

Pila optou por ficar nos aposentos. Então Yeeran e Komi caminharam sozinhos para os campos.

Yeeran olhou para o fragmento, o punhado de cristal emitindo um profundo brilho laranja.

— E pensar que a Guerra Eterna continua e há uma reserva de fraedia aqui suficiente para acabar com tudo.

Komi fez um *hmm* antes de responder:

— A Guerra Eterna nunca se tratou de fraedia.

Yeeran franziu a testa.

— Do que se trata?

— Poder, domínio, ganância.

Yeeran pensou em Salawa; não podia negar que ela tinha alguns desses traços. Mesmo assim, balançou a cabeça em negativa.

— Não, não acho que esse é o caso com a nossa cabeça de aldeia. Ela sempre quis trazer prosperidade para o povo dela.

— Você era Minguante, não era? — perguntou Komi.

— Eu *sou* Minguante — corrigiu Yeeran, e Komi sorriu, provocando rugas ao redor de seus olhos.

— Me lembre de qual era o slogan da sua líder quando ela foi eleita?

— *Esquecidos nunca, vingados sempre* — respondeu Yeeran, sem saber aonde ele queria chegar.

Komi balançou a cabeça e falou:

— Acho que o slogan completo era: *Não haverá paz até que tenhamos libertado todos aqueles sob o governo de um tirano. Esquecidos nunca, vingados sempre.*

— Sim. Ela estava respondendo aos massacres conduzidos pelo cabeça da Crescente. Seu líder.

Yeeran tentou abafar a acusação, mas era difícil se livrar das preconcepções que por tanto tempo foram combustível para suas ações.

Komi meneou a cabeça.

— Mas nada disso se trata das reservas de fraedia. Não é?

Yeeran refletiu a respeito. Ele retratava Salawa como uma política vingativa com sede de poder.

E ela não é?, disse Pila, de longe.

Não, ela é mais que isso, ela é gentil e se importa muito com seu povo.

Ela pode ser as duas coisas ao mesmo tempo.

Suponho que sim.

Eles haviam chegado à parte menos populosa de Mosima, onde as casas desocupadas levavam à terra cultivada. À esquerda ficavam os degraus levando para fora de Mosima, à frente havia o Pomar de Livros.

— É Lettle ali na frente? — perguntou Komi. — Por que ela está correndo?

Yeeran sentiu um arrepio de medo.

— Tenho certeza de que estamos prestes a descobrir.

CAPÍTULO VINTE E CINCO

Lettle

— Você vai mesmo passar outra hora nas *sobrancelhas* dele? — sibilou Lettle para Golan sob o véu.

Ele a olhou de esguelha antes de murmurar:

— Sim, esse é o trabalho, Lettle.

O cliente de Golan estava deitado em uma espreguiçadeira, com uma taça de vinho segurada de qualquer jeito entre as unhas bem-feitas, enquanto Golan desenhava fios individuais de maneira meticulosa na sobrancelha dele. Era um dos compromissos mais chatos que tiveram naquele dia.

Havia mais de um mês que Lettle se tornara aprendiz de Golan. Os compromissos no geral eram para trançar cabelo, e Golan a deixara participar, mas parecia que naquela semana só havia sobrancelhas e contornos labiais. O trabalho era monótono para Lettle, mas entre os atendimentos Golan a ensinava a falar feérico.

— Você disse alguma coisa? — O cliente se sentou, abrindo os olhos sonolentos.

— Não, não disse — respondeu Golan em feérico, e pela primeira vez Lettle entendeu.

— Então continue, Desluz. Não tenho tempo para atrasos hoje.

Isso, Lettle queria não ter entendido. Toda vez que um feérico chamava Golan de "Desluz" ele se encolhia, a ferida reaberta a cada referência.

— Me passe a tinta preta de tatuagem, Prisa? Por favor, tome cuidado, é venenosa se for ingerida — disse Golan para Lettle em feérico.

Eles haviam decidido que era prudente dar um novo nome a Lettle, junto a um véu para cobrir seus pequenos caninos. Não seria bom para nenhum deles se a clientela de Golan soubesse que ela era uma elfa.

— Desculpe? — Fora uma das primeiras palavras que ela aprendera.

Não tinha entendido direito o que ele dissera. Apesar da predileção de Lettle por aprendizado, a língua feérica era difícil de dominar. Havia alguns sons que ela simplesmente jamais conseguiria pronunciar sem ser vinculada.

Golan repetiu o pedido, apontando para a tinta, deixando claro a descrição de "veneno" para que Lettle pudesse aprender. Ela assentiu e lhe entregou a tinta.

— Sua assistente é simplória, não é? — disse o cliente.

Lettle se sobressaltou com a interrupção, pois pensara que o homem tinha dormido.

— Ela é, senhor, bastante simplória.

Lettle ficou irritada e bufou, o fino véu erguendo com seu hálito quente.

— Faz sentido ela ser sua aprendiz. — O insulto era desnecessário. Apesar de ter entendido apenas metade, Lettle ainda compreendeu a malícia nas palavras.

Golan não disse nada e voltou ao trabalho. Lettle queria confortá-lo, mas não sabia como, então ficou ali como a simplória que era para ser, recitando em silêncio todas as palavras e letras que aprendera nas últimas semanas.

⇛ ⇝

Quando terminaram, era logo depois da hora do almoço. O fragmento aquecia as bochechas deles, a brisa fraca, mas bem-vinda.

—… e você tem que tatuar o mesmo padrão a cada duas semanas?

— Sim, a tinta de lula que usamos para desenhar os pelos não dura muito — respondeu Golan em élfico e feérico alternados.

— Aquilo era tinta de lula?

Golan riu da aversão dela.

— Sim, a lula-mexilhão é encontrada na baía. É mortalmente venenosa quando consumida, por isso não podemos deixar a tinta por muito tempo.

Eles viraram uma esquina em uma rua de casas grandes quando Lettle ouviu o farfalhar de algo na árvore ao lado. Até então, Hosta não havia percebido que a nova aprendiz de Golan era Lettle. Isso, ou elu tinha desistido de intimidá-la. Mesmo assim, ela permanecia vigilante quando saía do palácio.

Lettle observou a copa da árvore, de onde ouvira o som. Ela esperava que fosse um jovem obeah, pois eles costumavam subir nas copas, mas em vez disso algo pequeno e peludo caiu no chão ao lado deles e Lettle guinchou.

— É só um haba, Lettle.

— Um o quê?

— Um haba. — Golan grunhiu ao se abaixar na direção do haba, sua bengala virada para fora.

Os dois olhos da criatura preenchiam a maior parte de sua cabeça. O pelo nas costas era rajado de branco e laranja. Suas características estavam em algum ponto entre um urso e um macaco, mas ele era do tamanho de um gambá. Entre as patas pretas, segurava um pergaminho que Golan pegou.

— Ele *carrega* mensagens?

Golan ficou de pé e leu o bilhete. Quando não o leu imediatamente em voz alta, Lettle perguntou:

— É o seu amorzinho? Te chamando para os aposentos dele?

Golan deu a Lettle um sorriso contido. Ele se recusara a admitir o nome de seu amante, apesar de Lettle pressioná-lo para saber os detalhes. A princípio, ele havia negado que se tratava de um amante, até que Lettle pegou uma das mensagens antes que Golan pudesse escondê-la. Estava escrita em feérico, mas ela conseguiu entender o bastante.

— Ele quer que você faça *o quê* com ele? — perguntara depois de ler.

Golan nem sequer corara.

— Aprenda mais feérico e você poderá descobrir.

Depois disso, Lettle passou a notar padrões nos encontros secretos deles. Vez ou outra, Golan chegava aos compromissos com lábios inchados ou usando a mesma roupa da noite anterior.

— Não, apenas as rainhas podem invocar as criaturas de Mosima para fazer suas vontades — murmurou Golan. — Se você vir um haba com um pergaminho, só pode ter vindo de um lugar.

Ele leu as palavras mais uma vez antes de adicionar algumas sentenças ao papel com uma caneta e entregá-lo de volta à criatura.

O haba saiu correndo na direção de onde viera.

Golan esfregou os olhos com a mão livre e borrou parte do carvão que os delineava. Isso o deixou ainda mais atraente.

— As rainhas querem que eu vá até elas.

— Posso ir? — perguntou Lettle.

— Não acho que seria uma boa ideia.

— Mas como elas vão saber que sou eu? Lembre, sou Prisa.

— Você é uma tola se acha que as rainhas não estão observando cada movimento seu, Lettle.

Ela bufou.

— Me desculpe — disse Golan. — Eu não devia ter falado assim. Estou cansado, foi um dia longo e acabei de descobrir que será ainda mais longo. Um festival feérico tradicional vai acontecer daqui a dois dias. As rainhas querem que eu comece a prepará-las.

— Está bem — disse ela, ainda um pouco irritada pelo tom dele.

— Continue praticando seu feérico — disse ele.

— Eu vou, acho que vou estudar no Pomar de Livros.

Ela se despediu dele e foi para oeste. Estava tão distraída repetindo frases em feérico que não viu o obeah sair da folhagem diante dela. Lettle gritou ao encostar no traseiro do animal.

Ele inclinou a cabeça para ela, e Lettle reparou em seu chifre quebrado. Era o obeah que tinha visto antes.

— O que você quer? Vá embora. — Ela tentou afastar a criatura com um aceno.

O obeah piscou devagar, seus olhos cor de maçã verde.

— Vá, tenho mais o que fazer.

Ele abaixou a grande cabeça felina antes de partir. Lettle fez cara feia até que ele desaparecesse na distância.

— Obeah idiota, aparecendo toda hora — murmurou ela.

Então deu um grito quando uma pessoa apareceu no caminho diante dela. Ela esbarrou em uma parede de puro músculo.

— Lettle.

Só havia uma pessoa que dizia seu nome assim. Como um apelo. Como uma promessa.

— Pelo amor da lua, Rayan, está tentando me matar?

Ele deu um sorrisinho que fez o interior dela derreter.

— Desculpe, eu estava correndo e vi você mais à frente.

Suor descia pelas têmporas dele, e o colete que vestia se agarrava aos contornos de seu torso. O cheiro dele, tangerina e sálvia, estava ainda mais acentuado pela transpiração.

Embora tivessem se afastado nas últimas semanas — uma distância que Lettle quisera —, os dois tinham caído em uma amizade hesitante. Não era como antes, mas era melhor que se apaixonar por ele. Naquele momento, estar perto dele e da possibilidade do que poderia estar surgindo entre eles a atingiu além do que gostaria.

Me machuca mais do que o machuca, pensou ela amargamente. Toda noite desde aquela primeira vez, ele escapava sob o véu da noite. Nas primeiras ocasiões, Lettle esperara por ele, observando, pela fresta da porta do quarto, o sorriso que Rayan tinha ao retornar. Não fora ela a colocar aquele sorriso ali.

Isso era o que mais doía.

— Você não devia estar com Golan? — perguntou ele.

— Você não devia estar com Berro? — retrucou ela, com mais ódio.

Ele não pareceu perceber enquanto dava de ombros.

— Ela está na missão de reconhecimento com Furi.

— O que elas estão reconhecendo?

Ele pareceu desconfortável.

— Elas não me contaram. Quanto mais aprendo sobre o exército feérico, mais sinto que tem algo estranho.

— Hmm.

Lettle continuou a caminhar em direção ao Pomar de Livros e Rayan a acompanhou.

— Mas consegui guardar armaduras e armas suficientes caso tenhamos que lutar para sair pela fronteira.

— Não é assim que funciona — murmurou ela.

— Eu sei. Mas é bom ter uma reserva. Não posso simplesmente não fazer nada. Conseguiu encontrar algo útil na biblioteca?

Lettle balançou a cabeça em negativa.

— O progresso está lento. Sou melhor lendo feérico do que falando, mas é difícil. Estou indo para lá agora.

— Posso ir com você?

Ela o olhou de esguelha, pensando.

— Se você quiser.

☙ ❧

— É incrível — exclamou Rayan no silêncio.

— É, sim.

O Pomar de Livros era trazido à vida com a luz do cristal de fraedia. O rosto de Rayan tinha um brilho infantil.

— Por aqui.

Lettle conduziu Rayan em direção à mesa no centro. Ela tirou uma pilha de livros de cima de uma cadeira para abrir espaço para ele.

— Você leu todos esses livros? — perguntou ele, apontando para a centena espalhada pela mesa.

Lettle riu.

— Não, eu traduzo as primeiras páginas e, se parece que não vai me dar muita informação sobre a fronteira ou adivinhação, passo para o próximo.

Rayan pegou o livro mais próximo e o folheou.

— Não encontrou nada?

— Menos que nada. Os livros de história têm pouca informação, e os que mencionam a maldição têm relatos contraditórios.

Ele folheou mais livros.

— Por que tem um mapa do Campo Sangrento aqui?

Lettle olhou para onde ele apontava. O pergaminho tinha sido deixado onde Komi o encontrara.

— Não é, é um mapa das Terras Feéricas. Está vendo aquele pedacinho no meio? É a capital, Lorhan.

Rayan balançou a cabeça em discordância.

— Não, aquilo é a Colina Moribunda, e aqui está o leito leste. Esta seção aqui seria Gural. — Ele apontou os marcos para ela, mas Lettle não estava nem um pouco interessada. Tinha coisas mais importantes a fazer.

— Talvez antes as Terras Feéricas fossem lá. Faz mil anos.

Rayan parecia um pouco inquieto.

Lettle voltou-se para os livros, se encolhendo quando torceu o braço dolorosamente.

— Ainda está tomando a seiva da teixeira? — perguntou ele, vendo a dor dela.

— Está quase acabando. — Ela começou a massagear os músculos do ombro com a mão livre.

Rayan se aproximou.

— Posso?

Ele deixou a mão pairando acima do ombro dela, a expressão quente abaixo da superfície.

Lettle não disse nada. Não conseguia falar.

Então, assentiu.

Rayan moveu as mãos pelos músculos tensos das costas e do ombro dela. A pressão firme, mas calmante.

Ela soltou um gemido e ouviu o sorriso dele. De repente, se viu desejando mais que aquele breve toque. Ela se levantou, aumentando a distância entre eles.

— Já está bom. — A voz dela estava rouca; as bochechas, coradas.

O olhar dos dois se encontrou e Lettle viu ecos de rejeição no dele. Isso fez seu estômago revirar.

Se ele me pedisse para amá-lo agora, não tenho certeza se teria força para negar.

— Lettle.

— Sim — respondeu ela, talvez um pouco rápido demais.

— Preciso te dizer uma coisa.

As batidas do coração dela eram como as asas de um beija-flor.

Rayan fechou os olhos, se encolheu e tornou a abri-los.

Ela levou as mãos até o colar entre os seios e puxou a corrente, agarrando a conta do meio no seu punho. O olhar de Rayan foi atraído para lá e ele entreabriu os lábios.

— Você está usando o colar.

Ele parecia surpreso.

— Sim, eu não o tirei.

— Eu... Eu não sabia — disse ele, baixinho.

Ela desviou o olhar, sem conseguir manter o contato visual com o calor do olhar dele. Queimava demais.

Você e eu, Rayan. Não podemos ceder a essa coisa entre nós. Isso apenas terminará em morte.

— O que é que você tinha para me dizer? — perguntou ela, tão levemente quanto possível, embora seu coração doesse, convulsionando até se rasgar em pedaços.

Rayan pareceu desanimado, antes de amenizar a expressão em algo mais neutro.

— Há algo que aprendi no campo de treinamento. Os feéricos passaram a me respeitar um pouco, acho. Então às vezes eles conversam comigo.

— E...?

— A iniciação da guarda feérica é brutal. Eles amarram o feérico a uma árvore na superfície por doze dias. Os feéricos têm um físico mais resistente à luz do sol que os elfos... Não esperam que Yeeran sobreviva.

Lettle sentiu o sangue fugir do rosto. Se não estivesse sentada, teria caído.

— O quê? — disse ela, entredentes.

— A iniciação é daqui a seis semanas — disse ele, paciente. — É uma forma de executá-la sem dar a ordem.

Lettle se levantou, derrubando uma pilha de livros.

— Não. — Ela recusou aquela verdade. Podia recusá-la assim como recusara Rayan.

— Lettle — gritou ele, mas ela já estava correndo.

Lettle viu Komi e Yeeran na rua à frente e ficou grata por não ter que tomar conta de sua fúria até o palácio.

— O que aconteceu?

As mãos de Yeeran estremeceram e Lettle se perguntou se a irmã tentava pegar um tambor invisível.

Mas tambor algum, verdadeiro ou de faz de conta, a protegeria da fúria de Lettle.

— Você não me contou — cuspiu Lettle.

— Contei o quê? — respondeu Yeeran.

Rayan correu para alcançá-las. Um planador estelar o seguiu. Os pequenos lagartos voadores saíam em bandos na Floresta Real, e essa era a primeira vez que Lettle via um planando tão longe das rainhas. A cabeça bulbosa brilhava dourada, como a luminescência de um vaga-lume.

— Contei a ela sobre a iniciação — explicou Rayan, pesaroso.

Yeeran pareceu estar com dor enquanto balançava a cabeça de um lado para outro.

— Não negue. Sei que você provavelmente vai *morrer*. — A palavra "morrer" subiu outra oitava.

Komi olhava de um para o outro.

— Vou precisar de mais informações aqui, por favor.

Rayan virou-se para ele.

— A iniciação, eles não esperam que Yeeran saia com vida.

Yeeran esfregou os olhos.

— Pode ser que eu sobreviva.

Lettle bufou.

— Temos seis semanas, Yeeran. Seis semanas até a sua iniciação.

— Sim, mas até lá eu terei a habilidade de usar magia — rebateu Yeeran.

— E se você não tiver? — quis saber Lettle.

Yeeran inflou as narinas.

— Então vocês três terão que escapar sem mim.

Houve uma cacofonia enquanto Komi e Lettle gritavam suas preocupações. Lettle não ouviu Rayan até que ele ergueu a voz.

— Fiquem quietos. Tem algo errado aqui — disse ele, com urgência.

Lettle se deu conta de que não havia qualquer barulho nas ruas. Eles estavam nos arredores de Mosima; à esquerda havia a terra arável, mas não tinha ninguém perto o bastante para ouvi-los se gritassem.

Ela sentiu as mãos pinicarem enquanto começavam a suar.

Yeeran olhou ao redor, percebendo a mesma coisa que Lettle.

Eles estavam sozinhos.

— Lettle, fique atrás de mim — clamou Rayan.

Lettle não teve tempo de reclamar antes que as mãos de Rayan gentilmente a puxassem para si.

— Komi, proteja a esquerda de Lettle — comandou Yeeran.

Por um segundo, pareceu que Komi ia recusar. Lettle se perguntou que posição ele tivera no Exército Crescente para sentir que podia recusar a ordem de Yeeran.

Então ele assentiu, e toda a alegria da pessoa que ela conhecera sumiu do rosto dele. Em seu lugar, havia um combatente insensível.

Os feéricos saíram dos prédios abandonados. Cinco à esquerda, seis à direita.

Yeeran suspirou.

— Podemos derrotá-los...

Então vieram os obeah, um para cada um deles, saindo dos campos em direção aos quatro.

Lettle reconheceu Hosta enquanto elu tirava uma adaga da bainha em sua cintura, olhava para Lettle e sorria.

— Esperávamos pegar só a ratinha do grupo, mas aqui está o ninho inteiro. Que fortuito.

Os feéricos se aproximaram, faíscas saindo de suas mãos, adagas brilhando em seus cintos.

— Pila está muito longe? — sussurrou Rayan para Yeeran.

— Ela está vindo, mas é uma obeah só.

Um feérico sibilou, e eles olharam além dos elfos para alguém mais abaixo na rua.

Lettle deu uma olhada para trás e viu o obeah de olhos verdes que avistara mais cedo. Ele abaixou o chifre quebrado ao vê-la olhando. Seu pelo preto ondulava à luz baixa. Era a segunda vez que vinha resgatá-la.

— Droga, eles nos cercaram — murmurou Yeeran.

— Não, esse atrás de nós está do nosso lado — disse Lettle.

Mas ainda assim não seria suficiente.

Os olhos azuis de Hosta reluziram. Elu sabia.

— É hora de reivindicarmos nossa vingança em nome dos feéricos que perdemos para a brutalidade da ação dos elfos. É hora de vocês serem *caçados*.

Eles avançaram. Lettle sentiu um cacho de magia agarrar seus tornozelos enquanto era puxada para longe de Rayan pelo chão.

— Rayan!

Ele estendeu a mão para Lettle, mas teve que sair da frente de um obeah que tentava atacá-lo.

Lettle viu sangue. Não tinha certeza se era dela.

Komi lutava contra dois feéricos, a expressão sedenta de sangue, quase eufórica. Mas Lettle não teve tempo para perder com ele.

Hosta estava acima dela, brandindo uma adaga.

— Olá, ratinha. É hora de morrer.

CAPÍTULO VINTE E SEIS

Yeeran

— É hora de morrer.

Yeeran ouviu as palavras de Hosta e sua visão ficou vermelha. Ela disparou em direção aonde elu se inclinava sobre Lettle.

Yeeran sentiu o gume da lâmina de Hosta em sua lateral. Mas a dor apenas a motivou.

Ela socou o rosto de Hosta, um golpe depois do outro, fazendo os olhos cor de hematomas delu se transformarem em hematomas de verdade. A lâmina de Hosta ainda estava enterrada no abdômen dela.

Estou aqui, Yeeran, disse Pila em meio à confusão. Yeeran viu através dos olhos da obeah por um segundo, e o que enxergou era um pandemônio.

Hosta estava mole sob os punhos dela.

Um a menos, mas eles não estavam ganhando a luta.

Houve uma algazarra quando o obeah com um chifre quebrado parou sobre Lettle, enganchando os chifres com uma das feras que os atacava.

Yeeran cambaleou em direção a Pila, mas a obeah estava resistindo à magia de dois feéricos que a prendiam no chão.

— Não, não, não é assim que morremos. Não é assim que morremos.

Mas o sangue vazava da lateral do corpo de Yeeran, que se viu caindo de joelhos.

— Yeeran — gritou Lettle.

Desculpe, irmãzinha. Eu tentei.

Aguente, Yeeran, a ajuda está vindo, pediu Pila.

A perda de sangue trouxe uma névoa, e Yeeran se viu entrando na visão mágica.

Ela arfou.

Uma bola de luz se aproximava, um redemoinho sarapintado de bronze e ouro enquanto alguém montando um obeah avançava na direção dela. Tentáculos de magia espiralavam para fora e Yeeran se encolheu quando a pessoa veio em sua direção.

Mas não a atacou. Em vez disso, a magia atingiu o agressor mais próximo.

Aquela pessoa estava do lado deles.

Explosões de luz do sol preencheram a rua enquanto mais feéricos chegavam. Yeeran sorriu quando o mais brilhante deles foi em sua direção.

— Você deve ser Ewia — disse Yeeran para a aparição de luz.

Houve uma risada rouca, e então mãos gentis pegaram Yeeran.

— Aonde você está levando ela? — Lettle soava chorosa.

Por que ela está tão triste? Nós fomos salvos.

Porque você está perdendo sangue, Yeeran. A voz de Pila soava distante.

Estou?

— Vou levá-la a um curandeiro que conheço aqui perto. Preciso ir agora.

Houve uma discussão, e então Rayan disse:

— Deixe-a ir, Lettle. Ela precisa de um médico antes que a adaga seja removida.

Yeeran foi erguida e colocada nas costas de Pila.

— Yeeran, me escute. Preciso que você segure firme, está bem?

Yeeran abriu os olhos um pouco e estendeu a mão para a luz do sol que falava com ela.

— Não em mim, em sua obeah.

Segure-se, Yeeran, gritou Pila na mente dela.

Pareceu que uma era havia se passado até que ela conseguisse firmar as mãos na juba de Pila.

— Siga-me! — As palavras foram gritadas.

Então Pila estava correndo, e Yeeran sentiu a brisa no rosto. Ela sorriu para a escuridão que se aproximava e borrava os cantos de sua visão.

Até que a consumiu por completo.

෨ ෧

— Oi. Sei que você está acordada. — A voz soava juvenil.

Pila?

Estou aqui fora, você está segura. Lettle também.

Yeeran sentiu uma onda de alívio. Ela abriu um dos olhos e viu Cane, o garoto que Furi treinara, de pé ao seu lado. Ele torcia as mãos na frente de uma camisa suja e tingida.

— Bem, eu não estava acordada. Até agora. — Sua garganta estava seca e rouca.

— Ah.

Estava em uma cama pequena em um quarto não muito maior que a largura do móvel. Desenhos rudimentares estavam pendurados nas paredes.

— Você está no meu quarto. Mãe disse que eu tinha que ceder minha cama a você. "Temporariamente."

Ele viu Yeeran olhando para os desenhos e apontou para um dos maiores. Era de uma guerreira usando magia, representada por tinta amarela.

— É a comandante Furi.

Furi... claro, a aparição iluminada pelo sol era Furi.

Yeeran tentou se sentar para ver melhor e se encolheu.

— Mãe te deu doze pontos.

— Agradeço sua mãe.

Passos soaram e Furi apareceu à soleira da porta. Ela usava uma couraça de couro sobre uma túnica preta transparente. O cabelo bagunçado caía sobre o rosto, que estava contorcido de preocupação.

— Cane, você a acordou?

O menino abriu um sorriso inocente.

— Não, ela já estava acordada.

Yeeran assentiu.

— Eu estava.

O sorrisinho dele se transformou em travesso.

— Cane, pode ir buscar sua mãe na botica? Diga a Jay que a paciente delu está acordada.

— Tenho mesmo que ir?

— Tem, sim.

Ele arrastou os pés enquanto saía.

Já sozinhas, o silêncio zumbia entre as duas, vibrando com palavras não ditas.

— Obriga...

— Eu...

As duas se atravessaram na conversa e, então, sorriram por se interromperem.

— Desculpe, eu só ia agradecer. Por nos salvar. Hosta e seu grupo teriam nos matado.

O sorriso de Furi desapareceu de seu rosto.

— Você tem sorte de eu ter voltado uma semana mais cedo. Se eu não tivesse te visto da fronteira... — Ela fechou os olhos; quando tornou a abri-los, estavam cheios de raiva. — O que vocês estavam fazendo lá sozinhos? Sabem que as pessoas os querem mortos.

Pessoas como você, pensou Yeeran. Então se perguntou se isso ainda era verdade.

— Eu estava indo para os campos, para colher.

O olhar de Furi suavizou em algo quase afetuoso. Mas a expressão foi passageira.

— Foi tolice. Agora você está ferida, o que vai atrasar seu treinamento ainda mais.

Claro, pensou Yeeran amargamente. *Ela não se importa comigo. Só com obedecer às ordens da mãe.*

— E daí? — disse ela, baixinho. — O propósito do treinamento é me matar mesmo.

— Isso não é verdade...

Yeeran riu.

— Então esperam que eu sobreviva à iniciação?

Furi fechou a boca e respirou profundamente pelo nariz.

— E então? — insistiu Yeeran.

— Não era para você morrer hoje.

Então ela partiu, embora suas palavras tenham permanecido, ecoando na mente de Yeeran.

ᘓᗛ

Yeeran não ficou sozinha por muito tempo. Cane voltou para o quarto pouco depois, com a mãe logo atrás.

A mãe não tinha a aparência que Yeeran esperava. Olhos escuros emoldurados por cílios grossos em um rosto delicadamente estruturado. O cabelo delu brilhava em um preto lustroso, como o pelo de um obeah, e caía em ondas lisas sobre suas sobrancelhas imaculadas. Batom lustrava seus lábios cheios, que se partiram em um sorriso ao ver Yeeran desperta.

— Olá. Sou Jamal, mas me chame de Jay. — Até sua voz era primorosa, como o trinado de um pássaro na primavera.

Yeeran percebeu que encarava.

— Você está bem? Não está vendo pontos em sua visão, está? — perguntou Jay.

— Desculpe, não. Estou… estou bem.

Jay se ajoelhou ao lado dela na cama, as saias preenchendo o resto do espaço no cômodo.

— Mãe, posso voltar a ter minha cama agora? — choramingou Cane.

Jay o repreendeu.

— Não, você vai ficar no meu quarto esta noite.

Cane inclinou a cabeça.

— Mas onde Furi vai ficar?

O olhar de Jay encontrou o de Yeeran.

— Ela fica no palácio. Agora vá se aprontar para a cama. Te vejo em breve. — Jay virou-se para Yeeran. — Como você está se sentindo?

— Dolorida. Fiquei sabendo que tenho doze pontos.

Jay riu.

— Peço desculpas pelo Cane, ele fica tão enérgico quando Furi está aqui. Ele quer ser *igualzinho a ela*. — Elu deu a Yeeran um sorriso triste. — Mas fico feliz por ele poder se inspirar nela… Cane perdeu sua ma, minha parceira, há cinco anos.

Enquanto Jay falava, Yeeran via o luto estampado nas rugas ao redor de seus olhos.

— Sinto muito.

— Eu também, mas esses são os perigos de ir para a superfície.

Yeeran engoliu em seco. A parceira de Jay fora morta por elfos, embora elu não parecesse se ressentir dela. Yeeran ficou grata por isso; não tinha certeza de que conseguiria enfrentar mais vingança naquele dia.

Jay afastou as cobertas e conferiu os pontos com cuidado.

— Parecem limpos, sem sinal de infecção por enquanto, mas eu gostaria que você passasse a noite aqui. Você perdeu muito sangue, mas a adaga não pegou em nada que pudesse te matar. De alguma forma.

— Fomos ensinados a fazer isso.

— Como assim?

— Nós fomos ensinados a contorcer o corpo para receber o menor dano possível em um ataque.

Jay deixou escapar um "ah" horrorizado antes de puxar as cobertas de volta.

— Esta tintura ao lado da cama é feita de flor malva-da-neve, então, se você sentir dor durante a noite, tome um gole.

— Obrigada, Jay.

Yeeran tinha muitas perguntas, mas a principal era: há quanto tempo você é amante de Furi? Mas não podia perguntar isso, então disse:

— Por que você não trabalha na enfermaria? Onde eu estava antes?

O sorriso encantador de Jay falhou um pouquinho.

— Sou Desluz. Só quem tem vínculo pode trabalhar na enfermaria.

— Ah.

Jay permaneceu à porta, sentindo que Yeeran não terminara de falar.

— Há quanto tempo você conhece Furi?

Rugas surgiram ao redor dos olhos de Jay, como se soubesse o que Yeeran estava de fato perguntando.

— Há muito tempo. Embora não seja o que você está pensando. Temos prazer em saciar nossa solidão. Mas nosso amor é uma amizade profunda, nada mais.

Yeeran disse a si mesma que não se importava, mas sentiu algo aliviar no peito.

— Acho que vou descansar agora — disse.

Jay assentiu, mas, enquanto se virava para partir, algo chamou sua atenção e elu se agachou para pegar.

— É sua?

Jay segurava uma conchinha. Yeeran a reconheceu como a concha que ela e Furi usaram para treinar na praia.

Furi aparentemente a guardara.

— Sim, é minha.

Yeeran dormiu com a concha na mão e um sorriso no rosto.

CAPÍTULO VINTE E SETE

Lettle

—Quero vê-la. Me deixe entrar. — Lettle bateu os punhos fechados contra a porta de madeira.

A porta foi aberta, emoldurando Furi na última luz do fragmento. A expressão dela era tempestuosa.

— Eu não vou falar outra vez, esta casa já é pequena o bastante sem você tomando espaço com seu falatório. Deixe Jay *trabalhar*. Voltem para seus aposentos, garantirei que saibam quando ela despertar.

Com isso, Furi fechou a porta.

Um grito frustrado saiu da garganta de Lettle.

— Não há nada que possamos fazer aqui, Lettle — disse Rayan. Ele segurava um pedaço de tecido contra um corte superficial no braço. Komi estava sentado no chão, com um sorriso fraco no rosto. Ele nem sequer parecia amarrotado. — Furi não vai nos deixar entrar — continuou. — Já falei com Berro... — Lettle rosnou ao ouvir o nome da feérica, mas Rayan não pareceu perceber. —... e ela prendeu todos os feéricos que nos atacaram. Ela sabe da condição de Yeeran e me garantiu que a pessoa que Furi chamou é uma das melhores curandeiras.

— Se ela é uma das melhores, por que Yeeran não *acordou ainda*?

Atrás deles, Pila choramingou. A obeah estivera rondando a porta à sombra de Lettle.

A fera parecia tão triste que Lettle queria chorar. Ela suspirou, sem forças.

Rayan estendeu a mão para pegar a dela e a apertou. Lettle assentiu, grata.

— Vamos.

☙❧

Lettle foi direto para o quarto quando eles retornaram. Ela acendeu os lampiões perto da cama e pegou alguns dos livros que trouxera da biblioteca.

Não havia se esquecido do que aprendera naquela manhã — Yeeran morreria durante a iniciação.

Se não morrer agora por conta da ferida.

Lettle sentiu a garganta fechar, mas engoliu as lágrimas. Lágrimas não a ajudariam a escapar de Mosima. Lágrimas não ajudariam Yeeran.

Havia buscado em quase duzentos livros e encontrado apenas uma única referência à fronteira ou Afa, o último humano. Ela pegou o dicionário feérico que Golan havia lhe dado semanas antes e começou a transcrever outro texto.

Toc. Toc. Toc.

A batida à porta era leve, cuidadosa.

— Você pode entrar, Rayan.

Talvez ele tivesse notícias de Yeeran. Ele entrou com dois pratos de quiabo frito e pão.

— Posso me juntar a você? Não gosto de ficar à espera de notícias, então pensei que companhia pudesse ajudar.

Ela assentiu e acenou para o espaço ao seu lado na cama.

— Mas, por favor, não me distraia.

Rayan lhe entregou um dos pratos e ela comeu o pão antes mesmo que ele se acomodasse.

Ele riu.

— Que bom que eu trouxe comida. Pensei que você estaria preocupada demais para comer.

Lettle olhou para ele, séria.

— A gente passou tantos anos com fome que acho que jamais haverá um tempo ou espaço em que eu não possa ou não vá comer.

Rayan devia ter visto algo nos olhos dela, pois desviou o olhar.

— Sinto muito por você ter passado por isso — disse ele, baixinho. Sua mão se moveu ao lado da dela, e Lettle queria que Rayan a tocasse.

— Seu pai não trabalhava?

Com o comentário, foi a vez de Lettle desviar o olhar.

Os pesadelos dela com o pai tinham parado pela primeira vez em anos. Ela se perguntou se estar longe das Terras Feéricas havia ajudado a suavizar o fantasma do pai em sua mente.

Por tantas vezes ela vira o corpo sem vida dele atrás dos olhos. Mas ali estava mais preocupada com fugir do que com as lembranças perturbadoras da morte — não, *assassinato* — do pai.

— Não quero falar dele.

A não ser que ele reapareça nos meus sonhos.

Rayan assentiu e ficou em silêncio. Depois de terminar de comer, ele pegou o diário de profecia que tinha todas as anotações do grupo. Então adicionou algumas frases a uma parte e Lettle espiou o que era.

— "O Banquete da Chama acontecerá semana que vem durante a lua crescente." Como você sabe que a lua é crescente?

Ele deu de ombros.

— Berro me disse. Ela esteve na superfície com Furi.

Lettle tirou o diário das mãos de Rayan, fazendo os livros caírem no chão.

— O que foi? — perguntou ele, mas Lettle não estava ouvindo.

Ela passou as páginas até chegar à última profecia.

— Sob a lua crescente que ninguém pode ver, quando o sol brilhar e o crepúsculo reinar. Uma parceria conturbada morrerá quando o veneno passar por seus lábios. Um ouro, outro pérola.

Ela se sentou na cama.

— O que isso quer dizer? — perguntou Rayan.

— Duas pessoas vão morrer no dia do Banquete da Chama.

Rayan deu de ombros.

— Importa se eles perderem dois feéricos? Menos dois para enfrentarmos na fuga.

Lettle se sentiu inquieta. Não sabia por que até se dar conta do motivo. A profecia não especificava que seriam *feéricos*.

Um ouro, outro pérola.

Rayan se moveu na cama até que seus ombros tocassem os dela. Lettle suspirou e pegou outro livro.

— Talvez você deva parar de ler por hoje. Podemos não fugir de Mosima esta noite, mas um dia seremos livres.

Isso a irritou.

— Às vezes eu sinto que sou a única *tentando* fugir daqui.

— Isso não é verdade, Lettle. Eu passo todo dia coletando informações, e Yeeran fica estudando a fronteira por horas todos os dias. Até Komi tem feito amigos. Eu o vi com Nerad em uma taverna ontem, enchendo-o de bebida para conseguir informações.

— Mas nada disso funcionou. Ainda não estamos perto de fugir daqui.

— Mas nós vamos.

Ela sentiu o calor do corpo dele puxá-la para mais perto.

— Como é que você tem tanta certeza? — sussurrou ela no espaço que os separava.

Ele fechou os olhos e suspirou.

— Lembra quando eu te disse que minha mãe deu ao cabeça Akomido uma profecia de que ele não gostou?

— Sim, você disse que ninguém sabia da profecia, exceto os dois.

A boca de Rayan se franziu.

— Eu menti.

Lettle observou e esperou.

Ele estendeu as mãos para as dela e as segurou sobre o colo.

— Ela profetizou que eu seria a causa da morte dele. E por causa disso, por causa do que eu faria um dia, ele a assassinou. — A voz dele falhou.

— Rayan...

— Você não vê — disse ele, animado outra vez. — Nós *vamos* sair daqui. Porque, um dia, eu matarei o Tirano de Duas Lâminas no campo de batalha.

Ele havia transformado em conforto a dor que sentia e a usava para acalmar os medos de Lettle. Ela o amou por isso. Mas não teve a coragem de dizer que ele já poderia ter causado a morte do tirano. Sem uma profecia mais clara, ser a morte de alguém podia significar uma miríade de coisas.

Rayan estendeu a mão e a pousou em concha na bochecha dela. Lettle fechou os olhos e se inclinou para o calor do toque.

— Viu só, você não precisa se preocupar. — O hálito dele era quente; a voz, rouca. — Seremos livres no fim.

— Rayan.

Ele abaixou a mão.

— Eu sei, eu entendo que você não sente o mesmo que eu... mas saiba que eu me importo, está bem? Eu sempre me importarei.

Lettle não confiava em si mesma para falar. Estava observando os lábios dele, a forma como se moviam e faziam covinhas nos cantos. Ela imaginou como seria beijá-los, sentir os braços dele ao redor de sua cintura, ter a pele nua dele moldada às curvas de seu corpo.

Ela se deu conta da cama sob eles. Seria tão fácil entrar debaixo dos lençóis...

— Lettle...

A forma como ele disse o nome dela a deixou tonta. Ela fechou os olhos.

Houve uma batida enquanto a porta do quarto era aberta com tudo.

— Ela vai ficar bem — cantou Komi, parado à porta com uma carta na mão.

Em um piscar de olhos, Lettle estava ao lado dele. Então pegou o papel e o leu em voz alta:

— É de Jay. Yeeran vai ficar bem. Ela levou doze pontos. O dano foi mínimo, pois não pegou nenhum órgão importante. Ela virá para casa de manhã.

Lettle chorou, aliviada.

Rayan a abraçou. Não era o conforto que ela queria, mas era o conforto de que precisava.

CAPÍTULO VINTE E OITO

Yeeran

Yeeran recebeu a tarefa de descansar por três dias, o que a irritou. Como Furi voltara, ela estava ansiosa para retomar o treinamento.

Para aprender a usar sua magia? Ou para passar mais tempo com Furi?

Embora as palavras tivessem o humor seco de Pila, vinham das profundezas da mente de Yeeran.

Ela se livrou do pensamento errante. Tudo era para voltar para casa. Para a guerra.

Para Salawa.

O nome dela era como um banho frio em um dia quente. E enviou arrepios dolorosos pelo corpo dela, lembrando-a da mulher que tinha deixado para trás.

— Por que está fazendo careta? — disse Lettle ao entrar no quarto.

A irmã trazia uma xícara de chá de castanha e cúrcuma que vinha preparando por horas desde que Yeeran voltara aos aposentos deles.

— De novo, Lettle? A essa altura minhas veias são puro chá.

— Ajuda a prevenir uma infecção.

Yeeran grunhiu, mas pegou a xícara mesmo assim.

Lettle sentou-se na beirada da cama e esperou que Yeeran bebesse antes de perguntar:

— E então? No que você estava pensando?

Yeeran tentou manter a expressão neutra quando disse:

— Salawa.

As narinas de Lettle inflaram e ela torceu o nariz como se tivesse sentido um cheiro ruim.

— Sabe, vai ser difícil convencer Salawa a parar de matar obeahs.

— Ela vai. Quando souber que isso mata feéricos, ela terá que parar.

A risada de Lettle foi dura.

— Salawa não é a mulher que você pensa que é, Yeeran. Ela não merece sua lealdade.

— Ela luta pelo povo que costumávamos ser. E uma pessoa assim sempre terá a batida do meu tambor.

Lettle bufou, os lábios torcidos transformando sua boca em algo feio.

— Você sabia que foi ela quem disparou o tamborilar na multidão no dia em que você partiu? Sabia que foi ela quem me derrubou para que eu não pudesse me despedir?

Estava nítido que Lettle andara guardando esses pensamentos havia algum tempo, deixando-os apodrecerem para atingir Yeeran quando mais fossem magoá-la. E funcionou.

— Ela não faria isso — protestou Yeeran.

Lettle riu, e foi tão amargo que Yeeran se encolheu.

— Ela te exilou, Yeeran, *exilou*. Algo que ela sabia que seria mais doloroso que a morte porque você era uma *ameaça política*. Pare de se agarrar à imagem que tem dela. Há mais facetas dessa mulher do que você jamais poderia imaginar. E a maioria delas não é boa. — Então ela disse algo que gelou o sangue de Yeeran. — Quando estivermos livres, não se torne prisioneira do amor dela outra vez.

Com isso, Lettle saiu do quarto, tropeçando na borda da porta enquanto o fazia.

Yeeran saiu da cama para ajudá-la, mas Lettle partiu antes disso.

Ela abaixou a cabeça e suspirou.

Eu não era prisioneira de Salawa, era?

Os pensamentos dela foram para Furi, que de fato a mantinha prisioneira. Mas, conforme o rosto dela aparecia em seus pensamentos, ela sentiu algo semelhante à empolgação em seu peito.

Não posso mais ficar na cama. Pila, quer ir correr? Preciso sair daqui.

Sim, respondeu a obeah no mesmo instante. Desde o ataque, ela não havia se aventurado além do palácio. *A gente deveria pedir um acompanhante.*

Embora Yeeran não tivesse visto Furi desde que acordara na casa de Jay, havia recebido uma mensagem séria da comandante sugerindo fortemente que nenhum dos elfos deixasse o palácio sem um guarda feérico.

Não, nós duas ficaremos bem. A não ser que você não ache que é a obeah mais rápida em Mosima?

Pila bufou em sua mente.

Estou esperando no pátio.

∾ ∿

Elas correram e correram até que o pelo de Pila estivesse pegajoso de suor e os cachos de Yeeran, despenteados e livres.

Obrigada, Pila. Eu precisava disso.

A gente deveria voltar.

Pila conseguia sentir os ecos da dor de Yeeran, então, quando a exaustão começou a tomar conta de seus ossos, a obeah soube que era hora de levá-la para a cama.

Enquanto seguiam pela Floresta Real, Yeeran viu um rosto familiar sentado entre as raízes torcidas de uma acácia. Nerad tinha uma coleção de papéis diante de si e, quando a brisa ergueu um, Xosa, a obeah dele, o pegou.

Ela o levou de volta para a pilha — com marcas de presas — e apoiou a pata em cima.

Nerad nem pareceu perceber.

Yeeran desceu de Pila e se aproximou com passos pesados.

Você deveria estar descansando, Yeeran.

Eu vou, só quero ver Nerad. Não o vejo desde o ataque.

Ela conseguiu chegar a menos de trinta centímetros do príncipe antes que ele a visse.

— Yeeran! — Ele juntou os papéis para tirá-los do caminho e ela pudesse se sentar ao seu lado no chão.

Ela espiou as páginas, vendo apenas uma ou outra sentença aqui e ali. Parecia ser uma lista de coordenadas junto a um mapa de algum tipo.

— No que você está trabalhando? — perguntou ela.

Nerad entregou a pilha de papéis para que Xosa a levasse embora.

— Estou mensurando a terra arável na deterioração. Vendo quantas outras plantações podemos cultivar agora.

Yeeran assentiu e se sentou na curva da casca da árvore. Pila se encolheu aos pés dela.

— Como você está se sentindo? — perguntou Nerad.

— Confinada.

Nerad deu um sorriso torto.

— Eu também.

As palavras dele a fizeram ficar séria. Era fácil esquecer que os feéricos também eram prisioneiros.

— Quando éramos jovens — contou ele —, Furi e eu costumávamos nadar até a fronteira da Costa da Concha e fingir que, se continuássemos nadando, chegaríamos ao outro lado de Mosima. — Ele riu. — Sério, a gente nadava em círculos e imaginava como era a superfície. Os obeahs nos contavam como era o mundo além, mas não era o mesmo que ver com os próprios olhos.

Yeeran sentiu uma pontada de simpatia por Furi e Nerad. Conseguia imaginá-los boiando e olhando para o fragmento, compartilhando fantasias sobre como era a superfície.

— Quantos anos você tinha quando saiu de Mosima pela primeira vez? — perguntou Yeeran.

A expressão de Nerad ficou sombria pela lembrança.

— Eu tinha 15 anos quando meu primo mais velho descobriu como abrir a fronteira. Ele levou Furi primeiro, embora eu fosse mais velho... os dois tinham cultivado um relacionamento no qual não tinha espaço para mim.

— Por quê? — perguntou Yeeran, gentil.

Os olhos de Nerad brilharam.

— Eu não cabia no molde que a dinastia Jani tinha para mim. A intenção dele era me amansar.

Amansar? Ele é o mais gentil da família, disse Yeeran para Pila.

Um ornitorrinco também, mas a mordida dele é venenosa, respondeu ela.

Yeeran estava prestes a perguntar a Pila onde, pelas três divindades, ela vira um ornitorrinco, quando Nerad tornou a falar.

— Enfim, chega de remoer o passado. Deve ser bom ter uma pausa do treinamento.

Yeeran suspirou, e Nerad riu.

— Não me diga que você sente falta.

— Não, é só que eu ainda não dominei minha magia. Ainda preciso invocá-la. Mesmo durante o ataque, eu não tinha nada além dos meus punhos. — Pila bufou. — E Pila, é claro.

Nerad inclinou a cabeça.

— É difícil dominar. Você precisa dividir a mente, focar com uma e desfocar com a outra. Use a visão mágica e puxe o carretel do seu poder.

Yeeran esfregou a sobrancelha, frustrada.

— São só palavras. Eu não consigo fazer na prática.

— Hmm. Você sabe usar um arco? Imagine que é assim. Você deve se concentrar no alvo, mas também deixar seus outros sentidos te guiarem.

Yeeran sentiu o arrepio de uma ideia em sua pele.

— Ou talvez tamborilar disparado... — Ela se inclinou e deu um tapinha nas costas de Nerad. — Você é um gênio.

Ele tossiu, e Yeeran percebeu que fora um pouquinho violenta demais.

Mas ele riu e disse:

— Não sei o que fiz, mas espero que dê certo.

Venha, Pila. Precisamos fazer um tambor.

೩⸱⸲

Yeeran esperou na Costa da Concha por Furi. Jay, a contragosto, dera a ela permissão para voltar a treinar na noite anterior.

— Mas nada físico demais, está bem? — dissera Jay, e então adicionara com uma piscadela: — Sei que o Banquete da Chama é hoje à noite, mas tome cuidado quando a chama for apagada. Direi o mesmo a Furi.

Yeeran fingiu não entender o que elu quis dizer, embora o rubor em suas bochechas fosse suficiente para confirmar. Jay ainda ria quando fora embora.

Naquele momento, Yeeran andava de um lado a outro na terra molhada, seu tambor rudimentar pendurado no ombro. Ela disse a si mesma que a empolgação que sentia era apenas pelo tambor. Mas Pila a expôs.

Você sentiu saudade dela.

Não senti.

Mas Yeeran não podia negar o calor que a presença de Furi trouxe enquanto a feérica cavalgava em sua direção, montando Amnan. Como um raio de sol através das nuvens, a beleza de Furi queimou a pele de Yeeran e a deixou vermelha. O vento chicoteava o vestido azul-claro transparente que ela usava, revelando a costura da combinação de renda visível no alto das coxas. O cabelo estava preso no topo da cabeça, expondo a pele sardenta ao longo da clavícula e do pescoço.

Ao desmontar, ela deu a Yeeran um sorriso hesitante.

— Oi. — Furi estava um pouco sem fôlego.

— Oi — respondeu Yeeran. Seus lábios estavam dormentes; os olhos, famintos.

O sorriso de Furi desapareceu.

— O que é isto?

— Um tambor. Estive praticando.

Furi rosnou e se afastou como um gato, arqueando as costas. Amnan recuou, arrancando um sibilo de Pila em retaliação.

Yeeran estendeu uma mão apaziguadora para Furi e para o obeah.

— É feito de couro velho dos uniformes do quartel.

Yeeran passara a noite toda raspando e esculpindo o material até ficar macio e flexível o suficiente para ser esticado sobre um barril. Não passava de uma imitação remendada de um tambor, mas serviria.

— Por que você trouxe isso? — Furi inclinou a cabeça para a direita.

Em vez de responder, Yeeran mostrou.

Ela respirou fundo e abriu os olhos para a magia. Não era exatamente como entrar na água, como era para Lettle, ou mesmo para

Rayan. Para Yeeran, a visão mágica exigia mais esforço, como subir uma escada ou escalar uma colina. Mas, quando ela chegava ao topo, via tudo brilhante e reluzente ao seu redor.

Então passou o dedo anelar pela borda do tambor, com os pulsos voltados para fora. O gesto produziu um som simples, agudo e rápido, uma nota mais alta do que ela normalmente usaria, mas cuja magia era mais fácil de dominar. Com intenção, ela trouxe o tamborilar disparado para a frente.

Em vez de extrair a magia da pele do obeah, Yeeran procurou dentro de si e finalmente sentiu o movimento de puxão que Furi explicara.

Um disparo de magia cruzou a clareira.

Yeeran virou-se para Furi com um sorriso triunfante, mas a mulher franzia a testa.

— Como você fez isso?

Você devia ter atingido Amnan bem na testa em vez daquela árvore. Pila ainda se ressentia da hostilidade do obeah.

Yeeran a ignorou e explicou para Furi:

— Combinei a técnica do tamborilar disparado com a visão mágica e consegui, eu desenrolei.

Furi entreabriu os lábios, o fascínio provocando rugas nos cantos de seus olhos.

— Me mostre de novo.

Yeeran mostrou, mas desta vez tirou o som com um rufar, criando um longo fio que podia manipular uma vez criado.

Furi ficou perto de Yeeran, observando seus dedos e a magia se moverem. Yeeran conseguia sentir o calor do corpo dela. A seda de seu vestido se enrolou os tornozelos nus de Yeeran ao sabor da brisa.

Quando terminou a demonstração, Furi tocou na mão que estava apoiada na pele do tambor. Uma descarga passou por Yeeran.

— Pode me mostrar? — pediu Furi.

Yeeran tentou traduzir o movimento da batida de tambor para Furi, mas estava claro que ela não conseguia entender o gesto e a magia ao mesmo tempo.

— Não, mais leve, você não precisa atingir com tanta força. — Yeeran pegou o punho de Furi para guiá-la. Era pequeno e delicado, embora as mãos fossem fortes e amplas. — O som é só um receptáculo para a magia, ele não o extrai de verdade, é o seu foco que faz isso.

Furi suspirou e Yeeran sentiu o hálito dela em sua bochecha, picante e doce como o miolo do kiwi.

— Parece que não funciona para mim. Mas é bom termos descoberto uma forma de extrair sua magia.

Yeeran não percebeu que sua mão ainda se apoiava na de Furi até que o silêncio ficou tenso entre elas.

Os dedos de Furi tremeram como se fossem tocar os dela, mas então o momento passou e ela puxou a mão, partindo o fio de tensão entre as duas. Sem o toque de Furi, o tambor caiu no chão com um baque. Nenhuma tentou pegar o som ecoante entre elas.

O olhar de Furi encontrou o de Yeeran. O centro dourado deles era quente e sedutor.

Amnan fez um barulho de choramingo baixinho na garganta.

Yeeran, por instinto, estendeu a mão para ele, correndo a mão pela juba. Furi se inclinou com um arfar, de olhos arregalados e lábios entreabertos.

Yeeran puxou a mão de volta.

— Fiz algo errado?

Furi pareceu buscar as palavras certas. A boca dela se abriu e fechou até que ela se decidisse.

— Não.

Yeeran não tinha certeza se isso era verdade, e teria perguntado, mas Furi havia recuado.

Houve um som na costa e as duas se viraram para ver Nerad se aproximando. Já era hora da lição com ele.

— Nerad. — Furi assentiu para o primo antes de voltar a olhar para Yeeran. — Te vejo no Banquete da Chama mais tarde.

Yeeran não teve tempo de se despedir antes que Furi montasse em Amnan e partisse.

O pelo dele é mais macio que o meu? Parece palha preta, resmungou Pila, os pensamentos eram como cascalho entre os dedos de Yeeran.

Não, nem se compara.

Pila apoiou a cabeça nas patas, contente com a resposta de Yeeran.

Nerad arqueou a sobrancelha.

— Interrompi algo entre você e Furi?

— Não — respondeu Yeeran rapidamente, voltando-se para ele. — Se eu puder perguntar, qual é a etiqueta quando se trata de obeahs?

Nerad riu.

— Ah, você não tentou tocar Amnan, tentou? Foi isso o que a deixou tão irritada.

Mas Furi *não* parecia irritada.

Nerad se agachou na praia, e Yeeran se acomodou ao lado dele.

— Obeahs são... a parte mais sagrada de nós.

Somos muito especiais, concordou Pila.

— É educado reconhecê-los, respeitá-los. Agora, *tocar* um obeah... — Nerad riu. — É um ato entre amantes.

Yeeran endireitou a coluna.

— Uma conexão com um obeah é íntima. — Ele balançou a cabeça. — Tenho amigos que estão com seus parceiros há anos e ainda não abraçaram o obeah um do outro.

Yeeran pensou em Amnan e Furi, na forma como ela reagira quando Yeeran tocara seu obeah.

Em como ela não lhe disse para parar.

CAPÍTULO VINTE E NOVE

Lettle

— E então, funcionou? — perguntou Lettle a Yeeran quando a irmã voltou do treinamento. Sentados no sofá, Rayan e Komi observavam com expectativa.

Havia um sorrisinho torto nos lábios de Yeeran, mas, quando Lettle falou, a irmã se assustou, como se não tivesse percebido a presença de ninguém no cômodo.

— O quê? — perguntou Yeeran.

— O tambor? Funcionou?

— Ah, sim. Igualzinho ao tamborilar disparado.

Komi comemorou e Rayan murmurou:

— Muito bem, coronel, muito bem mesmo.

Lettle fechou de uma vez o livro que estava lendo.

— Graças a Bosome. Agora temos como lutar contra os feéricos quando escaparmos.

Algo passageiro cruzou a expressão de Yeeran. Algo semelhante à dúvida. O estômago de Lettle se revirou.

— Você não acha que vamos conseguir.

Yeeran se sentou no sofá ao lado de Lettle.

— Não foi o que eu disse, Lettle.

Lettle sentiu o fogo da raiva tremeluzir sob suas pálpebras. Ela fechou a boca e tentou dar o benefício da dúvida a Yeeran.

Mas, quando Lettle não disse mais nada, Yeeran optou por mudar de assunto.

— Todos vão ao Banquete da Chama?

Komi bateu palmas.

— Sim, mal posso esperar para ver o hidromel que eles trouxeram para a ocasião.

Até Rayan assentiu e disse:

— Berro me disse que é a maior noite de celebração do ano, não acho que é possível evitar ir.

Lettle sentiu a fúria surgir e se levantou, derrubando livros ao seu redor.

— Por que eu sou a única tentando sair da droga deste lugar?

Todos ficaram tensos com o volume da voz dela. Yeeran balançou a cabeça devagar, mas não respondeu.

— Você — Lettle apontou para Rayan —, você passa seus dias com Berro, e não estamos nem um pouco mais perto de saber *por que* os feéricos estão se preparando para a guerra. Você — era a vez de Komi ser condenado, apesar do olhar inocente que lançou para ela — é um bêbado cuja única contribuição para nossa luta tem sido aprender canções de bar. — Lettle voltou sua fúria para Yeeran. — E *você*. Você desistiu. Eu consigo ver. Você não acha que vai sobreviver à iniciação, então está apenas matando tempo antes do inevitável. Me diga que não é verdade.

— Lettle... — Yeeran disse o nome dela como se ela fosse uma criança desobediente.

Ela não queria ouvir.

— Aproveitem a noite de vocês. *Eu* não vou. Porque pelo menos eu não esqueci nosso propósito.

Então ela saiu pisando duro, sem olhar para trás.

❧ ❦

Lettle fechou a porta do quarto com um estrondo. Sua respiração pesada preencheu o silêncio que se seguiu.

Ela sabia que Rayan e Yeeran estavam tentando, mas eles não tentavam o *bastante*.

Lettle fechou os olhos em um esforço para acalmar a raiva que fervilhava em suas veias. Quando tornou a abri-los, olhou para a janela. O fragmento estava enfraquecendo, sua cor mudando do amarelo-dourado para o laranja das brasas brilhantes. Ela olhou para o teto da caverna e viu o pequeno triângulo de luz onde o sol brilharia da superfície pela única vez naquele ano. Em mais ou menos uma hora, os raios do pôr do sol atingiriam a Árvore das Almas.

Ela repetiu a profecia na mente:

Sob a lua crescente que ninguém pode ver, quando o sol brilhar e o crepúsculo reinar. Uma parceria conturbada morrerá quando o veneno passar por seus lábios. Um ouro, outro pérola.

Em algum lugar, duas pessoas iriam morrer. Ela não tinha como saber quem. Apenas como.

De qualquer jeito, não é como se pudesse impedir a profecia.

As profecias sempre se cumpriam, mas ela tentava não pensar demais nisso. Se o fizesse, seus pensamentos a levariam de volta a Rayan.

E ao amor e à morte.

Ela se livrou do pensamento e tentou voltar a ler outro livro. Mas os sons da preparação do festival abaixo a incomodavam.

— Preciso sair daqui — disse a si mesma.

Yeeran tentara convencê-la a não deixar o palácio sem uma escolta feérica. Ainda que Hosta e seu grupo tivessem sido capturados, era provável que houvesse mais feéricos que matariam Lettle com prazer.

Ela olhou para a portinhola de obeah na janela de seu quarto, que dava para um pátio cheio de árvores frutíferas. Seria fácil passar por ela e descer a escada sem que Yeeran descobrisse.

Sem hesitar, Lettle enfiou o diário de profecias no bolso e caminhou até a portinhola. Ela pressionou as palmas contra o painel de vidro até que este se abriu. Era alto o suficiente para um obeah atravessar com os chifres abaixados, então Lettle podia passar de pé. A escada do outro lado era um pouco mais precária, não passava de tijolos salientes e sem corrimão no qual se segurar.

Lettle conseguiu chegar aos últimos degraus antes de tropeçar e cair no chão.

— Ai — grunhiu ela. Tinha caído sobre o braço esquerdo, fazendo a dor constante ali aumentar.

Houve um movimento à frente e ela ergueu a cabeça para ver um grupo de obeahs parar de comer. Eles a observaram com olhos curiosos enquanto ela se levantava e se afastava com um ar de realeza que havia aperfeiçoado ao longo dos anos.

ॐ ॐ

Multidões já haviam começado a sair às ruas. Gritos de alegria eram cantados de bocas meladas de hidromel e castanhas-de-caju açucaradas. Feéricos descansavam nos telhados e subiam escadas. Eram os azarados que não tinham sido convidados para a cerimônia na Floresta Real, então esperavam ver a luz do sol atingindo a Árvore das Almas a partir das varandas ou das janelas do último andar.

A presença das massas não ajudou em nada a diminuir os medos de Lettle, e ela se viu quase correndo no meio da multidão. Seu plano era ir ao Pomar de Livros, mas agora parecia muito longe. E muito isolado.

Ela sentia que alguém a observava, mas, toda vez que se virava, não via nada. Uma vez pensou ter visto o brilho de olhos verdes, mas eles desapareceram quando ela piscou.

Lettle foi puxada com brusquidão para o lado por uma mulher alta. Ela começou a chutá-la até perceber que a mulher estava tentando fazê-la dançar.

— Um dom da divindade que observa além-véu, um fatia de sol se pondo brilhante no céu... — cantarolou a mulher enquanto dançava a giga.

Lettle viu a placa roxa da botica do vidente Sahar e correu na direção dela, para longe das mãos dos feéricos que dançavam.

— Olá? — Ela bateu à porta, mas a loja parecia fechada. Testou a maçaneta. Por sorte, abriu bem quando um grupo de feéricos montando obeahs passou, quase levando Lettle com eles. Ela entrou dentro da loja e chamou: — Sahar?

A porta dos fundos foi aberta e Sahar entrou com duas canecas fumegantes de chá de folha de framboesa. Ele a esperava.

— Olá, elfa. — Ele entregou uma das canecas para Lettle. Era feita de argila roxa, pintada à mão com flores. Ela se perguntou se Sahar as fizera. — Eu adocei com seiva de teixeira. Suspeito que a sua acabou.

Ela assentiu, agradecida, e tomou um gole. Quando o alívio subiu para seu ombro esquerdo, Lettle soltou um murmúrio.

— Obrigada.

Sahar deu um sorriso astuto.

— De nada.

Eles tomaram o chá em silêncio. Lettle observou a lombada dos livros nas prateleiras atrás da cabeça de Sahar. Com um sobressalto, ela percebeu que já conseguia ler. Seu olhar parou em um dos volumes menores.

— *A História do Trigo, do Morcego e da Água*. O que é isso?

— Exatamente o que diz. — Sahar pegou o livro e entregou para ela. — É a história do começo das coisas. E do fim das coisas, suponho.

Lettle estendeu a mão para o livro.

— Posso?

Sahar encarou-a e então assentiu uma vez, rápido.

— Fique com ele.

Lettle passou as mãos famintas pelo livro.

Um novo livro que pode ter mais a oferecer sobre como escapar daqui.

Ela olhou para as ruas lá fora. De alguma forma, estavam mais cheias que antes. De jeito nenhum ela conseguiria chegar ao Pomar de Livros.

Quando tornou a olhar para Sahar, viu que ele a encarava com expectativa.

— Posso ficar aqui um pouquinho? Só até ficar mais calmo lá fora?

Ele assentiu.

— Vou estar lá trás se você precisar de mim. Nunca gostei do Banquete da Chama. — Ele balançou a cabeça com tristeza. — Celebrar um pedaço do sol não é celebração, mas um lembrete da nossa prisão.

A sombra magra dele se esticou enquanto ele saía.

Lettle pegou o banquinho do balcão e começou a ler.

ം⚬⚬ം

Só quando seus olhos ficaram pesados Lettle se deu conta de quanto tempo se passara. A luz do fragmento havia se abaixado por completo e, embora ela não se lembrasse disso, Sahar devia ter voltado e acendido os lampiões para ela.

Ela se sentou e esticou os ombros. *A História do Trigo, do Morcego e da Água* era folclórica, mais cheia de mitos do que de verdade. Algumas delas Lettle reconheceu de histórias contadas por adivinhos nas Terras Élficas, mas aquelas se concentravam em Bosome, e não em todas as divindades.

Ela olhou para as anotações.

Ewia concedeu aos feéricos a magia feita da luz solar, Bosome deu aos elfos a magia do Destino feita de luar, e Asase concedeu aos humanos a linguagem das rochas e das árvores.

Ouro para os feéricos, prata para os elfos, bronze para os humanos.

Fazia sentido: a magia da fronteira era mais escura que o ouro do poder dos feéricos, e a magia do Destino sempre brilhou em pérolas prateadas.

Lettle sentiu o frio do pavor cortar sua garganta como uma faca. Ela voltou para a sua última profecia, parando na frase final.

Uma parceria conturbada morrerá quando o veneno passar por seus lábios. Um ouro, outro pérola.

Ela tinha pensado nas vítimas como inconsequentes.

— Uma parceria conturbada... ouro e prata. Feérico e elfo.

Furi e Yeeran.

Aquele dia na floresta, ela havia perguntado aos Destinos sobre Yeeran, e eles lhe contaram. Todo aquele tempo, ela havia previsto a morte de Yeeran sem saber.

Lettle se levantou, o banquinho caindo atrás dela com um baque.

— O que foi isso? — perguntou Sahar, aparecendo à soleira da porta.

— Minha irmã... há uma profecia... vai se realizar hoje. Pode ser tarde demais...

Sahar olhou para o livro dela e leu as palavras ali.

— Não há nada que você possa fazer, Lettle. — Suas palavras eram coisas quebradas, trazidas da ruptura da dor, pois lágrimas se acumularam nos olhos dele.

Lettle não teve tempo de se perguntar por que ele estava chorando. Tudo o que ela sabia era que precisava *encontrar Yeeran.*

Ela saiu da loja de Sahar e entrou na incursão de dançarinos. Seus pés batiam no chão enquanto corria. Mas ainda era muito lenta.

Uma figura saiu das sombras e entrou em seu caminho. Era o obeah que tinha visto antes, com olhos verdes e um chifre quebrado.

— Saia da frente — sibilou, mas ele não se mexeu. Ela tentou dar a volta, mas a fera disparou para ela, as patas da frente inclinadas para baixo. — Saia — gritou Lettle.

Ele se abaixou mais, sem deixá-la passar.

— Espere... você quer que eu monte em você?

Ele assentiu com a cabeça.

Se não estivesse tão tomada pelo pânico, ela teria parado para questionar quem tinha vínculo com o obeah. Em vez disso, montou às costas dele e se segurou na base da juba, como vira Yeeran fazer com Pila.

— Me leve para a Floresta Real.

ॐ ॐ

As coxas de Lettle queimavam enquanto ela galopava em direção ao palácio. Sentia-se grata pela seiva da teixeira que amenizou a dor em seu ombro. As multidões estavam turvas devido às suas lágrimas enquanto eles avançavam, sem se importar com quem ela ofendesse. Quando chegaram à floresta, ela estava molhada de suor.

Lettle desceu das costas do obeah e correu pela Floresta Real. O fogo fora apagado e, portanto, os feéricos estavam entre as árvores em busca de prazer.

Cada gemido de felicidade podia disfarçar um de dor. Ela recorreu à visão mágica para chegar à irmã.

— Yeeran! — gritou, mas ninguém a ouvia.

Então houve um grito. O pânico queimou em sua garganta enquanto ela corria em direção ao som.

Um grupo de pessoas se reunia em uma clareira à frente. Um deles tinha um lampião. Sua luz lançou uma sombra sobre dois corpos no chão. Lettle viu cabelo escuro e cacheado.

— Elas estão mortas — ouviu alguém dizer, e sentiu a escuridão engoli-la por inteiro.

Lettle caiu no chão e chorou.

CAPÍTULO TRINTA

Yeeran

Yeeran observou Lettle sair da sala, as últimas palavras da irmã pesando em todos eles.

— Porque pelo menos eu não esqueci nosso propósito.

Aquilo ecoava como um peso na consciência de Yeeran. Todos os dias ela pensava em escapar, mas, quanto mais tempo passava no mundo dos feéricos, mais percebia que a magia dela não seria suficiente para salvá-los. Eles precisavam encontrar outra forma.

Rayan se levantou para ir atrás de Lettle, mas permaneceu na soleira, a expressão dividida. Ele fechou os punhos e se afastou.

Me pergunto o que aconteceu entre eles, pensou Pila. *Pensei que os dois seriam companheiros, mas em vez disso eles se circulam com seus cheiros.*

Não sei, mas acho que tem algo a ver com Berro.

Hmm, mas ele não circula Berro da mesma forma.

— Vou descer mais cedo, arranjar um bom assento perto do... hidromel. — O olhar de Komi era perturbado.

As palavras de Lettle atingiram todos eles.

Yeeran e Pila não ficaram sozinhas por muito tempo.

Toc. Toc. Toc.

Quando Yeeran abriu a porta, deixou escapar um surpreso:

— Ah.

Furi estava ali, passando o peso do corpo de um pé para outro.

— Tenho algo para você.

Ela pegou um largo objeto circular enrolado em algodão. Entregou-o bruscamente e desviou o olhar para o chão.

Yeeran abriu o pacote e sorriu.

Era o tambor de mogno que Salawa lhe dera em seu primeiro dia como coronel.

— Eu troquei a pele, é claro. — Os lábios de Furi se mexeram de desgosto. — Achei que seria melhor para você do que o tambor que fez.

Era isso e mais. Ao devolver o tambor a ela, Furi devolvera a lembrança da pessoa que Yeeran fora. Ela se sentiu endireitar a postura, o queixo erguido, e engoliu o nó na garganta.

— Obrigada, significa muito para mim.

O olhar de Furi encontrou o dela e a comandante abriu seu sorriso raro.

— Preciso ir, estou atrasada para a prova do meu vestido. Estão me esperando na floresta dentro de uma hora.

Yeeran não queria que ela fosse.

— Devemos testar primeiro?

Furi ergueu a sobrancelha e entrou na sala.

— Atinja a pintura acima da lareira — disse ela.

Yeeran jogou a alça do tambor por cima da cabeça e concentrou-se no alvo.

Ela canalizou a visão mágica e colocou o pulso e a palma da mão no tambor para abafar a ressonância. Então bateu levemente com o indicador e o polegar, girando os grupos de dedos para obter uma batida clara. Ela desenrolou os fios de magia e os deixou voar.

Todos atingiram o centro da pintura, rasgando a tela até a parede de pedra por trás.

Triunfante, ela se virou para Furi, puxando-a para um abraço antes que percebesse o que tinha feito. A princípio, Furi ficou rígida e chocada, mas, depois, derreteu-se contra Yeeran. Quando o abraço terminou, Yeeran se viu querendo mais do que aquele breve toque. Queria provar cada sarda na pele de Furi. Queria explorar cada curva e sombra. Quando o olhar de Furi encontrou o dela, um pensamento lhe ocorreu.

Minha iniciação é daqui a um mês.

Vamos dar um jeito, disse Pila. A obeah deitava-se no chão ao lado de Amnan, e Yeeran percebeu que as caudas dos dois se entrelaçavam.

Pensei que você não gostasse de Amnan?

Quando foi que falei isso?

Você cismou que o pelo dele não era tão macio.

E não é, mas só porque o meu é o mais macio.

É mesmo, concordou Yeeran, e se inclinou para acariciar a cabeça de Pila.

Furi se aproximou da porta e ficou ali.

— As rainhas querem garantir que você vá esta noite. É uma grande celebração. Com o fim da deterioração, a ameaça ao reinado delas acabou.

— Estarei lá.

Furi não falou por um tempo, e quando o fez suas palavras eram suaves, com o toque das teias de aranha de uma lembrança antiga.

— Meu irmão e eu fizemos as pazes com o fato de que a deterioração ia destruir Mosima durante o reinado dos próximos monarcas. É estranho pensar que ele e a deterioração agora se foram.

Yeeran pressionou os lábios. Isso era o máximo que Furi havia falado sobre qualquer coisa que não fosse treinamento, e não iria interromper.

— Antes da maldição — prosseguiu Furi —, meus ancestrais viviam em Lorhan, capital das Terras Feéricas. Nerad e eu sonhávamos em voltar para lá. Em deixar Mosima para trás.

— Mas Mosima não morrerá se a dinastia Jani partir?

Furi lhe lançou um olhar afiado. A pergunta tinha saído antes que Yeeran pudesse se conter.

— Nerad te disse isso?

Yeeran assentiu, os lábios pressionados mais uma vez.

Viu, sempre há uma solução, disse Pila, sem ajudar. *Matar toda a dinastia Jani.*

Você acha que poderíamos fazer isso? Matar Furi? Matar Amnan?

Pila não respondeu, mas sua cauda apertou um pouco mais a de Amnan. Era resposta suficiente.

Furi olhou para a pintura que o tamborilar disparado de Yeeran havia arruinado.

— É verdade, nenhum de nós pode partir por muito tempo sem que as árvores comecem a murchar. Lembre-se, este lugar pode parecer um paraíso para você, mas não é. É nossa maldição permanecer escondidos do mundo. É nossa maldição nunca sentir a chuva no rosto ou ver as nuvens no céu. Mosima é maravilhosa, mas todas as maravilhas deixam de surpreender uma vez que você percebe suas restrições. Nós estamos presos aqui, tanto quanto você.

Ela saiu para o corredor e Amnan foi se juntar a ela. O obeah agarrou-se à perna de Furi enquanto ela dizia:

— Não se atrase, as rainhas não vão gostar.

Yeeran suspirou, irritada ao ver a expressão de comandante de volta ao rosto dela. Assim como Salawa, Furi era seu título antes de mais nada.

Mas então Furi se virou e disse:

— Use vermelho. Combina com você.

Em seguida, ela montou nas costas de Amnan, o cabelo caindo do coque em que estava preso. Etéreo e livre. Uma deusa ganhando vida.

ॐ ∾

Yeeran puxou a bainha de sua camisa vermelha. Era forrada de couro preto com fivelas de latão amarradas em torno de sua caixa torácica, como um arnês. As saias eram adornadas com os mesmos detalhes de couro. O material era transparente, delineando as sombras de suas pernas musculosas. Ela havia pintado os lábios e a ponta dos dedos de vermelho-sangue.

Seu olhar percorreu a multidão. As duas rainhas estavam sentadas nos tronos da casca da Árvore das Almas. Ambas usavam vestidos magníficos que espumavam e fluíam em renda e seda.

A rainha Vyce usava uma tiara de ouro na cabeça que se espalhava em raios de sol, enquanto a coroa de Chall era muito mais ornamentada e salpicada de pérolas. Seus obeahs descansavam nos galhos da Árvore das Almas, as caudas balançando em meio ao aglomerado de planadores estrelares que cercavam as rainhas.

Yeeran chegou na hora certa ao banquete, mas já passava das oito da noite e Furi ainda não havia aparecido.

Pila, você viu Amnan?

Não, você quer que eu o encontre?

Está tudo bem.

Pila estava em um grupo de outros obeahs no meio da floresta. As rainhas haviam reunido uma pilha de frutas e deixado para que as feras as aproveitassem. Pila estava saciada e satisfeita.

— Você mesma escolheu essa roupa? — perguntou Golan, se aproximando.

Ele usava um vestido justo cuja saia verde caía ao chão.

Yeeran sorriu afetuosamente.

— Na verdade, escolhi, sim.

— Acho que pode estar aprendendo mais sobre estilo que sua irmã. A propósito, você a viu?

— Ela não vem.

Golan sorriu e balançou a cabeça.

— Ela pegou gosto por estudar feérico.

Porque pode ser a chave da nossa fuga, pensou Yeeran, mas não disse. Em vez disso, assentiu vagamente.

Deve haver mais que eu possa fazer para nos tirar daqui. As palavras de Lettle ainda arranhavam sua pele. Talvez, ao se aproximar de Furi, Yeeran pudesse convencê-la a intervir por eles diante das rainhas.

A ideia de se aproximar de Furi fez o coração dela disparar.

— Ó Ewia celeste. — As palavras de Golan a trouxeram de volta para o presente.

O olhar dele estava preso em alguém ao longe. Yeeran estava prestes a perguntar o que o fez arregalar tanto os olhos quando os viu.

Nerad e Furi haviam chegado.

A música pareceu atingir um crescendo, preenchendo o silêncio que se espalhava pela multidão. Ambos usavam espartilhos de bronze combinando que se espalhavam atrás deles em uma trilha de fina cota de malha. Na testa, usavam coroas que reproduziam o formato dos chifres de seus obeahs, torcendo-se para cima como galhos de uma árvore.

Seus olhos estavam delineados com ouro líquido e seus lábios brilhavam com um ruge tão escuro que era quase preto. Amnan e Xosa, os obeahs, os ladeavam.

Eles se pareciam muito com os futuros rei e rainha de Mosima.

— Ele está incrível — murmurou Golan.

— Os dois estão.

Por um momento, o olhar de Golan se demorou em Nerad. Yeeran não tirou os olhos de Furi. Como ela poderia, como alguém poderia, quando a comandante estava assim?

Furi hesitou ao pé da escada enquanto Nerad se dirigia até a mãe. Ela parecia vasculhar a multidão, à procura de alguém.

Yeeran esperou que o olhar dela pousasse sobre o seu e quando isso aconteceu, o mundo inteiro pareceu escurecer ao seu redor. Por um momento, ela pensou que poderia ter entrado na visão mágica, mas, não, Furi simplesmente brilhava mais do que qualquer outra pessoa na floresta.

A boca de Furi se abriu, e Yeeran percebeu como sua respiração havia se tornado superficial. Então a expressão dela tornou-se dura, seus lábios se contraíram e ficaram pálidos, e ela se virou para ficar ao lado da mãe. Os quatro juntos eram uma visão impressionante.

Yeeran soltou um suspiro instável.

— A força completa da dinastia Jani, para quem quiser ver — disse Golan. — Agora que a deterioração acabou, eles estão mais uma vez exercendo o poder ao consolidar Nerad e Furi como os próximos monarcas.

Yeeran olhou ao redor. As multidões observavam seus governantes com admiração evidente. Yeeran se perguntou se era algo contagioso.

— Parece estar funcionando — disse ela.

Ela olhou para Rayan, que conversava com alguns membros da guarda feérica com quem fizera amizade. Ele parecia tranquilo na companhia do grupo e, em troca, eles não pareciam tratá-lo de maneira diferente. Até falavam em élfico para acomodar a falta de feérico dele, embora Yeeran percebesse mais de uma vez que Rayan falava uma palavra feérica aqui e ali. Ele a viu olhando e se aproximou.

— Você está bem? — perguntou.

— Sim, embora eu não possa competir com Komi. Parece que ele está tendo a melhor noite da vida.

Os dois riram ao olhar na direção dele. Komi flertava com qualquer um que se aproximava e dançava com todos que ousavam pedir. O charme dele era inofensivo, embora efetivo; ela se perguntou quanto disso era devido às palavras duras de Lettle e se ele, também, aproveitava a oportunidade para reunir informações. Ela esperava que sim.

— Aí está você. — Berro apareceu ao lado de Rayan. Ela usava um fino tecido de prata com um decote até o umbigo. Videiras haviam sido trançadas em seus cachos curtos e platinados. Os chifres do obeah dela estavam adornados de maneira similar. — Meus olhos estão aqui em cima, garoto-elfo — provocou ela.

Rayan corou e desviou o olhar. Yeeran abafou a risada.

Komi foi quem o salvou, no fim das contas. Ele convidou Berro para dançar, "se ela não se importasse em ir inventando os passos". Poucas pessoas podiam dizer não para Komi, e então Berro se viu sendo conduzida para a pista de dança.

Yeeran estava prestes a partir quando sentiu a pele se arrepiar.

Furi vinha em sua direção na clareira.

— Lá vem — disse Rayan, baixinho. — Vá, eu posso arranjar uma desculpa para você.

— Não — disse Yeeran rapidamente. Talvez um pouco rápido demais, pois Rayan ergueu as sobrancelhas. — Quer dizer, está tudo bem. Ela provavelmente quer me apresentar a alguém que não conheço ainda.

— De fato. Eu, pelo menos, posso partir — disse Rayan antes de ir.

Furi parou a trinta centímetros de Yeeran, a expressão curiosamente neutra enquanto a olhava de cima a baixo.

— Você está…

Yeeran esperou.

—… como uma feérica.

Não era o elogio que Yeeran buscava, mas era o melhor que Furi poderia dar. Mas então Furi franziu os lábios e Yeeran respirou fundo, se preparando para fosse lá qual comentário maldoso. Ela quase se engasgou quando a comandante disse:

— Minha mãe acha que devemos dançar.

— Eu não danço.

— Não danço e não vou dançar não são a mesma coisa. E devemos dançar.

— Por quê?

— Porque esta noite é uma celebração e uma demonstração de nosso poder. E você, elfa, é a prisioneira que não apenas roubamos, mas tornamos nossa.

Tornamos nossa.

Por que isso soou tão bem nos lábios dela?

— Não sei como dançar.

Furi bufou.

— Imaginei. Mas esta dança é fácil. Você só precisa segurar minha mão e eu a conduzirei pelos movimentos.

Os dedos de Furi estavam enfeitados com anéis de prata e ouro que brilhavam como a luz das estrelas quando ela estendeu a mão.

Yeeran engoliu em seco, então a pegou pela mão. Se ela fosse fazer papel de boba, pelo menos seria nos braços da mulher mais bonita da floresta.

Os feéricos abriram espaço para Furi enquanto ela as conduzia para a pista de dança. Yeeran manteve os olhos e o queixo abaixados até que Furi agarrou seu queixo entre os dedos frios.

— Cabeça erguida, ombros para trás, siga o balanço dos meus quadris.

Yeeran sentiu a outra mão de Furi agarrar sua cintura e, com gentileza, empurrá-la para a frente e para trás no ritmo da música. Quando a música mudou uma oitava, Furi mergulhou para trás, com o cabelo caindo nas costas enquanto empurrava Yeeran para longe, expondo o pescoço para o céu.

Yeeran ficou hipnotizada, sem saber o que fazer enquanto Furi dançava com a cabeça inclinada para trás. Ela deu uma olhada rápida em outro casal e viu que um segurava a nuca do outro, apoiando-se enquanto os dois curvavam as costas.

Ela estendeu o braço para Furi, a mão deslizando ao redor da nuca dela, atrás do cabelo. Furi deixou o peso de seu corpo crescer nas mãos de Yeeran, os ossos do quadril perto dos de Yeeran.

A música mudou novamente e Furi se endireitou. Yeeran não tirou a mão do pescoço de Furi. Elas ficaram juntas, o ritmo da dança prendendo-as enquanto se moviam.

Por que parece que você está correndo?, perguntou Pila.

Como assim?

Seu coração está batendo como o de um beija-flor. Eu o sinto zumbir no meu peito. Talvez você possa vir se juntar a mim na grama. É fresco e calmo aqui.

Estou bem, Pila.

Se você tem certeza.

Yeeran não tinha certeza. Dançar com Furi era como estar nas correntes do oceano. Quanto mais ela relutava, mais para dentro era puxada.

Quando a música parou, elas ficaram ali, respirando com dificuldade. A mão de Yeeran desceu do pescoço para a clavícula dela. A pele de Furi estava quente e tomada de suor.

Ela entreabriu os lábios como se fosse dizer algo, mas então se afastou, a testa franzida.

Houve uma comoção quando as rainhas se levantaram.

— É hora de apagar o fogo — disse Furi, baixinho, como se falasse só para si.

Yeeran ouviu o sangue retumbar em seus ouvidos e, atordoada, observou as rainhas.

— Celebramos outro Festival da Chama, quando o sol abençoa nossa árvore sagrada — disse Chall, projetando a voz de forma praticada. — Agora a deterioração acabou e a prosperidade foi restaurada mais uma vez. Que a luz abençoe, que a luz purifique. Filhos de Ewia sempre seremos.

As rainhas ergueram o cálice cerimonial para o céu antes de beberem o suco contido ali. Em seguida, apagaram o fogo com o que restou.

Yeeran jamais desejara tanto a escuridão.

ॐ ॐ

Yeeran não tinha certeza de quem alcançou a outra primeiro, tudo o que sabia era que suas bocas colidiram com uma urgência que ela nunca havia sentido antes.

Ela enfiou as mãos no cabelo de Furi, inclinando a cabeça para trás para poder expor a suavidade de seu pescoço. Então distribuiu beijos ao longo da pele, deixando sua língua saborear o sal da pele dela e permanecer nas cavidades da clavícula.

Furi estremecia embaixo dela, seu aperto mais intenso na cintura de Yeeran, como uma flor agarrada desesperadamente às pétalas diante de uma tempestade.

Pois Yeeran era chuva e trovão, seus beijos implacáveis, suas mãos uma tempestade que percorria as curvas do corpo de Furi.

— Yeeran. — Um comando. Um apelo.

Furi arfou quando a mão da outra encontrou a bainha de seu vestido e deslizou para cima enquanto Yeeran se ajoelhava na terra.

A boca e os dedos de Yeeran se encontraram onde o desejo de Furi ficava quente e úmido. Yeeran guiou uma das pernas da comandante por cima de seu ombro, sua língua provocando sons de prazer.

O ofego feroz de Furi juntou-se ao de muitos outros no crepúsculo da noite e Yeeran recuou para ver a fome desenfreada no rosto dela.

A comandante estava corada, os lábios brilhando e entreabertos, mostrando a ferocidade dos caninos. Seus olhos reluziam como fogo.

Yeeran não achava que já tivesse visto algo tão bonito.

— Mais. — A voz de Furi era vidro lapidado, irregular e cortante.

Yeeran obedeceu, provocando a suavidade dela com os dedos antes de empurrá-los para dentro. Ela baixou os lábios até o centro de Furi, separando-o com a língua.

Yeeran se movia em um ritmo constante, esfregando o dedo na saliência dentro de Furi que a fazia estremecer. Com a outra mão, ela pressionou o umbigo de Furi, intensificando o êxtase.

Furi fechou as mãos no cabelo de Yeeran.

— Mais.

Mais uma vez, Yeeran cedeu às suas exigências, aumentando a velocidade até que a respiração de Furi cessou e ela ficou imóvel.

Então Furi estremeceu, o prazer correndo através dela como um raio.

Sua perna escorregou do ombro de Yeeran e ela afundou no chão. Yeeran olhou para ela.

— Mais?

Furi deu um sorriso malicioso.

— Mais.

෨ ෯

Furi chegou ao êxtase outra vez antes de voltar seu apetite para Yeeran.

E Yeeran deixou.

As roupas tinham sido arrancadas havia tempos, e naquele instante Yeeran estava deitada na grama com Furi acima dela.

Em vez da língua, Furi passava os caninos pelo pescoço de Yeeran, enviando ondas de prazer por seu corpo. Furi segurou os seios de Yeeran e os levou aos lábios antes de mordê-los.

Yeeran arfou e arqueou as costas, aproveitando a dor primorosa.

A comandante desceu a mão pelo umbigo de Yeeran, roçando levemente a pequena cicatriz deixada pelo ataque de Hosta.

Algo como fúria atiçou as chamas dos olhos dourados de Furi.

— Dói?

— Não.

Era verdade, naquele momento Yeeran só sentia desejo.

Furi separou as pernas de Yeeran, deslizando o corpo nu entre elas até que seu joelho entrou nos cachos que cobriam a parte mais sensível de Yeeran.

Então ela começou a se mexer, esfregando e pressionando, Yeeran se movendo com ela, conduzindo seu próprio prazer.

Furi cravou as unhas nos ombros de Yeeran enquanto inclinava a cabeça para saciar seu desejo nos seios de Yeeran. E, ao morder o mamilo, um grito percorreu Yeeran quando dor e prazer colidiram em uma mistura inebriante.

A euforia a tomou em suas correntes.

Quando ela emergiu, Furi estava deitada ao seu lado, observando-a. Ela passou a mão pelo rosto de Yeeran, que suspirou sob o toque, mas enrijeceu quando Furi alcançou suas orelhas fendidas.

— Quem fez isso com você? — sussurrou Furi.

— A cabeça da aldeia Minguante, quando fui exilada por insubordinação.

Furi riu, e Yeeran amou o som.

— Então você não é desobediente só comigo.

Yeeran abafou o sorrisinho dela com um beijo. Quando se afastou, Furi estava pensativa outra vez.

— Eu vou matá-la, sabe? Por ter feito isso com você.

Yeeran acreditou.

— Não. Ela teve que fazer isso, era a única forma de me deixar viver.

— Por isso, então, estou em dívida com ela.

Furi se inclinou à frente e gentilmente pressionou os lábios contra as fendas das orelhas de Yeeran, que podia ouvi-la respirar, constante e firme. Um jovem planador estelar passou, iluminando a afeição nos cílios dela. Onde o primeiro se juntou a ela, veio outro, e outro, até que planadores estelares giravam no ar ao redor de seu rosto, atraídos por seu sangue Jani. Enquanto se deitava entre as folhas da floresta no redemoinho brilhante das asas deles, era difícil ver onde a floresta começava e ela terminava.

— Você é primorosa.

Furi riu, estendendo a mão para um planador que pousara em sua bochecha.

— Eu costumava odiá-los. São criaturas inoportunas, aparecendo onde não deveriam. Quando eu era criança, eles me seguiam por todo o caminho da floresta até o meu quarto. — Ela riu com a lembrança. — Mas comecei a ver beleza neles. Eles ajudam a polinizar as plantas de Mosima. Sem eles, muitas flores não desabrochariam.

Furi colocou a criatura na mão de Yeeran e fechou o punho dela com cuidado ao redor. O planador iluminou as veias sob sua pele.

— Eu sempre sei que, se eu seguir a luz das estrelas, elas me levarão para casa — disse Furi. Então beijou as mãos fechadas delas antes de soltar o planador no céu.

Yeeran deslizou a mão na nuca dela e a trouxe para mais perto.

— Minha luz estelar — sussurrou Furi contra os lábios dela.

O som de vidro estilhaçando cortou o ar noturno.

— Isso foi a escadaria? — murmurou Yeeran, mais curiosa que preocupada.

Mas todo o sangue sumiu do rosto de Furi.

A cacofonia foi seguida por um grito. Um som de puro terror.

Pila, o que aconteceu?

Venha rápido, houve um assassinato. Dois dos meus estão mortos.

Yeeran estava prestes a dar a mensagem para Furi, mas ficou claro que Amnan já contara para ela.

Furi se levantou e começou a correr. Yeeran ficou apenas um segundo para trás porque pegara as roupas e tentava vesti-las enquanto a seguia.

Ela usou a visão mágica para descobrir onde estava a comoção. A luz dos corpos se concentrava no meio da clareira onde o fogo fora apagado.

Pessoas choravam.

Yeeran olhou ao redor e viu um rosto familiar banhado de lágrimas.

— Lettle!

A irmã correu para ela, abraçando-a.

— Eu fiz uma leitura, pensei que seriam você e Furi. Na leitura vi que duas pessoas seriam envenenadas, eu pensei... — Ela chorava, e Yeeran não conseguiu entender metade do que a irmã dizia.

Furi as afastou e entrou na clareira.

Havia dois cadáveres ali.

Um grito saiu da garganta dela, mais animal que humano. Era o som de um coração partindo.

Furi sentou-se na terra, seu corpo nu tremendo enquanto ela chorava. Ela colocou as mãos em concha nas bochechas da mãe e tia, ambas imóveis e frias.

Quando ela falou, sua voz estava tão sem vida quanto as vítimas:

— As rainhas estão mortas.

Três presentes foram dados às crianças do mundo. Esculpidos da luz solar, os feéricos podiam puxar e empurrar. Crescidos da terra, os humanos podiam criar e moldar. Cinzelados das marés, os elfos podiam ler o fluxo do futuro. Três presentes de três divindades, Ewia, Asase e Bosome.

Os feéricos usaram a magia para mutilar: saqueando e travando guerra contra os humanos. Estes, por sua vez, usaram a magia para atrapalhar: criando criaturas de dentes e ossos, enfraquecendo sua força. E os elfos usaram a magia para alertar o mundo sobre o que estava por vir.

Eles falaram de uma profecia:

Para sempre a guerra retumbará, até que, unidos, os três devem morrer.
Humanos para baixo, feéricos ainda mais devem descer,
Então os elfos na ignorância, sem seu poder,
Uma maldição a aguentar, uma maldição a sobreviver.
Todos devem perecer, ou todos devem florescer.

Os humanos entenderam que seu destino logo seria ficar embaixo da terra e, desacostumados com a verdade da profecia, travaram guerras como nunca antes. Mas os feéricos, embora mais fracos em magia, eram maiores em constituição; onde um feérico era derrotado, dez humanos eram derrotados primeiro. E, assim, os feéricos reinaram triunfantes sobre a terra.

Foi por misericórdia que os feéricos deixaram o último humano vivo. Afa era seu nome, deixado para vagar pela terra até que a idade lhe roubasse o último suspiro. Mas, tal como a lava das montanhas de fogo, a vingança de Afa borbulhou. Ele usou seus últimos anos para buscar conhecimento e amplificar seu poder.

Então voltou para as Terras Feéricas.

— Como disseram os elfos, isso vai passar. Amaldiçoados, vocês perdurarão. Amaldiçoados, vocês sobreviverão — disse Afa aos feéricos.

Então ele sussurrou a linguagem das árvores, da terra e das rochas. Rachaduras dividiram a terra naquele dia, engolindo todos os feéricos que ainda viviam. Prendendo-os em um covil subterrâneo.

As divindades, em sua dor, retiraram-se do mundo, encerrando suas guerras. Com a morte dos humanos e os feéricos presos no subsolo, apenas as lembranças permaneceram nas Terras Élficas, desaparecendo a cada dia que passava.

Até que a verdade se perdeu de vez. E os feéricos também.

CAPÍTULO TRINTA E UM

Lettle

Não havia palavras que descrevessem o alívio que Lettle sentiu ao ver os corpos das rainhas.

Quando Yeeran e Furi chegaram, ficou tudo ainda mais caótico. A guarda feérica foi chamada e multidões começaram a se formar ao redor dos corpos.

Chamaram Nerad. O grito dele ao ver a mãe e a tia mortas perfurou o coração de Lettle, e o som reverberou pelas veias dela por algum tempo.

Furi o abraçou, suas lágrimas secando no rosto. A expressão amarga que Lettle passara a associar à comandante voltara, embora naquele dia provavelmente fosse causada pelo choque.

Em algum momento, alguém deu um robe a Furi, que ela aceitou, mas no luto se esquecera de amarrá-lo. De pé e de barriga exposta, ela estava rosnando ordens para a guarda feérica.

Yeeran a observava, a preocupação preenchendo seu rosto.

— Não acredito que as rainhas estão mortas — disse Lettle. — Você ouviu a escadaria cair?

— Acho que Mosima inteira ouviu.

— A conexão delas com a maldição, com a terra, mantinha os degraus flutuando.

Yeeran assentiu. A guarda feérica já estava limpando o vidro e tinha erguido uma escadaria temporária.

Ela se virou para olhar o rosto choroso de Lettle.

— O que aconteceu?

— Minha última profecia falava de duas pessoas sendo envenena-das… — Lettle não conseguia manter o tom acusatório fora da voz.

— Pensei que fosse *você*. Furi e você. Dourado e prata. — Lettle olhou para o chão, onde as coroas das duas rainhas carregavam os sinais da profecia. Os pesos do reinado. — Ouro e pérola — acrescentou, baixinho.

Yeeran assentiu. A camisa estava frouxa no peito dela e sua saia, manchada de grama.

— O que você estava fazendo? — perguntou Lettle.

O olhar de Yeeran ficou distante, e um sorrisinho apareceu em seus lábios antes que pudesse se impedir.

— Nada.

— Nada se parece muito com algo.

Elas foram interrompidas antes que Lettle pudesse perguntar mais.

— O que está acontecendo?

Era Rayan, um pouco sem fôlego e despenteado. Devia ter estado com Berro. Lettle não conseguiu evitar o poço de ciúme dentro dela.

— Onde você esteve? — perguntou, fria e acusatória.

— Eu estava indo me deitar quando ouvi a comoção. — A mandíbula dele estremeceu. Era mentira.

— As rainhas foram assassinadas — contou Yeeran. — Acham que foi veneno, no cálice que usaram para apagar o fogo. Ninguém percebeu até acharem os corpos.

Yeeran ainda observava Furi. Algo acontecera entre as duas, Lettle tinha certeza.

Furi viu os três e se aproximou, o rosto pálido e sério.

— *Você.* — A palavra era um rosnado enquanto ela circulava Lettle. — Você sabia que era veneno. Guardas, prendam-na.

No tempo que levou para Lettle ficar boquiaberta, dez guardas a cercaram. Rayan foi engolido pela multidão enquanto os feéricos de armadura marchavam à frente.

Yeeran empurrou Lettle para trás de si e permaneceu firme.

— Furi, o que você está fazendo? Lettle não fez isso.

O olhar de Furi encontrou o de Yeeran.

— Você sabia? É por isso que veio até mim hoje? Para me manter longe das rainhas?

Yeeran parecia magoada.

— Você sabe que isso não é verdade.

Lettle olhou de Furi para Yeeran. Havia algo fervendo ali, queimando logo abaixo da superfície.

— Furi, eu não... — começou Lettle.

Yeeran a interrompeu com um olhar de aviso. Uma breve conferida com visão mágica confirmou que a guarda feérica portava a magia na ponta dos dedos. Estavam à beira de um precipício e o caminho era apenas para baixo. Se Yeeran podia salvá-los com palavras, Lettle não interferiria.

— Furi, você *sabe* que Lettle não fez isso.

— Eu sei de três coisas. Um: esta noite, você veio até mim, me distraindo. Dois: sua irmã sabia que a arma do assassinato era veneno antes mesmo que nós soubéssemos. E três: vocês duas têm mão leve, então teriam como fazer esse ataque.

Lettle olhou para Yeeran. A irmã ousara contar a Furi sobre o passado delas? Como a feérica sabia a verdade?

Então Furi falou outra vez, mais baixinho desta vez, a voz estilhaçada:

— Há uma última coisa que sei. Minha mãe e tia estão mortas.

Yeeran deu outro passo na direção dela, atraída para Furi como uma abelha para o néctar, mas a comandante se afastou.

— Não se aproxime, elfa.

Foi a vez de Yeeran se encolher.

— Você acabou de me chamar de sua luz estelar... Furi... — Yeeran falou tão baixinho que Lettle não teve certeza se a ouviu direito.

Por um segundo, o olhar de Furi suavizou, mas então ela o desviou e, quando tornou a encará-la, sua expressão era dura e implacável.

— Agora sou *rainha* Furi.

Yeeran murchou em derrota e seus olhos ficaram marejados. Lettle não tinha certeza do que estava acontecendo, mas suspeitava de que o coração de sua irmã estivesse se partindo.

A rainha deu um sinal para os guardas feéricos que esperavam, cuja magia girou em torno dos pulsos de Lettle um segundo depois.

— Me soltem. Lettle! — Rayan empurrava os guardas que se aproximavam.

Lettle sentiu a magia em seus pulsos puxando-a à frente. Ela firmou os pés e se recusou a se mexer, mas só conseguiu ficar com o rosto sujo de terra quando caiu. Mãos ásperas a ergueram e puxaram seu braço esquerdo. A intensidade da dor a fez perceber de súbito: ela estava sendo presa outra vez.

— Rayan!

Ela não conseguia mais vê-lo. A multidão avançou junto à guarda, puxando-o para trás.

Os feéricos que o toleravam menos de uma hora antes já tinham munição suficiente para transformar seu preconceito em violência.

E tudo porque os elfos eram diferentes.

— Elfos imundos, prendam eles…

— Assassinos…

— Devíamos ter matado todos eles…

— Raça primitiva.

Lettle foi arrastada pela multidão de feéricos que, momentos antes, buscavam prazer na floresta. O êxtase se tornara fúria em tão pouco tempo. Caninos estalaram e unhas afiadas a arranharam.

— Você não pode fazer isso! — disse Yeeran, lutando contra o guarda que puxava Lettle com a magia.

Rayan apareceu, atacando com os punhos e o nariz sangrando por causa de um golpe anterior. A multidão voltou sua atenção frenética para os dois, e Rayan foi derrotado sob o peso de três feéricos.

Pila apareceu ao lado de Yeeran e usou os chifres para arremessar corpos para a esquerda e para a direita. Lettle avistou o obeah com o chifre quebrado lutando ao lado de Pila.

Yeeran estava com os punhos cerrados e erguidos, e um hematoma florescia em sua bochecha enquanto ela lutava contra a multidão.

Lettle olhou em volta em busca de Furi e a viu sentada no trono, observando o caos que se seguiu com frio distanciamento. Nerad sentava-se do outro lado dela, a mão sobre a boca, horrorizado.

Mas nenhum deles se moveu. Nenhum dos dois pôs fim à violência.

Ela quer que os elfos revidem. Querem que os feéricos tenham motivo para nos matar. O pensamento era um lembrete brutal de com quem estavam lidando.

— Parem — gritou Lettle, mas ninguém a ouvia. — Parem!

Yeeran e Rayan se voltaram para a voz dela.

— Deixem que me levem — disse Lettle, implorando. Ela esperava que, naquela cacofonia, eles pudessem pelo menos ler seus lábios. — Posso provar minha inocência mais tarde. Não deem motivos para eles machucarem vocês.

— Eles não precisam de motivo. — A voz não era alta, mas atravessou a clareira como uma flecha. A guarda feérica se abriu enquanto a pessoa passava. Sussurros a seguiram.

Era Sahar, o queixo barbado erguido. Ele usava um robe do verde mais profundo. A veste pendurava-se ao redor de seu corpo magro, tremulando na brisa enquanto ele avançava com a presença de alguém três vezes maior do que ele.

Furi se levantou do trono, a máscara de passividade rachando só um pouco.

— Pai — disse ela, e o abraçou.

— Pai? — murmurou Lettle para Yeeran, mas sua boca aberta indicava que ela também não soubera quem era o pai de Furi.

Depois que Sahar abraçou Nerad e Furi, ele se afastou, com o rosto manchado de lágrimas. Isso lembrou Lettle de seu próprio pai, da última vez que ele esteve lúcido. Ela precisou desviar o olhar caso chorasse também.

— Filha, sobrinho, esta elfa não teve participação na morte de suas mães. Ela fala com os Destinos, como eu falo.

Furi olhou para Lettle, as narinas inflando.

— Como você sabe? — perguntou ela para o pai.

— A elfa é minha aprendiz — afirmou Sahar.

Lettle pulou nas mãos dos captores. *Aprendiz de Sahar? Desde quando?* Mas manteve a boca fechada.

— Conte a eles — disse Sahar para Lettle. — Diga as palavras que você previu sobre o dia de hoje.

Lettle umedeceu os lábios e disse:

— Sob a lua crescente que ninguém pode ver, quando o sol brilhar e o crepúsculo reinar. Uma parceria conturbada morrerá quando o veneno passar por seus lábios. Um ouro, outro pérola.

Lettle piscou, e naquele meio-tempo Furi havia cruzado a floresta e estava cara a cara com ela.

— Você sabia… e mesmo assim não fez nada e as deixou morrer? — O temperamento de Furi era tão poderoso quanto o de Lettle.

Lettle reconheceu o calor dele e se manteve firme.

— Não é assim que uma profecia funciona.

Sahar foi mais lento para alcançá-la.

— Ela fala a verdade, filha. Você, de todas as pessoas, sabe que uma profecia não pode ser mudada.

Lettle olhou para Rayan. Ele segurava uma ferida no braço, uma ferida que ganhara tentando salvá-la. Como ela o amava.

Não era um bom momento para se dar conta disso.

Assim como a da morte das rainhas, a profecia dela não podia ser negada. Aceitar, enfim, esse fato era tão confortante quanto um banho de água fria em um dia quente.

— Por que você está sorrindo? — sibilou Furi.

— Não estou.

Mas Lettle sorria. Não conseguia evitar. Ela *amava* Rayan. Profunda e irrevogavelmente.

Um dos combatentes que a segurava puxou a magia ao redor dos punhos dela. Doeu, mas ela não sentiu.

— Furi — disse Sahar gentilmente. — Envie a guarda feérica para explorar os arredores. O assassino precisa ser pego.

Furi olhou para o rosto sorridente de Lettle e mostrou as presas. Lettle pensou que ela talvez atacasse seu pescoço e o arrancasse, assim como os feéricos em suas histórias. Mas ela não fez isso. Em vez disso, se virou, dando o sinal para os guardas soltarem as amarras.

Enquanto a nova rainha se afastava, Yeeran correu atrás dela.

ॐ ◌

— Está ferida? — Rayan a puxou para si, para longe da multidão que se dispersava. O olhar dele viajou por ela, buscando feridas.

Lettle riu. Era ele quem sangrava. Ela o puxou para mais perto, inspecionado seu bíceps.

— Isso vai precisar de pontos — disse ela.

Não era o que queria dizer. Ela olhou fundo nos olhos dele, onde o castanho das íris se transformava em ouro.

— Lettle... — O nome dela era um som angustiado.

Ela olhou para ele e disse apenas:

— Beije-me.

Era toda a permissão de que ele precisava.

Seus lábios se chocaram como ondas contra os dela, enviando marolas de desejo ao longo da pele de Lettle enquanto ela percorria as costas dele com as mãos. Ela estendeu a mão e a deslizou pelo cabelo dele, agarrando-se a Rayan com a urgência de sua própria paixão.

Lettle mordeu o lábio inferior de Rayan, que gemeu, a respiração saindo ávida e ofegante. Ela se arqueou contra ele, sentindo a dureza de seu torso e muito mais.

A necessidade desenfreada dele era uma droga intoxicante que deixava sua mente confusa com todos os pensamentos sobre o que poderia fazer com ele.

Ou que ele poderia fazer com ela.

Ela moveu a mão pelo braço dele e, quando sentiu o calor de seu sangue, soltou uma risada.

— Precisamos mesmo te dar pontos.

— Por quê? — sussurrou ele contra o ouvido dela. — Deixe-me sangrar até a morte. Pois eu alcancei o nirvana.

Os olhos dele dançavam, travessos.

— Palavras bonitas, bonitão — disse ela —, mas eu gostaria que você permanecesse vivo. Temos mais a fazer, você e eu.

Rayan fez um som de dor enquanto as unhas dela raspavam sua barba.

— Nunca quis tanto levar pontos.

CAPÍTULO TRINTA E DOIS

Lettle

Lettle deixou Rayan nas mãos capazes de um curandeiro. O hospital tinha cheiro de flor malva-da-neve e pesadelos.

— Te vejo em breve. — Ela beijou a testa dele, e Rayan concordou com um som vindo no fundo do peito.

— Muito em breve — prometeu.

O curandeiro tirou Lettle do caminho.

— Saia da frente, elfa. Se quer que seu amigo pare de sangrar, precisarei de algum espaço.

— Eu já estava indo — disse Lettle, entredentes.

O pouco respeito que os elfos acumularam em seu curto tempo em Mosima havia desaparecido quando Lettle foi acusada do assassinato das rainhas.

Sussurros a seguiram enquanto ela caminhava pelas ruas. Ainda era cedinho, mas os feéricos se reuniram em grupos preocupados, lançando olhares furiosos na direção dela. Mas Lettle não se importou com eles, aquilo apenas fortalecia sua determinação de sair daquele maldito lugar. E, para fazer isso, ela precisava de sua habilidade de profecia de volta.

Não demorou muito para chegar à casa de Sahar. Ele a esperava à porta.

— Eu não sabia que você é o pai de Furi.

Ele a pôs para dentro e disse, seco:

— Você nunca perguntou.

Lettle fez uma careta, e Sahar riu.

— É de conhecimento geral que fui consorte da rainha Vyce por muitos anos, sou pai de Furi e do irmão dela. Embora o título de vidente desbanque o de consorte.

— O que o título de vidente quer dizer, exatamente?

— É um papel que faz parte da corte feérica desde que aprendemos a magia da profecia dos elfos, há muitos anos. Mas Vyce... ela não conseguia aceitar a verdade.

Sahar passou por Lettle e apoiou as costas na parede da botica. Seus olhos tinham pouca vida quando a encararam.

— Eu previ a morte de nosso filho e, na dor, ela me baniu da corte.

Lettle entendia como as profecias podiam separar famílias.

— Por que você compartilhou isso com ela? Por que não manteve a verdade para si?

— Essa decisão não é minha. Meu papel é o de um conduíte dos Destinos — disse Sahar. — Por anos, meu filho vinha até mim e perguntava: "Este é o ano em que eu morro?". Por fim, ele parou de perguntar e aprendeu a levar a vida dia após dia, sem temer a morte. Nós nos aproximamos. Ele teria sido meu aprendiz se Vyce não tivesse intervindo. Embora eu tenha tido décadas para lamentar a perda dele por vir, é diferente quando uma profecia se cumpre. — O sorriso dele ficou amargo, tingido pelo luto.

Lettle deu a ele um momento antes de buscar a resposta pela qual viera.

— Por que você me chama de aprendiz, mas se recusa a me ensinar?

Sahar inclinou a cabeça.

— Eu me recusei a te ensinar, elfa?

— Lettle, me chame de Lettle — disse ela.

O sorriso de Sahar era um pouco torto; e seu aceno, aprovador.

— Há sete anos, eu previ que aceitaria uma aprendiz, uma mulher, uma elfa. E que, no dia em que eu proclamasse isso, eu a salvaria da prisão. Por sete anos, você tem sido minha aprendiz, Lettle. Embora só hoje eu tenha podido dizer.

Lettle engoliu em seco, a boca ressecada de descrença.

— Você vai me ensinar? A fazer adivinhações?

Sahar estalou a língua.

— Nós dois sabemos que o que fazemos é um peso, não uma bênção. Buscar o conhecimento do futuro, mas saber que este não pode ser mudado é uma dureza. Por que você deseja ouvir os Destinos?

A pergunta parecia algum tipo de teste, então ela respondeu do mesmo modo vago:

— E quem mais poderia ouvi-los?

Sahar riu.

— Isso não é resposta.

Lettle optou pela verdade:

— Quero aprender adivinhação de novo para nos ajudar a sair de Mosima.

Sahar semicerrou os olhos. A qualquer momento ele poderia chamar a guarda feérica, ou, pelo amor da lua, contar à filha o que Lettle dissera.

Ele assentiu uma vez.

— Então vamos começar.

৵৽ ৵

Sahar conduziu Lettle pela sala dos fundos. Ela deixou escapar um grito quando dois orbes laranjas olharam para ela.

— Ah, não se assuste, é só Cori, meu obeah.

O obeah ergueu sua cabeça com pelos desgrenhados antes de tornar a se deitar.

Uma porta no fundo do cômodo foi aberta e um homem de cabelo amarelo entrou. Ele carregava uma cesta de raízes colhidas. Ao entrar sob a luz da fraedia, Lettle percebeu que a tinta amarela era para cobrir o prateado do cabelo dele.

O recém-chegado olhou para Lettle.

— É ela?

Sahar assentiu antes de se aproximar do homem e pousar um beijo em sua bochecha.

— Você cuida da loja enquanto eu converso com ela?

O homem olhou para Lettle e sorriu.

— Há anos que ele espera por você, Lettle.

— Eu não deveria saber o seu nome, já que você sabe o meu?

Ambientes pouco familiares a deixavam nervosa.

O homem colocou as raízes na mesa no meio da sala e pressionou a mão no peito, em cumprimento.

— Sou Norey, parceiro de Sahar — disse, sincero.

Lettle pressionou a mão no peito em resposta. Norey assentiu uma vez, os olhos brilhando, antes de ir para a frente da loja.

— Sente-se. — Sahar gesticulou para que ela se sentasse à pequena mesa de madeira. Ele se sentou na cadeira ao lado dela e pegou uma sacolinha do bolso. — Agora, como toda boa lição, devo começar na raiz dela. — Ele apoiou as mãos na sacolinha sobre a mesa, mas não a abriu. — Ewia, a divindade-sol, concedeu aos feéricos as forças da luz do sol, para puxar e empurrar. Bosome, a divindade-lua, concedeu aos elfos a habilidade de ler os Destinos. E Asase, a divindade-terra, concedeu aos humanos a linguagem das árvores e das pedras.

Lettle assentiu. Era como lera no folclore.

— Para ver, ouvir, falar — disse Sahar.

— Como assim?

— As três funções de conduzir magia. Os feéricos podiam *ver* e usar os raios de sol. Os elfos podiam *ouvir* os Destinos. E os humanos, bem, eles podiam *falar* a linguagem da magia.

Lettle pensou na fronteira e no escrito estranho que a cobria.

— Claro, é uma língua falada. — Essa era a chave da liberdade deles. Ela tinha certeza. — Como posso aprendê-la?

Sahar riu.

— Você acha que ainda estaríamos presos aqui se soubéssemos?

Lettle murchou, mas não de todo, pois a adivinhação ainda estava a seu alcance.

— Para ouvir a magia — continuou Sahar —, você deve conseguir ler a dança dos Destinos a partir das funções centrais da vida. — Ele inclinou a sacolinha para o lado, e seis berloques tilintaram na mesa. — Os talismãs de um vidente são de onde sai seu poder. Cada um deve ser esculpido a partir de um ser mágico para representar os seis principais órgãos do corpo: pulmões, coração, estômago, rins, fígado e intestinos.

Cada berloque era detalhadamente esculpido em madeira, formando pequenas réplicas de órgãos.

— Uma vez esculpidos, você pode lançar os talismãs e então ler a magia — explicou Sahar.

Era o mesmo que ler entranhas. Mas em vez de órgãos físicos, eram representações deles.

— Viu só? Você não precisa abrir um obeah para essa tarefa. Os talismãs funcionam tão bem quanto.

Lettle estava boquiaberta. Ela fechou a boca quando ficou seca demais.

— O que posso usar que seja um ser mágico, senão um obeah?

Sahar levantou-se e pisou em um paralelepípedo. Uma abertura surgiu como as entradas dos banheiros. Mas, em vez de vapor quente, surgiu poeira. Ele se abaixou e pegou um pequeno pedaço de madeira.

— Este é o último pedaço do galho que colhi.

Lettle pegou-o das mãos estendidas dele. A magia emanada reverberou por seus antebraços. Não foi doloroso, mas também não foi agradável.

— O que é isto?

— É um galho da Árvore das Almas. Cada vidente designado recebe um ramo para esculpir seus talismãs. Agora, esta última peça é sua.

— Não posso simplesmente usar seus berloques?

Sahar riu, os olhos dançando alegres.

— Não, se isso funcionasse, eu estaria usando os do meu mestre. É ao esculpir que você se torna o sétimo e último órgão: o cérebro.

Lettle apertou o pedaço de madeira, não maior que um baralho de cartas. Ela tinha a adivinhação de volta, ali na palma da mão.

— Obrigada — disse, com sinceridade.

A expressão gentil de Sahar fraturou-se, e ele desviou o olhar. Quando voltar a olhá-la, a expressão havia desaparecido e Lettle pensou que devia tê-la imaginado.

— Pegue esta faca de trinchar e faça seus próprios talismãs.

— Você simplesmente espera que eu seja capaz de transformar esse galho em um monte de órgãos?

— A arte está no fazer. O fazer não é a arte. Quando terminar, volte para mim e começaremos seus estudos.

— Começaremos? — perguntou ela. — Treinei para ler entranhas durante cinco anos, consigo ler melhor do que quase qualquer pessoa que conheço.

— Eu não quero ensiná-la a ler a magia; está claro pelo destino das rainhas que você é capaz de ler tão bem quanto eu. É o que você faz com a informação que deve ser ensinado. Aprender que um assassinato vai acontecer é uma coisa, mas então transformar tal verdade em ação? Se você tivesse uma mente mais clara, poderia ter informado à guarda feérica a morte iminente e colocado em ação um plano para capturar o assassino antes que fosse longe demais.

— Acha que eles teriam me ouvido?

Sahar inclinou a cabeça, reconhecendo a verdade da afirmação dela.

— É por isso que você deve se juntar ao ministério real como a nova vidente, assim que eu terminar de ensiná-la.

— Não — disse Lettle, por instinto. — Já falei, vou sair de Mosima.

Sahar pressionou os lábios.

— Devemos deixar que o vento da mudança facilite nosso voo, e não que o atrapalhe, Lettle. Volte para mim quando terminar de esculpir. Então conversaremos de novo.

Lettle tinha a distinta sensação de que Sahar sabia bem mais do que dizia.

❧ ☙

Rayan a esperava do lado de fora da loja de Sahar. Um planador estelar voava ao redor da cabeça dele, lançando pontinhos de luz por seu rosto. Ele o espantou antes de segurar a mão dela.

— Como foi?

Ela mostrou a ele o galho da Árvore das Almas e lhe contou o que Sahar dissera sobre os talismãs. Estava tão animada que não percebeu que ele a encarava.

— O quê? — Ela tocou o rosto, autoconsciente. — Pare de me encarar.

— Você é tão apaixonada por adivinhação. — Ele sorriu, fazendo as covinhas aparecerem.

Ela se pressionou nele e sussurrou:

— Tem outras coisas pelas quais sou apaixonada também.

Rayan parou de rir, os olhos se derretendo.

O momento foi interrompido pelo grito de uma pessoa passando pela rua com seu obeah.

— Saiam da frente, elfos.

Rayan grunhiu e a puxou consigo.

— Aonde vamos? — perguntou ela.

— Você vai ver.

Lettle riu quando viu a porta diante da qual eles pararam.

— Esta é a cabana onde nos colocaram naquela primeira noite?

Rayan abriu a porta. O lugar estava vazio e tinha cheiro de ar parado.

— Sim, aquele dia foi difícil.

Lettle assentiu.

— Foi difícil ficar longe de Yeeran.

— Não — disse Rayan, baixinho, conduzindo-a para dentro. — Foi difícil porque eu queria muito te dar prazer.

Lettle tropeçou e então se endireitou. O quarto estava como eles haviam deixado. Uma cama, bagunçada.

— Passei por aqui algumas vezes quando treinava com Berro. Sonhei com esse momento desde então.

O nome de Berro foi como um atiçador quente no olho de Lettle. Ela soltou a mão de Rayan e se sentou na beirada da cama.

— O que foi? O que eu disse? — perguntou ele.

— Nada, desculpe.

— Lettle?

Ela se levantou e suspirou.

— Eu… eu sei que você esteve com Berro nesses últimos dois meses.

— Sim, treinando com ela.

— Não… mais que isso.

— Do que você está falando?

— Você andou dormindo com Berro. Transando com ela. Fazendo amor. Fazendo o movimento de vai e vem. Seja lá como você quer chamar.

Lettle não sabia por que a dor sempre a fazia falar mais alto. Ela deu as costas a Rayan.

— Lettle. — A voz dele estava calma. Isso a deixou mais irritada.

— Eu não dormi com Berro nem uma única vez.

— Mas e aquelas noites que você passou fora?

Rayan a virou e passou a mão pela mandíbula dela.

— Eu não dormi nem dormiria com Berro. É você quem eu quero, *sempre* foi você.

Lettle sentiu as pernas tremerem.

— Peça de novo — disse Rayan.

Ela sabia o que ele queria dizer.

— Beije-me — disse ela.

E ele a beijou.

$\approx \infty$

O amor deles foi poderoso e breve. Os dois tinham esperado demais para não saciar seus desejos tão prontamente. Eles haviam se movido apenas alguns centímetros de onde se beijaram pela primeira vez, embora suas roupas tivessem sido atiradas longe pelo quarto.

— Isso foi... — Lettle tentou encontrar a palavra certa, mas não conseguiu. Em vez disso, sua mente foi para a palavra feérica *haljina*, que significava ao mesmo tempo extraordinário e satisfatório. — *Haljina*.

Rayan assentiu.

— Foi, não foi?

Lettle ficou surpresa por ele conhecer a palavra. Ela estava aprendendo a língua feérica havia seis semanas e ainda assim só tinha compreendido o básico da conversação.

Ela se apoiou nos cotovelos para perguntar, mas ele roubou as palavras de sua boca dando-lhe um beijo. Começou suavemente, mas então ele a puxou para mais perto, rolando-a sobre o peito para que os seios dela pressionassem seu corpo. Seus braços a envolveram, uma mão no cabelo, a outra vagando ainda mais para segurar sua bunda.

— E se usarmos o banheiro? — murmurou ele contra os lábios dela.

Lettle não o respondeu. Em vez disso, se levantou e o pegou pela mão, conduzindo-o pelos degraus de mármore onde o vapor se erguia para encontrá-los.

Lettle entrou na água. Rayan ficou a observando.

— O que você está esperando?

— Você é tão linda, Lettle.

Ela se levantou da água, o torso molhado visível.

— Venha se juntar a mim.

Havia uma entonação em sua voz que incendiou algo bem fundo nos olhos dele.

Rayan entrou na água. Lettle foi até ele e correu as unhas por seu peito, deixando-o sem ar. Ela desceu as mãos até segurar o comprimento dele.

Ele gemeu, jogando a cabeça para trás, os quadris para a frente. Ela permaneceu ali, sem se mexer, apenas segurando-o com uma firmeza que sabia beirar a dor.

Devagar, ela enrolou as pernas ao redor da cintura dele, mas não soltou o corpo sobre o de Rayan... ainda não. Ela moveu os quadris para cima e para baixo, esfregando-se na dureza do desejo dele.

— Lettle — a voz dele estava ofegante.

Ela se moveu mais rápido, ganhando sua própria gratificação pelo movimento.

— Lettle.

Ela arqueou as costas, os mamilos longe do alcance dos lábios dele.

— Lettle.

Ela se pressionou contra ele. O gemido de resposta dele não tinha palavras. Com as mãos, Rayan segurou a cintura dela, puxando-a mais para si.

Então ela balançou os quadris para a frente e para trás. Rayan encontrou os seios dela com os lábios e os mordeu. Ela gemeu em resposta.

— Forte demais? — perguntou ele.

— Não foi forte o suficiente.

A risada dele foi estrondosa quando se abaixou para adorá-la mais uma vez.

Conforme o calor crescia entre eles, Rayan deslizou a mão para onde seus corpos se encontravam e começou a extrair o prazer da parte mais sensível dela, esfregando levemente e depois com mais pressão quando Lettle começou a ofegar.

Ele se moveu mais rápido, e Lettle sentiu as bordas borradas do êxtase tomando conta. Rayan sentiu a cadência de seus movimentos mudar e, quando ela se permitiu, ele fez o mesmo.

Eles apoiaram a testa uma na outra, e ficaram assim, ainda unidos, enquanto a água batia em volta deles.

Este homem tem meu coração.

No silêncio entre cada uma de suas respirações, um pensamento brilhou na mente dela.

E um dia eu vou te matar.

CAPÍTULO TRINTA E TRÊS

Yeeran

Yeeran esperou por Furi à sombra da Árvore das Almas. Aquele não seria o fim delas. Ela não deixaria. Pila ficou ao lado, observando-a com preocupação.

Os corpos das rainhas e de seus obeahs foram removidos da clareira; e o cálice, levado para ser examinado. Nerad foi enviado para supervisionar a análise do veneno. Furi ordenou que Berro fizesse uma varredura na Floresta Real e que outro grupo de combatentes interrogasse qualquer feérico que estivesse perto do fogo no momento da morte das rainhas.

A floresta começou a se esvaziar lentamente conforme o amanhecer aquecia o céu. Então Furi ficou sozinha.

— Vá embora, Yeeran — disse Furi, sem se virar.

Yeeran saiu das sombras e entrou na luz do fragmento, com Pila logo atrás. Furi observava a Árvore das Almas, os olhos brilhando.

Os dois galhos que representavam o reinado da mãe dela tinham duas novas folhas. Abaixo delas, dois galhos novos cresciam.

— Esses novos galhos se vincularão a você e Nerad?

A princípio, Furi não respondeu. Ela fungou, limpou os olhos e disse:

— Sim, conforme crescerem, a magia também crescerá, e um dia a maldição vai vinculá-los aos próximos governantes, Nerad e eu.

— Furi, eu…

— Não! — gritou Furi. — Não se desculpe pelo que não precisa se desculpar, principalmente porque você deve estar feliz com a morte delas.

— Isso não é verdade, Furi. Jamais desejei a morte delas. E sinto, sim, sinto muitíssimo.

Yeeran estendeu a mão para ela, mas Furi deu um passo para trás.

— Sabe que eu te odiava? Eu te odiei por tirá-lo de mim. E foi tão fácil voltar a te odiar esta noite. Quando pensei que você tinha... — Ela engoliu em seco e desviou o olhar. — Ah, foi tão fácil, Yeeran.

Quando ela tornou a encará-la, seus olhos estavam brilhantes pelas lágrimas.

— Lettle não teve nada a ver com o assassinato das rainhas — disse Yeeran, mais dura do que esperava.

Ali estava um animal selvagem ferido, e mostrar a lâmina para ele não faria bem nenhum.

Furi sibilou e deu um passo na direção de Yeeran, dobrando os joelhos. Ela parecia prestes a bater em Yeeran, e parte dela queria isso.

Furi levou os braços para trás, os músculos retesados. Yeeran esperou pelo impacto. Torcendo para que os golpes doessem menos que as palavras dela. Yeeran viu o punho da rainha voar, mas então Pila estava entre elas, rosnando enquanto Furi se preparava para o golpe.

Furi soltou a força em seu punho a um centímetro do rosto de Pila. Sua máscara de raiva sumiu e ela pareceu se dar conta do que esteve prestes a fazer.

Pila, saia da frente, disse Yeeran. *Está tudo bem, não acho que ela vai me machucar agora.*

Mas Pila não se mexeu. A mão de Furi ainda pairava diante do rosto dela. Pila se inclinou na direção do toque.

Pila..., avisou Yeeran, mas a obeah não a ouvia.

Furi abriu o punho e Pila se esfregou nela. Furi arregalou os olhos, então, hesitante e suavemente, moveu os dedos, acariciando o lado macio do queixo de Pila. Seus ombros caíram, e ela começou a chorar.

Yeeran estava ali em um estante.

— Te peguei. — Furi estava mole em seus braços enquanto o luto tomava conta de seu corpo. — Vou te ajudar a encontrar o assassino.

Era uma promessa. Mas ela não disse em que mais estava pensando.

E em troca, meu amor, você deve me libertar.

De alguma forma, Furi ouviu as palavras mesmo assim.

— Você sabe que não posso ir contra o desejo das rainhas. Sua iniciação deve acontecer, Yeeran.

Não deveria soar como uma traição, mas soou.

Lágrimas frescas desciam pelo rosto de Furi, e Yeeran não tinha certeza se eram para ela também.

— A política do ministério é mais tênue do que você imagina. Posso ser a próxima rainha, mas eles ainda podem se revoltar.

Yeeran tentou desviar o olhar, mas Furi a segurou pela bochecha. Ela não disse que sentia muito. Ficaram assim por um tempo, com muitas emoções entre as duas. Nem todas boas.

— Rainha Furi. — Era Berro. — Nerad enviou o relatório sobre o veneno.

Furi largou o queixo de Yeeran e se sentou no trono.

Yeeran a observou um pouco mais, até começar a doer demais. O sono chamava.

৵৽

Komi era a única pessoa no apartamento deles quando Yeeran chegou em casa. Era o meio da tarde e ela não dormia havia mais de trinta e seis horas.

Ele estava debruçado sobre o diário de anotações com as sobrancelhas grossas franzidas. A carranca diminuiu quando viu Yeeran, sua boca se abrindo em um sorriso.

— Uma noite e tanto, não foi?

Yeeran estava tão cansada que seus joelhos cederam antes que ela caísse no sofá.

— Aonde você foi depois que o fogo foi apagado? Eu não te vi.

Komi cruzou os tornozelos e se recostou na cadeira.

— Eu estava em uma taverna, só fiquei sabendo uma hora depois que aconteceu. Aí vim me deitar.

— Eu não te vi cruzar a floresta.

— Foi uma farsa. — Ele abriu as mãos, teatralmente. — Eu precisei provar minha identidade antes que me deixassem entrar no palácio. Sem ter qualquer forma de identificação, tive que mostrar meus caninos sem presas para eles. — Ele mostrou os dentes e balançou a mandíbula.

Yeeran não riu porque sabia que Komi mentia. Ela estivera na Floresta Real e vira cada uma das pessoas subir e descer os degraus do palácio. Talvez tivesse deixado passar, mas duvidava disso.

Komi não percebeu o desconforto dela.

— Com quem você estava? Na taverna? — perguntou Yeeran.

Komi fechou os olhos enquanto tentava lembrar. Era uma boa performance, se fosse mesmo isso.

— Não tenho certeza, talvez o nome dele fosse Donya? Donda? Quem é que sabe?

Pila, você viu Komi ontem à noite?

Em vez de nome, a obeah atribuía cheiros, sentimentos e memórias às pessoas, e, enquanto Pila pensava em Komi, Yeeran viu uma bola de sensações misturadas que constituíam o elfo mais velho. Ele era da cor laranja do céu escuro, uma videira crescendo na casca de uma árvore, e cheirava a sangue e ferro. Lembrava Yeeran do campo de batalha, tão diferente do Komi gentil que ela conhecia.

Você o viu vir para casa ontem à noite?

Sim, respondeu Pila, e Yeeran se repreendeu por ser tão tola. Ela devia estar cansada se acusava o amigo.

Ele entrou aqui.

A imagem que Pila enviou mostrava Komi entrando em um cômodo no andar inferior do palácio. A memória de Pila era da base do baobá, onde Yeeran estivera falando com Furi. Komi olhava por sobre o ombro, uma expressão fria no rosto — como se estivesse onde não deveria.

O estômago de Yeeran se revirou.

— Você disse que voltou para cá, certo? — perguntou ela.

Komi riu.

— Dormi como um camelo que caminhou sobre a terra e acordei há uma hora.

Sono. Yeeran precisava disso. Trêmula, ela se levantou do sofá.

Pila, pode ficar de olho em Komi enquanto eu descanso? Ele está mentindo sobre algo, mas neste momento não tenho energia para descobrir o que é.

Sim, vá dormir. Sonhe com campos e liberdade.

☙ ❧

Yeeran não sonhou com campos e liberdade. Agitou-se e revirou na cama por horas até não aguentar mais. Na hora do jantar, ela se levantou. Tinha que confrontar Komi. Devia haver uma resposta simples para o comportamento dele no dia anterior. O elfo nunca lhe dera qualquer motivo para desconfiança.

Mas *quão* bem ela o conhecia?

Onde você está?, perguntou Yeeran a Pila.

Pila enviou uma imagem dela deitada aos pés de Lettle na sala de estar. Rayan sentava-se ao lado de sua irmã, com a mão sobre seu ombro. Ela ficou satisfeita ao ver que eles enfim sucumbiram aos sentimentos.

Komi já não estava mais lá.

Ele foi para a cama depois do jantar, disse Pila.

Yeeran se levantou e seguiu pelo corredor até o quarto de Komi.

Ela bateu algumas vezes e, como ninguém atendeu, abriu a porta. Uma rajada de vento varreu a sala quando ela entrou. A cama de Komi estava arrumada e a portinhola de obeah que descia para o pátio encontrava-se aberta.

Por que ele sairia por ali, e não pela porta da frente?, perguntou Pila. Ela achou divertida a ideia de Komi descer os degraus para um obeah.

Ele não queria que ninguém o visse.

Yeeran saiu, fechando a porta silenciosamente atrás de si. Ela foi até a sala de estar.

— Komi não está no quarto.

— Tem certeza? Depois que comemos, ele disse que ia se deitar — respondeu Lettle.

— Ele não está aqui. Saiu pela portinhola de obeah na janela.

Rayan não parecia se importar.

— Provavelmente saiu escondido para uma taverna e não queria nos preocupar.

Yeeran revirou os pensamentos por um momento antes de dizer:

— Algum de vocês percebeu Komi agindo... estranho?

Rayan balançou a cabeça em negativa.

Lettle largou sua ferramenta de esculpir.

— Não, por quê?

— Pila o viu entrar em um cômodo do palácio noite passada.

Lettle bufou.

— E...?

— Ele mentiu para mim. Disse que tinha voltado aqui para dormir.

Lettle balançou a cabeça, desacreditada.

— Você acha que Komi teve algo a ver com a morte das rainhas?

Yeeran não respondeu. Porque a verdade era que não tinha uma resposta.

Não gosto dele, disse Pila.

Eu sei.

Ela se sentou e apoiou a mão no pelo da fera, olhando para Lettle.

Há quanto tempo ela está aqui?

Algumas horas, esculpindo madeira.

A mão de Rayan brincava com a ponta das tranças de Lettle, um sorrisinho constante em seu rosto. A expressão dele continha tanto amor. Ali estava alguém que protegeria e amaria Lettle tanto quanto ela, mesmo depois que Yeeran partisse.

Ela se afastou de seus pensamentos sombrios e voltou-se para Lettle.

— Me mostre.

Lettle suspirou, lançando um olhar de traição para Pila antes de descruzar os braços para mostrar a Yeeran o que estivera fazendo.

Os berloques eram pequenos e um pouco rudimentares, mas estava nítido que tinham a forma de órgãos.

— Pulmões, coração, fígado, rins, estômago... — disse Yeeran.

— Estou terminando os intestinos. — Lettle ergueu um pedacinho de madeira. Ela não se tornaria carpinteira tão cedo. — São talismãs. Quando os lançar, conseguirei ler os Destinos sem ter que matar um obeah.

— Você foi até Sahar?

Lettle a atualizou. Então se sentou e esperou, observando Yeeran com cuidado.

— Você acha que os Destinos nos ajudarão a sair daqui e voltar para as Terras Élficas? — perguntou Yeeran.

— Você enfim entende os benefícios da profecia, irmã?

Yeeran pressionou as palmas contra os olhos.

— Não é que eu não entenda, Lettle. — Ela sentiu que estavam à beira de uma discussão. — Estou feliz que você conseguiu a adivinhação de volta, de verdade.

Yeeran provavelmente soava ansiosa demais, porque a careta de Lettle voltou.

— Você não acha que vai funcionar.

— Não foi o que eu disse.

Eu não acho.

— Você acha que estou desperdiçando meu tempo.

Acho, sim.

— Também não falei isso.

— Você sabia que Bosome deu aos elfos o poder de adivinhação para dar a nós sabedoria?

— Eu teria preferido a magia feérica, para ser sincera. É melhor na batalha.

Lettle não respondeu a princípio, embora a irritação estivesse clara em sua mandíbula.

— Lembra-se da leitura que fiz para você naquele dia? Para buscar sua glória no leste?

Como ela poderia esquecer? Yeeran abaixou a cabeça.

— Lembra-se das palavras que as rainhas disseram para você durante o banquete de vínculo? Eu não entendi no dia porque eu não falava feérico. Mas vim a entender desde então: "Como concedido por Ewia, nós nos submetemos à mais alta glória. Yeeran O'Pila, nós lhe damos as boas-vindas. Vinculada para sempre."

Lettle esperou, mas Yeeran não sabia aonde ela queria chegar.

— Se tornar vinculado é a mais alta glória feérica. Você concretizou a profecia ao vir para o leste e encontrar Pila.

As orelhas da obeah estremeceram ao ouvir seu nome.

Yeeran fez uma careta.

— É um pouco tênue... — Lettle estava com raiva, Yeeran podia sentir do outro lado da sala. — Está bem, está bem. Acredito em você.

As palavras de Yeeran não fizeram diferença, e Lettle voltou a talhar a madeira. Seus movimentos eram violentos e vigorosos. Não era de admirar que suas peças fossem tão rudimentares. A irmã não era conhecida por seu toque leve.

— Talvez Furi cancele sua iniciação agora que é rainha, e você não tenha que confiar na profecia — disse Lettle.

— Talvez. — Yeeran não conseguia pensar em contar para a irmã que a iniciação seguiria como planejado.

Rayan ergueu o olhar.

— Como está indo a investigação? Eles capturaram alguém?

— Não, mas Nerad confirmou que o veneno era tinta de lula--mexilhão, encontrada na baía. Eles estão questionando os pescadores para ver se alguma negociação estranha foi feita. — Yeeran olhou para a janela. Um dia inteiro havia se passado. Era noite outra vez. — Sinto falta da chuva — disse, de repente. — E sinto falta do cheiro depois que chove.

O rosto de Lettle ficou sonhador.

— Sinto falta de comer carne, principalmente o frango grelhado da tia Namana.

— Sinto falta dos meus companheiros do exército — disse Rayan, o olhar ficando distante.

Pila choramingou no silêncio.

O ar está grosso, dói, disse ela.

Yeeran não compreendeu direito o significado, mas entendia o sentimento.

— Nós vamos voltar para casa — disse ela.

⁂

Lettle continuou trabalhando nos talismãs até que a luz do fragmento se tornou luz dos lampiões.

— Sou muito boa nisso — murmurou ela.

Yeeran teve que disfarçar a risada.

Uma hora depois, Lettle jogou a peça final para Yeeran. Esta lançava sombras na parede diante dela.

— Terminei.

— Está perfeita — disse Rayan, e beijou o topo da cabeça dela.

Yeeran espiou, examinando a pecinha.

— É isso? Você pode fazer adivinhações de novo?

— Sim. — Lettle mal conseguia conter a animação da voz, tão ansiosa estava.

— Pode perguntar aos Destinos sobre Komi?

Lettle suspirou, irritada.

— Por que você está suspeitando dele tão de repente?

Yeeran não tinha certeza. Algo não parecia certo.

— Por favor, só pergunte.

— Nunca fiz isso antes, então não sei o que vai acontecer. E não esqueça que os Destinos são capciosos e esquivos, às vezes respondem e às vezes não.

Lettle sentou-se nos paralelepípedos frios e cruzou as pernas embaixo de si. Ela tomou as seis esculturas nas mãos. Segurou-as contra o peito, apertadas com força na palma das mãos, antes de espalhá-las no chão à sua frente.

Yeeran assistiu aos procedimentos com a visão mágica.

A princípio, os talismãs brilhavam com um bronze suave, como a magia da Árvore das Almas que ligava a dinastia Jani à terra. A magia dos humanos. Mas então, enquanto procurava no espaço entre eles, ela viu as pérolas prateadas que Lettle chamava de Destinos.

Yeeran observou a magia girar e pulsar sobre os amuletos. Depois de dez minutos, uma dor de cabeça começou a surgir em suas têmporas e ela se retirou da visão mágica.

Pouco depois, Lettle disse:

— O diário, por favor.

Yeeran trouxe o caderno, já pesado com o conhecimento do grupo.

Lettle escreveu as palavras que reuniu enquanto ainda estavam frescas em sua mente.

Yeeran leu por cima do ombro dela, estragando a santidade do momento.

— *A vingança de um rei saciada. Uma profecia cumprida.* — Yeeran riu. — O que isso quer dizer?

Lettle franziu a testa.

— Seja lá o que Komi está fazendo, tem algo a ver com Nerad.

Não era a resposta que nenhuma delas queria. Tudo o que a profecia fez foi mergulhá-las mais fundo em águas turvas.

Lettle tentou lançar os talismãs outras vezes naquela noite, mas os Destinos não disseram mais nada.

CAPÍTULO TRINTA E QUATRO

Yeeran

Na manhã seguinte, Furi e Nerad puseram as mães para descansar. Yeeran não foi ao funeral, mas também não tinha sido convidada. Quando o amanhecer sinalizou a chegada de um novo dia, Yeeran prendeu o tambor às costas e foi à Costa da Concha.

Ela passou duas horas praticando o tamborilar disparado com Pila ao lado. O treinamento focava a mente dela, e ela descobriu que sua habilidade com o desenrolar de magia estava aumentando a cada batida.

Você consegue segurar a magia por mais tempo a cada vez, observou Pila.

Sim, me exaure, mas acho que posso segurar um fio por meia hora caso precise.

Será útil? Para as guerras que assolam sua terra?

A batida da magia de Yeeran falhou. A terra dela parecia uma coisa distante. Menos substancial que no dia anterior.

Sua primeira casa foi uma vilazinha no extremo sul do Campo Sangrento. Do tamanho da cabana na praia. Ela a compartilhara com o pai e Lettle até a noite em que partira para a guerra.

Por que você partiu? Pila estava curiosa.

Lettle estava ficando mais fraca, a batalha avançava cada vez mais para o norte, então ficou difícil pilhar cadáveres. Não fui treinada em nada, exceto em caça. Eu não sabia ler nem escrever.

Yeeran afastou as lembranças das provocações de sua tropa. Ela tinha mostrado seu potencial ao se tornar a mais jovem coronel da história.

Até não ser mais.

Pila grunhiu como se sentisse a profundidade da perda de Yeeran.

A guerra me deu uma maneira de lutar por todas as crianças que não tinham ninguém para lutar por elas. Sinto mais falta desse propósito do que do meu título.

Ou de Salawa.

Yeeran não respondeu à interrupção de Pila. Ela inclinou a cabeça para a luz do fragmento e pensou como um pedaço do cristal de fraedia seria suficiente para acabar com a guerra. Quando deixasse Mosima, levaria consigo o máximo que pudesse carregar. E esperava ser suficiente para aplacar as notícias que levaria.

Que não devemos ser mortos?

Sim, Pila. Os elfos não matarão mais obeahs.

Pila ergueu a cabeça e a apoiou na perna de Yeeran. Ela conseguia sentir os ecos da preocupação da obeah.

Não deixarei ninguém te ferir, Pila. Mas, se você preferir, pode ficar em Mosima.

Pila estalou a mandíbula, mostrando os dentes.

Não. Vamos juntas.

Yeeran riu e coçou o queixo de Pila até que a obeah se acomodou de novo.

— Sim, vamos juntas.

Yeeran voltou a praticar a magia.

Pila cheirou o ar.

Tem alguém vindo.

Yeeran esperava que fosse a pessoa que costumava trazer o almoço naquele horário e não parou de praticar. Mas, enquanto disparava um projétil de magia, um fio dourado se juntou ao seu. Yeeran reconheceu o tom dele.

— Tente conduzir o fio ao redor do meu — disse Furi. Ela teceu sua magia por cima e por baixo da de Yeeran até se interligarem como uma trança. Yeeran manteve a batida constante de seu tambor enquanto manipulava o fio ondulante de magia. — Isso, bem assim. Segure. Segure.

Elas continuaram a trançar a magia até que uma forma de treliça brilhou acima delas.

Mas então Yeeran viu Furi, e sua concentração falhou. Dos pés à cabeça, ela vestia cota de malha de ouro, os olhos delineados com carvão grosso que deixara marcas escorrendo pelo rosto.

— Muito bem — disse Furi.

— O que foi aquilo?

— Um entrelaço.

Yeeran ergueu as sobrancelhas.

— Foi assim que você nos prendeu?

O sorriso da feérica era travesso, mas desapareceu um segundo depois e ela se abaixou no chão. Yeeran se juntou e pegou a mão de Furi.

Furi olhou para seus dedos entrelaçados.

Lentamente, ela soltou, juntando as mãos no colo.

— A Árvore das Almas já quase terminou de fazer crescer os dois novos galhos. A coroação será em algumas horas. — Furi fechou os olhos. — Consigo sentir a magia da árvore na minha pele, está ficando mais forte.

A mão de Yeeran ainda estava aberta na areia. Ela a fechou em punho.

— Você só se permite sentir à noite? — disse Yeeran, amarga.

Furi olhou para o mar, suspirou e disse:

— Todas as estrelas brilham mais forte à noite.

Yeeran queria gritar com ela, mas sabia que o amor delas era insustentável desde o começo. Ela era uma elfa.

E Furi era uma rainha.

Yeeran desviou o olhar antes que Furi visse as lágrimas que ela se recusava a deixar cair.

Pila, vamos embora. Me leve para a fronteira.

Enquanto Yeeran montava Pila, Furi tornou a falar, pouco mais que um sussurro:

— Mas todas as estrelas ainda brilham sob a radiância do céu à luz do dia.

Yeeran queria perguntar o que ela queria dizer, mas Pila tinha começado a galopar, levando-a para longe da mulher que engaiolara seu coração.

෯ ෬

Lettle disse que a magia dos humanos era uma língua falada, disse Yeeran para Pila. Ela estava sentada nas costas de Pila e se inclinou à frente, passando as mãos na fronteira. A letra cursiva zumbia sob seus dedos.

Mas quem é que conhece essa língua hoje?

Não sei.

Yeeran inspecionou a fronteira mais um pouco antes de direcioná-las de volta ao palácio. Ao entrar na Floresta Real, ela desmontou e deixou Pila ir pastar no pomar do pátio interno.

A guarda feérica espalhava-se pela floresta, e a investigação do assassinato das rainhas tornou-se mais urgente devido à coroação iminente. Yeeran escolheu um caminho menos movimentado para evitar os olhares dos combatentes. Ao virar à esquerda, ela trombou com outro feérico caminhando em sua direção.

— Ah, desculpe.

O feérico havia caído e Yeeran estendeu a mão para ajudá-lo a se levantar.

— Golan? — arfou ela.

Ele parecia pálido, a pele úmida e febril. O mais chocante, porém, era que ele não usava nenhuma maquiagem ou as joias habituais. Parecia nu sem elas.

— Ah, Yeeran, sinto muitíssimo. Eu não estava olhando para onde ia. — Ele fungou e Yeeran viu que o estilista estivera chorando.

— Sinto muito — disse ela. — Sobre as rainhas.

Golan arregalou os olhos vermelhos.

— O quê?

Yeeran franziu a testa, sem saber como responder. Então o medo sumiu dos olhos dele, que esfregou a testa e disse:

— Sim, uma coisa terrível. Uma coisa muito, muito terrível.

— Golan, espere. — A chamada veio do palácio. — Você não pode simplesmente sair correndo.

Golan se encolheu quando Nerad apareceu ao seu lado.

— Ah, Yeeran, olá. — A indignação momentânea que pintava o rosto de Nerad foi amenizada ao notar Yeeran.

— Olá, Nerad... ou devo chamá-lo de rei Nerad agora?

Ele sorriu, mostrando os dentes.

— Não até hoje à noite. — Ele se voltou para Golan e disse, entre-dentes: — Podemos conversar em um local mais reservado?

Golan ergueu o queixo em desafio.

— Não, Yeeran me pediu para ajudá-la com algo... não foi, Yeeran?

— Eu...

Golan arregalou os olhos, implorando. Mas, antes que ela pudesse mentir para o futuro rei dos feéricos, Nerad disse:

— Está bem, te vejo depois, então. — E partiu.

Golan fez uma careta no silêncio da partida de Nerad.

— Sinto muito.

— O que foi isso?

Golan passou a mão pelo cabelo murcho, que geralmente era tão vibrante e tilintante com as tranças com contas.

— Não importa. Nada importa. — Então ele se afastou, se apoiando pesadamente na bengala.

Yeeran contou o acontecido para Lettle quando chegou.

— Por três deuses... — arfou Lettle. — O amorzinho de Golan é *Nerad?*

— O quê?

— Ele está vendo alguém em segredo. Alguém importante que não pode namorar publicamente porque Golan é Desluz.

Pode ter sido só um desentendimento de amantes, supôs Yeeran.

— Mas primeiro a profecia de Komi e agora isso? Não parece es-tranho para você... talvez Nerad seja o centro de tudo?

Lettle riu e lançou os talismãs outra vez.

— Você está mesmo muito desconfiada.

Talvez ela estivesse. Ou talvez o assassinato das rainhas tivesse colocado em risco a confiança dela nas pessoas. Uma confiança que jamais devia ter sido concedida em primeiro lugar.

— Cadê Rayan?

O olhar de Lettle ficou suave.

— Ele não estava se sentindo muito bem, então foi caminhar. E, antes que pergunte, não sei onde Komi está, eu não o vi o dia todo.

— A coroação de Nerad e Furi é em algumas horas.

Lettle assentiu. Ela já sabia.

— Sahar me contou.

— Como foi seu treinamento hoje?

Lettle lançou um olhar mortal para os talismãs.

— Ainda preciso ter notícias dos Destinos de novo. Rayan acha que estou tentando demais. — Então ela sorriu.

O amor dela por Rayan a deixava tão radiante que Yeeran não pôde evitar sorrir também.

Ah, se Furi sorrisse para mim assim...

— Yeeran? Você me ouviu? — Lettle a tirou dos pensamentos.

— Não, desculpe... O que você disse?

— Você vai à coroação? Sahar disse que a magia da árvore vinculando é espetacular.

— Talvez. — Yeeran ainda não havia se recuperado do encontro com Furi mais cedo.

A porta do apartamento foi aberta e Komi entrou. Ele usava uma saia de um azul profundo que se espalhava ao redor de seu corpo enquanto ele girava na sala.

— O que acham? — perguntou ele. — O tecelão nomeou a saia "sangue real é mais grosso", o que pareceu adequado à coroação.

Lettle estendeu a mão para a dele e a apertou. Yeeran viu que a pele ali era fina e parecia couro, revelando a idade dele mais que sua mente.

— Você está incrível.

Lettle olhou para Yeeran.

— Sim... incrível — adicionou ela, um tanto fria.

— Por que vocês não estão vestidas ainda?

— Yeeran não sabe se vai, e Rayan não está se sentindo bem.

— Ora, então será uma festa de dois.

Isso perturbou Yeeran. Ela não queria Komi sozinho com Lettle até sentir que podia confiar nele outra vez.

— Eu vou.

Komi bateu palmas, seu sorriso levando seu bigode às bochechas.

— A três, eu amo.

Lettle riu. Yeeran, não.

ॐ ॐ

Yeeran se arrependeu de ir à coroação assim que chegou. O ar estava sombrio, as multidões abarrotavam a floresta.

— É quase como se estivéssemos em um funeral — disse Lettle, um pouco alto demais.

— E estamos, de certa forma — respondeu Yeeran, com um tom bem mais baixo que a irmã.

Enquanto avançavam para ver melhor, os feéricos abriram caminho, os sussurros surgindo como ervas daninhas.

— Fiquei sabendo que a vinculada fez um acordo para libertar a irmã...

— Elas mataram as rainhas...

— Deveríamos ter matado elas quando tivemos a chance...

Yeeran ignorou, mas percebeu como os sussurros afetaram Lettle. Os lábios dela estavam curvados para baixo.

Eu gostaria de poder animá-la um pouco.

Diga a Lettle que as orelhas dela estão lindas, disse Pila, esticando-se no espaço vazio que os feéricos haviam desocupado.

O quê?

Vocês não elogiam as orelhas um do outro?

É isso que os obeahs fazem?

Sim, é como com Amnan. Digo a ele que gosto de suas orelhas lambendo-as.

Pila, não vou dizer a Lettle que ela tem orelhas bonitas.

Bem, se você não vai dizer, lamba-as.

Yeeran optou por apertar a mão de Lettle. A irmã lhe deu um sorriso agradecido.

— Por aqui. — Golan se encontrava algumas fileiras à frente.

Ele estava diferente de horas antes. A maquiagem estava no lugar; os olhos, límpidos e brilhantes.

Komi suspirou.

— É como se fôssemos uma doença ou algo assim.

Golan deu um tapinha no ombro dele.

— Você vai se acostumar depois de alguns anos.

Era verdade, os feéricos se afastaram dele também, só porque era Desluz. Ele acenou para alguém na distância e Yeeran reconheceu Jay.

Ex-amante de Furi.

Ser Desluz também ajudou Jay a avançar pela multidão em direção aos elfos, e elu perguntou:

-– Viram Cane? O garoto é como uma enguia na água.

— Estou aqui! — Cane saiu dos pés de um grupo de feéricos atrás deles. — Olá, Yeeran. Posso ver sua cicatriz?

Jay repreendeu o filho e o afastou de Yeeran, balançando a cabeça em desculpas.

— Desculpe. Ele está animado para ver a coroação de Furi.

— Rainha Furi — corrigiu Cane. Jay revirou os olhos.

Yeeran sorriu e se afastou. Ela odiava aquela inveja que tomava conta de suas entranhas toda vez que observava a beleza de Jay.

Ao lado dela, Lettle mordiscava o lábio. Rayan não havia retornado da caminhada vespertina e ela estava preocupada.

— Ele ficará bem — garantiu Yeeran.

— Ele provavelmente foi para uma taverna — adicionou Komi, pouco ajudando.

Os quatro estavam diante da Árvore das Almas. Furi e Nerad sentavam-se em seus tronos, as palavras da profecia acima deles.

Uma maldição a aguentar, uma maldição a sobreviver. Todos devem perecer, ou todos devem florescer.

Mas ali, sob a luz poente do fragmento, nenhum deles parecia amaldiçoado. Planadores estelares emaranhavam-se em seus cabelos e descansavam em suas coroas. O fogo da bacia dourada aquecia a riqueza de suas peles, fazendo seus olhos castanhos brilharem em âmbar. Furi usava o mesmo vestido de cota de malha daquela manhã, mas a maquiagem havia sido refeita e joias de fraedia pendiam de suas orelhas.

Yeeran teria achado as joias de fraedia extravagantes e grosseiras, se não parecessem tão sedutoras. A mandíbula de Furi estava retesada em uma expressão de dor, e Yeeran se perguntou como seria ter a própria essência de uma terra ligada à sua alma.

Yeeran entrou em visão mágica. Embora a princípio fosse difícil enxergar, ela localizou o pequeno filamento de magia. Um fio de bronze fluía de um dos galhos recém-crescidos até Furi, subindo por seu braço como uma videira e se instalando bem fundo em seu peito.

Parece um vínculo com obeah, comentou Pila.

Yeeran compartilhou o comentário da obeah com Lettle.

— Ah, que interessante. A magia está se tecendo da maneira mais peculiar, quase parece uma palavra. — A cabeça de Lettle se inclinou para a direita enquanto ela observava o vínculo com o olhar de uma estudiosa.

Yeeran olhou de Furi para Nerad. A magia do rei era fina demais para ver. Yeeran voltou a visão para o galho, mas o fio ali se tecia para fora de sua vista.

Ela piscou e olhou para Nerad com a visão limpa. O rosto sereno dele estava perplexo. Ele inclinou a cabeça para o galho, confuso, antes de murmurar algo baixinho para si mesmo.

— Tem algo errado. A magia não está funcionando para Nerad.

Lettle assentiu.

— Parece que o fio está se tecendo para outro lugar.

Alguém atraiu a atenção dela no canto da multidão.

Era Rayan.

Ela acenou para ele.

— Rayan?

Ele olhava para além dela, a expressão febril, o suor salpicando-lhe a testa. Os olhos dele estremeciam com uma selvageria que Yeeran nunca vira antes, mesmo no calor da batalha. Ele se voltou para a Árvore das Almas.

— O que está acontecendo comigo?

Yeeran mal conseguia distinguir as palavras de Rayan.

— Não — sussurrou Lettle. — Não pode ser.

Àquela altura outras pessoas olhavam para Rayan, a plateia se partindo enquanto ele se aproximava de Nerad e Furi com passos trêmulos.

Nerad se levantou, os olhos arregalados. Seus lábios se moviam em um ritmo, uma palavra só de novo e de novo.

— Não, não, não, não, não.

Yeeran não precisou entrar na visão mágica para confirmar que a magia se tecia até as mãos de Rayan. A Árvore das Almas havia escolhido um rei.

Rayan.

CAPÍTULO TRINTA E CINCO

Lettle

Lettle saiu do estado de choque e correu para Rayan.
— Por que a Árvore das Almas te escolheu? — Ela se sentia sem fôlego, tonta. Isso não podia estar acontecendo.
— E-eu não sei — disse Rayan. A magia que o envolvia brilhou mais intensa e ele sibilou, os músculos tensionando. Então o brilho diminuiu, o vínculo feito. — Lettle, o que aconteceu?
— Você é rei.
As palavras eram afiadas e frias. Furi estava ali, Nerad um passo atrás.
— Como você ousa? — gritou Nerad. — Como ousa pegar o que é meu por direito?
Furi ficou entre eles.
— Pare, primo. — Ela arregalou os olhos para a multidão ao redor. — Vamos conversar em particular.
Dois guardas feéricos haviam ladeado Rayan, que pareceu não perceber. Eles o levaram atrás de Furi e Nerad.
— Rayan.
Ele se virou ao som da voz de Lettle.
— Deixe-as, não é hora nem lugar para elfos — disse Furi.
Uma dos guardas bloqueou o caminho de Yeeran e Lettle. Komi desaparecera na multidão, mas naquele momento Lettle tinha preocupações maiores que o bem-estar do elfo mais velho.
— Não, eu quero que elas venham comigo — disse Rayan.

A guarda hesitou. Tecnicamente, Rayan já era o rei deles. Furi viu isso e soube que não era hora de testar a lealdade de seu exército.

— Venham, então.

Atordoadas, as irmãs seguiram. Pila ia logo atrás.

— O que acabou de acontecer? — perguntou Yeeran.

— Não sei.

— Ele te disse algo?

— Não.

— Mas decerto você deve saber por que...

— Eu não sei! — gritou Lettle.

Ela sentiu o pânico e a raiva borbulharem ao mesmo tempo. Apertou as mãos em punho e suspirou.

Yeeran ergueu as mãos como se Lettle pudesse atacá-la. Isso deixou a irmã ainda mais furiosa.

— Você não sabe nada, entendi — disse Yeeran.

Furi e Nerad os conduziram pela floresta até uma sala nos fundos do palácio. Claramente se tratava de uma das câmaras do ministério, pois havia uma mesa no centro, repleta de mapas e papéis.

Furi os colocou de lado quando eles entraram. Ela dispensou os guardas com a mão livre.

— Quem são seus pais? — perguntou Furi a Rayan.

Nerad bufou.

— Você pretende entreter a ideia de que ele poderia ser da nossa linhagem? Está na cara que eles praticaram algum tipo de magia élfica que não conhecemos. Talvez Lettle tenha feito isso.

— Acho que já chega de acusar minha irmã de coisas que ela *não fez*. — Yeeran entrou no espaço entre ela e Nerad.

— Dá para ficarem quietos? — gritou Furi. — Rayan, quem são seus pais?

— Minha mãe era da aldeia Crescente. O nome dela era Reema. Ela morreu quando eu era criança.

— E seu pai?

— Não sei. Minha mãe sempre disse que sou filho da névoa da tempestade.

— Da névoa da tempestade? — sussurrou Furi.

— Não, ele não pode ser… — Nerad balançava a cabeça com tanta violência que parecia que seu pescoço podia se quebrar.

— O quê? O que foi? — disse Rayan, o pavor engrossando sua voz.

— Meu primo… o nome dele era Najma.

Lettle não precisava da tradução, ela entendeu.

Nascido da névoa de uma tempestade.

— Na língua feérica, Najma significa a névoa antes de uma tempestade — disse Lettle, baixinho.

Rayan engoliu em seco.

— Não, mas não faz sentido. — Nerad sibilou no silêncio. — Mesmo que seja metade feérico, ele não pode ser rei sem ser vinculado a um obeah.

Rayan olhou para os pés.

— Ele já está vinculado a um obeah — disse Lettle. Rayan olhou para ela de uma vez. — Não é? O obeah de olhos verdes e chifre quebrado?

Toda noite, Lettle pensava que Rayan visitava Berro… quando, na verdade, ele estava visitando seu obeah.

Rayan assentiu.

— Depois do banquete de vínculo de Yeeran, depois que o fogo foi apagado. Ajix, ele me encontrou.

Foi então que Lettle sentiu a primeira ruptura na confiança mútua. Se ao menos ele lhe tivesse contado sobre o obeah antes. Se ao menos ela tivesse contado para ele sobre a profecia.

— Fomos tão tolos.

Uma exaustão se instalou nos ossos dela.

— Tolos mesmo — disse Nerad. Ele olhava para Furi.

A rainha deu um passo à frente, as mãos estendidas, quer para bater ou para abraçar, ninguém sabia. Então ela fez a coisa mais inesperada: uma reverência. Quando tornou a se levantar, seus olhos brilhavam e os lábios tremiam de emoção.

— Bem-vindo à família, rei Rayan.

Lettle olhou para Yeeran, que parecia horrorizada, o olhar indo de Rayan para Furi enquanto os dois se abraçavam.

Pila choramingava baixinho ao lado de Yeeran, mas a irmã dela não pareceu perceber.

Então Lettle a ouviu murmurar:

— Eu... eu matei o pai de Rayan.

A culpa a aprisionava. Lettle devia ter reconhecido isso logo de cara.

— Está tudo bem, Yeeran — murmurou ela. — Você não sabia.

Yeeran virou o olhar assombrado para Lettle.

— Mas isso não muda os fatos. Eu matei o pai dele.

Lettle olhou para Rayan. Furi o segurava à distância de um braço.

— Meu sobrinho — disse ela, então riu.

O choque de Rayan se transformou em emoção pura e Furi o conduziu para uma cadeira.

— Nerad, traga o hidromel envelhecido.

Mas Nerad havia emudecido, os lábios pressionados até ficarem quase roxos. Ele suspirou antes de sair marchando.

— Ele vai superar. A monarquia nunca foi o chamado real dele. Só dê a Nerad um pouco de tempo. — Furi voltou-se para Rayan. — Seu obeah está por perto?

Rayan sorriu, o olhar ficando distante. Alguns momentos depois, o obeah dele chegou. Pila se inclinou à frente enquanto o obeah passava para sentir o cheiro dele, antes de se sentar de novo, despreocupada.

— Este é Ajix. — O obeah roçou na perna de Lettle com familiaridade, e ela coçou suas orelhas.

Rayan fez um som carinhoso vindo do fundo da garganta enquanto a observava. Ele parecia mais à vontade com seu obeah à vista e Lettle o imaginou galopando pelos campos sob o manto da escuridão, apenas com a luz dos planadores estelares para guiá-lo.

Um pensamento repentino ocorreu a Lettle. Ela arfou, e todos se viraram em sua direção.

— A deterioração. Rayan, *você* causou a deterioração.

Furi franziu a testa e deu um passo para trás.

— Não é verdade que quando alguém da dinastia Jani sai de Mosima, a terra sabe e reage? — continuou Lettle. — Não é por isso que vocês não podem ficar muito tempo longe de casa? E começou... há mais ou menos trinta anos, quando Rayan nasceu. Então nós chegamos e a deterioração parou.

Rayan engoliu em seco.

— Meu nascimento significou que alguém da linhagem Jani vivia fora de Mosima — disse ele. — E foi quando a deterioração começou.

Os quatro ficaram em silêncio, pensando no impacto do que Lettle descobrira.

— Teremos de contar a história disto a nosso favor — afirmou Furi, baixinho. — O retorno de Rayan curou Mosima e trouxe de volta a prosperidade. Não podemos permanecer na ameaça da fome que aconteceu um dia. Todos devemos estar unidos nisso.

Rayan assentiu, embora seu olhar estivesse perturbado.

— Você vai me contar sobre meu pai?

Lettle caminhou em direção a Yeeran e a pegou pelo cotovelo.

— Devíamos deixá-los conversar.

Yeeran apenas assentiu, ainda atordoada pelas revelações do dia.

As irmãs não conversaram no caminho de volta para seus aposentos. Estavam preocupadas com as próprias emoções.

Komi esperava por elas, tendo passado o restante do dia em uma festa de coroação no sul da cidade.

Ele cobriu a boca com a mão, surpreso, enquanto Yeeran contava a verdade sobre a herança de Rayan. Seus suspiros e olhos vidrados pareceriam inautênticos em qualquer outro rosto, mas Komi simplesmente sentia mais do que as outras pessoas.

Naquela noite, Rayan não voltou ao apartamento.

Yeeran deitou-se cedo, com os olhos pesados pelos acontecimentos do dia.

Mas Lettle estava com dificuldade para dormir.

Um pensamento se repetia:

Se Rayan é rei, ele nunca poderá partir.

As profundezas de sua solidão ameaçaram consumi-la, mas por fim ela adormeceu.

Ela arrastou o cadáver inchado de seu pai pela sala com movimentos curtos. Suas lágrimas salpicavam os olhos vítreos dele. Os lábios do pai estavam entreabertos como se dissessem o nome dela. E ela pensou ter ouvido: Lettle, por que você me matou?

Lettle acordou soluçando. Seus pesadelos tinham voltado. Ela não queria lidar com eles sozinha, então bateu suavemente à porta de Yeeran.

— Pila? — chamou Yeeran.

Lettle abriu a porta.

— Não, sou eu.

Yeeran voltou os olhos cansados para a porta.

— Você está bem?

Lettle hesitou, sua sombra brilhando.

— Posso dormir aqui esta noite?

Fazia anos que elas não compartilhavam uma cama.

— Claro.

Lettle entrou debaixo das cobertas e sentiu a presença estável de Yeeran atrás de si. Sua irmã, seu escudo.

Em poucos segundos, adormeceu.

❧ ❦

Lettle podia sentir uma brisa suave em seus braços. Ela estremeceu e acordou.

Yeeran dormia de bruços com o cobertor enrolado nas pernas, o braço pendurado para fora da cama, acima da forma adormecida de Pila. Ela roncava alto, a boca aberta.

Lettle esfregou os olhos e se levantou. A janela estava aberta e a luz do fragmento aquecia os paralelepípedos abaixo dela. Tinha acabado de amanhecer.

Ela saiu do quarto de Yeeran, fechando a porta sem fazer barulho atrás de si.

— Eu te procurei ontem à noite.

Lettle deu um pulo ao som da voz e pousou a mão no coração.

— Pelo amor da lua, Rayan.

Ele sentava-se no sofá, os olhos cansados e vermelhos.

— Desculpe, eu não quis te assustar.

Lettle ficou perto do apoio de braço, sem saber se devia se sentar diante ou ao lado dele. Por sorte, houve uma batida à porta e um serviçal chegou com o café da manhã. Lettle foi pegar a bandeja antes de se sentar à mesa.

— Fiquei acordada te esperando, mas quando você não veio para casa... eu não quis dormir sozinha — disse ela, com cuidado para evitar o olhar dele.

— Lettle... — Ele sussurrou o nome dela, a boca buscando as palavras, as quais não vieram.

— Ajix, ele me levou para a floresta naquele dia.

Ele abaixou a cabeça.

— Sim.

— E ele estava lá quando Hosta me ameaçou, e quando lutamos contra elu.

— Sim.

— Então você andou me observando?

Rayan se encolheu e pressionou a palma das mãos contra os olhos.

— Eu sinto tanto.

Lettle sentiu um nó na garganta.

— Por que você não me contou?

— Nossa posição aqui é tão tênue...

— E daí? Você podia ter me contando e nós teríamos dado um jeito juntos. — A raiva deixou a voz dela dura.

Rayan se levantou e foi até ela, se ajoelhando a seus pés.

— Você era a pessoa a quem eu mais temia contar. Vejo como você os odeia, como eles te fazem se sentir. Eu não queria que você me olhasse dessa forma.

— Yeeran é vinculada e eu não a odeio.

Porém parte de Lettle se perguntou se ela odiava a irmã, mesmo que só um pouquinho.

Rayan apertou a mão dela, mas Lettle não devolveu o toque.

— Eu teria entendido — disse Lettle. — Podíamos ter tentado entender, saber antes quem era seu pai.

— Como? Se eu não sabia, como você ia saber?

Lettle afastou a mão de Rayan e se levantou, encarando a janela.

— E-eu fiz uma leitura há alguns meses e era sobre você.

Rayan não disse nada, e ela não conseguia suportar a ideia de olhar para trás e ver a expressão dele. Então, prosseguiu:

— As palavras eram: "Aquela nascido da névoa da tempestade será sua pessoa amada".

Aquela era a hora de dizer toda a verdade para ele. Contar que um dia seria ela quem iria matá-lo.

— É verdade? — perguntou ele.

Lettle se virou. Ele ainda estava ajoelhado diante dela. Seus olhos brilhavam, o maxilar retesado enquanto olhava para ela, esperando que Lettle falasse.

Não, ela não podia contar a ele. Não hoje.

— Sim, é verdade. Você tem meu coração.

Ele abriu os braços e ela foi até Rayan, que os deslizou ao redor da cintura dela enquanto suspirava, trêmulo.

— Meu coração é seu, sempre.

Ela se abaixou até ficar no mesmo nível dele. Lettle segurou o queixo dele com a mão e enxugou a única lágrima que havia caído de seus olhos.

— Você não pode deixar Mosima agora, não é? — sussurrou. — Você está vinculado à terra.

Ele desviou o olhar.

— Não — disse ele, pesadamente. — Fazer isso seria condenar pessoas inocentes.

Lettle assentiu.

Ela pensou em suas esperanças de ser xamã dos adivinhos em Gural.

"Devemos deixar que o vento da mudança facilite nosso voo, e não que o atrapalhe", dissera Sahar. Ele sabia que ela ficaria em Mosima.

Vidente Lettle soava diferente de xamã, mas ela não desgostava.

Ela passou a mão pela barba de Rayan.

— Se ficarmos em Mosima, espero que tenhamos quartos maiores.

O sorriso de Rayan era radiante quando ele levou a mão dela aos lábios e a beijou.

— Obrigado, eu sei o tamanho do sacrifício.

Yeeran..., ela pensou, então tirou a irmã da mente.

— Um rei de Mosima apaixonado por uma elfa, o que os feéricos pensarão?

— Não me importo com o que eles pensem — disse Rayan, com veemência.

— Eles são seu povo agora. Não merecem sua lealdade?

Rayan acariciou o antebraço dela com o polegar.

— Fui criado como elfo, para reinar como um rei feérico. Eu sou ambos e não sou nenhum deles. — Ele respirou fundo. — Mas só há uma pessoa que merece minha lealdade. Você.

Então Lettle o beijou e tudo ficou bem no mundo.

Por ora.

CAPÍTULO TRINTA E SEIS

Yeeran

Yeeran acordou sobressaltada, estendendo a mão para a parte fria da cama, onde Lettle estivera.
— Lettle?
Ela está na sala de estar com o rei. Pila estava ao lado de Yeeran, os olhos sonolentos.
O rei? Os sonhos dela ainda eram uma névoa intensa em sua mente.
Rayan, o meio-elfo.
Então Yeeran se deu conta de algo.
Você sabia? Que Rayan era meio-feérico?
Pila inclinou a cabeça.
Acho que sim.
Yeeran se levantou.
Por que você não me contou?
Eu te disse que o cheiro dele é diferente.
Isso não é a mesma coisa.
Pila suspirou.
Não é culpa minha se você não sente nele o cheiro que eu sinto.
Yeeran revirou os olhos.
Da próxima vez, me conte, está bem?
Você quer que eu conte toda vez que eu sentir o cheiro de algo? Porque então preciso dizer que você precisa muito de um banho.
Yeeran jogou um travesseiro na fera, que sibilou e pulou para trás, as garras batendo nos paralelepípedos.

— Café da manhã primeiro, depois eu penso em tomar banho — disse Yeeran.

Lettle e Rayan estavam na sala de estar, conversando baixinho, de mãos dadas.

Yeeran foi em direção a Rayan, os olhos queimando, o queixo baixo.

Ela parou diante dele e recitou o pedido de desculpas no qual pensou antes de ir dormir.

— Rayan, eu jamais me perdoarei por matar seu pai. Não peço seu perdão porque ninguém pode garantir isso para um crime tão horrendo. Mas saiba que está escrito nas paredes da minha mente como um lembrete diário: eu tenho uma dívida de sangue com você.

Rayan suspirou longamente.

— Coronel.

— Não me chame assim.

— Yeeran. Estou de luto pelo pai que nunca conheci, mas saiba disso: eu não a culpo. Como poderia? Na sua posição, eu teria feito a mesma coisa. Fomos vítimas de nossa ignorância.

O alívio que Yeeran sentiu fez seus joelhos tremerem, e ela disse:

— A ignorância de fato nos fez vítimas por muito tempo.

Rayan estendeu a mão para o ombro dela e o apertou. Lettle se levantou e atravessou a sala, deixando Rayan e Yeeran compartilhando um momento de amizade inabalável.

Mas, quando Lettle se afastou deles, Yeeran a viu tropeçar na perna de uma cadeira.

Houve o som de uma pedra sendo raspada, e Yeeran viu o chão estender a mão e agarrar o tornozelo de Lettle. A mão de Rayan estava estendida, mas não foi ele quem a segurou. Os paralelepípedos formavam um braço semelhante a uma estátua de pedra e seguravam-na. Quando Lettle recuperou o equilíbrio, a pedra derreteu de volta à superfície plana que era antes.

Ela esfregou o tornozelo com uma carranca.

— Mais alguém viu isso? — sussurrou Yeeran.

Rayan emitiu um som baixo e dolorido.

— Desculpe. Minha nova posição... me mudou.

— Isso foi *você?* — perguntou Yeeran.

— Sim, o palácio, as plantas, Mosima como um todo reage a mim agora — disse ele, franzindo a testa. Como se o poder onisciente fosse apenas uma irritação.

Lettle inspirou profundamente.

— Como?

— Furi diz que é porque estou vinculado à terra, à maldição. Ficará mais fácil à medida que eu me acostumar.

Yeeran sentou-se, a mente disparada.

— Espere. — Ela pensou em algo. — Você pode nos deixar sair de Mosima. Podemos partir, hoje, agora.

— Sim, no entanto Furi se recusa a me contar a palavra que abre a fronteira. — Ele se voltou para Lettle: — Você estava certa sobre a maldição. Meu pai descobriu parte da linguagem mágica humana. Mas ela não pode esconder a informação de mim por muito tempo.

Yeeran grunhiu baixinho.

A situação sempre se resumiria a isso? Furi ou a liberdade dela?

— Ela vai nos contar — disse Yeeran, e saiu do apartamento deles.

Um acerto de contas estava chegando.

$\approx \ll$

Furi não estava no campo de treinamento nem na floresta. Quando Yeeran tentou obter acesso aos aposentos da rainha, foi escoltada para fora por quatro membros da guarda feérica. Então, foi para a Costa da Concha e esperou.

Sua raiva esfriou até o desamparo, até que os soluços a destruíram e ela se viu com falta de ar. Yeeran caiu de joelhos, as mãos estendidas para a espuma do mar.

Culpa e dor, amor e luxúria giravam e chacoalhavam em seu peito. *Como alguém pode sentir tanto?*

— Argh — gritou ela para o mar.

— Isso ajudou?

Yeeran deu um pulo e se virou.

Era Furi. Claro que era Furi.

— Você. — A palavra era trovão no peito dela. — Diga a Rayan a magia para nos deixar sair daqui.

Yeeran agarrou o pescoço de Furi, que deixou.

— Por que você não me deixa ir? — disse Yeeran, baixinho. — Quero ir para casa. Quero sair daqui e jamais voltar.

Parecia uma mentira, porque era.

Mas Furi permaneceu mole, os olhos marejando, a respiração saindo ofegante enquanto o aperto de Yeeran se intensificava.

Os lábios de Furi se curvaram em um sorriso e ela olhou para o céu. Estava deixando Yeeran matá-la.

Yeeran soltou a mão, sua cabeça caindo no ombro de Furi.

— Eu te odeio! — gritou ela, e soluçou mais forte, sabendo que não era verdade.

Furi segurou Yeeran enquanto ela chorava. A rainha acariciou seu cabelo com suavidade, acalmando-a. Então sussurrou:

— Eu direi a ele, se é isso que você quer. Eu contarei a ele.

Yeeran se separou do abraço e olhou para Furi. O olhar dela continha a abertura que Yeeran desejava havia tanto tempo.

— Sinto muito — disse Furi, por fim. — Por tudo. Embora eu saiba que um pedido de desculpas jamais será suficiente.

Furi acariciou a bochecha dela, o dedão esfregando o lábio inferior de Yeeran.

A elfa estremeceu e o olhar de Furi ficou quente e perigoso. Ela se sentiu inclinar à frente até que seus lábios se tocaram.

Yeeran aproveitou o momento de tensão que podia sentir se formar dentro de Furi. Era como uma mola pronta para pular. Furi esperou pela permissão.

Mas Yeeran não se sentia pronta para concedê-la.

— Tire a roupa — disse Yeeran, e por um segundo pareceu que Furi fosse negar, mas então ela lhe deu um sorrisinho travesso. E, um momento depois, as roupas foram tiradas.

O olhar de Yeeran vagou devagar pelo corpo de Furi, apreciando todas as curvas e contornos.

Os olhos de Furi brilharam e ela passou a mão pelo umbigo, onde o olhar de Yeeran permaneceu. Seus dedos se moveram contra os cachos finos entre suas coxas. Seus olhos castanhos encontraram os de Yeeran, e o ar pareceu estalar entre as duas, carregado de energia.

Furi abriu a boca, a respiração encurtando enquanto ela buscava seu próprio prazer.

— Mais rápido — disse Yeeran.

Foi só quando ela estava perto do abismo que Yeeran deslizou as mãos pela parte inferior de suas costas e a puxou para um abraço.

O beijo delas foi intenso, ardente, devastador. Nenhuma tinha tempo para gentilezas. Muitos espinhos haviam crescido entre elas.

Foi Furi quem recuou primeiro, apenas para voltar a atenção para o pescoço de Yeeran, onde roçou seus caninos ao longo da pele sensível. Yeeran gemeu baixo e profundamente, percorrendo o peito de Furi com as mãos. Ela circulou um mamilo com o dedo e o apertou, arrancando um suspiro da outra.

Furi colocou as mãos na camisa de Yeeran, abrindo habilmente cada botão, um por um, até que o tecido escorregou de seus ombros e seu peito ficou nu. Furi voltou-se para a calça, puxando-a para baixo.

Yeeran saiu dela, naquele momento envolta apenas em desejo. O olhar de Furi estava faminto, e ela emitiu um som feroz e rouco antes de estender a mão para empurrar o osso do quadril de Yeeran até que estivesse deitada na areia.

Mas Yeeran ainda não estava pronta para abrir mão do controle. Ela se apoiou nos cotovelos e disse:

— Venha aqui.

Furi estremeceu em resposta, seu sorriso malicioso.

Yeeran estendeu a mão para Furi e a guiou até que seus joelhos estivessem perto das orelhas dela. Ela segurou as nádegas de Furi entre as mãos e as colocou na boca.

Yeeran provocou sons de prazer até Furi estremecer e se exaurir.

Só então Yeeran deixou Furi voltar a atenção para ela. A rainha levou os lábios até os seios de Yeeran, os dentes inflexíveis. Seus dedos deslizaram até o calor da outra, massageando o nó de desejo com a palma da mão antes de explorar seu centro.

Quando o esquecimento chegou, Yeeran acolheu-o com um grito.

ॐ ॐ

Depois de saciarem o desejo, elas lavaram a areia dos corpos no mar. Foi então que Yeeran percebeu que ainda não tinha se saciado de Furi e absorveu a maré de seu prazer mais uma vez.

— *Aiftarri* — disse Furi.

Ela estava deitada na curva do braço de Yeeran, sobre um cobertor que encontraram na cabana. As roupas delas estavam jogadas de lado enquanto elas esperavam que a água do mar em sua pele secasse.

— O quê?

— É a palavra que Rayan precisa falar na fronteira. Vai funcionar desde que ele fique diante dela.

— *Aiftarri.* — Yeeran testou a palavra pouco familiar.

— Quando você vai partir? — perguntou Furi.

Yeeran estava sonolenta, os olhos semicerrados. Contente, até. Embora a pergunta de Furi tivesse atrapalhado o momento.

— Em breve.

Agora a liberdade era dela, e não parecia mais tão urgente.

Yeeran correu as mãos pelo cabelo de Furi enquanto esta a observava.

— Não tenho direito de perguntar isso — disse Furi. — Mas perguntarei mesmo assim. Você quer ficar?

— Aqui em Mosima? — Yeeran se sentou, fazendo Furi se inclinar em seu peito.

— Sim. Comigo, como minha consorte.

O coração de Yeeran disparou. Ela não sabia o que dizer. Estava preparada para dar as costas ao seu país, ao seu lar?

Não. Jamais. Não enquanto as crianças passam fome na aldeia Minguante.

— Por que você não vem comigo? Para as Terras Élficas? A verdade sobre os obeahs precisa ser conhecida. Quem melhor para contar a eles que a rainha?

Furi peneirou um punhado de areia, mas, em vez de cair, a areia começou a girar ao seu redor, embalada pela estranha maldição que a prendia naquele lugar.

— Minha vida está ligada a Mosima agora, Yeeran. Não posso abandoná-la.

Yeeran fechou a boca.

— Eu poderia viajar de uma terra à outra, talvez. Seria um pouco complicado com meu padrão de turno... mas eu poderia fazer funcionar.

Furi pressionou um dedo contra os lábios de Yeeran.

— Eu quero você aqui, ao meu lado, sempre. Sei que peço muito. Pense e me conte sua decisão esta noite. Agora preciso ir. Nerad se trancou em seus aposentos e se recusa a reconhecer o título de Rayan.

Yeeran assentiu. Não estava ouvindo de verdade, porque havia percebido algo: se Furi jamais poderia sair de Mosima, isso também se aplicava a Rayan. E se Rayan não ia partir...

Lettle também não iria.

CAPÍTULO TRINTA E SETE

Lettle

Lettle percorreu os novos aposentos. Os aposentos de Rayan. Eram grandes, se espalhando por mais quartos do que ela tivera a chance de explorar até aquele momento. Dois guardas feéricos se encontravam do lado de fora. Ela estava sozinha, esperando que Rayan voltasse para casa.

Casa.

Lettle testou a palavra. Parecia estranho pensar em Mosima assim. Sem Yeeran.

Ela ainda tinha que contar para a irmã que não ia voltar para as Terras Élficas. Como poderia? Rayan não podia partir, então ela também não.

Enfiou as mãos nos bolsos, onde estavam os talismãs, e sorriu. Tinha a magia de volta e tinha Rayan. Era tudo de que precisava para fazer uma vida.

Depois do café da manhã, Rayan e Lettle foram ver Sahar.

O vidente estava atrás do balcão, esperando, os olhos brilhando enquanto Rayan entrava primeiro.

— Neto — disse ele, baixinho, em reverência. — Rei. — Abaixou a cabeça.

Rayan cruzou a sala e segurou o homem magro em um abraço de urso.

— É bom te conhecer — disse ele.

— Você sabia? — perguntou Lettle, acabando com a ternura do momento. — Sabia que Rayan era seu neto?

Sahar balançou a cabeça em negativa, as lágrimas descendo livremente de seus olhos castanhos. Castanhos como os de Furi. Castanhos como os de Rayan.

— Não, não sabia. — Então ele se virou para Rayan: — Quer se juntar a mim para o chá?

Rayan assentiu.

— Vou voltar para o palácio — disse Lettle.

Esse era um momento apenas para ele, uma chance para aprender sobre o pai que perdera.

Então, Lettle foi esperar nos novos aposentos deles, nos aposentos *reais* deles. Àquela noite, Rayan seria oficialmente apresentado ao ministério como o rei de Mosima, e Lettle, como vidente.

Um sino soou da lateral das portas duplas e um guarda se apresentou. Lettle não tinha permissão para ir a lugar nenhum sozinha. Ainda havia um assassino à solta.

— Vidente? Golan está aqui, devo deixá-lo entrar?

No corredor, uma risada leve soou.

— Tudo bem — disse Lettle. — Golan pode entrar e sair quando quiser.

O guarda assentiu antes de voltar para detrás da porta.

Golan entrou na sala carregando uma bolsa de couro cheia de roupas.

— Venho com presentes para a nova vidente de Mosima e, pelo que entendi, a consorte de nosso rei — disse ele, com um floreio, brandindo sua bengala como se fosse um maestro.

Lettle riu.

— Pare com isso.

— Não. Vejo como você chegou longe, minha amiga. — Golan sorriu com sinceridade. — Nós, às margens, raramente voamos tão alto. Meu coração se alegra ao ver isso. — Lettle apertou a mão dele, que a apertou de volta e então a soltou. — Agora, devemos te vestir na roupa mais ostentosa que já existiu?

Eles riram, mas Golan falava sério. Ele a colocou em um vestido da cor de leite fresco, com um padrão prateado tecido ao redor da bainha.

— Este padrão se chama "luz de uma lágrima caída" — disse ele.

— É lindo.

— *Você* está linda.

Lettle se olhou no espelho e concordou. A cor do vestido fazia a cor profunda de sua pele parecer quase brilhante, e a cintura ajustada acentuava suas curvas.

— Sim, estou, não estou?

— Mas posso fazer uma sugestão? — Golan apontou para o colar de contas no peito dela. — Substituir esse antigo colar por algo com diamantes.

— Não. — Ela o segurou. O presente de Rayan significava mais do que qualquer outra posse que ela tinha.

Golan riu.

— Está bem, mas pensei que valia a pena perguntar. Agora para a sua maquiagem. Seria melhor se pintássemos suas sobrancelhas, mas minha tinta de lula-mexilhão acabou, então teremos que trabalhar com sombra até que chegue mais.

Ele começou a trabalhar na maquiagem dela.

— Você acha que eles vão me aceitar? — perguntou Lettle.

Golan estalou os lábios quando ela manchou o contorno labial que ele desenhava.

— Quer a verdade?

— Sempre.

— Não, não vão. Será mais difícil para você e Rayan do que para qualquer outra pessoa no palácio. Mas também acho que vocês dois trarão a maior mudança. Mosima está presa, não só pela maldição, mas por nossas tradições. Os Desluz não são tratados melhor que os elfos, e espero que sua influência traga essa mudança. — A voz de Golan tremeu.

Lettle se sentou e olhou nos olhos dele. Lembrou-se do que Yeeran dissera sobre Golan e Nerad discutindo.

— Você está bem? — perguntou.

Golan parecia prestes a dizer algo, mas então fechou a boca de uma vez.

— Sim, estou bem.

— Problemas com o seu amorzinho?

Golan riu e soou forçado.

— Está tudo bem, Lettle. Mas devo ir. Sinto uma dor de cabeça chegando. Temo que perderei as celebrações desta noite. Voe alto, vidente Lettle, voe longe.

Vidente Lettle. O título a incomodou um pouco. Ela não se sentia como uma vidente. Os Destinos não haviam falado com ela desde a última profecia sobre Nerad e Komi.

A vingança de um rei saboreada. Uma profecia cumprida.

Mas Nerad não era rei. Rayan era.

Lettle sentiu a verdade se desenrolar em sua mente.

Não, não pode ser...

⌖

Lettle teve que segurar as saias do vestido enquanto corria pela Floresta Real. Yeeran dissera que Komi entrara por uma porta no andar térreo, atrás do baobá.

Lettle precisava saber se suas suspeitas estavam certas. Precisava.

Havia quatro portas que poderiam ser aquela pela qual Pila vira Komi passar. A guarda feérica tentou interrompê-la, mas ela usou seu título, de repente sentindo que lhe cabia. As primeiras duas salas eram algum tipo de escritório da corte. A terceira era um lavatório e a quarta era uma...

— Sala de guerra — sussurrou Lettle.

Um mapa das Terras Élficas se espalhava no meio de uma mesa. O campo de batalha estava circulado no meio, mas não era nomeado de Campo Sangrento — era chamado de Lorhan. Lettle sabia o bastante da Guerra Eterna para saber que os marcadores de madeira eram acampamentos militares.

Komi estivera dando aos feéricos informações sobre a Guerra Eterna. Komi da aldeia Crescente. Komi que desaparecera das Terras Élficas dez anos antes.

Lettle conseguia ouvir vozes vindo do corredor que levava ao coração do palácio. Ela estava prestes a partir, a voltar para a floresta, quando ouviu uma voz que reconheceu. Golan.

Ela se jogou no chão e se escondeu sob a mesa.

— Você não pode me seguir por todo o canto, Nerad — disse Golan. *Um encontro com seu amorzinho.*

— Você não me deixou escolha. Não responde aos meus chamados — respondeu Nerad.

— Nós concordamos em não nos vermos por alguns meses, até a poeira abaixar.

— Eu só queria conversar. Tenho uma nova ideia, um novo plano...

Golan bateu a bengala no chão.

— Não estou interessado.

Lettle espiou e viu as sombras deles se tornarem uma só na parede dos fundos.

— Senti saudade — disse Nerad, com um suspiro.

— Nerad, o que você quer de mim? — disse Golan.

— Eu queria te ver.

— Bem, agora já viu.

Houve o som de lábios molhados e um alvoroço. Depois, uma risada cruel.

— Você não me quer mais? — perguntou Nerad.

— Você não é mais o mesmo, Nerad.

— *Príncipe* Nerad. É melhor você se lembrar disso.

Houve um suspiro pesado, e então um soluço.

— Sinto muito, eu não quis dizer isso. Você sabe que eu não quis dizer isso — disse Nerad.

— Vou embora. — A voz de Golan soava distante, sem emoção.

— Você o viu lá? No *meu* trono?

Golan suspirou.

— Não é culpa sua. Você não tinha como saber.

— Mas eu sabia. Najma escreveu uma carta e me deu no dia em que morreu. Falava do filho dele. Mas eu nunca pensei que, com o sangue diluído, a árvore concederia o trono a ele. Se eu tivesse pensado, o teria matado junto às rainhas.

Lettle sentiu o estômago revirar com a verdade.

— Mas suponho... que não fui eu a matá-las, fui? — disse Nerad.

Golan deu alguns passos trêmulos com sua bengala. Lettle agarrou os cotovelos, as unhas se enfiando na carne.

— Eu apenas te dei o veneno. Foi você que envenenou o cálice, não se esqueça disso — disse Golan.

— Tem certeza? — provocou Nerad. — Não é disso que me lembro.

Golan e Nerad mataram as rainhas.

Golan e Nerad mataram as rainhas.

Lettle emitiu um som na garganta.

— Tem alguém aqui — sussurrou Nerad.

Lettle prendeu a respiração. Quando nada aconteceu, ela soltou o ar.

De repente, o calor familiar da magia feérica se enrolou ao redor de sua garganta, e ela foi puxada de sob a mesa.

— Lettle. — Golan estava ao lado dela.

O olhar triste de Nerad apareceu acima dela.

— O que você está fazendo no meu escritório, elfinha?

— Me... solta... — arfou ela.

— Nerad, pare com isso. Ela é inocente — implorou Golan.

O príncipe feérico se ajoelhou no chão ao lado de Lettle.

— Você ouviu algo que não devia? — perguntou, e ela balançou a cabeça em negativa.

O sorriso de Nerad era enjoativamente doce. Foi então que Lettle soube que ia morrer.

Ela aceitou o destino e fechou os olhos.

CAPÍTULO TRINTA E OITO

Yeeran

Yeeran voltou para o palácio, o cheiro de Furi ainda grudando em sua pele.

Lettle acabou de passar pela porta pela qual Komi entrou, disse Pila na conexão dela. A obeah enviou uma imagem do rosto de Lettle, cheio de preocupação, enquanto ela fechava a porta atrás de si. Yeeran reconheceu aquela expressão — Lettle sabia de algo.

Yeeran começou a correr.

Galhos chicotearam seus braços enquanto ela corria pela floresta.

Pila, cadê você?

Chegando à sua esquerda.

Yeeran sentiu a presença da obeah antes de vê-la e mergulhou na direção em que sabia que Pila estaria correndo. Ela ficou sem fôlego quando caiu meio de lado na obeah, mas conseguiu agarrar sua juba e balançar a perna por cima dela.

Elas dispararam pela floresta, chegando à porta em instantes.

Yeeran abriu-a e ficou cara a cara com seu pior pesadelo.

Nerad havia amarrado sua magia ao redor do pescoço e do peito de Lettle. A irmã dela estava morrendo bem diante de seus olhos. Golan encontrava-se ao lado dela, implorando para que Nerad parasse.

Yeeran não hesitou. Ela passou o tambor por sobre o ombro e começou a disparar. Manchas vermelhas se espalharam pelo torso de Nerad, que liberou a magia que restringia Lettle.

— Ele matou as rainhas — disse a irmã, antes de cair nos braços de Golan.

Yeeran não teve tempo de absorver a verdade. Tudo o que sabia era que Nerad machucara sua irmã e, por isso, ele pagaria o mais alto preço. Ela disparou outro tamborilar na direção da barriga dele, mas o príncipe o desviou com sua própria magia.

— Não o mate — tentou gritar Lettle, como se seu medo de Nerad tivesse sido substituído pelo medo por Yeeran.

Se Yeeran matasse outro príncipe, eles não a deixariam viver. Mas Yeeran não se importou.

Xosa, a obeah de Nerad, apareceu ao lado dele, batendo os chifres contra os de Pila.

Leve-a para a floresta, Pila. Precisamos separar Nerad de Xosa, caso ele tente fugir.

Vou tentar, foi a rápida resposta de Pila.

Yeeran podia sentir a tensão nos músculos de Pila enquanto esta lutava contra a obeah maior. Mas ela não deixou os esforços de Pila a distraírem.

Ela disparou golpes rápidos contra os pés de Nerad, encurralando-o no canto da sala. Nerad chicoteou a magia na direção dela, cortando os braços de Yeeran e afastando-os da arma até que o tamborilar disparado falhou.

Nerad correu em direção à porta, empurrando um Rayan atordoado para fora do caminho.

— O que está acontecendo aqui? Ouvi uma comoção…

— Lettle — gritou Yeeran para ele. — Veja como está Lettle!

Nos segundos que Yeeran levou para falar, Nerad montou seu obeah.

Yeeran e Pila começaram a perseguição. Elas correram pela Floresta Real. A cadência da cavalgada mudou quando outra cavaleira se juntou à caçada.

Yeeran olhou para o lado e viu Furi montando Amnan, seu cabelo era uma cachoeira de ouro derretido. Ela assentiu para Yeeran, séria, e esporeou Amnan. As plantas da Floresta Real se separaram pela nova conexão de Furi com a terra, dando-lhes um caminho aberto em direção a Nerad. Mas ele estava na frente, e elas o seguiram pelas ruas de Mosima até a fronteira.

Nerad e Xosa escalaram os degraus que levavam ao túnel pelo qual Yeeran entrou na cidade.

— Não podemos deixar ele partir. Ao meu sinal... vinculamos nossa magia! — gritou Furi.

Yeeran esperou pelo chamado e, quando veio, ela se segurou a Pila com uma mão e, com a outra, bateu no tambor para desenrolar os fios de magia. Com intenção, ela os entrelaçou aos de Furi, que conduziu a força da magia das duas sobre a cabeça de Nerad.

Ele tentou romper a barreira, mas não era páreo para a força combinada delas.

— Me soltem — cuspiu ele.

— Não — disse Furi.

Yeeran e ela desmontaram e seguiram rumo à gaiola na qual prenderam Nerad. Estavam acima da cidade, os degraus para Mosima atrás delas, a fronteira à frente.

— Por que fez isso? — perguntou Furi, baixinho.

Nerad murchou, o peito se encolhendo. Mas, quando ele ergueu o olhar, sorria.

— Você acha que merecemos essa vida, Furi?

Ela não respondeu.

— Acha que merecemos ficar presos aqui? Por mil anos. *Mil anos.* — A voz dele subiu uma oitava.

— Você sabe que eu não acho, Nerad.

— Fiquei feliz quando a deterioração veio, nos deu um motivo para partir. Mas, então — ele franziu os lábios —, a deterioração melhorou, e nossas rainhas desistiram de todo o trabalho que tínhamos feito com a Crescente.

O que a Crescente tem a ver com isso?

Concentre-se, Yeeran. Sua magia está escorregando, avisou Pila, e Yeeran prendeu com mais força os fios ao redor da gaiola.

— Você devia ter falado comigo, nós podíamos ter achado um jeito, juntos — disse Furi.

— Falar com você? Seu dever, não, sua *obediência* sempre foi o meu problema, prima. Quando tirei as rainhas do trono, fiz isso por você, para que enfim pudesse pensar por conta própria.

Furi balançou a cabeça de um lado para outro, lágrimas descendo pelas bochechas.

— Não ouse dizer que matou nossas mães em meu nome, *primo*. — Ela torceu a palavra e a atirou de volta nele.

Nerad riu, triste.

— Deixe-me partir. Deixe-me ir junto às tropas extras que enviamos para as Terras Élficas ontem.

Os ombros de Furi ficaram tensos, informando a Yeeran que ela planejava fazer algo.

— Você não devia ter feito isso, Nerad — disse Furi.

Ela puxou uma adaga presa em sua coxa, sob o vestido. Quando a rainha soltou a magia, Yeeran fez o mesmo.

Xosa choramingou baixinho. Nerad desceu das costas dela e ficou a alguns metros de Furi, de costas para a cidade. Ele chorava.

— Eu queria ver uma tempestade. Queria ver as estações mudarem. Queria ver o pôr do sol todo dia e sentir o calor dele na minha pele. Eu queria ir *para casa*.

Houve um grunhido, e Amnan se lançou sobre Xosa ao mesmo tempo que Furi mergulhou em direção a Nerad. Houve um estrondo ensurdecedor enquanto os chifres dos obeahs batiam, mas Amnan era maior e arrastou Xosa para trás até que suas patas traseiras patinassem para fora do penhasco e ela caísse escada abaixo.

O tempo pareceu desacelerar. Em um segundo, Nerad disparava sua magia e, no seguinte, estava paralisado. Ele suspirou pela última vez, os olhos marejados, antes de cair de costas no penhasco, para se juntar ao corpo de sua obeah lá embaixo.

O grito de Furi foi angustiado e deprimido. Ela caiu de joelhos e Yeeran a acompanhou.

— Todos eles, todos eles se foram — murmurava ela, sem parar, se balançando para a frente e para trás. Quando inclinou o rosto para Yeeran, estava endurecido. — Nerad pulou.

— Nerad pulou — concordou Yeeran, se comprometendo com a mentira.

Furi se levantou, os joelhos trêmulos, os olhos anuviados de dor.

Alguns minutos se passaram em silêncio. Yeeran sentiu a exaustão do final da caçada. Ela estendeu a mão para Furi, mas a feérica não a quis. O luto disfarçado de raiva.

— O que Nerad quis dizer? — perguntou Yeeran, baixinho. — Todo o trabalho que vocês tiveram com a Crescente?

Furi foi até Amnan e o acariciou carinhosamente. Pila estava às costas de Yeeran, sempre a apoiando.

— Quando a deterioração começou a acelerar, começamos uma campanha para reclamar nossa terra natal — disse Furi, abaixando a cabeça. — Nos tornamos aliados da aldeia Crescente.

— O quê? — O coração de Yeeran disparou.

— Em troca de ajudá-los a vencer a guerra, eles reconhecerão que as Terras Feéricas são nossas.

— As Terras Feéricas?

Algo coçava na memória de Yeeran. Rayan dissera que vira um mapa no Pomar de Livros.

Furi afrouxou os lábios comprimidos.

— Embora suas histórias tenham esquecido que a terra um dia foi nossa, a capital, Lorhan, é o que vocês chamam de Campo Sangrento.

Yeeran balançou a cabeça em negativa.

— Não faz sentido. Haveria ruínas... haveria alguma evidência de que a terra um dia foi parte das Terras Feéricas. — A verdade se desenrolou na mente dela. — Claro, as minas de fraedia... — Yeeran sentiu o estômago queimar com ácido. — Lorhan era uma cidade subterrânea, como Mosima.

É difícil ver uma folha entre as árvores, ainda há muitas verdades nas copas, disse Pila.

— Então você vai lutar pela Crescente na Guerra Eterna? — pressionou Yeeran.

Furi olhou para a cidade abaixo.

— Já estamos lutando, Yeeran.

Yeeran balançou a cabeça de um lado para outro enquanto a lembrança de seu último dia no campo de batalha ressurgia. Ela se viu revivendo o momento em que disse aos arqueiros para disparar as flechas contra o ataque iminente da Crescente. Como o ataque deles tinha sido atrapalhado por uma barreira invisível.

Magia que ela nunca vira antes.

Era magia feérica. O escudo que a aldeia Crescente usou naquele dia. Como ela não havia percebido até então?

— Então, qual era a missão na qual você estava quando me encontrou?

Furi se agachou e cobriu a cabeça com as mãos.

Yeeran havia desfeito os pontos das mentiras de Furi, e nesse instante a verdade fluía livremente. Fazendo-a sangrar.

Quando Furi olhou para Yeeran de novo, seus olhos estavam nítidos e firmes.

— Eu estava em uma reunião de estratégia com a general da Crescente.

— Como você pôde esconder isso de mim?

A risada de Furi era fraca, mas ainda soava dura.

— Não venha me falar de segredos. Sei do diário que você escreve toda noite. Compilando os detalhes sobre a minha raça como se fôssemos seus espécimes. Tudo para dar para a líder da sua aldeia. Um belo presente, acho.

Como ela sabe?

Pila emitiu um grunhido baixo na garganta.

— Não é a mesma coisa. São apenas palavras. Estamos falando de vidas aqui — disse Yeeran.

— E o que você acha que sua líder fará com suas belas palavras?

Declarar guerra contra os feéricos pelo cristal de fraedia que cresce em Mosima. O pensamento era cruel, mas Yeeran percebeu que era real.

— Não, não pode ser — disse Yeeran.

— Mas é — disse Furi pesadamente. — As rainhas queriam quebrar a aliança agora que a deterioração passou. Nerad não queria.

— E você? — A voz de Yeeran estava embargada pelas lágrimas não derramadas.

Furi desviou o olhar e não respondeu.

— Eu ouvi o que Nerad disse. Você voltou atrás nos planos das rainhas, não foi? Enviou mais tropas?

Yeeran queria ouvir a traição dos lábios de Furi.

— Não quero me esconder mais — disse Furi, as palavras desarmônicas pela frustração. — Eu quero... eu quero...

— O que você quer?

Yeeran se aproximou de Furi, o calor da pele dela aplacando a dor de sua traição.

Furi inclinou a cabeça e disse, baixinho:

— Você sabe o que eu quero.

Yeeran desviou o olhar primeiro, seus olhos pousando no brilho da fronteira. Do outro lado, o povo dela era assassinado pelos feéricos.

Furi poderia me deixar partir agora.

Mas ela não iria. Não sem Lettle.

— Lettle. — Ela estendeu a mão para Pila.

Uma imagem de Lettle deitada de bruços no chão apareceu atrás de suas pálpebras, com hematomas no pescoço, a pele roxa e manchada.

Leve-me de volta para ela, Pila.

❧ ❦

Lettle fora levada direto para a enfermaria e diagnosticada com um pulmão perfurado.

— A magia ao redor do peito dela rachou uma costela que perfurou o pulmão. O ar então vazou para a cavidade do peito e... *ploft*. O pulmão estourou — disse a curandeira, agitando as mãos.

Yeeran não gostou da encenação da curandeira.

— O que isso quer dizer? — perguntou Rayan. Ele havia carregado Lettle por todo o caminho. Seu rosto estava pálido e preocupado.

— Teremos que sedá-la para tentar inflá-lo outra vez. Não prevejo nenhuma complicação, mas vocês aqui não ajudam. Sugiro que saiam e voltem em uma hora. A presença de vocês não é propícia para as condições de trabalho.

Yeeran olhou ao redor. Os curandeiros observavam Rayan com uma mistura de fascínio e hesitação. Aqueles que não olhavam para Rayan observavam Yeeran, desconfiados. Nenhum deles estava trabalhando.

— Eles estão certos, precisamos ir. — Yeeran apertou a mão de Lettle.

— Komi — arfou Lettle de repente. — Komi, *casessa akoomydu*. — As palavras dela não faziam sentido, sua respiração laboriosa.

— Por favor, não fale — reprendeu a curandeira. — Runi, traga a sedação.

Lettle abriu e fechou a boca enquanto tentava ao máximo se fazer entender.

Rayan pressionou um beijo na testa dela.

— Descanse, nós a veremos em breve.

Yeeran e Rayan saíram da enfermaria.

Era o meio da noite, e eles precisaram usar a visão mágica para se locomover. Seguiram em silêncio por Mosima e de volta pela floresta.

Foi então que Yeeran percebeu que as árvores estavam murchando.

— O que é isso? — perguntou Rayan.

— Acho que as árvores estão reagindo ao seu humor.

Rayan suspirou.

— Vou levar um tempo para me acostumar a esse poder.

Yeeran estendeu a mão até um galho ali perto e o quebrou.

— Sentiu isso?

Rayan franziu a testa.

— Não, a conexão com Mosima é menos tangível que um membro. É mais como... um fio de cabelo. Como se eu pudesse manipulá-lo simplesmente puxando-o.

Yeeran arregalou os olhos enquanto observava uma nova muda crescer no galho quebrado sob a manipulação de Rayan. Mas, assim que as folhas ficaram grandes o suficiente, murcharam também.

Ela estendeu a mão para a de Rayan e a apertou.

— Lettle ficará bem, sabe? Você precisa acreditar nisso, ou metade desta floresta morrerá.

— Eu devia ter estado do lado dela. Devia estar ao lado dela agora.

— Não. — Yeeran usou sua voz de coronel. — Voltar lá não vai ajudá-la, e se preocupar... e adoecer Mosima... não ajuda ninguém.

Ele assentiu, e Yeeran viu as folhas se erguerem.

— Nerad... morreu mesmo? — perguntou Rayan.

— Sim. Furi o perseguiu na fronteira. Eles lutaram no topo dos degraus. Nerad... caiu.

Yeeran não se permitiu sentir luto pelo amigo que sabia que perdera. Ele era um traidor, e traíra a ela e a aldeia Minguante.

— Por que ele fez isso?

Yeeran inspirou fundo. Eles haviam chegado à Árvore das Almas. Uma folha extra havia crescido entre os galhos. Yeeran desviou o olhar. A porta onde ela encontrara Lettle estava fechada, e dois guardas a vigiavam.

Conforme se aproximava, Rayan gesticulou para que eles saíssem do caminho.

Yeeran empurrou a porta e se livrou da imagem de Lettle no chão. Havia um mapa na mesa. Ela estivera um pouco preocupada demais para perceber sua importância antes.

— Os feéricos estão se aliando com a aldeia Crescente — disse ela.

Rayan congelou.

— Não, não pode ser.

Ele olhou para o mapa, murmurando consigo:

— O banco norte, o quadrante leste, a Colina Moribunda...

Yeeran contou tudo a ele: sobre Nerad e os planos dele para continuar a campanha, sobre a aldeia Crescente e o acordo deles com os feéricos, como as rainhas queriam acabar com a aliança e parar o envolvimento deles na guerra.

Yeeran pousou a mão sobre a parte do mapa que era seu lar.

— Eles condenaram todos à destruição — constatou ela.

Rayan assentiu, o olhar distante. Ela se perguntou como ele se sentia; os feéricos haviam se aliado ao povo que Rayan mais odiava. A aldeia do Tirano de Duas Lâminas, o homem que matara sua mãe. O homem que ele estava destinado a matar um dia.

— O que não entendo é como essa aliança aconteceu? Por que se aliar à aldeia Crescente?

Yeeran deu de ombros.

— Geograficamente, eles estão mais perto de Mosima... — A percepção foi fria e súbita como uma enchente. — *A vingança de um rei saciada. Uma profecia cumprida* — sussurrou Yeeran. Quem mais além de Komi podia ter contado a Furi sobre o diário? — Era isso o que Lettle estava tentando dizer. Komi... ele é o *cabeça Akomido*.

Rayan ergueu o olhar.

— O quê?

— Ele os esteve ajudando a selar esse acordo.

Rayan balançou a cabeça, desacreditado.

— Eu saberia.

— Você não era criança da última vez que o viu? Os anos mudaram vocês dois.

Rayan fez uma careta e Yeeran imaginou que ele descascava a camada dos anos do rosto de Komi, barbeando-o e removendo o crescimento de dez anos dos dreadlocks.

— Não pode ser — disse ele, a voz pesada de pavor.

— Ela está certa — a voz veio da soleira. Furi estava lá, as sombras se reunindo em círculos sob seus olhos.

— Não — falou Rayan, sufocado.

Furi parecia estar com dor.

— O Tirano de Duas Lâminas é nosso prisioneiro há dez anos. Foi Nerad quem trabalhou com ele para fazer um acordo com a aldeia Crescente. Nosso prisioneiro, sim. Mas também nosso embaixador.

— Um prisioneiro político — arfou Yeeran.

Furi assentiu.

— Ele teria ganhado liberdade quando ganhássemos nossa terra.

Rayan gritou e soou como o rugido de um obeah. Um vento passou por Mosima, tirando folhas das árvores e as fazendo girar pela porta aberta, a raiva dele tornada viva.

Então ele se virou e correu.

Yeeran o seguiu enquanto Rayan ia até os aposentos deles. Furi seguia logo atrás.

— Espere — chamou ela.

Mas não adiantava. Rayan não via nem ouvia ninguém.

Komi se reclinava nos sofás de veludo quando eles entraram no apartamento. Quando o elfo viu suas expressões, murchou, parecendo ter sua exata idade.

— Você matou minha mãe. — A magia de Rayan estalou com uma faísca, se enrolando na cintura de Komi.

— Matei muitas mães e muitos pais — disse Komi, com resolução calma, enquanto Rayan apertava seus órgãos essenciais com magia.

— Reema, ela profetizou sua morte por minhas mãos.

Komi arregalou os olhos.

— Você?

A expressão de Rayan era sombria.

— Eu.

Yeeran deu um passo na direção de Komi, as mãos tremendo enquanto as fechava em punho.

— Você é o Tirano de Duas Lâminas.

Komi não conseguiu manter contato visual com a intensidade do olhar de Yeeran.

— Eu odiava o nome Tirano de Duas Lâminas. Isso sempre me fez parecer pior do que era. Porque tudo o que sou é o que a guerra me tornou, um mártir da paz. Tudo o que eu sempre quis foi parar a guerra. E os feéricos me ajudarão a fazer isso.

— Ao matar pessoas com magia para a qual ninguém é páreo.

Komi tentou dar de ombros, mas a magia de Rayan o manteve no lugar.

— Você usa tambores, eu uso feéricos. Uma arma é uma arma.

Yeeran o socou até o nariz dele sangrar.

— Pare — sibilou Furi. — Você não pode matá-lo.

A magia de Furi faiscou, mas Yeeran disparou para ela, os dedos vermelhos com o sangue de Komi.

— Não — disse Yeeran.

O olhar de Furi encontrou o dela e Yeeran expôs toda a amargura da traição em seu olhar. Se Furi ajudasse Komi ali, aquela coisa que queimava entre elas viraria cinzas.

E ela sabia.

Furi soltou a magia, derrotada. Ela murchou e o luto se mostrou em cada linha e ruga de seu rosto.

Yeeran desviou o olhar dela e o voltou para Rayan e Komi.

Rayan voltou-se para Furi e sorriu.

— Ele já está morto pela minha mão. Ele está morto desde que os Destinos falaram com minha mãe e ele a matou por isso.

Houve o som agitado de pedras se movendo enquanto os paralelepípedos se erguiam e soterravam as pernas de Komi. A pedra não se movia suavemente: ela tremia e arranhava as coxas dele, deixando nu o chão onde os paralelepípedos estiveram, revelando as fundações de madeira do palácio.

O grito de Komi coagulou o sangue de Yeeran e aumentou de volume conforme a pedra subia em seu peito, só silenciando quando envolveu seu pescoço e ele não conseguiu mais gritar. Se Yeeran pensara que o grito era horrível, o silêncio dos últimos momentos de Komi se mostraram piores. Os olhos dele se arregalaram e rolaram para fora das órbitas enquanto a pedra crescia até seu queixo e sufocava seu rosto inteiro. Ele se foi. Sepultado.

Rayan respirava com dificuldade no silêncio.

— Você não tem ideia do que fez — disse Furi. — Você trouxe a guerra para nós.

Ela balançou a cabeça, triste.

— Você estava trabalhando com um tirano… — sibilou Yeeran.

— Todos eles são tiranos, Yeeran, todos usam a guerra como meio de poder. Ele apenas era o cabeça mais próximo da nossa fronteira.

Yeeran sentiu os punhos afrouxarem.

Furi tirou algo do bolso. Ela o pressionou contra o peito de Rayan.

— Encontramos isso no corpo de Nerad. É do meu irmão, e está endereçada a você.

Então ela partiu, deixando Rayan, Yeeran e a estátua de Komi — a boca deste entreaberta em um grito.

CAPÍTULO TRINTA E NOVE

Lettle

— Olá, dorminhoca.

As palavras ninaram Lettle até que ela acordasse, com olhos cansados.

— Golan?

Ele estava sentado na cadeira ao lado da cama dela, as mãos cruzadas na bengala. Parecia exausto, mas seu sorriso era gentil.

— Os curandeiros me disseram que você vai se recuperar totalmente.

— O que aconteceu?

— Seu pulmão foi perfurado. Mas você vai ficar bem.

Ele se levantou e ficou ao lado dela. Ela estendeu a mão para a dele.

— Cadê Rayan? Yeeran?

— Os curandeiros os mandaram embora, a presença dos dois estava causando um burburinho, mas acho que estarão aqui em breve.

— E Nerad?

— Morto.

Lettle assentiu, mas arfou quando uma dor surda reverberou em sua garganta.

— Você tem alguns arranhões, mas o próprio Sahar fez o cataplasma que os curandeiros usaram. Ele proclamou que o cataplasma que estavam usando era mais inútil que bosta de camelo.

Lettle ficou grata por não sentir o cheiro de flor malva-da-neve.

— Lettle... — Golan hesitou, tentando reformular suas palavras.

— Não contarei a eles sobre seu envolvimento — disse ela.

Lágrimas brilharam nos olhos dele, e Golan desviou o olhar.

— Não mereço você.

— Merece, sim.

Ele sorriu tristemente.

— Mosima nunca foi um espaço seguro para Desluz. As rainhas... elas não eram gentis, não lutavam pelos nossos direitos. Nerad, ele prometeu que faria isso quando estivesse no poder. Então dei a ele o veneno do meu kit de maquiagem, e ele...

Golan parou, franzindo os lábios até serem linhas finas e trêmulas.

— Golan, eu entendo.

E Lettle entendia. Às vezes, a violência era a única forma de provocar mudanças.

— Além disso, não acho que você é Desluz. Acho que você brilha mais que qualquer pessoa aqui. — Golan sorriu, e Lettle adicionou: — Talvez a gente possa ser o obeah um do outro.

Ele riu.

— Eu gostaria disso.

Golan a abraçou, com cuidado para não apertar o pescoço dela.

— Eu virei te ver em breve.

— Muito em breve — disse ela.

Enquanto Golan se virava para partir, alguém quase esbarrou nele. Era Yeeran, sem fôlego e trazendo um pacote.

— Você está acordada. — Yeeran a abraçou com menos cuidado que Golan, e Lettle se encolheu com a ferocidade do amor da irmã. — A curandeira disse que você vai ficar bem.

— Sim, aparentemente vou me recuperar totalmente... — E Lettle se lembrou: — Komi... ele é o cabeça Akomido.

Yeeran desviou o olhar, o luto por perder um amigo estampado em seu rosto.

— Ele morreu? — sussurrou Lettle, e Yeeran assentiu. — Ah, Rayan, espero que sua vingança esteja saciada.

O silêncio delas estava pesado com luto e culpa. Lágrimas desciam por suas bochechas.

Então Lettle fungou e se sentou, apontando para o pacote.

— O que você trouxe?

Yeeran deu um passo para trás, o olhar para baixo. Lettle reconheceu a expressão dela. Já a tinha visto antes.

— Você vai partir.

— Sim, eu preciso. Os feéricos estão trabalhando com a aldeia Crescente para vencer a Guerra Eterna.

Lettle apertou o cobertor entre os punhos.

— Os feéricos enviaram tropas para se juntar à aldeia Crescente. Preciso avisar Salawa — disse Yeeran.

— Então você está escolhendo a guerra, e não a mim. De novo.

— Milhares da nossa aldeia morrerão, Lettle.

— É uma *guerra*, milhares vão sempre morrer.

— Tenho a oportunidade de negociar a paz. — Lettle bufou e Yeeran balançou a cabeça, triste. — Não faça isso ser sobre você, Lettle. Não agora, não assim.

Se Lettle tivesse força, teria se levantado e dado um tapa na irmã.

— Não se trata de mim, Yeeran. Se trata de você. *Sempre* se tratou de você. Você que era tão boa na caçada, *você*, que o pai amava acima de qualquer pessoa. Então você foi embora e partiu o coração dele. Você o matou quando seguiu os passos de nossa mãe.

— Eu não o matei, Lettle, não ponha a culpa em mim.

Lettle assentiu.

— Você está certa. Essa culpa é só minha.

Yeeran franziu a testa.

— O quê?

— A mente do pai começou a vagar nos últimos anos de vida. Um dia... um dia ele esqueceu quem eu era. A princípio, eu conseguia trazê-lo de volta falando de histórias do passado até que ele se lembrasse de mim... — A voz de Lettle era um sussurro. — Mas, embora a mente dele tivesse partido, seu corpo ainda era tão magro e forte como nunca... Às vezes ele se irritava, extravasava...

— Por que você nunca me contou isso?

— Porque você estava em Gural, treinando. Você não visitava, então o que é que eu poderia fazer?

Yeeran pousou a mão no pulso de Lettle.

— Eu devia ter estado lá.

— Sim, devia. — Com a coragem da raiva, ela prosseguiu: — Talvez você tivesse conseguido me impedir de matar nosso pai.

Yeeran emitiu um som gutural no fundo de sua garganta.

Lettle sentiu as correntes de seu segredo caírem. Lágrimas desceram por seu rosto enquanto ela falava:

— Eu o matei, matei nosso pai.

Yeeran deu um passo para trás.

— Não, você não quis fazer isso, foi autodefesa.

— Você não está me ouvindo, Yeeran. Foi minha culpa. Um dia, dei a ele flor malva-da-neve na comida para acalmá-lo. Depois mais um pouquinho para ajudá-lo a dormir. Então devagar, dia após dia, fui aumentando a dose, até que, por fim, dei o suficiente para que ele dormisse em seu sono eterno.

As mãos de Lettle tremiam com a lembrança. Ela fechou os punhos com mais força.

Yeeran deu outro passo para trás.

— Eu não devia ter ido embora.

— E mesmo assim, aqui está você, fazendo isso de novo.

— Por favor, Lettle. Não me faça escolher.

— Mas não se trata de uma escolha, né? Já estou vendo você se afastando, se aproximando cada vez mais da sua preciosa guerra. Vá, então. Que a gente se separe com raiva, porque não posso me separar com amor. Dói demais.

Yeeran viu a teimosia nos ombros de Lettle. Por sorte, ao longo dos anos, ela passara a reconhecer quando a batalha estava perdida.

— Eu te amo, Lettle. Eu te perdoo pelo nosso pai. Mas, por favor, perdoe a si mesma.

Foi só depois que Yeeran partiu que Lettle começou a chorar, murmurando:

— Sinto muito, pai, sinto tanto.

CAPÍTULO QUARENTA

Yeeran

Os passos de Yeeran eram pesados enquanto seguia para a praia. Era hora de partir.

Furi estava na costa, à sua espera. Ela não ergueu o olhar quando Yeeran se aproximou.

— Você vai partir.

— Sim.

— Para avisar sua cabeça de aldeia.

— Sim.

— Quem é ela para você?

Era uma pergunta a que Yeeran não sabia responder. Um dia, Salawa fora sua amante, mas naquele momento Yeeran percebeu que não era amor o que crescera entre elas, mas algo mais plácido.

— Ela sempre foi um símbolo daquilo pelo que eu lutava. Ser próxima a ela... acalmava a dor do campo de batalha.

Furi assentiu, a água do mar respingando e brilhando enquanto corria pelo cabelo dela.

— E eu?

— Você é mais.

— Mais?

— Mais.

Yeeran a abraçou, e Furi deixou que ela a beijasse como queria, com força, com uma necessidade que nunca poderia ser satisfeita. Quando se separaram, Furi se virou.

Amnan galopou em sua direção e ela pulou nas costas dele.

— Você é minha luz estelar, sempre — disse Yeeran, mas Furi não respondeu.

Ela pulou nas costas do obeah, a água do mar respigando em seu cabelo.

Yeeran a observou desaparecer e quando não conseguiu mais ver o dourado do cabelo, entrou na visão mágica e observou o brilho de sua magia até desaparecer de vista.

Pila, é hora de ir.

Rayan estava na fronteira quando chegaram lá. Ela o puxou para um abraço.

— Por favor, cuide de Lettle — pediu.

— Prometo que cuidarei.

Yeeran puxou as alças de seu embrulho, pesado pelo diário.

— Darei meu melhor para fazer Salawa fechar um novo acordo para acabar com a guerra. Espero que a verdade traga paz.

— Eu também. — Rayan esfregou a testa. — Há algo que você deve saber. Voltei para a sala de guerra e dei uma olhada nos papéis de Nerad. Ele implantou duzentos guardas feéricos na Crescente antes da coroação… antes de saber que não seria rei.

Yeeran ficou boquiaberta.

— Furi disse que eles enviaram tropas, mas eu não sabia que eram tantos. Você precisa chamá-los de volta, precisa parar isso, Rayan.

O olhar dele brilhou.

— Eu vou, você sabe que vou. Mosima não se aliará à Crescente enquanto eu for rei.

As palavras dele estavam cheias de autoridade, e Yeeran o observou com uma sobrancelha erguida.

Aqui está um rei que lutará pelo que é certo.

É porque ele nunca buscou poder, então não o usa como uma arma, disse Pila. E mais uma vez a obeah tinha razão.

— Você chegou longe, capitão Rayan.

Ele deu a ela um sorriso hesitante, mas se desfez quando disse:

— Furi acha que a Crescente retaliará pela morte de Komi. Eles podem se voltar contra nossas tropas antes que eu consiga enviar a mensagem. De qualquer forma, a guerra virá.

— Ela nunca partiu.

Rayan assentiu, a expressão séria, determinada.

Yeeran olhou para a fronteira.

— Também farei o que puder estando na Minguante — disse ela.

— Mande lembranças para meus companheiros. Diga a eles que sou rei agora. — Ele riu, balançando a cabeça em descrença. Então se aproximou da fronteira e disse a palavra que Furi ensinara. — *Aiftarri*.

Yeeran usou a visão mágica e observou as palavras de bronze da fronteira girarem e se curvarem para os lados, deixando uma abertura pela qual poderia passar. Rayan sibilou.

— Isso foi estranho, como se a magia surgisse em minha respiração.

— Estou feliz que funcionou — respondeu ela.

Ela se virou e lançou um último olhar para Mosima.

O fragmento estava fraco no meio da noite. Quando Yeeran olhou para o palácio, arfou.

Planadores estelares preenchiam o espaço acima deles, centenas das criaturas, milhares.

— Furi — sussurrou Yeeran.

Porque só poderia ser ela com a capacidade de atrair a magia de todos os seres de Mosima.

Furi fez luz das estrelas para ela.

Yeeran atravessou a fronteira com esperança crescendo em seu peito. Esperança de que um dia voltaria a ver sua amada. E esperança de que, quando isso acontecesse, não fosse do lado oposto do campo de batalha.

EPÍLOGO

Rayan

Yeeran não olhou para trás enquanto atravessava o túnel.
Ela está livre agora, disse Ajix.
Ele sorriu; o obeah sempre conseguia aquecer seu coração. No momento, ele comia framboesas selvagens do jardim de alguém.
Vou guardar um pouco para você, disse ele.
Obrigado, mas primeiro vou me sentar aqui um pouco.
Talvez eu coma sua porção, então.
Rayan riu.
Por favor, coma.
Rayan pôs a mão no bolso e pegou a carta que Furi lhe dera. Eram as últimas palavras de seu pai, encontradas no corpo de Nerad. Ele a abriu com mãos trêmulas.

Filho,
   Que a luz brilhe forte, e seu espírito brilhe mais forte ainda. Faz muitos anos que eu soube que este dia chegaria, mas eu não sabia se você estaria ao meu lado quando isso acontecesse, ou ao lado de Hudan, meu obeah. Através dele, consigo ver o homem que você se tornou. E que presente isso é.
   Mas ficar perto de um caçador é dar as boas-vindas à morte, e eu dou boas-vindas a ela para passar mais um momento com você.
   Não posso mentir e dizer que sua mãe foi o meu verdadeiro amor. Fiquei brevemente com Reema, sendo o motivo disso apenas

para nos confortar, e nada mais. Eu fiquei imprudente com minha recém-encontrada liberdade e não sabia que você existia até que Hudan sentiu seu cheiro na brisa durante aquelas últimas semanas. Só espero que você venha para casa, para Mosima, e encontre a família que terei deixado para trás.

Eu sobrecarrego você com mais uma coisa além da minha morte. Muitos anos atrás, Hudan descobriu um grimório na tumba de Afa, a leste dos Pântanos Devastados, e o trouxe de volta para mim. Foi nessas páginas que descobri o segredo da minha capacidade de sair da fronteira. Levei muitos anos para traduzir o que pude, mas temo não ser capaz de quebrar a maldição enquanto ainda vivo. Não confio em todos aqui, incluindo alguns membros da minha família. Então, em vez disso, escolho confiar em você, meu filho meio-sangue, cujos olhos podem ver mais do que eu jamais poderia.

Escondi minha pesquisa onde crescem os dentes da terra, onde uma vez um rio correu.

Meu amor eterno,
Najma

Rayan deslizou a carta de volta ao envelope e apertou-a contra o peito. Não tentou conter as lágrimas.

Já era quase madrugada quando voltou ao palácio. Seus passos ficaram mais leves com o presente que seu pai lhe dera.

Ele tinha uma maldição para quebrar.

Diário de
Profecias de Léttle

Anotações sobre Mosima

Um quarto do grupo fazendo estas anotações – Y

❧ ELFOS ❧

YEERAN – Coronel do Exército Minguante. *Ela/dela*

LETTLE – Adivinha prometida aos adivinhos de Gural e irmã de Yeeran. *Ela/dela*

A pessoa cujo diário vocês estão usando – L

Ex-capitão

Temos mesmo que incluir isto? – R

RAYAN – ~~Capitão~~ do Exército Minguante, *deserdado* da Crescente quando criança. *Ele/dele*

KOMI – Elfo capturado pelos feéricos dez anos antes e mantido prisioneiro em Mosima. *Ele/elu* *Estou usando uma caneta, dá para acreditar? – K*

SALAWA – Chefe da aldeia Crescente e amante de Yeeran. *Ela/elu*

IMNA - Um adivinho de Gural que nos últimos tempos reside na enfermaria devido a uma doença da mente. *Ele/dele*

MOTOGO – General do Exército Minguante. *Elu/delu*

❧ FEÉRICOS ❦

FURI – Comandante da guarda feérica e filha da Rainha Vyce de Mosima. *Ela/elu*

NERAD – Príncipe da dinastia Jani, filho da Rainha Chall. *Ele/dele*

VYCE – Rainha dos feéricos, governando em dupla com a irmã, Chall. *Ela/dela*

CHALL – Rainha dos feéricos, governando em dupla com a irmã, Vyce. *Ela/dela*

GOLAN – Cabeleireiro da elite dos feéricos. *Ele/elu*

HOSTA – Ume membre da guarda feérica que escoltou os elfos dos Pântanos Devastados. *Elu/delu*

Quer nos matar
— L

BERRO – Guarda feérica. Segunda no comando de Furi. *Ela/elu*

SAHAR – Ex-vidente da corte feérica. Pai de Furi. *Ele/dele*

*Eu não sabia disso,
você sabia, Rayan? – L*

Não – R

JAY – Curandeire e ex-amante de Furi. *Elu/delu*

NAJMA – Príncipe da dinastia Jani, morto por Yeeran. *Ele/dele*

❧ OBEAHS ✺

PILA – Vinculada a Yeeran. *Ela/elu*

Pila quer que eu anote que ela tem o pelo mais macio que todos nessa lista – Y

XOSA – Vinculada a Nerad. *Ela/elu*

AMNAN – Vinculado a Furi. *Ele/elu*

HUDAN – Vinculado a Najma. *Ele/elu*

SANQ – Vinculado a Berro. *Ela/elu*

MERI – Vinculada a Chall. *Ela/elu*

ONYA – Vinculada a Vyce. *Ela/elu*

❧ HUMANOS ❧

AFA – Nome atribuído pelos feéricos ao último humano vivo. Acredita-se que amaldiçoou os feéricos a Mosima. *Ele/dele*

> Também conhecido como "Humano Vagante"
> no folclore élfico – R

❧ DEUSES ❧

ASASE – A divindade-terra que passou a ser como um grão de trigo. Criou os humanos e concedeu a eles a linguagem mágica das pedras e árvores. *Elu/delu*

EWIA – A divindade-sol que nasceu como um morcego de duas cabeças. Criou os feéricos e lhes concedeu o dom da luz mágica do sol. *Elu/delu*

BOSOME – A divindade-lua que reside como gota d'água no céu. Criou os elfos com o poder de ler os Destinos. *Elu/delu*

> Louvem ê
> misericordiose – L

✦ TERMOS ✦

BANQUETE DE VÍNCULO – Uma festa que marca o vínculo de um feérico a seu obeah. Inclui bebidas, dança e divertimento.

Também conhecido como o pior pesado de Yeeran – L

Lettle, você pode deixar o drama de lado, tenho que entregar isto a Salawa um dia – Y

COSTA DA CONCHA – Uma praia que percorre toda a baía situada a oeste da Floresta Real. É alimentada por um estuário na costa leste do continente.

Tentei nadar até a fronteira e não há como escapar pelo mar. As ondas ficam fortes perto da parede da caverna. Não farei isso de novo – Y

Que drama – L

TAMBORILAR DISPARADO – A magia predominantemente usada pela aldeia Minguante na guerra. A pele do obeah é usada para adornar os tambores, que então são amarrados para criar projéteis mágicos.

GUARDA FEÉRICA – Os combatentes que protegem e policiam os cidadãos de Mosima. O sistema de classificação da guarda feérica é numérico e varia de um a três, exceto o comandante, que existe fora e acima das fileiras.

O papel de Berro é Um, a posição mais alta depois de Furi. O papel dela é principalmente estratégico, apoiando o da comandante. Dois trabalham a ofensiva, e Três, defesa, trançando a magia para criar escudos. Mas quem é o inimigo? – R

Você parece saber muito sobre Berro, Rayan – L

Talvez a fraqueza das leis deles tenha permitido que a insubordinação crescesse e o inimigo esteja em suas próprias fileiras – K

FESTIVAL DA CHAMA – Um festival anual para celebrar o momento em que a luz do sol toca a Árvore das Almas.

E os feéricos ganham outra festa – L

FRAEDIA – Um cristal que imita as propriedades da luz do sol, pode ser usado para fazer crescerem plantas e aquecer casas. O produto élfico mais valioso.

É a maior reserva que já vi – Y

FRAGMENTO – O fragmento é um aglomerado de fraedia que cresce no teto da caverna de Mosima.

Consigo segurar minha magia por até meia hora, se for preciso, mas sinto meu poder crescer a cada dia. Será ótimo no Campo Sangrento – Y

MAGIA FEÉRICA – Os feéricos podem invocar um fio mágico, visto apenas através da visão mágica. Só pode se estender até a altura do feérico que a conduz. Força e duração variam de pessoa a pessoa.

DESLUZ – Aquele ou aqueles não vinculados a um obeah.

Eles são maltratados em Mosima, como se não fossem completos – L

A terra pode pertencer a alguém?
Ou é emprestada
por aqueles que têm raízes mais
profundas no solo? Essas são as
perguntas que me faço – R

Profundo – L

LORHAN – Capital das Terras Feéricas que costumava ficar no Campo Sangrento.

VISÃO MÁGICA – A habilidade de ver magia através de um sexto sentido. Adivinhos chamam isso de "ficar desatento".

Rayan só precisou de minutos para aprender, e Yeeran uma semana – L

Não levei uma semana, Lettle. Só alguns dias – Y

MOSIMA – A caverna subterrânea na qual os feéricos foram amaldiçoados a viver.

CANÇÃO DO SACRIFÍCIO – uma canção cantada nas tavernas de Mosima. No final do refrão todos devem terminar suas bebidas.

É assim:
Abençoados somos, por assim a vida levar
Pelo sacrifício da dinastia Jani
Agora, hoje, amanhã reinar
Na terra abaixo, o coração de Mosima
– K

Que legal, Komi – Y

LINGUAGEM FEÉRICA – A linguagem feérica vem completa para aqueles que se tornam vinculados. Os sons são difíceis de dominar quando se é um Desluz. Portanto, todos os feéricos aprendem a língua universal primeiro, à qual os elfos se referem como élfico.

Riyahisha é a palavra feérica para lar. Mas é também a palavra para abraço cálido. Portanto, é possível receber riyahisha e também percebê-lo.
Como sinto falta do meu lar – L

OS DESTINOS – Os Destinos permitem que os adivinhos espiem o futuro. Acredita-se que fazem parte das muitas influências da divindade Bosome no mundo.

A profecia que li na minha pesquisa mais recente soa como verdade, não consigo tirar da minha cabeça.
Para sempre a guerra retumbará, até que, unidos, os três devem morrer.
Humanos para baixo, feéricos mais abaixo ainda,
Então os elfos na ignorância, sem seu poder,
Uma maldição a aguentar, uma maldição a sobreviver.
Todos devem perecer, ou todos devem florescer.
– L

Ninguém sabe por que ou como os obeahs escolhem as pessoas. Eu já me perguntei muito por que Pila me escolheu, uma elfa que assassinou um dos seus. Mas sou grata – Y

OBEAH – Criaturas que se vinculam a feéricos, permitindo que aprendam linguagem e magia feérica. São feras de magia, o que os tornou vulnerável à caça dos elfos.

Começou há trinta anos, adoecendo a terra e atrapalhando as plantações. Nada cresce lá – Y

A DETERIORAÇÃO – Um grande distrito de plantações, do tamanho de três campos, que ficou esburacado pela acidez do solo.

PLANADORES ESTELARES – Pequenos lagartos com asas escamosas translúcidas. Vistos com frequência perto de pessoas com sangue Jani. Tem cabeça bulbosa, é bioluminescente e ilumina a Floresta Real à noite.

Eles têm muita fauna e flora com as mesmas propriedades bioluminescentes. Me pergunto se é resultado da evolução sob a luz do fragmento – L

HIDROMEL – Uma bebida de mel fermentado de que os feéricos gostam.

O hidromel batido da taverna da Tola é meu favorito. Ela o tempera com canela – K

AGRADECIMENTOS

Este livro é dedicado à minha irmã e, por isso, gostaria de agradecer a ela primeiro. Sally, obrigada por seu apoio ao longo dos anos e por ser uma leitora fervorosa do meu trabalho. Obrigada por todos os doces, pelas longas noites jogando Mario Kart e pelos telefonemas ouvindo cada detalhe mundano da minha vida. Nenhuma das minhas histórias teria sido escrita sem que você quisesse lê-las.

Juliet, minha agente e supermulher extraordinária. Obrigada por sempre apoiar meus cronogramas malucos e incentivar minha ambição. Em especial quando a maioria das conversas começa com "Tive outra ideia para um livro". Você é a melhor coconspiradora e colaboradora. Rachel, obrigada por assumir o comando na ausência de Juliet, e minha enorme gratidão a toda a equipe da Mushens Entertainment: Kiya, Catriona e Liza. Minha coagente, Ginger, você é uma pessoa de classe e tenho muita sorte de ter seu apoio, conselhos e sua amizade do outro lado do lago, com a equipe da Ginger Clark Literary.

Agradeço a Natasha Bardon, que liderou a aquisição desta nova trilogia na Harper*Voyager* UK depois que mencionei a ideia em março de 2022. Sua defesa incansável do meu trabalho é a base do meu sucesso. Agradeço a Amy Perkins por ajudar a concretizar este romance, e a Rachel Winterbottom por ser a melhor adição à equipe que eu poderia pedir. Obrigada à incomparável Tricia Narwani, que deu um pulo quando *Aliança celestial* chegou à sua mesa. Serei sempre grata por sua orientação editorial e por dar às minhas histórias um lar na Del Rey na América do Norte.

E obrigada à equipe editorial mais ampla, cujos esforços são a razão pela qual este livro é um livro. Da equipe Del Rey: Ayesha Shibli, Ashleigh Heaton, Tori Henson, Sabrina Shen, Scott Shannon, Alex Larned, Keith Clayton, David Moench, Jordan Pace, Ada Maduka, Ella Laytham, Nancy Delia, Alexis Capitini, Rob Guzman, Brittanie Black e Abby Oladipo. E ao time da Voyager UK: Elizabeth Vaziri, Chloe Gough, Vicky Leech Mateos, Robyn Watts, Terence Caven, Susanna Peden, Montserrat Bray, Ellie Andre, Sian Richefond e Roisin O'Shea.

Para toda a equipe do FairyLoot, não posso agradecer o suficiente por espalharem seu pó de fada em Yeeran e Lettle. Vocês fizeram meus sonhos de edição especial se tornarem realidade. E um grande agradecimento às pessoas maravilhosas da Goldsboro, que continuaram apoiando meu trabalho desde o início. Vocês têm um lugar muito especial em meu coração.

A comunidade de escritores continua a estimular minha imaginação, e há alguns agradecimentos que quero fazer: Karin, obrigada por atender a todas as ligações, por ler meus primeiros trabalhos e por ser a base de apoio de que preciso para continuar escrevendo. Tasha, infelizmente somos uma família agora, não há volta. E Sam, seu apoio me manteve animada quando às vezes eu sentia como se estivesse me afogando. Hannah, Lizzie, Amy, Rebecca, Cherae e todos os outros escritores que ofereceram um ombro amigo ou um ouvido: vocês são os melhores.

Obrigada aos amigos sofredores que estiveram presentes desde o início de cada rascunho péssimo que escrevi: Rachel, Juniper, Richard, David.

E obrigada às minhas famílias; os Dinsdales e os El-Arifis, e todos os ramos extensos que continuam a apoiar esta carreira louca que escolhi.

E então há Jim, nenhuma palavra será capaz de expressar o quanto sou grata, então uma terá que servir: obrigada.

E por fim, se você leu meu trabalho anterior, então sabe a quem dedico as últimas palavras do meu livro. Você. Sim, você. A todes ês leitores e sonhadores, foi uma grande honra criar essas histórias com vocês. Eu apenas escrevo as palavras, você dá vida aos personagens.

Estamos fazendo mágica, você e eu. E por isso sempre serei grata.

Este livro foi impresso pela Vozes, em 2025, para a Harlequin.
O papel do miolo é avena 70g/m², e o da capa é
cartão 250g/m².